中國語言文字研究輯刊

二 編

許錟輝 主編

第18冊

朱翺反切新考

張慧美 著

花木蘭文化出版社

國家圖書館出版品預行編目資料

朱翱反切新考／張慧美 著 — 初版 — 新北市：花木蘭文化出
版社，2012〔民 101〕

目 4+288 面；21×29.7 公分

（中國語言文字研究輯刊　二編：第 18 冊）

ISBN：978-986-254-874-5（精裝）

1. 漢語　2. 聲韻學

802.08　　　　　　　　　　　　　　101003104

ISBN-978-986-254-874-5

中國語言文字研究輯刊

二　編　第十八冊　　　　　ISBN：978-986-254-874-5

朱翱反切新考

作　　者　張慧美

主　　編　許錟輝

總 編 輯　杜潔祥

出　　版　花木蘭文化出版社

發 行 所　花木蘭文化出版社

發 行 人　高小娟

聯絡地址　新北市永和區中正路五九五號七樓之三

　　　　　電話：02-2923-1455 ／傳眞：02-2923-1452

網　　址　http://www.huamulan.tw 信箱 sut81518@gmil.com

印　　刷　普羅文化出版廣告事業

初　　版　2012 年 9 月

定　　價　二編 18 冊（精裝）新台幣 40,000 元

朱翱反切新考

張慧美　著

作者簡介

張慧美

東海大學中國文學博士（1996 年元月）

曾專任於國立中正大學

現爲國立彰化師範大學國文學系專任教授

曾主講語言學概論、語音史、聲韻學、訓詁學、教學語言藝術、古音學研究、聲韻學與國文教學專題研究、音韻學專題研究、詞彙學研究、語言風格學研究等課程。

1988 年於《大陸雜誌》發表〈朱翺反切中的重紐問題〉，並陸續於學報、期刊發表有關「上古音」、「中古音」、「現代音」、「語言風格學」等方面之論文四十餘篇。

提　要

清公大昕跋徐氏說文繫傳說：

「大徐本用孫愐反切，此本則用朱翺反切。」

朱翺反切和大徐本的反切不大相同。徐鉉用的是孫愐唐韻的反切，和今本廣韻的反切大致相同。朱翺獨不遵用唐韻，也許是他根據當時實際語音而作反切，因此這便是語音史的重要資料，值得仔細研究。

本論文由第一章之導論起，接著就是第二章評張世祿，王力兩家對朱翺反切聲類畫分之得失，確定了聲類之分合，而寫成第三章朱翺反切聲類考；接著就是第四章評張世祿，王力兩家對朱翺反切韻類畫分之得失，確定了韻類的分合，而寫成第五章朱翺反切韻類考。第六章裏則討論了朱翺反切中的重紐問題，文中對於重紐 A、B 類在音值上的區別，有詳細的探討，並且主張重紐 A 類聲母顎化，而 B 類則否。在第七章結語中，我利用一些有關的文獻記載，與現代吳語方言的演變情形，結論是朱翺反切所代表的音韻系統是一種南方方言，很可能是一種吳語方言，而金陵一帶方言在當時可能是屬於吳語方言，很可能就是朱翺反切的根據。

目

次

第一章　導　論

一、朱翱簡介

　　朱翱的事迹，史傳上不見有記載，只有《說文繫傳》每卷上首題徐鍇傳釋，朱翱反切。清錢大昕跋徐氏《說文繫傳》說：

> 大徐本用孫愐反切，此本則用朱翱反切，音與孫愐同，而切字多異，孫用類隔者，皆易以音和。翱與小徐同爲祕書省校書郎，姓名之上，皆繫以臣字，當亦南唐人也。〔註1〕

王鳴盛蛾術編「說文反切」條說：

> 徐鍇繫傳反切則不用孫愐而用朱翱，翱不知爲何許人，每卷首與鍇並列銜稱臣，而鍇在前，翱在後，且翱官亦係祕書省校書郎，則其爲與鍇同時同官，同仕南唐無疑，然馬令、陸游《南唐書》皆無其人，即吳任臣《十國春秋》亦無之。〔註2〕

　　南唐爲五代十國之一，始祖李昇，即徐知誥，受吳禪，稱帝於金陵，建立齊國，後改國號爲唐，史稱南唐。南唐壃土在後晉時包括今江西全省，江蘇安徽二省境內淮水以南之地，到後周時，南滅王閩，併有今福建省（除東部閩侯

〔註 1〕參見商務本《說文解字詁林前編》頁 22。

〔註 2〕同上頁 328 至 329。

以北屬吳越）之地，而長江以北、淮水以南之地則爲後周所併，傳至李昇孫煜時，爲宋所滅。自西元937年建國至975年亡國，共歷三世三主，享國三十九年。

朱翱的反切和大徐本的反切大不相同。徐鉉用的是孫愐唐韻的反切，和今本廣韻的反切大致相同。《四庫提要》說：「鉉書稱某某切，而鍇書稱反。」朱翱獨不遵用唐韻，也許是他根據當時實際語音而作反切，因此這便是語音史的重要資料，值得仔細研究。

二、說文解字繫傳的版本問題

《說文解字繫傳》凡八篇，四十卷。首通釋三十卷，以許慎《說文解字》十五篇，篇析爲二。凡鍇所發明，及徵引經傳者，悉加臣鍇曰，及臣鍇案字以別之。繼以部敍二卷，通論三卷，袪妄、類聚、錯綜、疑義、系述各一卷。故凡四十卷。

本書之作者爲徐鍇。徐鍇，字楚金，會稽人。與其兄徐鉉同有大名於江左。鍇四歲而孤，母方教鉉，未暇及鍇，而能自知書。李景見其文，以爲祕書省正字，累官內史舍人。李穆使江南，見其兄弟文章，嘆曰：「二陸不能及也。」（慧案：南唐李景初名景通，後改爲璟，又改爲景。）

徐鍇爲南唐人，酷愛讀書，盛夏隆冬，未嘗稍輟。其人博學強記，尤精於小學。後因其兄徐鉉奉使入宋，且值國勢日削，鍇憂憤鬱鬱而得疾。嘗謂家人曰：「吾今乃免爲俘虜矣。」便於開寶七年（西元974年）七月卒。鍇生於後梁貞明六年（西元920年）享年五十五。鍇卒之踰年，南唐亡。（即開寶八年─西元975年。）

徐鍇著有《說文解字繫傳》四十卷，《說文解字篆韻譜》五卷，《方輿記》一百三十卷，又古今國典賦苑歲時廣記及其他文章凡若干卷。後南唐亡，其遺文多散逸。

世稱徐鉉爲「大徐」，徐鍇爲「小徐」。〔註3〕

張元濟跋宋槧殘本《說文解字繫傳》云：

右天水槧《說文解字繫傳》卷三十至卷四十凡十一卷趙宋第二刻也。

〔註3〕以上之敍述，乃是參考馬令《南唐書》、陸游《南唐書》、《宋史・文苑傳》、吳氏任臣《十國春秋》等資料。

此書元明兩世未有刊傳。乾嘉以來汪氏、馬氏、祁氏始先後板行，三刻之中祁本爲最。

據我所知，《說文解字繫傳》的版本，至少有五種：一是四庫全書本。（乾隆四十七年－西元 1782 年完成，用紀昀的家藏本傳抄。）二是新安汪啓淑刻本。（乾隆四十七年－西元 1782 年，汪依四庫校本付梓。）三是馬氏龍威祕書巾箱刻本。（此書出於汪刻，而略加校訂。）四是祁寯藻重刻影宋足本。（道光十九年－西元 1839 年刊行。後來說文解字詁林本的《說林解字繫傳》部分，則是影印祁本；而小學彙函本乃覆刊祁寯藻重刻影宋足本。以後的叢書集成中之《說文解字繫傳》部分，則是影印小學彙函本·並附龍威祕書本附錄一卷於後；而四部備要本的《說文解字繫傳》也是根據小學彙函本校刊。）五是四部叢刊本。（民國八年，上海商務印書館縮印一冊。〔註4〕採用吳興張氏述古堂影宋本，〔註5〕加上常熟瞿氏鐵琴銅劍樓藏之殘宋本。〔註6〕）

以上是我對於《說文解字繫傳》這本書、作者及其版本的流傳問題所作之一簡單紋述。

三、前人研究之成果

朱翱的反切，據我所知，至少有四人做過研究。民國三十二年，嚴學宭先生發表了〈小徐本說文反切之音系〉；〔註7〕民國三十三年，張世祿先生發表了〈朱翱反切考〉；〔註8〕民國五十二年，梅廣先生的碩士論文寫的是《說文繫傳反切的研究》；〔註9〕民國七十一年，王力先生的《龍蟲並雕齋文集》第三冊出版了，其中也有一篇〈朱翱反切考〉。〔註10〕以上四篇論文，雖然研究的對象相同，但結論頗有不同。嚴文是用陳澧之反切繫聯法排比成系。取小徐說文反切繫聯上字，以定聲類，繫聯下字，以定韻類。共得四十三聲類，一百九十二韻

〔註 4〕將原來的四面併爲一面。

〔註 5〕卷首至卷二十九。

〔註 6〕卷三十至卷四十。

〔註 7〕參見中山大學《師範學院季刊》一卷 2 期頁 1 至 80。

〔註 8〕參見《說文月刊》第四卷頁 117 至 171。

〔註 9〕在民國 66 年全國博碩士論文分類目錄裏作〈從朱翱反切中看中古晚期音韻之演變〉。

〔註10〕參見《龍蟲並雕齋文集》第三冊，頁 212 至 258。

類（合之則爲一百七十二韻）。〔註11〕張文也是按照陳澧切韻考繫聯切語上下字的方法嚴格加以繫聯的。全文分上下兩篇；上篇爲聲類考，下篇爲韻類考。考證出三十四聲類，韻類平聲分三十八部，上聲三十七部，去聲四十部，入聲十九部。王文則是注重朱翱反切與廣韻切語有不相符合的地方。全文分三部分：即韻部、聲母、聲調。其結論是將韻部的平上去聲分爲二十七部，入聲獨立爲十四部；聲母分爲三十五部；聲調方面，則認爲朱翱反切完全依照切韻平上去入四聲，平聲不分陰陽，濁上沒有變去。至於梅文所用的方法，是直接拿繫傳反切和廣韻反切比較，來觀察這兩個語音系統音類的分合情形。梅文分上、中、下三篇，上篇是聲類的演變，中篇是「重紐」問題，下篇是韻類的演變。

　　嚴文、張文與王文中，皆未提到有關朱翱反切中的重紐問題。而梅文中對

〔註11〕四十三聲類爲：（1）雙唇音：補、匹、步、莫四類；（2）唇齒音：甫、符、勿三類；（3）舌尖前音：子、七、自、息、似五類；（4）舌尖中音：的、他、徒、奴、女、勒、連七類；（5）舌尖後音：側、測、助、色四類；（6）舌面前音：陟、敕、直、之、昌、時、式、而八類；（7）舌面中音：于一類；（8）舌根音：古、居、苦、起、其、五、呼、許、戶九類；（9）喉音：於、延二類。共計四十三聲類。一百九十二韻類（合之則爲一百七十二韻）爲：（1）果攝：何、坐、箇；多、果、臥。（2）假攝：巴（巴、瓜二類）、雅（雅、瓦二類）、夜（乍、夜二類）。（3）遇攝：孤、吉、度；居、與、御；于、武、遇。（4）蟹攝：來、海、代；最（大、最二類）；堆洰、配；皆、介；曳（曳、歲二類）；喙；迷、啓許。（5）止攝：唯、水、至（至、位二類）；之、矣、利；移（移、爲二類）、委（倚、委二類）、智（智、瑞二類）；歸、尾、意。（6）效攝：叨、抱、號；交、卯、孝；朝、沼、妙；挑、了、弔。（7）流攝：婁、斗、豆；尤、酒、救；蚪、糾、幼。（8）咸攝：貪、坎、暗、合；三、敢；咸、減、蘸、掐；監、檻、呷；廉、檢、轟；業；點、念；劍、乏。（9）深攝：沈、甚、沁、立。（10）山攝：安、旱、旦、過；末；刪、綰、患、八；閑、限；延（延、專二類）、件（件、選二類）、衍（衍、眷二類）、舌（舌、絕二類）；袁、喧、萬（獻、萬二類）、月（歇、月二類）；賢、典（典、犬二類）、硯（硯茜二類）、穴（刮、穴二類）。（11）臻攝：痕、懇、恨；昆、本、寸、骨；人、引、刃、密；殷、謹、迄；云、粉、問、勿。（12）宕攝：昌、廣、浪、莫；強、快、畧。（13）江攝：江、蚌、巷、角。（14）曾攝：增、等、亘、弌；冰、應、即。（15）梗攝：行、永、命、白；獲；征、郢、性、尺；丁、茗、歷。（16）通攝：聰（聰、充二類）、動、弄、六；宋、毒；封、恐、用、燭。共計一百九十二韻類（合之則爲一百七十二韻）。

至於張氏與王氏聲、韻之分類的詳細情形，在第二、四篇裏都會全部錄出，茲不贅。

此則有所討論，但是不夠詳盡。

四、本文寫作的過程與方法

我選擇了商務說文解字詁林之版本，將《說文解字繫傳》部分的每一個被切字（並註明反切與頁數〔註12〕）作成一張卡片，共得九千多張。然後校以四部叢刊版本的《說文解字繫傳》之朱翱反切，並於校對時，在卡片裏註上四部叢刊本之頁數；〔註13〕並抄出兩個版本同字而音之反切不同者，共計九百五十一字，擇善而從，得知詁林本錯誤處有三十六字，〔註14〕四部叢刊本則有七〇四字。〔註15〕其餘之字，有些尚待進一步研究，有些字則是詁林本與叢刊本之反切都對。

其次再以卡片校對說文解字詁林之大徐本反切，並抽掉大徐本竄入之字。〔註16〕

接著我將所有的卡片，先用陳澧的繫聯法，將聲類、韻類皆繫聯出來，得出一個大略的系統；再將繫聯出來的朱翱反切與廣韻切語作一比較，然後再用統計法求出其聲類、韻類之例外百分率，最後再由統計出來之例外百分率的高低來定其聲類、韻類的分合。並且由最後決定出之結果，重新來修正第一次繫聯的不周延處，並得出一個我認為較為合理的結果。

〔註12〕例如：堅（激賢反）P1283b 表示第 1283 頁的反面（如果是 1283 頁的正面，則以 P1283a 來表示），以此類推。說文解字詁林原係線裝連史紙四開本，分訂六十六冊，臺版改為精裝五十磅印書紙二十開本，分訂十冊。臺版景印借用楊家駱先生收藏之本為底本。我選用的是民國 59 年 1 月臺三版的本子。台灣商務印書館之本子與鼎文書局之本子頁數不同。

〔註13〕例如：堅（激賢反）6.58a 表示上海商務縮印本的第六卷、58 頁的上欄（如果是第六卷、58 頁的下欄，則以 6.58b 來表示），以此類推。

〔註14〕例如：「価」，詁林本作（弭弨反），叢刊本作（弭釗反）。

〔註15〕例如：「人」，叢刊本作（爾甲反），詁林本作（爾申反）。

〔註16〕共計五百七十七字。我將它置於附錄一的附表一中。《四庫提要》說：「鉉書稱某某切，而鍇書稱反。」我就是以此來判定大徐本竄入之字。（其中有七字例外，詳見聲類考凡例的註1。）

第二章　評張世祿、王力兩家對朱翱反切聲類畫分之得失

第一節　張世祿、王力兩家聲類畫分之異同

一、張世祿分為三十四類

　　張世祿用「繫聯法」，將朱翱反切聲類分為三十四類。即古、苦、其、五、呼、戶、烏、于、陟、丑、直、女、側、昌、時、式、而、得、他、徒、奴、勒、子、七、自、息、似、補、匹、步、莫、甫、符、勿，等三十四類。張氏在每類中取其所見次數最多之一字，以為標目。因此現在我將張氏所做出的反切三十四聲類與宋人三十六字母、廣韻四十七聲類之比較表轉錄於下，以收一目了然之效。

1.	古	…	見	…	居
					古
2	苦	…	溪	…	去
					苦
3.	其	…	羣	…	渠
4.	五	…	疑	…	魚
					五
5.	呼	…	曉	…	許
					呼

6.	戶	…	匣	…	胡
7.	烏	…	影	…	於 烏
8.	于	…	喻	…	以 于
9.	陟	…	知	…	陟
10.	丑	…	徹	…	丑
11.	直	…	澄	…	直
12.	女	…	娘	…	女
13.	側	…	照	…	之 側
14.	昌	…	穿	…	昌 初
15.	時	…	禪 / 牀	… / …	時 食
16.	式	…	審	…	士 所 式
17.	而	…	日	…	而
18.	得	…	端	…	都
19.	他	…	透	…	他
20.	徒	…	定	…	徒
21.	奴	…	泥	…	奴
22.	勒	…	來	…	力 盧
23.	子	…	精	…	子
24.	七	…	清	…	七
25.	自	…	從	…	昨
26.	息	…	心	…	蘇
27.	似	…	斜	…	徐
28.	補	…	幫	…	博 方
29.	匹	…	滂	… …	普 芳

30.	步	…	並	…	蒲
				…	符
31.	莫	…	明	…	武
				…	莫
32.	甫	…	非		
			敷		
33.	符	…	奉		
34.	勿	…	微		

二、王力分爲三十五母

王力用「比較法」，將朱翱反切聲母分爲三十五母。即見、溪、群、疑、端、透、定、泥、知、徹、澄、娘、幫、滂、並、明、非敷、奉、微、精、清、心、邪（包括從母）、莊、初、山、照、穿、審、禪（包括牀神母）、影、曉、匣（包括喻母）、來、日等三十五母。

張、王兩家聲類的畫分相同的部分有「見、溪、群、疑、影、曉、知、徹、澄、娘、端、透、定、泥、牀神禪、精、清、心、來、日、幫、滂、並、明、非敷、奉、微」等。相異處如張氏的「側之」、「初昌」、「式所」不分而王氏則分；王氏的「從邪」、「喻匣」不分而張氏則分。張王兩家之分類，究竟誰是誰非，抑有兩家皆非處，以下就是我所研究的一點小心得。

第二節　兩家分類之得失

我首先用陳澧之繫聯法將聲類繫聯出來，接著用朱翱反切與廣韻反切作一比較，然後再用統計法求出其百分率，由所佔百分率之高低來決定其聲類之分合。並藉以評定張、王兩家之是非。

一、張是王非

（一）從、邪當分

1. 從母字用作從母字之反切上字者，〔註1〕共計一五二字

〔註1〕此數目字僅代表從母字用作從母字的反切上字者。因爲有些被切字無法在廣韻中找到相當的字來作比較；或是能在廣韻中找到，而其反切上字既不屬從母也不屬邪母者皆不納入統計。以下照二照三、穿二穿三、審二審三、匣喻、喻三喻四之

瓚（自限），吮（自褊），趞（自障），峕（自先），雥（自合），㱼（自闌），殘（自闌），㱠（自闌），筰（自莫），飵（自莫），樵（自超），槧（自淡），財（自來），賤（自見），耤（自即），鄫（自陵），昨（自莫），殅（自成），齊（自兮），齌（自兮），秨（自莫），秦（自人），从（自邕），情（自成），怍（自莫），戔（自閑），匠（自障），鑿（自莫），錢（自僊），薺（疾咨），薋（疾茲），茨（疾茲），耤（疾辟），籍（疾辟），餈（疾咨），穧（疾茲），頳（疾性），澬（疾咨），捷（疾聶），垐（疾咨），艏（字由），酋（字由），芓（慈伺），藉（慈作），自（慈四），疾（慈悉），痤（慈戈），漕（慈到），鷀（秦思），㑵（秦室），慈（秦思），悴（秦醉），潛（秦苦），截（情鐵），曾（前增），咀（前呂），啾（前秋），祖（前呂），層（前增），醮（前昭），在（前采），𢦏（錢來），材（錢來），才（錢來），裁（錢來），牆（賤忩），牄（賤忩），戕（賤忩），艚（殘高），齹（殘他），曹（殘高），虘（殘他），䴾（殘陁），槽（殘高），褿（殘高），鰂（殘忒），齹（殘陀），賊（殘忒），醉（昨猝），踤（昨沒），胙（昨怒），虥（昨閑），栽（昨萊），贈（昨鄧），嵯（昨挼），崔（昨回），慙（昨三），捽（昨沒），塹（昨三），䁟（昨何），蹔（昨三），䣜（昨怒），阼（昨怒），鬵（昨尋），荐（在片），蹲（在坤），奘（在郎），存（在坤），悰（存公），慒（存公），賨（才冬），宋（才狄），瘥（才他），巀（才葛），嚌（寂帝），㣤（寂衍），衡（寂衍），踐（寂衍），諓（寂衍），皆（寂帝），劑（寂帝），盡（寂泯），靜（寂郢），餞（寂羨），穧（寂帝），俴（寂衍），聚（寂煦），彰（寂郢），竫（寂郢），靖（寂郢），埾（寂煦），旪（牆揖），雧（牆揖），亼（牆揖），鏶（牆揖），輯（牆揖），牆（賊忘），仝（族延），藂（全通），徂（全徒），叢（全通），殂（全徒），欑（全丸），粗（全魯），祚（徂故），栫（徂寸），摧（徂回），坐（徂可），鐏（徂寸），鉔（徂泥），琮（粗宗），䣜（粗何），蔪（就冉），漸（就冉），鷲（絕僦），就（絕僦），阱（從性），靚（從姓），淨（從性），瀞（從性），姘（從性），字（慈伺）。

2. 邪母字用作邪母字的反切上字者，共計七十七字

祥（似良），璿（似緣），徐（似虛），誦（似共），詳（似羊），謝（似下），

統計數目皆如此。

訟（似共），鱟（似侵），彗（似袂），得（似侵），習（似入），翔（似羊），

錫（似傾），榴（似集），松（似逢），圓（似緣），囚（似求），賮（似忍），

痒（似箱），像（似獎），襲（似集），橡（似獎），庠（似陽），象（似獎），

騽（似集），灺（似下），灊（似侵），洋（似羊），泟（似戀），潯（似偃），

鰼（似入），鏇（似戀），斜（似車），隰（似集），樿（詳遵），似（詳紀），

沶（詳紀），汜（詳紀），鄩（徐林），緒（徐呂），蓆（辭尺），嗣（辭笥），

寺（辭伺），夕（辭易），席（辭尺），衺（辭牙），夎（詞亦），蓋（夕晉），

賣（夕爥），苳（夕醉），遂（夕醉），敘（夕與），橡（夕醉），旋（夕位），

采（夕位），俗（夕爥），禒（夕位），屖（夕與），次（夕連），詞（夕茲），

序（夕與），夎（夕晉），鰆（夕與），鐇（夕位），鸍（夕位），彜（夕茲），

辭（夕茲），岫（席又），祀（祠此），祠（涎茲），巡（續倫），循（續倫），

旬（續倫），馴（續倫），泃（續倫），蟲（續倫），㲩（似獻）。

3. 從母字用作邪母字的反切上字者有一字

飤（慈例）。

4. 邪母字用作從母字的反切上字者有三字

從（松用），蕈（夕祉），頼（夕位）。

王力在《龍蟲並雕齋文集》第三冊頁 254 裏曾說：「從邪混用，牀神禪混，匣喻混用，皆與今吳語合。」然而，由上可知，以從切從〔註2〕的有一五二字，以邪切邪者有七十七字，而以從切邪，以邪切從者共四字，可見例外的佔全部的百分之一點七，而正常的佔全部的百分之九十八點三，因此雖然有四字例外，但從邪不混的情形高達百分之九十八點三。所以我認爲從邪應分，並採用張世祿之從邪當分之說。

二、張非王是

（一）照三、照二〔註3〕當分

〔註2〕　「以從切從」者第一個「從」字代表反切上字，第二個「從」字代表被切字。以下「以某一切某二」者，皆表示某一用作某二的反切上字。

〔註3〕　本文中之聲母，皆採用三十六字母之名稱；爲表示區別，在三十六字母後加數目字，表示其在韻圖中的等第。如照二、照三、喻三、喻四等。

1. 照三母字用作照三母字的反切上字者，共計有二一〇字

璋（之羊），蔗（之射），詹（之炎），囀（之日），嚇（之射），遮（之巴），

暉（之勇），衝（之勇），踵（之甬），摯（之接），讋（之接），輯（之列），

整（之靜），占（之廉），瞻（之炎），腫（之勇），榭（之射），柘（之射），

桎（之日），積（之己），贅（之芮），質（之日），郅（之日），邸（之忍），

鄣（之良），哲（之列），枞（之松），煩（之袵），隲（之日），執（之習），

浙（之列），汁（之習），摺（之涉），鍾（之松），鐘（之松），止（只耳），

耆（只庶），持（只耳），沚（只耳），沝（只耳），阯（只耳），臨（只耳），

證（酌應），迣（正曳），利（正曳），製（正曳），狾（正曳），戰（正彥），

鍼（正沈），周（隻留），冑（隻逐），椆（隻留），柷（隻逐），舟（隻留），

貔（隻公），潨（隻公），州（隻留），婤（隻留），輈（隻留），芝（眞而），

正（眞性），延（眞名），跖（眞石），蹠（眞石），只（眞彼），証（眞性），

政（眞性），隻（眞石），鵻（眞夷），脂（眞夷），釗（眞遙），觶（眞避），

盅（眞遙），枳（眞彼），橐（眞聶），之（眞而），昭（眞遙），穛（眞若），

咫（眞彼），灼（眞若），焯（眞若），炙（眞石），忮（眞避），懾（眞聶），

慴（眞聶），招（眞遙），扺（眞彼），抵（眞彼），坻（眞彼），鉊（眞迢），

鉦（眞名），勺（眞若），斫（眞若），軹（眞彼），酌（眞若），箴（止沉），

甄（止鄰），蹍（止鄰），螽（止沈），箴（止沈），賑（止忍），眞（止鄰），

眾（止宋），照（止要），沼（止少），霥（止宋），墇（止向），斟（止沈），

障（止向），隉（止要），輊（戰媚），鷙（戰媚），至（戰媚），勢（戰媚），

葦（周良），章（周良），彰（周良），麞（周良），漳（周良），支（章移），

雄（章移），胑（章移），枝（章移），楮（章移），幟（章直），卮（章移），

馶（章移），駗（章引），震（章信），職（章直），捏（章信），娠（章信），

戠（章直），蒸（振承），戠（振稅），昚（振丞），夙（支允），眕（支允），

胗（支允），稹（支允），朢（支處），袗（支引），診（支允），今（支允），

羿（支處），狴（支處），惴（支瑞），注（支處），畛（支允），鑄（支處），

軫（支引），祝（職六），珠（職蔞），爪（職想），箠（職累），旨（職美），

宔（職庚），帚（職受），響（職件），砌（職件），底（職美），騅（職累），

磚（職件），志（職吏），怡（職美），沝（職累），闖（職流），掌（職想），

指（職美），捶（職累），夅（職件），祗（旨移），疃（旨闐），樺（旨闐），

顡（旨闈），鐟（旨闈），諸（掌於），諸（掌於），鼅（諸與），渚（諸與），
陼（諸與），者（煮也），赭（煮也），鸛（遮延），饘（遮延），旃（遮延），
氈（遮延），梢（氊巢），專（準旋），顓（準旋），塼（準旋），萑（專唯），
咮（專扶），趯（專玉），佳（專惟），鷸（專玉），朱（專扶），屬（專玉），
錐（專唯），爥（專玉），錐（專唯），晦（朱順），灼（爥悅），拙（爥悅），
主（拙庚），枓（拙庚），麈（拙庚），諄（主均），肫（主均）。

2. 照二母字用作照二母字的反切上字者，共計六十六字。

齋（側皆），壯（側浪），莊（側羊），蓁（側詵），筜（側泓），菑（側持），
菆（側丘），齺（側丘），齻（側巴），齱（側丘），諍（側迸），讄（側巴），
譖（側賃），爪（側狡），叉（側狡），戯（側巴），事（側字），爭（側泓），
裁（側字），箏（側泓），櫨（側巴），亲（側詵），榛（側詵），柤（側巴），
椒（側丘），責（側革），郯（側戒），麚（側豆），瘵（側介），幘（側冊），
裝（側良），驕（側丘），狀（側上），溠（側巴），漕（側詵），臻（側詵），
抯（側巴），妝（側羊），甾（側持），錙（側持），俎（側所），斬（側削），
輜（側持），轃（側詵），斬（側減），陬（側丘），阻（側所），荊（齋石），
菹（齋居），炅（齋食），側（齋食），仄（齋食），茁（鄒滑），跧（鄒牷），
髦（鄒茶），眮（臻邑），溧（臻立），戩（臻邑），莘（阻史），茅（阻史），
滓（阻史），酨（阻限），迮（滓白），譜（滓白），笮（滓白），鄒（側留）。

3. 照三母字用作照二母字的反切上字者，共計六字。

唇（止鄰），詐（章乍），禛（職鄰），糕（氊岳），溱（氊莘），捉（氊岳）。

由上可知以照三切照三的有二一〇字，以照二切照二的有六十六字，而例
外字如以照三切照二的有六字，約佔全部的百分之二，而正常不混之情形則高
達約百分之九十八，因此，由統計數字顯示，我認為王力所認為照二照三當分，
應是正確的。

（二）穿三、穿二當分

1. 穿三母字用作穿三母字的反切上字者，共計七十一字。

茝（昌亥），啜（昌蹶），喘（昌轉），俶（昌伏），饎（昌意），舛（昌頓），
幝（昌善），俶（昌伏），侈（昌婢），袳（昌婢），尺（昌夕），廖（昌妓），
庮（昌夕），輝（昌善），炒（昌婢），熾（昌意），赤（昌夕），闡（昌善），

埱（昌伏），鉹（昌婢），昌（醜將），閶（醜將），醜（稱肘），車（稱梛），

叱（瞋密），謓（齒眞），瞋（齒眞），眵（齒離），脹（齒眞），稱（齒仍），

姑（齒摺），冄（處陵），吹（叱爲），炊（叱爲），川（叱專），春（川勻），

歜（川欲），惷（川準），穿（啜鉛），韏（赤周），唱（赤快），衝（赤重），

齒（赤里），諯（赤戀），敇（赤文），殌（赤狩），痄（赤占），罿（赤重），

倡（赤羊），充（赤風），臭（赤狩），憧（赤重），趂（充舍），竁（充芮），

弨（充招），觢（唱曳），憓（唱曳），㢓（唱曳），誃（尺婢），觸（尺欲），

樞（尺夫），出（尺律），瘛（尺制），俷（尺興），袾（尺夫），碊（尺戰），

潘（尺甚），姼（尺紙），姝（尺朱），垑（尺氏），倄（出準）。

2. 穿二母字用作穿二母字的反切上字者，共計四十二字。

琤（測庚），萗（測麥），冊（測麥），讖（測浸），訾（測戛），訬（測嘲），

初（測居），策（測麥），篹（測慣），厠（測吏），娕（測角），鎗（測彭），

錚（測彭），榸（測索），裻（察色），測（察色），㘸（察色），刱（叉向），

察（叉札），蓳（初狩），叉（初牙），屪（初簡），差（初加），杈（初牙），

榊（初僅），狻（初簡），愴（初訪），滄（初況），漺（初訪），揣（初委），

鏟（初簡），酸（初減），篡（篡刮），齒（楚近），齹（楚宜），舓（楚箠），

屆（楚甲），插（楚洽），扱（楚乏），齗（襯許），楚（襯許），齺（襯許）。

3. 穿三母字用作穿二母字的反切上字者，有一字。

鬻（齒沼）。

由上可知，以穿三切穿三者有七十一字，以穿二切穿二者有四十二字，而只有一字例外，所以不混的情形約佔百分之九十九點一，因此我仍贊同王力穿三、穿二當分之說法。

（三）審三、審二當分

1. 審三母字用作審三母字的反切上字者，共計一二一字。

溪（式琴），菌（式匕），呻（式人），齝（式其），商（式陽），詩（式其），

曑（式人），書（式魚），舒（式魚），殤（式陽），胂（式人），觴（式陽），

餘（式文），錫（式陽），賞（式賞），賒（式車），鄃（式于），朮（式六），

店（式占），伸（式人）傷（式陽），傓（式人），身（式人），百（式九），

首（式九），燒（式遙），水（式癸），深（式琴），手（式九），捨（式且），

申（式人），著（申離），識（申力），敆（申而），收（申邱），式（申力），
郱（申之），郤（申車），施（申而），飾（申力），尸（申離），屍（申離），
䚻（申而），奢（申嗟），軾（申力），溼（傷執），豕（書爾），象（書爾），
㦖（書爾），弛（書爾），鑠（書卻），羴（賒延），梴（賒延），挻（賒延），
世（詩袂），赦（詩夜），舍（詩夜），偏（詩掾），狩（詩救），淿（詩夜），
扇（詩掾），聖（詩令），失（詩必），獸（詩救），舛（失閏），少（失沼），
釋（失易），適（失易），試（失吏），說（失雪），弒（失志），瞋（失閏），
㝠（失易），矢（失止），舜（失閏），釋（失易），瞬（失閏），庶（失著），
恕（失箸），攝（失涉），戍（失裕），勝（失稱），升（失稱），陯（失喻），
暘（矢易），弞（矢引），弞（矢引），頤（矢引），饟（庶根），傷（庶錫），
賞（升羊），邥（升沼），柉（施甚），諗（施甚），設（施子），瞕（施甚），
束（施錄），閃（施墊），始（施起），螫（施隻），輸（施迁），睒（收儼），
覘（收儼），婆（收儼），叔（尸竹），艫（尸竹），室（尸質），守（尸受），
倏（尸竹），儵（尸竹），聲（識征），暑（叔呂），黍（叔呂），鼠（叔呂），
稅（輸袂），稅（輸袂），春（輸容），帨（輸袂），裞（輸袂），涗（輸袂），
苦（設炎）。

2. 審二母字用作審二母字的反切上字者，共計一〇九字。

瑟（師櫛），蔆（師今），崒（師子），澀（師及），疋（師阻），删（師關），
刷（師子），糝（師今），鬖（師今），幓（師例），濇（師吸），瑟（師訖），
鏾（師壞），所（師阻），芟（所監），牲（所庚），詵（所臻），鞭（所旨），
叔（所子），雙（所江），㬊（所臻），榱（所追），森（所今），產（所限），
曬（所智），突（所禁），痒（所沁），疝（所閒），帴（所八），侁（所臻），
莘（所臻），乡（所咸），彡（所咸），屾（所臻），駪（所臻），槮（所臻），
滻（所簡），滲（所禁），灑（所解），鈔（所加），扟（所臻），史（瑟耳），
使（瑟耳），訕（史患），稍（史掉），索（史迮），碩（史伯），狦（史患），
汕（史患），潃（史索），蔲（色酋），䏨（色居），延（色居），殺（色軋），
爽（色敞），翠（色呷），籭（色離），箾（色捉），笙（色行），臚（色酋），
㪙（色廁），梳（色居），生（色庚），甡（色鄰），邖（色閑），朔（色捉），
山（色閑），獀（色酋），沙（色加），溲（色酋），漱（色透），溍（色關），

霜（色方），攕（色咸），挈（色捉），搐（色逐），搜（色酋），甥（色行），鏉（色透），疏（色居），茜（色逐），薔（疏憶），衛（疏律），躧（疏比），筵（疏比），嗇（疏憶），穡（疏憶），帥（疏密），歃（疏憶），色（疏憶），轖（疏憶），達（疏密），梀（疏快），釃（疏比），莑（山嘩），爇（山洽），箽（山燁），眡（山呂），郁（山召），鄋（山尤），瘦（山溜），獑（山檻），筲（數雛），槮（數鷃），榆（數雛），數（率武），繀（率武），篹（率眷），歃（山呷）。

3. 審三母字用作審二母字的反切上字者，共計七字。

鞴（式垂），師（申之），鶒（世方），鈒（飾吸），莦（羶巢），捎（羶巢），筲（羶巢）。

由上可知，以審三切審三者有一二一字，以審二切審二者有一〇九字，而例外字如以審三切審二者有七字，僅約占全部的百分之三，而不混用的情形高達約百分之九十七，因此我也認為王力主張審三審二當分是正確的。

王力在《龍蟲並雕齋文集》第三冊頁250至251曾說：

> 大量的反切證明，莊初山三母都是獨立的，不與照穿審相混，也不與精清心相混。有個別例外，如"溱"讀甄莘反，是莊與照混；"𪓐"讀齒治（慧案：蓋治字乃沼字之誤排。）反，是初與穿混；"師"讀申之友，"捎"讀羶巢反，"鶒"讀世方反，是山與審混；"鄒"讀則留反，"瑵"讀子老反，"詛"讀即趣反，是莊與精混；"瘯"讀此韋反，"柵"讀妻側反，是初與清混。這些例外都可以得到解釋：有些是異讀，如"瑵"讀如"蚤"，"瘯"瀆如"縩"；有些是疏忽，如"師"讀申之反；有些是誤字，如"鄒"則留反，是側（慧案：叢刊本作"側"，詁林本誤作"則"。）留之誤。這樣，莊初山的獨立性是毫無疑義的。

由此可見張世祿把照三照二，穿三穿二、審三審二認為是混而將它們合在一起是錯誤的。

（四）匣、喻〔註4〕當混。

1. 匣母字用作匣母字的反切上字者，共三六二字

〔註4〕此處是指廣義的喻紐，包括喻三、喻四。

禍（戶果），皇（戶光），環（戶關），璜（戶光），瓛（戶官），瑝（戶荒），

莞（戶寒），喤（戶荒），咊（戶歌），還（戶刪），逭（戶岸），踝（戶把），

穌（戶歌），話（戶敗），抓（戶把），畫（戶麥），睅（戶版），坙（戶荒），

萑（戶寒），幻（戶袒），脛（戶定），肍（戶岸），觟（戶把），篁（戶荒），

簧（戶光），盉（戶歌），會（戶兌），䨥（戶荒），槐（戶隈），桓（戶寒），

楎（戶昆），橫（戶更），回（戶璟），圂（戶本），郂（戶高），禾（戶歌），

稩（戶荒），粠（戶聰），宦（戶慣），瘣（戶隈），痕（戶根），㸔（戶乖），

魂（戶昆），嶸（戶庚），丸（戶寒），貆（戶寒），狟（戶寒），睪（戶刪），

莧（戶寒），狟（戶寒），獲（戶麥），鼲（戶昆），煌（戶光），懷（戶埋），

患（戶慣），惶（戶荒），湟（戶荒），淮（戶埋），洹（戶寒），瀤（戶埋），

渾（戶昆），潢（戶荒），潵（戶更），濩（戶霍），鱯（戶化），鰍（戶把），

鯇（戶版），擐（戶慣），換（戶岸），弘（戶明），垸（戶岸），黃（戶荒），

鑴（戶迷），鑊（戶廓），鍰（戶刪），鍠（戶荒），輯（戶昆），轘（戶刪），

隍（戶光），芐（桓古），雇（桓土），楛（桓土），害（桓艾），岵（桓土），

怙（桓土），戶（桓土），肴（豦交），潓（回桂），瑕（痕加），諧（痕皆），

跘（痕加），齝（痕皆），諧（痕皆），骸（痕皆），鞎（痕加），韓（痕安），

寒（痕安），碬（痕加），騢（痕加），騢（痕皆），黠（痕札），鰕（痕加），

戛（痕札），鍜（痕加），護（渾素），笁（渾素），栢（渾素），罦（渾素），

姻（渾素），妥（渾素），瑚（魂徒），胡（魂徒），乎（魂徒），餬（魂孤），

狐（魂徒），矔（魂徒），壺（魂孤），湖（魂徒），弧（魂徒），難（乎瓦），

宏（乎萌），玄（乎萌），穴（乎決），痕（乎加），祜（胡故），虤（胡兀），

髇（胡刮），讚（胡愧），鵠（胡僕），殰（胡塊），縠（胡獨），隺（胡僕），

櫎（胡晃），梡（胡本），棞（胡昆），鄗（胡邁），邯（胡安），晄（胡莽），

凾（胡甘），奊（胡官），完（胡官），雘（胡僕），皖（胡頓），禍（胡顆），

縣（胡涓），灰（胡甲），煋（胡撲），饂（胡兀），惑（胡國），愚（胡頓），

溷（胡頓），滑（胡劫），潰（胡塊），涵（胡甘），涵（胡甘），靁（胡甘），

闠（胡塊），攪（胡莽），摑（胡兀），揾（胡兀），恒（胡膺），斛（胡谷），

鯀（胡本），邅（恒艾），远（恒湯），械（恒介），祄（恒夫），魷（恒湯），

妎（恒艾），腤（寒醮），檻（寒犯），臽（寒醮），候（寒豆），陷（寒醮），

璑（候到），莖（候宏），嗑（候臘），鞚（候叙），瞷（候閒），号（候到），

缸（候邦），賀（候箇），晧（候抱），皞（候抱），頷（候坎），頜（候坎）

顥（候抱），頦（候猜），奡（候抱），憪（候艱），浩（候抱），洽（候夾），

鰝（候抱），闔（候臘），閑（候艱），嫻（候艱），亥（候乃），仁（賀聰），

瑾（閑括），莧（閑旦），荷（閑俄），苛（閑俄），行（閑橫），翮（閑隔），

鶴（閑博），胻（閑橫），衡（閑橫），羥（閑刮），何（閑俄），礛（閑隔），

貉（閑縛），驊（閑博），貉（閑博），河（閑俄），洐（閑橫），涵（閑博），

轄（閑刮），鶡（衡割），曷（衡葛），褐（衡葛），號（行高），垎（赫），

喉（河溝），餱（河溝），猴（河溝），鯸（河溝），猴（河溝），矦（河溝），

趎（猴猜），屪（猴多），袷（侯夾），珨（侯勘），咳（侯猜），含（侯貪），

咸（侯彡）諴（侯彡），誙（侯懇），鞎（侯恩），殽（侯交），效（侯教），

敆（侯玩），文（侯交），臋（侯產），齀（侯玩），翰（侯玩），雗（侯玩），

鷼（侯艱），鶾（侯玩），膎（侯叙），笅（侯交），盇（侯臘），夆（侯邦），

桻（侯邦），郶（侯市），邗（侯干），郃（侯臘），馬（侯坎），癇（侯艱），

銲（侯玩），頷（侯貪），騆（侯艱），鶾（侯玩），駻（侯玩），駭（侯楷），

狎（侯甲），齡（侯貪），悍（侯玩），侅（侯耐），洨（侯交），澥（侯多），

浲（侯邦），滔（侯坎），汗（矦玩），鹹（侯彡），閇（侯玩），扞（侯玩），

匣（侯甲），劾（侯耐），鎬（侯抱），釬（侯旰），銜（侯彡），限（侯產），

酣（侯貪），珩（限羹），荅（限猛），峆（限蚌），暇（限乍），項（限蚌），

很（遐懇），斅（遐嶽），鷽（遐岳），旱（遐緩），齅（遐戒），嶨（遐岳），

礐（遐岳），确（遐岳），恨（遐艮），鬩（恨絳），夏（恨且），巷（恨絳），

幸（恨耿），薮（很沒），後（旱斗），昌（旱斗），厚（旱斗），后（旱斗），

詥（後閣），合（後閣），居（後古），齵（下夫），譀（下暫），鄠（下古），

郋（下遘），瓠（下故），覈（下革），佼（下巧），鐮（下斬），陝（下夾），

玄（螢先），焚（玄經），衒（迴茜），眩（迴茜），惠（迴桂），橞（迴桂），

纙（迴茜），慧（迴桂），峪（混耕），閎（混耕），戌（戶關），豢（戶慣），

焜（狐損），夆（乎蓋），甇（玄經），袈（玄經），熒（玄經），旬（迴茜），

刑（賢星），兮（賢迷），邢（賢星），邢（賢經），稴（賢兼），形（賢星），

猴（賢迷），騱（賢迷），鼮（賢迷），奚（賢迷），嫛（賢迷），嫌（賢兼），

婞（賢頂），型（賢星），鈃（賢星），鏗（賢星），鉥（賢星），菥（形先），

趚（形先），胘（形先），嵥（形先），舷（形先），慈（形先），嫉（形先），

弦（形先），鷺（兮卓）。

2. 喻母字用作喻母字的反切上字者，共計四四五字

因爲下節裏（二（三）），我將有專節討論喻三、喻四是否當分，而不管是以喻三切喻三，以喻四切喻四，或以喻三切喻四，以喻四初喻三，都是屬於以喻切喻。因此現在我只寫出以喻切喻共計四四五字，其詳細情形下節再論，茲不贅。

3. 匣母字用作喻四母字之反切上字者，共八字

諭（玄遇），謍（玄經），眥（玄經），鵑（玄遇），巋（玄恕），悆（玄遇），

塋（玄經），鑒（玄經）。

4. 喻三母字用作匣母字的反切上字者，共七字。

槭（于咸），或（于抑），隹（員聰），鴻（員聰），洪（員聰），圜（雨專），

滈（矣抱）。

5. 喻四母字用作匣母字的反切上字者，共四十字。

謷（羊狄），覎（羊狄），俠（羊帖），襭（羊截），頁（羊截），頡（羊截），

奰（羊截），挾（羊帖），劦（羊帖），恊（羊帖），嗋（羊帖），協（羊帖），

呪（易顯），睍（易顯），溪（亦啓），僵（亦啓），諺（亦啓），匸（亦啓），

薔（移隔），郎（移雞），宦（弋伊），洞（余請），盻（異契），系（異契），

泫（豫顯），桵（與辟），嵞（勻迷），䲉（勻迷），鄙（勻低），儱（勻迷），

罤（勻迷），攜（勻迷），畦（勻迷），韄（勻迷），賢（由堅），矕（預顯），

炫（預顯），鉉（預顯），迥（余請），雈（唯專）。

由上可知，以匣切匣者有三六二字，以喻切喻者有四四五字，以匣切喻四者八字，以喻三切匣者有七字，以喻四切匣者共有四十字。正常的切語有八〇七字，而匣母、喻母混用的有五十五字，約佔百分之六點四。因爲五十五字的量已算很大，所以不能視爲例外，因此我覺得匣喻母當混。〔註5〕

〔註 5〕從另一個角度看，我們也可以假設匣、喻當分。因爲在反切繫聯上，匣、喻還是可分的。也可假設爲一、二等的匣紐和喻四分，四等的匣紐和喻四合。因爲我根據朱翱反切匣紐字的全部統計，得出匣紐一、二等字切一、二等字者有三五四字，

三、喻三、喻四是否當合？

1. 喻三母字用喻三母字的反切上字者，共計一二一字。

王（于光），瑗（于眷），萬（于甫），蔫（于委），筠（于忍），韋（于旭），

鞾（于歲），越（于厥），運（于問），遠（于阮），韙（于旭），迂（于況），

衛（于歲），謂（于貴），詠（于柄），韗（于問），羽（于甫），雄（于弓），

韗（于問），緎（于逼），樟（于毀），柚（于甫），械（于憶），鞼（于鬼），

口（于歸），圓（于間），圍（于歸），員（于專），鄆（于蘊），邪（于詡），

郵（于甫），眶（于放），輵（于歸），宇（于矩），寪（于彼），瘨（于問），

瘑（于彼），疛（于救），偉（于毀），位（于醉），襠（于歸），覸（于問），

獩（于甫），彙（于貴），蠰（于歲），熊（于戎），煒（于旭），甓（于歲），

賦（于抑），懲（于歲），渭（于貴），泳（于柄），汩（于筆），屍（于筆），

雨（于補），雽（于甫），鮪（于旭），闈（于委），扜（于惲），媚（于貴），

媛（于面），妭（于厥），戊（于厥），藉（于柄），譁（員須），軒（員須），

竽（員須），方（員須），盂（員須），蛂（員分），雲（員須），違（宇非），

敦（宇歸），韋（宇歸），郵（宇牛），蒦（宇歸），潿（宇歸），潿（宇歸），

闈（宇歸），帷（位逶），越（王厥），篗（王若），爲（雨隨），郇（雨奔），

顈（雨牝），碩（雨牝），永（雨省），隕（雨牝），玗（羽朱），芸（羽文），

越（羽先），爰（羽元），穎（羽文），圓（羽文），園（羽元），袁（羽元），

愪（羽文），溳（羽分），沄（羽文），澐（羽文），雲（羽文），援（羽元），

妘（羽文），垣（羽元），轅（羽元），尤（羽秋），榮（永兵），禜（爲命），

洧（榮美），芌（云煦），胃（云貴），霧（云煦），瑀（爰主），宥（尤舊），

匣四切匣四者有兩字，例外者（以匣一切匣四者）有十九字，兹錄於下：蛵（戶經），蟥（戶圭），鑯（戶迷），澲（回桂），穴（乎決），紽（乎決），鬏（胡兀），縣（胡涓），緯（胡頂），絉（胡頰），蜆（胡典），螇（胡雞），鼷（胡雞），嗛（候乡），衒（迴茜），眩（迴茜），惠（迴桂），橞（迴桂），慧（迴桂）。其中有五字如：衒（迴茜），眩（迴茜），惠（迴桂），橞（迴桂），慧（迴桂），周法高師假設其反切上字「迴」皆爲「迴」之誤寫，且祁本與四部叢刊的「纙」字作「迴茜反」，也是另一個有利的證據。如果這個假設成立的話，那麼例外的五十五個切語，則可減少爲七個（因爲只剩下喻三母字切匣母的這七字無法解釋了。）則例外的百分率也可降爲只佔全部的百分之零點八。

疫（尤舊），皣（炎捷），往（又兩），焉（有連），訧（焉秋），肬（焉秋），鴞（尤矯）。

2. 喻四母字用作喻四母字的反切上字者，共計三〇四字

琰（延檢），瑰（延世），瑤（延朝），珧（延朝），蕕（延秋），蘨（延朝），蓶（延秋），呭（延世），嗂（延朝），遙（延秋），蹯（延朝），䚻（延朝），詍（延世），攸（延秋），逌（延秋），䍃（延秋），櫾（延秋），榣（延朝），囮（延示），旒（延秋），游（延秋），繇（延朝），裔（延世），覦（延秋），歈（延朝），猶（延秋），悠（延秋），油（延秋），泄（延世），搖（延朝），抴（延世），姚（延朝），媱（延朝），䌛（延朝），銚（延朝），輶（延秋），曳（延世），羊（猶良），楊（猶良），暘（猶良），崵（猶良），易（猶良），揚（猶良），鍚（猶良），陽（猶良），野（杙者），鏊（羊求），萸（羊朱），逾（羊朱），踰（羊朱），譽（羊遇），諛（羊朱），羭（羊朱），豔（羊染），柚（羊狩），榆（羊朱），楰（羊朱），櫓（羊廉），夜（羊舍），褕（羊朱），俞（羊朱），覦（羊朱），礜（羊洳），貁（羊狩），鼬（羊狩），爓（羊廉），餤（羊染），焱（羊染），愉（羊朱），瀶（羊廉），渝（羊朱），冶（羊者），鹽（羊廉），閻（羊廉），閻（羊廉），揄（羊朱），阽（羊廉），疫（俞炅），礿（以灼），移（以支），余（以徐），䢌（以即），迻（以支），迆（以爾），廴（以矧），延（以然），舁（以虛），融（以弓），翊（以即），雓（以即），鷂（以沼），盈（以成），養（以像），餘（以虛），杙（以即），移（以支），圛（以陟），郢（以井），暆（以支），旟（以虛），移（以支），舀（以紹），瘍（以箱），痍（以之），伃（以虛），歟（以虛），㰻（以支），廙（以即），煜（以六），潩（以即），瀷（以即），澦（以虛），翼（以即），嬴（以征），妷（以即），嬩（以虛），弋（以即），匜（以爾），㔭（以即），引（以矧），畬（以虛），勨（以象），輿（以虛），孕（以證），酟（以即），酏（以爾），晶（易杳），葉（亦接），篥（亦接），楹（亦征），枼（亦接），偞（亦接），鍱（亦接），熠（逸入），裼（移章），苢（移里），譯（移尺），弈（移尺），斁（移尺），宂（移今），垩（移今），嶧（移尺），昜（移尺），駃（移七），驛（移尺），逸（移七），亦（移赤），睪（移赤），奕（移赤），淫（移今），泆（移七），液（移尺），溢（移七），掖（移赤），婬（移今），鐔（移金），

軼（移七），目（移里），醷（移今），貤（弋示），郔（弋然），容（弋雍），
窯（弋堯），窱（弋主），窯（弋紀），痏（弋主），遺（余羡），异（余吏），
異（余吏），用（余奉），晉（余羡），鴿（余足），潁（余郢），營（余拜），
欲（余足），愄（余制），穎（余郢），衍（余羡），浴（余足），羕（余亮），
鉛（余足），育（融六），雚（融六），噎（融六），弃（融六），鸞（融六），
昱（融六），價（融六），淯（融六），育（融六），捐（與川），伬（引義），
傷（引義），黃（翼真），龟（翼真），寅（翼真），豫（養遇），芛（營跬），
蕳（營跬），鴿（異召），胤（異印），朋（異印），覣（異召），覵（異召），
燿（異召），濱（異印），演（異展），戭（異展），釰（異印），蕭（胤畧），
藥（育畧），繘（胤灼），躍（胤畧），龠（胤畧），鸞（胤略），敿（育略），
籥（育略），爚（胤略），煬（胤亮），恙（胤亮），漾（胤亮），淪（胤略），
鬭（育略），珸（寅之），徺（寅之），迻（寅之），飴（寅之），栘（寅之），
邪（寅遮），夷（寅支），怡（寅之），匜（寅之），肔（寅之），姨（寅之），
瓵（寅之），坄（寅之），莠（夷酒），羙（夷酒），嬴（夷嬰），牖（夷酒），
瘍（夷益），怡（夷采），歐（夷酒），紩（夷酒），酉（夷酒），酉（夷酒），
瑈（與追），蓷（與水），唯（與追），矯（與必），岀（與件），遺（與追），
趟（與恐），踊（與恐），喬（與必），尹（與準），聿（與必），役（與辟），
庸（與封），鷸（與必），鷫（與封），欥（與必），叡（與歲），亹（與封），
郦（與恭），甬（與恐），俗（與恐），裕（與孺），允（與準），欥（與必），
頌（與封），匀（與因），貘（與封），軌（與準），惟（與追），沇（與川），
灉（與追），涌（與恐），溶（與恐），沿（與川），鱅（與封），閲（與攴），
掾（與絹），搈（與恐），瓹（與封），坄（與辟），墉（與封），鉛（與川），
鎔（與封），銳（與歲），鏞（與封），瑜（匀俱），庾（匀取），貐（匀取），
斠（匀取），趣（尹汝），與（尹汝），予（尹汝），　　懇（尹女），与（尹
汝），勮（予契），迴（余請），臾（寅谷），猶（余足）。

3. 喻三母字用作喻四母字的反切上字者，共計五字。

預（王閔），籲（云遇），剡（有斂），棪（有斂），歙（剡義）。

4. 喻四母字用作喻三母字的反切上字者，共計十五字。

祐（延救），右（延九），又（延救），右（延救），友（延九），盉（延救），

矣（延耳），圍（延救），有（延九），煩（延救），炎（延占），忱（延救），

姷（延救），曰（予厥），粵（予厥）。

由上可知，喻三切喻三者有一二一字，喻四切喻四者有三〇四字，而喻三切喻四者有五字，喻四切喻三者共計十五字。正常的切語有四二五字，而例外的有二十字，因此例外之字約佔全部的百分之四點五，而且因爲二十個字的量也算蠻大，所以不能視爲例外，因此我覺得喻三喻四不當分。

第三節　結　語

張世祿先生的「朱翱反切考」所用之方法，是按照陳澧切韻考繫聯切語上下字的方法嚴格加以繫聯的。這種方法比較困難，因爲必須寫將近一萬張的卡片，而且繫聯法也可能產生錯誤，例如他將「屛」、「幷」、「比」三字繫聯入「並紐」，「悲」、「飄」二字入「非敷」紐，「從」字入「邪」紐等。因此在張文之例言第三條裡，他說：

> 本篇考證朱翱反切之音系，即取切字繫聯之法。案此法創自陳澧切韻考；其缺點所在，即爲切字之有同用、互用、遞用者，固可認爲相繫聯的合成一類、或兩類而有通連之跡，其兩兩互用不相繫聯者，即難斷定其孰爲應分，孰爲應合。陳氏欲依據一字兩音互注之切語，將不相繫聯者亦歸爲同類，此在廣韻中切語之研究，已覺有合其所不當合者。尤其於繫傳等書中註明說文正字之切語，本無一字兩音互注之例；又今本繫傳殘缺既多，故本篇倂合不相繫聯之切語，及關於各類之分別，不能不以三十六字母與廣韻等書聲韻之系統爲佐證。

王力先生的「朱翱反切考」，是比較朱翱反切與廣韻切語有不相符合的地方。但是這種方法適用於反切較少，不能用繫聯法的情況。因爲他會以少數的例外，破壞了聲母的當分。例如「從邪」兩母，他舉出了以從切從的有十二字，而以邪切從的有三字，以從切邪的有一字，因此認爲「從邪」不分。而我統計全部朱翱反切中以從切從者共有一五二字，以邪切邪者共有七十七字，以從切邪者一字，以邪切從者有三字。如此例外情形僅約佔全部的百分之一點七，不混的情形高達百分之九十八點三，因此王力先生所用的比較法也是有其缺點的。

有鑑於張、王兩家之得失，因此我所採用的是「三步法」。第一步是用陳澧

之繫聯法將聲類繫聯出來，第二步是用繫聯出來的朱翱反切與廣韻切語作一比較，第三步再用統計法求出其百分率，由所佔百分率之高低來決定其聲類之分合。

　　以下就是我所考訂出來的朱翱反切聲類，共分三十六類。牙音：見、溪、群、疑。喉音：影、曉、匣喻。舌音（舌頭音）：端、透、定、泥；（舌上音）：知、徹、澄、娘；（半舌音）：來。齒音（齒頭音）：精、清、從、心、邪；（正齒音）：照二、穿二、審二；照三、穿三、審三、牀二牀三禪（此三母混用之情形高達百分之三十二，故不分）；（半齒音）：日。唇音（重唇音）：幫、滂、並、明；（輕唇音）：非敷（此二母混用之情形高達百分之二十八，故不分）、奉、微。〔註6〕

────────────

〔註6〕本章中所引用之朱翱反切，在商務本的說文解字詁林索引中皆可查到。

第三章　朱翱反切聲類考

凡　例

1. 徐鍇《說文解字繫傳》中的反切，爲朱翱所作；本文之目的就是要考明朱翱反切中之聲類系統。

2. 本文考證朱翱反切之音系，採用的是「三步法」。第一步是用陳澧的繫聯法將聲類繫聯出來；第二步是用繫聯出來的朱翱反切與廣韻切語作一比較；第三步再用統計法求出其例外之百分率，並由所得出之例外百分率的高低來決定其聲類之分合，然後再重新修正第一次所繫聯出之聲類的不周延處。

3. 今《繫傳》各傳本，殘缺與訛誤過多，其中以祁刻本較佳。故本文所據，以商務之說文解字詁林所據祁刻本爲主，而以四部叢刊本校之。

4. 今本《繫傳》反切中，有顯係後人據大徐本（鉉書稱某某切，而鍇書稱反）說文所錄反切竄補者，〔註1〕悉作殘缺論。

5. 《繫傳》反切中所用切字，原爲說文所無，或今本《繫傳》殘缺者，或在大徐本新附字中者，皆視爲殘缺。

6. 切語上字或下字有不見於說文正文而見於重文中者，其音類與正文下之切

〔註 1〕今本繫傳反切中，有大徐本說文竄入者共計五八四字，其中有七字（祖、祚、三、璧、鄢、鼐、稘）雖然亦用「某某切」，然而切語卻與大徐本不同，因此扣除這七字，共計五七七字。這五七七字，我將置於附錄中。

語相諧者，仍之，否則亦註曰「缺」。

7. 今本《繫傳》中所載切字，有係說文正字之俗體或別體者，本文即逕書其別體或俗體。

8. 聲類之排列，依喉、牙、舌（舌頭、舌上、半舌）、齒（齒頭、正齒二等、正齒三等、半齒）、唇（重唇、輕唇）之次；聲類定名，皆採用三十六字母之名稱；為表示區別，在三十六字母後加數目字，表示其在韻圖中的等第，如照二照三、穿二穿三、牀二牀三、審二審三。

9. 凡切語上字同用、互用、遞用者，聲必同類。

10. 每類所屬各切語上字，加一括弧，註明其所見之次數；《繫傳》殘缺部分，則不計算。

11. 重唇、牙、喉音之有重紐者，不另繫聯。因為在第六篇——〈朱翱反切中的重紐問題〉中已有詳細的分類與說明。並且在附錄中的〈朱翱反切上字表〉中，也有將屬於重紐 A 類與重紐 B 類字者另立一行，以示區別。

12. 切語上字如為《繫傳》所缺者，則據廣韻或說文解字篆韻譜，列於適宜之聲類下。

第一節　喉　音

影　紐

烏（五十）〔宛都〕　宛（十八）〔蔚遠〕　塢（八）〔宛古〕　迂（三一）〔宛乎〕　蔚（四）〔迂胃〕　冤（一）〔迂言〕　鬱（三）〔迂拂〕　醞（三）〔迂郡〕　蘊（二）〔迂吻〕　委（三）〔醞累〕　彎（二）〔烏關〕　汪（一）〔烏光〕　屋（一）〔烏谷〕。

「烏」以下，十三個反切上字相繫聯。

張世祿（以下簡稱張氏）云：「塢」說文作「隖」。「蘊」說文作「薀」。

鷖（六）〔缺〕　阿（一）〔鷖何〕

「鷖」、「阿」兩字相繫聯。

張氏云：「鷖」說文所無，廣韻：「烏莖切」；以「鶯」等同音字推之，繫傳亦當作「恩行友」。

恩（二三）〔愛根〕　按（一）〔恩旰〕　鶯（一）〔恩行〕　歐（九）〔恩斗〕
愛（二）〔晏再〕　戹（五）〔晏索〕　晏（十八）〔殷訕〕　秧（一）〔殷強〕
喝（二）〔殷介〕　乙（二四）〔殷筆〕　倚（七）〔乙彼〕　意（四）〔乙記〕
殷（二七）〔意斤〕　遏（十）〔戹渴〕　安（二）〔遏寒〕　惡（一）〔遏泊〕
哀（一）〔遏開〕。

「恩」以下，十七個反切上字相繫聯。

於（四九）〔缺〕　應（一）〔於陵〕　郁（五）〔於六〕　淵（一）〔於蓮〕　衣
（八）〔於機〕　憂（五）〔於尤〕　依（二三）〔於幾〕　抑（一）〔憂仄〕　隱
（四）〔依謹〕。

「於」以下，九字相繫聯。

張氏云：「於」爲「烏」之重文，篆韻譜又有「央居反」一音，爲繫傳所不
載，故亦云缺。

慧案：嚴學宭先生云：「鉉書重文有音切，鍇本無之，今重文之音切多據鉉
本移補，亦刪之。」而嚴氏又用「宛都」來做「於」的反切，未免
自相矛盾。

伊（四十）〔因之〕　因（二）〔伊申〕　一（十五）〔伊質〕　烟（一）〔伊田〕
咽（一）〔伊田〕　幽（六）〔伊虯〕。

「伊」以下，六個反切上字相繫聯。

慧案：「烟」乃「煙」之重文。而「煙」爲「伊田反」，故仍之。

縈（三）〔缺〕　抉（一）〔縈節〕。

張氏云：「縈」今本繫傳缺，篆韻譜：「於營反」。

腕（一）〔缺〕。

張氏云：「腕」說文所無，廣韻「烏貫切」。

嘔（三）〔缺〕。

張氏云：「嘔」說文所無，廣韻「烏侯切」。

鴉（一）〔缺〕。

丫（一）〔缺〕。

　　張氏云：「鵶」、「丫」兩字說文皆無，廣韻「於加切」。

剜（一）〔缺〕。

　　張氏云：「剜」大徐本新附字，廣韻「一丸切」。

　　以上「影」紐反切上字凡五十四字。

曉　紐

呼（四九）〔虎烏〕　虎（二四）〔忽五〕　忽（十三）〔呼兀〕　曉（三）〔呼皎〕　荒（三）〔呼光〕　火（二一）〔呼朵〕　顯（三）〔呼衍〕　歡（四）〔呼寬〕　馨（二）〔顯青〕。

　　「呼」以下，九個反切上字相繫聯。

喧（十二）〔缺〕　勖（二）〔喧六〕　昏（二）〔喧盆〕　兄（一）〔喧京〕。

　　「喧」以下，四個反切上字相繫聯。

　　慧案：「喧」字說文所無，廣韻「況袁切」。

吼（十）〔缺〕　海（一）〔吼乃〕。

　　「吼」、「海」兩字相繫聯。

　　張氏云：「吼」說文所無，廣韻「呼后切」。

咍（二）〔缺〕　蒿（二）〔咍牢〕。

　　「咍」、「蒿」兩字相繫聯。

　　張氏云：「咍」大徐本新附字，篆韻譜「呼來反」。「蒿」「薅」等字篆韻譜俱爲「呼毛反」，今本繫傳作「泊牢反」蓋係「咍牢反」之訛。

吁（十九）〔況于〕　輝（一）〔吁韋〕　訏（一）〔況于〕　況（十四）〔詡誑〕　勳（三）〔詡君〕　詡（八）〔訓柱〕　訓（二）〔吁問〕　毀（二）〔吁委〕　麾（四）〔毀爲〕。

　　「吁」以下，九個反切上字相繫聯。

　　張氏云：「麾」篆作「摩」。

許（三四）〔欣巨〕　闞（一）〔許璧〕　欣（七）〔希斤〕　忻（二二）〔希斤〕　獻（三）〔希建〕　訶（一）〔獻他〕　呵（一）〔獻他〕　軒（十五）〔忻元〕　虛（十三）〔忻余〕　香（八）〔軒良〕　享（四）〔軒庚〕　亨（三）〔軒庚〕

歇（一）〔軒謁〕　赫（一）〔歇宅〕　翾（五）〔虛全〕　喜（四）〔虛己〕　希（十九）〔缺〕。

「許」以下，十七個反切上字相繫聯。

張氏云：「享」、「亨」說文並作「亯」。「希」說文所無，廣韻「香衣切」；
　　　若以「莃」、「稀」等同音字推之，繫傳當作「忻祈反」。

笏（一）〔缺〕。

張氏云：「笏」大徐本新附字，廣韻「呼骨切」。

隳（一）〔缺〕。

張氏云：「隳」說文所無，廣韻「許規切」。

赩（一）〔缺〕。

張氏云：「赩」說文所無，廣韻「許極切」。

以上「曉」紐反切上字凡四十六。

匣喻紐

戶（九九）〔桓土〕　桓（七）〔戶寒〕　豢（一）〔戶慣〕　回（一）〔戶瓌〕
痕（十七）〔戶根〕　渾（六）〔戶昆〕　魂（十）〔戶昆〕　狐（一）〔魂徒〕
乎（七）〔魂徒〕　胡（四五）〔魂徒〕　恆（七）〔胡鄫〕　寒（五）〔痕安〕
候（二九）〔寒豆〕　賀（一）〔候箇〕　閑（二一）〔候艱〕　衡（三）〔閑橫〕
行（六）〔閑橫〕　荷（一）〔閑俄〕　何（四）〔閑俄〕　河（二）〔閑俄〕　猴
（二）〔何溝〕　侯（五九）〔河溝〕　限（五）〔侯產〕。

「戶」以下，二十三個反切上字相繫聯。

遐（九）〔缺〕　恨（四）〔遐艮〕　很（一）〔遐懇〕　旱（四）〔遐緩〕　後
（四）〔旱斗〕。

「遐」以下，五個反切上字相繫聯。

張氏云：「遐」大徐本新附字，篆韻譜「乎加反」。

霞（一）〔缺〕　下（十）〔霞假〕。

「霞」、「下」兩字相繫聯。

張氏云：「霞」大徐本新附字，篆韻譜「乎加反」。

螢（一）〔缺〕　玄（十三）〔螢先〕　熒（一）〔玄經〕。

　　　張氏云：「螢」說文所無，廣韻「戶扃切」。

迴（八）〔缺〕。

　　　張氏云：「迴」說文所無，廣韻「戶恢切」，以「回」等同音字推之，繫傳亦當作「戶瓌反」。

緩（一）〔缺〕。

　　　張氏云：「緩」今本繫傳缺，廣韻「胡管切」。

混（二）〔缺〕。

　　　張氏云：繫傳：混「古論反」，而用「混」字爲切者，「閿」「峪」二字「混耕反」廣韻皆爲「戶萌切」，則用之於切語者皆取廣韻「胡本切」之音也。段玉裁說文注「混」字下云：『「盛滿之流也」。孟子曰：「源水混混」；古音讀如袞，俗字作「滾」。山海經曰：「其源渾渾泡泡」，郭云：「水潰涌也，袞泡二音」，渾渾者假，借「渾」爲「混」也。今俗讀「戶袞」、「胡困」二切，訓爲水濁，訓爲雜亂，此爲「混」爲「溷」也』。是「混」之本讀屬古類，而用之於切語，則又依俗讀，屬戶類，繫傳不載「胡本切」之音，故亦云缺。

于（八三）〔員須〕　員（十二）〔于專〕　宇（九）〔于矩〕　位（一）〔于醉〕王（五）〔于光〕　雨（七）〔于甫〕　羽（十八）〔于甫〕　永（一）〔雨省〕爲（二）〔雨隨〕　榮（二）〔永兵〕　云（四）〔羽文〕　爰（二）〔羽元〕　尤（四）〔羽秋〕。

　　　「于」以下，十三個反切上字相繫聯。

　　　張氏云：「云」爲「雲」之重文，音相諧。「雨」字下，今本繫傳「于補反」，蓋係「于甫反」之誤。

延（六十）〔以然〕　炎（一）〔延占〕　猶（八）〔延秋〕　又（二）〔延救〕矣（一）〔延耳〕　有（三）〔延九〕　拽（二）〔延世〕　羊（五十）〔猶良〕挾（二）〔羊帖〕　俞（一）〔羊朱〕　焉（二）〔有連〕　剡（一）〔有斂〕　也（二）〔拽者〕　以（五五）〔移里〕　易（四）〔移尺〕　亦（十一）〔移赤〕逸（一）〔移七〕　移（三十）〔以支〕　弋（十一）〔以即〕　余（二十）〔以

徐〕　融（九）〔以弓〕　興（一）〔以虛〕　引（二）〔以矧〕　翼（三）〔以即〕　養（一）〔以像〕　營（二）〔余并〕　欲（一）〔余足〕　異（十四）〔余吏〕　胤（十六）〔異印〕　煬（一）〔胤亮〕　寅（十五）〔翼眞〕　夷（十）〔寅支〕　豫（二）〔養遇〕。

「延」以下，三十三個反切上字相繫聯。

張氏云：「拽」說文作「扻」，「翼」說文作「趛」。

與（五三）〔尹汝〕　唯（一）〔與追〕　掾（一）〔與絹〕　勻（十二）〔與因〕　尹（五）〔與準〕　予（三）〔尹汝〕。

「與」以下，六個反切上字相繫聯。

賢（二十）〔由堅〕　形（八）〔賢星〕　兮（一）〔賢迷〕　由（一）〔缺〕。

「賢」以下，四個反切上字相繫聯。

張氏云：「由」說文所無，廣韻「以周切」。

筠（一）〔缺〕。

張氏云：「筠」大徐本新附字，廣韻「爲贇切」。

預（四）〔缺〕。

張氏云：「預」大徐本新附字，篆韻譜「羊茹反」。

慧案：以上「匣喻」紐中，由「戶」到「混」共有三十六個反切上字，並且這些反切上字皆屬於「匣」紐。由「于」到「預」共有五十八個反切上字，除「挾」、「賢」、「形」、「兮」四個反切上字屬「匣」紐外，其餘五十四個皆屬「喻」紐。由繫聯的結果，表面上看來，「匣」、「喻」似乎分的很清楚，其實若再拿繫傳反切與廣韻反切來比較，就可發現「匣」「喻」互切的情形很多。如匣母字用作喻四母字之反切上字者共八字；喻三母字用作匣母字的反切上字者共七字；喻四母字用作匣母字的反切上字者共四十字。「匣」「喻」混用的有五十五字，屬於大量的反切了，因此我認爲「匣」「喻」紐不分數爲合理。至於這五十五個反切，我在〈評張世祿、王力兩家對朱翱反切聲類畫分之得失〉一文中，皆詳細錄出，茲不贅。

第二節　牙　音

見　紐

古（一五八）〔昆覩〕　昆（十五）〔古論〕　家（六）〔古牙〕　孤（十）〔古乎〕　姑（三）〔古呼〕　骨（二三）〔古沒〕　固（一）〔古路〕　箇（三）〔古賀〕　貢（一）〔古弄〕　角（三）〔古捉〕　國（二）〔古或〕　干（八）〔骨安〕　更（七）〔干諍〕　講（七）〔干項〕　笱（一）〔講吼〕　狗（一）〔講吼〕　苟（四三）〔講吼〕　根（三二）〔狗痕〕　庚（一）〔根橫〕　各（一）〔根莫〕　梗（七）〔根杏〕　句（十）〔梗尤〕　鉤（二）〔梗尤〕　溝（二九）〔梗尤〕　江（六）〔溝降〕　格（二九）〔鉤索〕　構（一）〔格漚〕　姦（九）〔箇山〕　艮（四）〔姦恨〕　穀（一）〔孤速〕。

「古」以下，三十個反切上字相繫聯。

岙（一）〔古鄧〕　閒（十）〔岙閑〕　加（九）〔巴閒〕　解（三）〔加買〕。

「岙」以下，四個反切上字相繫聯。

張氏云：「岙」為「栖」之重文，今本繫傳「都亙反」，蓋係「古鄧反」之訛，篆韻譜「古鄧反」。

居（七三）〔堅疎〕　堅（四二）〔激賢〕　徼（一）〔堅蕭〕　激（八）〔堅歷〕　擊（一）〔堅歷〕　均（一）〔堅鄰〕　弓（二）〔堅終〕　鞠（一）〔堅祝〕　飢（十六）〔居希〕　幾（十一）〔居希〕　機（八）〔居希〕　屈（一）〔居屈〕　橘（一）〔居律〕　久（一）〔幾柳〕　斤（五）〔幾欣〕　訖（八）〔幾迄〕　涓（十一）〔弓玄〕　鸂（七）〔涓寂〕　汲（一）〔飢泣〕　據（一）〔飢御〕　鳩（四）〔飢酬〕　己（三六）〔訖耳〕　謹（五）〔己忍〕　舉（一）〔己呂〕　九（十八）〔機柳〕　瞿（十五）〔九遇〕　郡（二）〔瞿運〕。

「居」以下，二十七個反切上字相繫聯。

俱（五四）〔卷于〕　卷（十一）〔俱兗〕　矍（一）〔俱縛〕　君（四）〔俱勳〕　公（四）〔君聰〕　工（九）〔君聰〕。

「俱」以下，六個反切上字相繫聯。

經（十二）〔缺〕　吉（三）〔經栗〕　見（十二）〔經硯〕　季（一）〔見翠〕。

「經」以下，四個反切上字相繫聯。

張氏云：「經」今本繫傳缺，篆韻譜「古零反」。

糾（二）〔緊黝〕　緊（二）〔糾忍〕。

「糾」、「緊」兩字相繫聯。

結（三）〔缺〕。

張氏云：「結」今本繫傳缺，篆韻譜「古屑反」。

矩（十九）〔缺〕。

張氏云：「矩」說文所無，廣韻「俱雨切」。

以上「見」紐反切上字凡七十五。

溪　紐

苦（五三）〔口魯〕　口（十三）〔懇走〕　懇（十）〔缺〕　困（七）〔苦悶〕
闊（三）〔苦末〕　寬（三）〔苦桓〕　坤（二）〔苦敦〕　暌（一）〔苦圭〕　溪
（十二）〔苦兮〕　枯（一）〔困乎〕　庫（六）〔寬步〕　誇（五）〔坤爪〕　犬
（一）〔睽畎〕　契（一）〔溪細〕　棄（四）〔契利〕　牽（十八）〔棄妍〕　曲
（三）〔牽六〕　輕（六）〔牽拜〕　挈（一）〔輕節〕　詰（一）〔輕質〕

「苦」以下，二十個反切上字相繫聯。

慧案：「谿」：「苦兮反」，俗作溪。

喫（三）〔缺〕　遣（十）〔喫善〕　袪（一）〔遣如〕　欺（一）〔遣之〕。

「喫」以下，四個反切上字相繫聯。

張氏云：「喫」大徐本新附字，篆韻譜「苦擊反」。

慳（九）〔缺〕　客（一）〔慳革〕　刻（二十）〔慳黑〕　渴（一）〔刻曷〕　看
（六）〔刻干〕　肯（六）〔看等〕　可（九）〔肯我〕　彄（三）〔可留〕。

「慳」以下，八個反切上字相繫聯。

起（十七）〔气以〕　气（六）〔卻利〕　氣（一）〔卻利〕　卻（六）〔兵逆〕
穹（三）〔丘弓〕　豈（十）〔丘里〕　騫（二）〔豈虔〕　丘（十五）〔起秋〕
邱（一）〔起秋〕　羌（五）〔邱香〕　去（十二）〔氣恕〕　傾（四）〔去營〕
器（五）〔气至〕　驅（一）〔器于〕　區（十三）〔器于〕　勸（一）〔區怨〕
闕（一）〔區越〕。

「起」以下，十七個反切上字相繫聯。

揩（一）〔缺〕。

　　張氏云：「揩」說文所無，廣韻「口皆切」。

袴（一）〔缺〕。

　　張氏云：「袴」篆作「絝」今本繫傳缺，篆韻譜「苦故反」。

　　以上「溪」紐反切上字凡五十一。

群　紐

其（五一）〔缺〕　健（七）〔其獻〕　虔（二六）〔其延〕　件（一）〔其輦〕
極（二）〔其息〕　暨（二）〔其冀〕　具（六）〔健芋〕　忌（一）〔健侍〕　群
（十一）〔具分〕　倦（三）〔具選〕　期（一）〔虔之〕　求（十三）〔虔柔〕
巨（三九）〔求許〕　衢（九）〔群訐〕　權（七）〔衢員〕　頎（一）〔巨希〕
岐（五）〔巨伊〕　騎（一）〔巨離〕　渠（五）〔巨居〕　近（一）〔渠遴〕　翹
（五）〔岐遙〕。

　　「其」以下，二十一個反切上字相繫聯。

　　張氏云：「其」為「箕」之重文，繫傳「居而反」，與此聲類不諧篆韻譜又
　　　　　　有「渠之反」一音，為繫傳所不載，故亦云「缺」。「求」為「裘」
　　　　　　之重文，「岐」為「郊」之重文，音相諧，故仍之。

強（三）〔缺〕　伎（十七）〔強倚〕　技（一）〔強倚〕　勤（七）〔伎殷〕。

　　「強」以下，四個反切上字相繫聯。

　　張氏云：「強」今本繫傳缺，篆韻譜「巨良反」。

虯（四）〔缺〕　揆（二）〔虯癸〕　葵（六）〔揆惟〕。

　　「虯」以下，三個反切上字相繫聯。

　　張氏云：「虯」今本繫傳缺，篆韻譜「巨幽反」。

藁（一）〔缺〕。

　　張氏云：「藁」說文所無，廣韻「強魚反」。

　　以上「群」紐反切上字凡二十九。

疑　紐

五（五九）〔隅古〕　崖（一）〔五佳〕　偶（二七）〔五斗〕　頑（五）〔五還〕
午（一）〔偶古〕　岸（一）〔偶旰〕　眼（一）〔偶盞〕　御（一）〔午慮〕　研
（十三）〔御堅〕　魚（三九）〔研余〕　疑（十九）〔研之〕　言（二十）〔疑
袁〕　禦（二）〔疑舉〕　語（十三）〔疑舉〕　迎（三）〔疑卿〕　隅（二）〔元
無〕　愚（二）〔元無〕　虞（四）〔元無〕　元（二十）〔宜袁〕　宜（五）〔擬
機〕　倪（二）〔擬西〕　彥（一）〔擬線〕　阮（五）〔擬遠〕　吳（一）〔阮
孤〕　吾（五）〔阮孤〕　擬（十八）〔牛以〕　牛（十三）〔逆求〕　睨（一）
〔逆桂〕　逆（十）〔言碧〕　銀（八）〔言陳〕　顏（二一）〔言關〕　迓（二）
〔顏咤〕　我（二）〔顏左〕　額（一）〔顏客〕。

　　「五」以下，三十四個反切上字相繫聯。

　　張氏云：「眼」字下今本繫傳「儒盞反」，蓋係「偶盞反」之訛，廣韻「五
　　　　限切」。「迓」為「訝」之重文，音相諧。

牙（三）〔缺〕

　　張氏云：「牙」字下今本繫傳反語脫略，以「芽」等同音字推之，當作「五
加反」。

　　以上「疑」紐反切上字凡三十五。

第三節　舌　音

一、舌頭音

端　紐

得（三八）〔多則〕　怛（一）〔多幹〕　多（九）〔兜戈〕　旦（一）〔兜散〕
兜（十三）〔單頭〕　單（五）〔得干〕　當（五）〔得郎〕　覩（十一）〔得古〕
丹（五）〔得干〕　登（一）〔丹增〕。

　　「得」以下，十個反切上字相繫聯。

　　張氏云：「單」字下今本繫傳「侍干反」，蓋係「得干反」之訛；其同音字
　　　　「簞」、「殫」、「鄲」、「匰」等，俱作「得干反」。「覩」為「睹」
　　　　之重文，音皆諧。

的（三九）〔顛歷〕　端（一）〔顛歡〕　顛（二十）〔的烟〕　丁（二七）〔的

冥〕　都（二六）〔丁沽〕　鳥（一）〔都了〕。

「的」以下，六個反切上字相繫聯。

以上「端」紐反切上字凡十六。

透　紐

他（七九）〔缺〕　吐（十）〔他魯〕　惕（二）〔他狄〕　摘（一）〔他狄〕　汀（一）〔他寧〕　聽（七）〔他寧〕　禿（二）〔他哭〕　逷（五）〔他歷〕　忒（五）〔他得〕　偷（十四）〔忒婁〕　呑（四）〔逷痕〕。

「他」以下，十一個反切上字相繫聯。

張氏云：「他」說文所無，篆韻譜「託何反」。「逷」爲「逖」之重文。「偷」說文作「婾」，音俱相諧。

慧案：「汀」今本繫傳作「它寧反」，「它」今本繫傳「食遮反」，廣韻「託何切」。與「汀」之聲類不諧，故從張氏，改爲「他寧反」。

土（二三）〔缺〕　推（一）〔土回〕　通（二）〔土蒙〕。

「土」以下，三個反切上字相繫聯。

張氏云：「土」字下今本繫傳反語脫略，篆韻譜「他古反」。

透（二）〔缺〕。

張氏云：「透」大徐本新附字，篆韻譜「他候反」。

趯（一）〔缺〕。

張氏云：「瑱」繫傳「趯練反」，而用「趯」字爲切音，僅「瑱」字下一見「趯」，繫傳「趯練反」，篆韻譜「他甸反」，廣韻同，應歸屬於本類。蓋「趯」字，廣韻有「他歷切」一音，繫傳中依之作切，而於本字下不載其音，故亦云缺。

以上「透」紐反切上字凡十六。

定　紐

徒（七四）〔田吾〕　田（五六）〔笛前〕　廷（二）〔田丁〕　豆（四）〔笛奏〕　笛（三十）〔田溺〕　敵（十五）〔田溺〕　狄（三）〔四溺〕　地（三）〔田至〕　庭（八）〔田丁〕　亭（十四）〔田丁〕　圖（二）〔田盧〕　荼（一）〔田吾〕

杜（十七）〔徒土〕　道（十）〔徒討〕　稻（三）〔徒討〕　脫（一）〔徒活〕
定（二）〔徒寧〕　縢（一）〔徒崩〕　騰（三）〔徒朋〕　達（一）〔騰剌〕。

　　「徒」以下，二十個反切上字相繫聯。

特（四八）〔頭墨〕　頭（八）〔特婁〕　投（三）〔特婁〕　待（三）〔投在〕
大（九）〔特奈〕　隋（一）〔特妥〕　但（一）〔特坦〕　度（一）〔特路〕

　　「特」以下，八個反切上字相繫聯。

牰（二）〔缺〕

　　張氏云：「牰」說文所無，蓋即「特」之異文，集韻「敵德切」。

陀（十一）〔缺〕

駝（四）〔缺〕

　　張氏云：「陀」、「駝」俱說文所無，廣韻並作「徒河切」。

鷈（一）〔缺〕

　　慧案：「鷈」字說文所無，廣韻有「杜奚切」、「特計切」兩讀。

　　以上「定」紐反切上字凡三十三。

泥　紐

奴（二七）〔內都〕　內（三）〔能未〕　奈（十）〔能大〕　能（十）〔奈登〕
挼（一）〔奴戈〕

　　「奴」以下，五個反切上字相繫聯。

　　張氏云：「挼」說文作「捼」。

乃（七）〔年亥〕　佞（一）〔年徑〕　年（十二）〔泥賢〕　泥（六）〔禰倪〕
寧（二）〔禰丁〕　禰（五）〔缺〕　寍（一）〔乃丁〕　那（四）〔乃多〕。

　　「乃」以下，八個反切上字相繫聯。

　　張氏云：「寍」今本繫傳「彌丁反」，蓋係「禰丁反」之訛。「禰」大徐本新
　　　　　附字，廣韻「奴禮切」。

獰（六）〔缺〕

　　張氏云：「獰」說文所無，廣韻「乃庚切」。

　　以上「泥」紐反切上字凡十四。

二、舌上音

知　紐

陟（四三）〔竹力〕　竹（十二）〔陟祝〕　屯（一）〔陟倫〕　貞（三）〔陟情〕　胝（二）〔陟尼〕　咤（二）〔陟駕〕　輒（一）〔陟聶〕　展（三）〔陟衍〕　中（一）〔陟紅〕　珍（七）〔陟陳〕　張（六）〔竹陽〕　謫（一）〔張伯〕　知（十八）〔珍移〕　徵（二）〔知冰〕　智（一）〔展避〕　轉（一）〔知箭〕　追（一）〔轉推〕。

「陟」以下，十七個反切上字相繫聯。

張氏云：「竹」字下祁刻本「陟竹反」，依述古堂本改正爲「陟祝反」。

慧案：商務之說文解字詁林所據祁刻本「竹」字下「陟祝反」。

張氏云：「咤」說文作「吒」。「智」說文作「𣉻」。

誅（十七）〔輟須〕　輟（十六）〔誅劣〕。

「誅」、「輟」兩字相繫聯。

以上「知」紐反切上字凡十九。

徹　紐

丑（三七）〔敕紐〕　抽（二）〔敕留〕　恥（九）〔敕以〕　敕（三三）〔暢陟〕　暢（六）〔缺〕　楮（一）〔抽暑〕　褚（四）〔抽暑〕。

「丑」以下，七個反切上字相繫聯。

張氏云：「抽」說文作「㨨」。「暢」說文所無，廣韻「丑亮切」。

以上「徹」紐反切上字凡七。

澄　紐

直（四六）〔陳力〕　箸（一）〔直助〕　治（二）〔直而〕　鄭（一）〔直敬〕　除（一）〔陳諸〕　馳（二）〔陳知〕　陳（二六）〔值辰〕　值（二）〔直志〕　柱（一）〔直主〕　篆（一）〔直選〕　宅（九）〔直摘〕　宙（三）〔直宥〕　長（九）〔宙良〕。

「直」以下，十三個反切上字相繫聯。

纏（十三）〔缺〕　遲（十三）〔纏伊〕　椽（一）〔纏專〕　澄（五）〔纏凌〕

澤（一）〔澄赫〕

　　「纏」以下，五個反切上字相繫聯。

　　張氏云：「纏」今本繫傳缺，篆韻譜「直連反」。以「椽」作切者，爲「躅」

　　　　　字；「躅」字下今本繫傳「掾曲反」，蓋係「椽曲反」之訛；廣韻

　　　　　「直錄切」。「澄」篆作「澂」。

茶（二）〔缺〕。

　　張氏云：「茶」說文所無，廣韻「宅加切」。

池（十八）〔缺〕。

　　張氏云：「池」說文所無，廣韻「直離切」。

著（一）〔缺〕。

　　張氏云：「著」說文所無，廣韻「直略切」。

　　以上「澄」紐反切上字凡二十一。

娘　紐。

女（三九）〔尼舉〕　尼（十一）〔女咨〕　聶（一）〔女懾〕。

　　「女」以下，三個反切上字相繫聯。

　　以上「娘」紐反切上字凡三。

三、半舌音

來　紐

勒（八一）〔郎弌〕　洛（一）〔勒託〕　勑（一）〔勒柰〕　郎（二二）〔魯當〕

魯（三十）〔勒古〕　闌（四）〔勒湌〕　落（八）〔勒託〕　婁（二五）〔勒兜〕

勞（四）〔闌刀〕　蓮（五）〔落姸〕　羅（一）〔婁何〕　來（十四）〔婁才〕

稜（一）〔婁登〕。

　　「勒」以下，十三個反切上字相繫聯。

　　張氏云：「稜」篆作「棱」。

盧（十六）〔論孤〕　鹿（一）〔盧木〕　論（十三）〔盧屯〕。

　　「盧」以下，三個反切上字相繫聯。

力（七十）〔留直〕　略（二）〔留腳〕　慮（一）〔留御〕　律（七）〔留筆〕

留（十四）〔里由〕　 （二）〔里典〕　黎（一）〔里西〕　鄰（十五）〔里神〕
里（五四）〔六矣〕　李（一）〔六矣〕　六（六）〔栗菊〕　栗（六）〔力必〕
龍（一）〔力鍾〕　蔞（三）〔力殊〕　令（一）〔力聘〕　柳（十六）〔力九〕
禮（一）〔力體〕　呂（十四）〔力女〕　了（一）〔呂曉〕　良（十九）〔呂張〕
連（六十）〔鄰延〕　廉（一）〔連兼〕　盧（一）〔連於〕　歷（一）〔連的〕
黎（十二）〔連脂〕　零（一）〔連丁〕　利（九）〔柳嗜〕　梁（一）〔柳昌〕
梁（一）〔柳昌〕　籠（五）〔梁充〕。

「力」以下，三十個反切上字相繫聯。

「六」：張氏作：「栗鄰反」。

慧案：商務之說文解字詁林所據祁刻本爲「六」：「栗菊反」。

其他五個同音字如「圥」、「稑」、「戮」、「坴」、「陸」皆作「栗菊反」。

錄（七）〔劣束〕　劣（五）〔錄設〕

「錄」、「劣」兩個反切上字相繫聯。

戀（二）〔缺〕

張氏云：「戀」說文所無，廣韻「力卷切」。

以上「來」紐反切上字凡四十九。

第四節　齒　音

一、齒頭音

精　紐

子（八三）〔津矣〕　姊（五）〔津矣〕　精（七）〔津貞〕　津（二四）〔將親〕
醉（一）〔將遂〕　將（八）〔子長〕　峻（一）〔子閏〕　箭（三）〔子眷〕　進
（一）〔子印〕　贊（六）〔子旦〕　晉（一）〔子印〕。

「子」以下，十一個反切上字相繫聯。

張氏云：「峻」爲「陵」字重文，音相諧。

煎（十二）〔即然〕　即（三七）〔煎弋〕　井（一）〔即頃〕　節（七）〔即血〕
沛（一）〔即洗〕。

「煎」以下，五個反切上字相繫聯。

蹤（一）〔缺〕　遵（二）〔蹤民〕。

　　「縱」、「遵」兩字相繫聯。

　　張氏云：「縱」說文所無，廣韻「即容切」。

則（三一）〔遭德〕　左（一）〔則箇〕　走（十五）〔則口〕　增（一）〔走稜〕
憎（一）〔走稜〕　臧（一）〔走張〕　卒（一）〔臧勃〕　作（六）〔憎託〕　祖
（十九）〔作覩〕　遭（一）〔祖叨〕　尊（一）〔祖存〕　租（三）〔尊吾〕。

　　「則」以下，十二個反切上字相繫聯。

組（一）〔缺〕。

　　張氏云：「組」今本繫傳缺，篆韻譜「則古反」。

績（一）〔缺〕

　　張氏云：「績」今本繫傳缺，篆韻譜「則歷反」。

　　以上「精」紐反切上字凡三十二。

清　紐。

七（八二）〔秋日〕　秋（四）〔七牛〕　妻（一）〔七低〕　刺（二）〔七賜〕
竊（一）〔七屑〕　銓（一）〔七沿〕　次（一）〔七恣〕　遷（一）〔七先〕　且
（九）〔七賈〕　猜（三）〔七開〕　親（六）〔七鄰〕　切（四）〔七屑〕　倩
（二）〔七縣〕　千（十七）〔七先〕　此（二六）〔七里〕　取（三）〔七矩〕
清（一）〔親貞〕　趨（一）〔切于〕　倉（六）〔切陽〕　蒼（一）〔切陽〕　蔡
（一）〔蒼大〕　雌（二）〔千思〕　造（三）〔雌報〕　操（三）〔雌報〕　翠
（一）〔此醉〕。

　　「七」以下，二十五個反切上字相繫聯。

村（四）〔麤孫〕　麤（十）〔邨呼〕。

　　「村」、「麤」兩個反切上字相繫聯

醋（一）〔缺〕

　　張氏云：「醋」繫傳「才各反」，而用「醋」字爲切者，有「漕」、「灌」二
　　　　　字，繫傳「醋餕反」，「千罪切」應屬此類，蓋其字廣韻又有「倉
　　　　　故切」一音，爲繫傳所不載，故亦云缺。

以上「清」紐反切上字凡二十八。

從　紐

自（三七）〔慈四〕　疾（十四）〔慈悉〕　字（三）〔慈伺〕　慈（十）〔秦思〕　秦（六）〔自人〕　情（一）〔自成〕　齊（二）〔自兮〕　前（九）〔自先〕　錢（四）〔自偓〕　賤（三）〔自見〕　殘（十）〔自闌〕　昨（十六）〔自莫〕　在（五）〔前采〕　存（二）〔在坤〕　材（一）〔錢來〕　才（七）〔錢來〕　寂（二二）〔才狄〕　牆（六）〔賤忘〕　賊（一）〔殘忒〕　族（一）〔昨木〕　全（六）〔族延〕　泉（二）〔族延〕　徂（六）〔全徒〕　粗（二）〔全魯〕。

　　「自」以下，二十四個反切上字相繫聯。

　　張氏云：「前」繫傳「子善反」，與「歬」字音不諧。今本繫傳以「歬」字
　　　　為切者，多書為「前」，如「醮」：「前昭反」，廣韻「昨焦切」，「咀」、
　　　　「祖」：「前呂反」，廣韻「慈呂切」，「俶」：「前狄反」，廣韻「前
　　　　歷切」，等字下，俱借「前」為「歬」也。「寂」為「宋」之重文，
　　　　「全」為「仝」之重文，「徂」為「𨒅」之重文，音俱相諧。

就（二）〔絕僦〕　絕（一）〔缺〕

　　「就」、「絕」兩字相繫聯。

　　張氏云：「絕」今本繫傳缺，篆韻譜「情雪反」。

從（七）〔松用〕

　　以上「從」紐反切上字凡二十七。

心　紐

息（六一）〔消式〕　消（三）〔息超〕　思（三四）〔息茲〕　修（三）〔息抽〕　脩（二）〔息抽〕　宣（三）〔息鉛〕　司（一）〔息沼〕　小（一）〔息沼〕　悉（二）〔息逸〕　斯（十二）〔息移〕　星（五）〔息形〕　仙（六）〔息偓〕　削（一）〔息雀〕　辛（八）〔息因〕　枲（一）〔辛子〕　桑（三）〔斯郎〕　相（十六）〔修祥〕　宵（二）〔相邀〕　篔（一）〔思奉〕　昔（二）〔思益〕。

　　「息」以下，二十個反切上字相繫聯。

　　張氏云：「星」篆作「曐」，「仙」篆作「僊」。

蘇（二六）〔孫呼〕　速（五）〔孫卜〕　孫（八）〔素昆〕　素（二十）〔缺〕

四（十二）〔素次〕　散（一）〔四旦〕　叟（二）〔蘇走〕　巽（一）〔蘇困〕

先（二七）〔蘇前〕　私（十三）〔先茲〕。

　　「蘇」以下，十個反切上字相繫聯。

　　張氏云：「先」今本繫傳「蒐前反」，蓋係「蘇前反」之誤。「素」今本繫傳

　　　　　　缺，廣韻「桑故切」。

賜（二）〔絲義〕　絲（一）〔缺〕

　　「賜」、「絲」兩字相繫聯。

　　張氏云：「絲」今本繫傳缺，篆韻譜「息茲反」。

雖（一）〔缺〕

　　張氏云：「雖」今本繫傳缺，篆韻譜「息移反」。

詢（二）〔缺〕　亘（一）〔詢全〕

　　張氏云：「詢」大徐本新附字，廣韻「相倫切」。

　　以上「心」紐反切上字凡三十五。

邪　紐

似（四三）〔詳紀〕　詳（六）〔似羊〕　徐（三）〔似虛〕　松（一）〔似逢〕

　　「似」以下，四個反切上字相繫聯。

　　慧案：「從」：「松用反」，張氏將其歸入「邪」紐，蓋受其反切上字「松」

　　　　　　之影響。「從」、「邪」二紐是否當分？我在〈評張世祿、王力兩家對

　　　　　　朱翱反切聲類畫分之得失〉一文中，有詳細的說明，茲不贅。

辭（七）〔夕茲〕　詞（二）〔夕茲〕　夕（二五）〔辭易〕　席（一）〔辭尺〕

　　「辭」以下，四個反切上字相繫聯。

祠（一）〔涎茲〕　涎（一）〔缺〕。

　　「祠」、「涎」兩個反切上字相繫聯。

　　張氏云：「涎」說文所無，廣韻「夕連切」。

續（六）〔缺〕

　　張氏云：「續」今本繫傳缺，篆韻譜「似玉反」。

邪（二）〔寅遮〕

　　慧案：廣韻「邪」有「以遮」、「似嗟」兩音。

旋（三）〔推沿〕

　　慧案：今本繫傳「旋」：「推沿反」，「旋」、「推」聲類不諧，大徐本作「似
　　　　　沿切」，故「旋」：「推沿反」蓋爲錯誤之反切。

　　以上「邪」紐反切上字凡十三。

二、正齒音二等

照二紐

側（五九）〔齋食〕　齋（六）〔側皆〕　鄒（三）〔側留〕　事（二）〔側字〕
臻（三）〔側詵〕　壯（一）〔側浪〕　阻（十）〔側所〕　滓（三）〔阻史〕。

　　「側」以下，八個反切上字相繫聯。

　　張氏云：「鄒」字下今本繫傳「則留反」，蓋係「側留反」之訛。

　　慧案：商務之說文解字詁林所據之祁刻本「鄒」：「則留反」，而四庫叢刊
　　　　　「鄒」：「側留反」。

　　以上「照二」紐反切上字凡八。

穿二紐

測（十七）〔察色〕　察（三）〔叉札〕　叉（五）〔初牙〕　初（十三）〔測居〕
滄（一）〔初況〕　篡（一）〔測慣〕。

　　「測」以下，六個反切上字相繫聯。

楚（十一）〔襯許〕　襯（三）〔缺〕

　　「楚」、「襯」兩個反切上字相繫聯。

　　張氏云：「襯」說文所無，廣韻「初覲切」。

　　以上「穿二」紐反切上字凡八。

牀二、牀三、禪紐

時（三十）〔神持〕　石（十一）〔神隻〕　食（十五）〔神隻〕　它（九）〔食
遮〕　射（三）〔神隻〕　甚（一）〔神朕〕　神（十五）〔是鄰〕　是（二四）
〔善紙〕　氏（一）〔善紙〕　視（三）〔善旨〕　善（八）〔石遣〕　辰（三）

〔石倫〕　市（十三）〔辰止〕　船（七）〔市緣〕　實（五）〔市日〕　士（十九）〔實史〕　韶（三）〔士遙〕　殊（五）〔船區〕　常（十六）〔射強〕　涉（一）〔常攝〕　尤（二）〔常出〕　樹（二）〔時遇〕　上（一）〔時快〕　示（九）〔時至〕　禪（一）〔時絹〕　成（二）〔示征〕。

「時」以下，二十六個反切上字相繫聯。

「涉」張氏作「常出反」。

慧案：「涉」：「常攝反」。

張氏云：「秕」為「尤」之重文，音俱相諧。

助（十二）〔牀詛〕　俟（一）〔牀史〕　岑（三）〔助吟〕　牀（五）〔乍莊〕　乍（二）〔愁亞〕　愁（二）〔蟬搜〕　鉏（六）〔蟬於〕　仕（四）〔鉏里〕　蟬（四）〔缺〕。

「助」以下，九個反切上字相繫聯。

張氏云：「愁」今本繫傳「煇搜反」，蓋係「蟬搜反」之訛。「蟬」今本繫傳缺，篆韻譜「市連反」。

以上「牀二、牀三、禪」紐反切上字凡三十五。

慧案：朱翱反切中，「牀二、牀三、禪」紐混用的情形非常多，如時（神持）、甚（神朕）、石（神隻）等神母字用作禪母字的反切上字（以下均簡稱以「某」切「某」）者共有四十一字；神（是鄰）、實（市日）、船（市緣）等以「禪」切「神」者共有十九字；韶（士遙）、召（士遙）兩字為以「牀」切「禪」；雛（善于）、儕（蟬差）、豺（蟬齋）、鉏（蟬於）、愁（蟬搜）五字為以「禪」切「牀」；士（實史）一字為以「神」切「牀」。由此可知「牀二」、「牀三」、「禪」三紐混用的例子共有六十八字，而不混的情形有一五〇字，可見混用的情形約佔全部的百分之三十一，因此我將此三紐合而不分。

審二紐

色（三三）〔疏憶〕　疎（十）〔色居〕　疏（三）〔色居〕　山（九）〔色閑〕。

「色」以下，四個反切上字相繫聯。

數（三）〔率武〕　率（三）〔缺〕

「數」、「率」兩個反切上字相繫聯。

張氏云：「率」今本繫傳缺，篆韻譜「所律反」。

師（十六）〔申之〕　所（二八）〔師詛〕　瑟（二）〔師訖〕　史（十一）〔瑟耳〕。

「師」以下，四個反切上字相繫聯。

張氏云：「瑟」：「訖師反」。

慧案：「瑟」：「師訖反」。

慧案：「師」：「申之反」。「師」屬於「審二」紐，而「申」屬於「審三」紐，因此這可能是朱翱反切的一時疏忽吧！

以上「審二」紐反切上字凡十。

三、正齒音三等

照三紐

之（四四）〔眞而〕　只（九）〔眞彼〕　酌（一）〔眞若〕　勺（一）〔眞若〕　正（六）〔眞性〕　隻（十二）〔眞石〕　眞（四三）〔止鄰〕　止（十六）〔只耳〕　戰（四）〔正彥〕　周（五）〔隻留〕　章（十六）〔周良〕　振（四）〔章信〕　支（十五）〔章移〕　職（二二）〔章直〕　旨（六）〔職美〕　掌（二）〔職想〕　諸（三）〔掌於〕　煮（二）〔諸與〕　遮（五）〔之巴〕　氈（四）〔遮延〕　準（四）〔之閔〕　專（十）〔準旋〕　朱（四）〔專扶〕　燭（三）〔專玉〕　拙（三）〔燭悅〕　主（三）〔拙庾〕。

「之」以下，二十六個反切上字相繫聯。

張氏云：「煮」爲「鬻」之重文，音相諧。「準」今本繫傳「王閔反」，蓋係「之閔反」之訛；篆韻譜「之尹反」。

慧案：張氏云：「燭」：「專玉反」；「拙」：「獨悅反」，其中之「獨」字，蓋係「燭」之訛。

張氏云：側類又可分爲側之兩類，合於照母二等與三等之分，惟因牀審二母，繫傳切語中，二等與三等已有混合之趨勢，不能強分，故仍合爲一類。昌類之於穿母，亦準此。

慧案：有關「照二」「照三」、「穿二」「穿三」、「牀二」「牀三」、「審二」

「審三」、是否當分之問題，我在〈評張世祿、王力兩家對朱翶反切聲類畫分之得失〉一文中，有詳細說明，茲不贅。

以上「照三」紐反切上字凡二十六。

穿三紐

昌（二一）〔醜將〕　醜（一）〔稱肘〕　稱（二）〔齒仍〕　瞋（六）〔齒眞〕　齒（八）〔赤里〕　處（一）〔瞋佇〕　叱（七）〔眞密〕　川（三）〔叱專〕　啜（一）〔昌蹶〕　赤（十三）〔昌夕〕　充（三）〔赤風〕　唱（三）〔赤快〕　尺（十六）〔昌夕〕　出（一）〔尺律〕。

「昌」以下，十四個反切上字相繫聯。

慧案：今本繫傳「處」：「瞋佇反」，「嵗」：「瞋離反」，「雌」：「瞋飢反」，「胵」：「瞋飢反」，「杵」：「瞋伍反」。而「瞋」：「笛前反」。廣韻則嵗（赤之），雌、胵（處脂），杵、處（昌與）。皆屬「穿三」紐。

張氏云：「處」：「瞋佇反」，而「瞋」：「齒眞反」，聲類相合。

慧案：「嵗」、「雌」、「胵」、「杵」等四子之反切上字亦應由「瞋」改爲「瞋」。

以上「穿三」紐反切上字凡十四。

審三紐

式（三七）〔申力〕　申（十五）〔式人〕　傷（一）〔式陽〕　水（一）〔式癸〕　書（五）〔式魚〕　手（一）〔式九〕　賒（三）〔式車〕　羶（三）〔賒延〕　詩（十一）〔式其〕　世（一）〔詩袂〕　失（二十）〔詩必〕　矢（六）〔失止〕　庶（三）〔失著〕　升（二）〔失稱〕　施（十一）〔申而〕　收（五）〔申邱〕　尺（六）〔申離〕　飾（一）〔申力〕　識（一）〔申力〕　叔（四）〔尸竹〕　輸（六）〔施迂〕　設（二）〔施子〕。

「式」以下，二十二個反切上字相繫聯。

慧案：「羶」爲「羴」之重文。

張氏云：「庶」：「失箸反」。

慧案：「庶」：「失著反」。「著」本作「箸」，說文「陟慮切」，注云飯敬也，惜爲任箸之箸，後人從艸。

以上「審三」紐反切上字凡二十二。

四、半齒音

日　紐

而（四三）〔忍伊〕　忍（六）〔耳引〕　閏（二）〔耳醞〕　耳（十）〔柔以〕
柔（五）〔然尤〕　乳（五）〔然柱〕　然（二十）〔仁遷〕　仁（七）〔爾申〕
人（五）〔爾申〕　熱（三）〔爾絕〕　爾（二四）〔而俾〕　日（一）〔而吉〕
輭（五）〔而兗〕　汝（五）〔輭許〕　儒（八）〔輭區〕　如（十四）〔熱除〕
若（二）〔如約〕。

「而」以下，十七個反切上字相繫聯。

張氏云：「輭」即俗「軟」字，篆作「㜋」。

以上「日」紐反切上字凡十七。

第五節　脣　音

一、重脣音

幫　紐

補（三四）〔伯普〕　伯（二）〔不白〕　巴（四）〔不奢〕　逋（四）〔不吾〕
不（十五）〔缺〕　本（八）〔補忖〕　北（十三）〔補或〕　貝（一）〔補每〕
邦（二）〔北江〕　八（二）〔北拔〕　彼（二二）〔邦是〕　博（六）〔本泊〕
鄙（八）〔博美〕　羆（一）〔彼移〕　彬（二）〔彼困〕　冰（二）〔彬仍〕　碧
（一）〔彼力〕　兵（二）〔彼平〕。

「補」以下，十八個反切上字相繫聯。

張氏云：「『不』：繫傳：『甫柔反』，若依此音爲之繫聯，則本類與脣齒音之
　　　　甫類混而爲一。就今所知，繫傳反切中脣音輕重之區別殊嚴，絕
　　　　無其他混合之跡。則『不』字音在繫傳切語中所用者，當以韻會：
　　　　『逋沒切』之音爲定。蓋『不』字在廣韻中有『甫鳩』、『甫九』、
　　　　『甫救』、『分勿』四讀，皆與此不諧，以廣韻切語系統，脣音輕
　　　　重二組尚未完全分析也。據此可知朱翱爲繫傳作切語時，輕重脣
　　　　已完全分析，而『不』字已有重脣一讀。王鳴盛蛾術編論『不字
　　　　音』一條，所引孫氏示兒編，陳正敏遯齋閑覽二家說皆以『逋骨

切』爲古，而獨謂『不』讀『卜』，北宋以前無此音，殆不然矣。惟繫傳於本字下不載此音，故云，缺。『碑』字下，今本繫傳『披移反』，蓋係『彼移反』之訛。『彬』爲『份』之重文，音相諧。『冰』爲『凝』之重文，在切語中借作『仌』。」

張氏云：「羆」：「彼彩反」。

慧案：「羆」：「彼移反」。

慧案：張氏將碑「披移」誤爲「彼移」，故錯把「碑」、「筆」兩字繫聯入幫紐，而未入滂紐。

晡（六）〔缺〕　杯（一）〔晡隈〕　跛（一）〔晡顈〕。

「晡」以下，三個反切上字相繫聯。

張氏云：「晡」說文所無，廣韻「博孤切」。與「逋」字同音。「桮」今本繫傳「脯隈反」，蓋係「晡隈反」之訛。

慧案：「桮」俗作「杯」。

邠（一）〔布巾〕　布（六）〔奔汙〕　奔（三）〔布坤〕。

「邠」以下，三個反切上字相繫聯。

「布」張氏作「奔污反」。

慧案：「布」：「奔汙反」。

邊（五）〔辟涓〕　辟（十）〔卑僻〕　卑（十三）〔賓而〕　賓（七）〔必人〕

扁（一）〔必撚〕　必（十）〔畢聿〕　畢（五）〔卑聿〕。

「邊」以下，七個反切上字相繫聯。

屏（二）〔比郢〕　幷（七）〔比令〕　比（二十）〔幷止〕。

「屏」以下，三個反切上字相繫聯。

慧案：「屏」、「幷」、「比」三個反切上字係屬於「幫」紐，而張氏卻將其歸入「並」紐，恐爲一時之疏忽吧！

逼（五）〔缺〕。

張氏云：「逼」大徐本新附字，篆韻譜「彼即反」。

悲（二）〔府眉〕。

慧案：張氏將「悲」：「府眉反」歸入「非敷」紐，恐受反切上字「府」之

影嚮。

　　以上「幫」紐反切上字凡三十八。

滂　紐

匹（二八）〔篇七〕　僻（八）〔篇石〕　篇（七）〔僻連〕　翩（一）〔僻連〕
譬（一）〔匹寄〕　片（十一）〔譬現〕。

　　「匹」以下，六個反切上字相繫聯。

普（二十）〔拍戶〕　溥（一）〔拍戶〕　浦（十三）〔拍戶〕　拍（三）〔普百〕
坏（三）〔普杯〕　潘（六）〔浦漫〕　剖（一）〔浦吼〕　坡（三）〔浦何〕　滂
（一）〔坡良〕　披（八）〔坏卑〕　碑（一）〔披移〕　筆（六）〔碑乙〕。

　　「普」以下，十二個反切上字相繫聯。

　　張氏云：「拍」說文作「㧻」。

　　慧案：張氏云「坏」：「普坏反」。蓋係「普杯反」之訛。

鋪（十一）〔噴模〕　噴（二）〔鋪奔〕　破（一）〔鋪臥〕　判（一）〔鋪喚〕

　　「鋪」以下，四個反切上字相繫聯。

飄（一）〔缺〕

　　慧案：張氏誤將「飄」字置於「非敷」紐中。

　　以上「滂」紐反切上字凡二十三。

並　紐。

並（四四）〔盤怖〕　部（十）〔盤五〕　盤（九）〔別安〕　別（十三）〔缺〕
陪（三）〔步雷〕　盆（十三）〔步門〕　白（五）〔陪陌〕　彭（二）〔白亨〕
薄（五）〔盆各〕　蒲（二十）〔盆乎〕　傍（一）〔薄荒〕　旁（二）〔薄茫〕
辨（四）〔蒲莧〕　備（三）〔辨利〕　平（六）〔備明〕　被（一）〔平義〕

　　「步」以下，十六個反切上字相繫聯。

　　張氏云：「盤」為「槃」之重文，音相諧。「別」字下繫傳「鄙轍反」，與本
　　　　　類音不諧，廣韻有「皮列切」與「彼列切」二讀，繫傳切語上即
　　　　　取「皮列切」之音，篆韻譜「平列反」，繫傳於本類下不載此音，
　　　　　故亦云缺。

頻（三二）〔婢民〕　便（一）〔婢篇〕　婢（十三）〔頻旨〕　萍（一）〔頻寧〕
脾（五）〔頻移〕　並（一）〔頻靜〕　鼻（七）〔頻至〕　毗（四）〔鼻宜〕　避
（四）〔便罥〕。

　　「頻」以下，九個反切上字相繫聯。

疲（一）〔弸悲〕　貧（三）〔弸巾〕　弸（三）〔皮密〕　皮（十七）〔貧知〕。

　　「疲」以下，四個反切上字相繫聯。

朋（四）〔缺〕。

　　　張氏云：「朋」為「鳳」之重文，「鳳」繫傳「符貢反」，與本類音不諧，依
　　　　　　廣韻「朋」字下「步崩切」之音為定；篆韻譜「步崩反」，繫傳不
　　　　　　載此音，故亦云缺。

　　以上「並」紐反切上字凡三十。

明　紐。

莫（七四）〔莫度〕　脈（一）〔莫獲〕　迷（一）〔莫低〕　梅（三）〔莫堆〕
謀（十一）〔莫浮〕　母（十五）〔莫厚〕　門（三一）〔莫魂〕　蒙（一）〔母
東〕　滿（一）〔門罕〕　毛（一）〔門高〕　木（四）〔門逐〕　謨（一）〔門
胡〕　模（二）〔門胡〕　磨（一）〔模臥〕　夢（四）〔木空〕　沒（二七）〔謀
骨〕　摩（一）〔沒訛〕　墨（一）〔沒黑〕。

　　「莫」以下，十八個反切上字相繫聯

　　張氏云：「脈」篆作「衇」，「磨」篆作「礦」。

眠（六）〔民卹〕　民（十四）〔彌鄰〕　名（十五）〔彌并〕　沔（一）〔彌兗〕
滅（一）〔彌悅〕　彌（二二）〔眠伊〕　米（一）〔名洗〕。

　　「眠」以下，七個反切上字相繫聯。

　　張氏云：「眠」為「瞑」之重文。韻不諧而聲諧，故仍之。又「彌」篆作「㮚」。

面（四）〔弭釧〕　弭（四）〔面侈〕。

　　「面」、「弭」兩字相繫聯。

免（十二）〔缺〕　悶（五）〔免困〕　尨（二）〔免江〕　美（十三）〔免鄙〕
晃（一）〔美選〕　密（二）〔美弸〕。

「免」以下，六個反切上字相繫聯。

張氏云：「免」字說文所無，廣韻「亡辨切」，廣韻輕重唇尚未完全分析也，
　　　　以「免」之同音字「冕」、「勉」、「挽」、「鮸」等推之，繫傳當作
　　　　「美選反」。

慧案：「挽」篆作「輓」，「輓」今本繫傳「武反反」，故「挽」蓋係「挽」
　　　　字之訛。「挽」今本繫傳「美選反」，才是「免」之同音字。

閩（十）〔缺〕　眉（二一）〔閩之〕　明（二）〔缺〕。

「閩」以下，三個反切上字相繫聯。

張氏云：「閩」今本繫傳缺，廣韻「武巾切」，廣韻輕重唇尚未完全分析也；
　　　　以「閩」之同音字「忞」、「旻」、「珉」、「鍲」等推之，繫傳當作
　　　　「眉均反」。

忙（八）〔缺〕

張氏云：「忙」說文所無，廣韻「莫郎切」。

以上「明」紐反切上字凡三十七。

二、輕唇音

非敷紐

甫（三五）〔分武〕　分（三二）〔翻文〕　翻（五）〔缺〕　頻（一）〔分武〕
脯（一）〔分武〕　拂（一）〔分勿〕　弗（十九）〔分勿〕　芳（八）〔弗商〕
府（十二）〔芳武〕　方（二三）〔府昌〕　付（四）〔方婺〕　敷（七）〔甫夫〕
飛（一）〔甫肥〕　孚（四）〔甫芟〕　夫（五）〔甫芟〕　福（三）〔夫木〕。

「甫」以下，十六個反切上字相繫聯。

張氏云：「翻」大徐本新附字，篆韻譜「孚元反」。

祕（一）〔悲利〕

以上「非敷」紐的反切上字凡十七。

慧案：朱翱反切中，「非」、「敷」紐混用的情形非常多。以非切非者有七十
　　　　九字，以敷切敷者有十五字；以非切敷者有二十七字，以敷切非者
　　　　有九字；因此混用的情形約佔全部的百分之二十七點七，所以我覺
　　　　得「非、敷」紐當合而不當分，則較為合理。張氏誤將「飄」字繫

聯入「非敷」類，實應置於「滂」紐，則較爲合理。

奉　紐

符（二八）〔凡無〕　扶（二四）〔凡無〕　凡（六）〔符芰〕　伐（十）〔扶月〕
服（三）〔伐六〕　復（十八）〔伐六〕　焚（一）〔復喧〕。

　　「符」以下，七個反切上字相繫聯。

　　慧案：「樊」今作「焚」。

房（四）〔浮長〕　防（一）〔浮長〕　斧（九）〔浮甫〕　父（六）〔浮甫〕　浮
（十三）〔附柔〕　附（十四）〔房繡〕。

　　「房」以下，六個反切上字相繫聯。

　　張氏云：「附」字下祁刻本作「戶繡反」，述古堂本誤作「戶經反」，蓋係「房
　　　　　繡反」之誤。

　　以上「奉」紐反切上字凡十三。

微　紐

勿（二三）〔無弗〕　聞（四）〔無云〕　文（九）〔無云〕　武（七）〔文甫〕
無（九）〔文區〕　舞（三）〔勿撫〕　亡（八）〔勿強〕　尾（六）〔亡斐〕。

　　「勿」以下，八個反切上字相繫聯。

　　以上「微」紐反切上字凡八。

第四章　評張世祿、王力兩家對朱翱反切韻類畫分之得失

第一節　張世祿、王力兩家對韻類畫分之異同

一、張世祿之分法

張世祿是按照陳澧切韻考繫聯切語上下字的方法嚴格加以繫聯的。考證出三十四聲類；韻類方面：平聲三十八類；上聲三十七類；去聲四十類；入聲十九類。共計一三四類。以下就將此一三四類依平上去入之序全部錄出。每類後面括號中的，則是廣韻之韻目。

平聲：紅（東冬），封（鍾），江（江），之，歸（支脂之微），﹝註1﹞居（魚），紆（虞），孤（模），兮（齊），皆（佳皆），堆（灰），來（咍），倫（眞諄臻欣），云（文），喧（元），昆（魂），痕（痕），安（寒桓），關（刪），閑（山），延（先仙），挑（蕭），昭（宵），交（肴），高（豪），何（歌戈），加（麻），良（陽唐），行（庚耕），丁（清青），陵（蒸），增（登），柔（尤侯），虯（幽），林（侵），南（覃談），廉（鹽添），咸（咸銜嚴凡）。共計三十八類。

上聲：動（董），恐（腫），項（講），止，委（紙旨止尾），呂（語），武（麌），

﹝註1﹞支脂之微分開、合口兩類。

詁（姥），米（薺），買（蟹駭），浼（賄），亥（海），引（軫準隱），粉（吻），遠（阮），本（混），很（很），旱（旱緩），綰（濟），限（產），件（銑獼），了（筱），沼（小），卯（巧），抱（皓），果（哿果），雅（馬），向（養蕩），永（梗耿），屏（靜迥），等（等），酒（有厚），糾（黝），甚（寢），感（感敢），檢（琰忝儼），減（豏檻范）。共計三十七類。

去聲：貢（送宋），重（用），降（絳），利，位（寘至志未），御（御），遇（遇），故（暮），計（霽祭），最（泰），賣（卦怪夬），配（隊），代（代），喙（廢），刃（震稕焮），問（問），怨（願），寸（恩），恨（恨），玩（翰換），患（諫），莧（襉），硯（霰線），弔（嘯），妙（笑），教（效），號（號），臥（箇過），夜（禡），唱（漾宕），命（映諍），性（勁徑），證（證），甀（嶝），救（宥候），幼（幼），任（沁），闞（勘闞），念（艷桥釅），劍（陷鑑梵）。共計四十類。

入聲：六（屋沃），燭（燭），角（覺），必（質術櫛迄），沕（物），月（月），兀（沒），末（曷末），八（黠鎋），列（屑薛），各（藥鐸），白（麥陌），的（昔錫），力（職），忒（德），攝（緝），合（合盍），帖（葉帖），甲（洽狎業乏）。共計十九類。

二、王力之分法

王力用「比較法」，注重朱翱反切與廣韻切語有不相符合的地方，將韻部的平上去聲分為二十七部，入聲獨立為十四部，以下就將平上去二十七部，入聲十四部全部錄出。

平上去聲：東鍾，江雙，支脂、資思，魚模，齊稽，佳皆，灰堆，咍來，眞文，元仙，魂痕，寒桓，刪山，蕭宵，肴包，豪袍，歌戈，麻蛇，陽唐，庚青，蒸登，尤侯，侵尋，覃談，鹽嚴，咸銜。共計二十七部。
入聲：屋燭，覺，質術，物迄，月薛，沒骨，曷末，黠鎋，藥鐸，陌職，緝立，合盍，葉業，洽狎。共計十四部。

張、王兩家在韻類的分部上有以下的不同：（1）張氏分東多，鍾〔註2〕為兩部；王氏則東多鍾合為一部。（2）張氏將支脂之微分開合，王氏則無；而王氏另立資思一部，張氏則無。（3）張氏將魚、虞、模分為三部，王氏則合為一部。

〔註2〕此處皆舉平以賅上去入。

（4）張氏將眞諄臻欣、文分爲兩部，王氏則合爲一部。（5）張氏將魂、痕分爲兩部，王氏則合爲一部。（6）張氏將元、先仙分爲兩部，王氏則合爲一部。（7）張氏將刪、山分爲兩部，王氏則合爲一部。（8）張氏將庚耕、清青分爲兩部，王氏則合爲一部。（9）張氏將蕭、宵分爲兩部，王氏則合爲一部。（10）張氏將蒸、登分爲兩部，王氏則合爲一部。（11）張氏將鹽添、咸銜嚴凡分爲兩部，王氏則分爲鹽添嚴凡、咸銜兩部。

至於以上的不同，究屬誰是誰非？或者兩家皆非？我想仍依「三部法」[註3]來作一判斷。

第二節 兩家分類之得失

一、張是王非

（一）東冬、鍾應分韻

平聲：（1）以東冬切東冬者，共計一一九字。[註4]

（2）以鍾切鍾者，共計四十七字。

詾（吁封），庸（與封），雝（宛封），鱅（與封），礑（與封），凶（吁封），頌（與封），顒（宛封），獛（與封），灉（宛封），邕（宛封），鱅（與封），頛（與封），墉（與封），鏞（與封），鏞（與封），樅（恩峯），廓（與恭），銎（曲恭），氄（乙顒），葑（敷容），舂（輸容），瘲（子容），傭（敕容），顒（魚容），峯（敷容），恭（矩容），封（敷容），容（弋雍），從（自邕），浝（苦龍），鬆（子龍），喁（元鍾），鰅（元鍾），龍（力鍾），茸（乳逢），松（似逢），醨（乳逢），逢（附松），枀（之松），鍾（之松），鐘（之松），徎（甫蚩），夆（甫蚩），峯（甫蚩），夆（甫蚩），捀（甫蚩）。

〔註 3〕所謂「三步法」，第一步是用陳澧的繫聯法將聲類繫聯出來；第二步是用繫聯出來的朱翱反切與廣韻切語作一比較；第三步再用統計法求出其例外之百分率，並由所得出之例外百分率的高低來決定其聲類之分合，然後再重新修正第一次繫聯出之聲類的不週延處。

〔註 4〕此一一九字，因爲在貳、（b）、（i）、（1）「東冬合韻」處會全部出現（而不管是以東切東、以冬切冬或是以東切冬，以冬切東者，都屬於以東冬切東冬。），茲不贅。

（3）以東切鍾者有二字。

濃（奴聰），鏦（取蚣）。

（4）以鍾切東者，有一字。

蓬（貧容）。

上聲：（1）以董切董者有五字。

（2）以腫切腫者，共計三十八字。

踵（與恐），踊（與恐），奉（附恐），䲀（乳恐），甬（與恐），兇（勖恐），
俗（與恐），洶（晷恐），涌（與恐），溶（與恐），搭（與恐），壟（呂恐），
勈（與恐），慵（直隴），瘇（時踊），踵（之甬），嵸（之勇），種（之勇），
腫（之勇），宂（人勇），壾（方勇），駧（篆勇），寵（丑壟），竦（思奉），
愯（思奉），慫（思奉），渾（端奉），聳（思奉），廾（矩竦），鞏（矩竦），
碧（矩竦），歈（而擁），揗（而擁），巩（矩悚），拱（矩悚），挐（矩悚），
莑（矩悚），隴（呂恐）。

（3）以腫切董者，共計五字。

桶（他奉），滃（緩奉），㽘（它奉），湏（呼寵），莑（補宂）。

去聲：（1）以送宋切送宋者，共計三十一字。

（2）以用切用者，共計十九字。

衝（赤重），鞏（矩重），䡴（矩重），邛（俱重），罿（赤重），供（矩重），
襛（女重），憧（赤重），恐（勸重），韑（朱重），釀（女重），梆（具從），
鞚（而用），種（之用），從（松用），用（余俸），誦（似共），訟（似共），
共（具縱）。

（3）以送宋切腫者有一字。

塗（亡弄）。

（4）以用切東者有一字。

鄩（父重）。

入聲：（1）以屋沃切屋沃者，共計一七三字。

（2）以燭切燭者，共計四十九字。

䝙（夕燭），臼（俱燭），㿺（俱燭），贖（實燭），俗（夕燭），襡（殊燭），

搁（俱燭），曑（俱燭），華（俱燭），足（節粟），獄（元旭），趣（專玉），

韣（專玉），旭（喧玉），粟（相玉），屬（專玉），頊（喧玉），燭（專玉），

涑（相玉），孎（輟蜀），斶（輟蜀），玉（虞局），丁（丑錄），楝（丑錄），

束（施錄），瘃（陟錄），豕（丑錄），茮（劣束），局（瞿束），趢（劣束），

親（劣束），婒（劣束），錄（劣束），鵒（余足），欲（余足），狢（余足），

浴（余足），續（似足），鎔（余足），苗（闕欲），觸（尺欲），促（趨欲），

歠（川欲），欘（輟續），蓐（儒曲），躅（掾曲），鄏（儒曲），溽（儒曲），

辱（儒曲）。

（3）以屋沃切燭者，共計四字。

曲（牽六），勖（喧六），逐（慮木），諫（孫卜）。

　　由上可知平聲東冬與鍾之分合情形爲：正常的切語（以東冬切東冬者有一一九字，以鍾切鍾者有四十七字）〔註5〕有一六六字；例外的切語（以東切鍾者有二字，以鍾切東者有一字）〔註6〕有三字。所以例外的情形約佔全部的百分之二點五。上聲之正常切語有四十三字，例外切語有五字，所以例外的情形約佔全部的百分之十點四。去聲的正常切語有五十字，例外切語有二字，所以例外的情形約佔全部的百分之三點八。入聲的正常切語有二二二字，例外切語有四字，所以例外的情形約佔全部的百分之一點八。而平上去入之正常切語總合有四三四字，例外的切語共有十四字，例外的情形約佔全部的百分之三點一。由此統計數字顯示，不混用的情形約高達百分之九十七點二，因此我認爲東冬與鍾應分韻較爲合理。

（二）支脂之微應分開，合口

平聲：（1）以開切開者，共計三〇三字。

　　禔（辰之），珤（寅之），離（鄰之），藟（閭之），麗（鄰之），犛（利之），

　　咦（寅之），徲（寅之），詒（寅之），謧（鄰之），犛（利之），曶（閭之），

〔註5〕以東冬、鍾爲例。正常的切語就是以東冬切東冬，以鍾切鍾者，以此類推。因此，以後再有此種情形出現時，皆用「正常的切語」來表示。

〔註6〕以東冬、鍾爲例，例外的切語就是以東冬切鍾或以鍾切東冬者，以此類推。因此，以後再有此種情形出現時，皆用「例外的切語」來表示。

離（鄰之），蟻（研之），矝（利之），笞（丑之），飴（寅之），檥（研之），楣（闓之），師（申之），郿（闓之），郝（闓之），鄿（銀之），期（虔之），秜（利之），痍（以之），伊（因之），儀（研之），僛（遣之），欺（遣之），頗（遣之），棱（利之），狸（利之），驪（鄰之），麒（虔之），麋（闓之），黴（闓之），怡（寅之），湄（闓之），匜（寅之），巸（寅之），娸（遣之），姨（寅之），瓵（寅之），圯（寅之），釐（利之），轙（研之），疑（研之），醨（鄰之），旇（坏卑），鮍（坏卑），披（坯卑），鈹（坯卑），徛（牽其），齝（式其），詩（式其），誒（軒其），譆（軒其），嵜（軒其），瞦（軒其），猗（去其），僖（軒其），欨（軒其），歖（軒其），煕（軒其），嬰（軒其），醫（於其），時（神持），甾（側持），塒（神持），菑（側持），錙（側持），輜（側持），釐（仕甾），芝（眞而），荎（直而），諆（居而），卑（賓而），攺（申而），箟（居而），箕（居而），之（眞而），鄑（子而），施（申而），裨（賓而），觊（申而），顮（賓而），治（直而），持（直而），姬（居而），基（居而），錍（賓而），癡（丑遲），菭（纏伊），遲（纏伊），胹（忍伊），栭（忍伊），郊（巨伊），宧（弋伊），冞（眠伊），瓕（眠伊），而（忍伊），泜（纏伊），洏（忍伊），鮞（忍伊），墀（纏伊），坻（纏伊），輀（忍伊），祺（虎離），祈（近離），璂（虔離），璣（凡離），蓍（申離），眵（齒離），嵛（嗔離），肌（斤離），籭（色離），奇（巨離），尸（申離），屍（申離），騎（巨離），畸（斤離），离（丑離），嗞（則欺），孜（則欺），榹（削欺），仔（則欺），滋（則欺），譆（許疑），丕（鋪眉），邳（部眉），嶷（銀眉），狋（銀眉），悲（府眉），謘（纏离），椅（於离），樆（于离），摛（丑离），攲（牽奇），旑（於奇），猗（於奇），陭（於奇），雖（嗔肌），蟣（呼璣），莃（忻祈），睎（忻祈），稀（忻祈），欷（忻祈），瑂（闓悲），疲（弼悲），魾（部悲），褫（辛茲），柌（涎茲），玈（先茲），菘（先茲），薋（疾茲），茨（疾茲），虒（辛茲），私（先茲），穦（疾茲），司（息茲），詞（夕茲），厶（先茲），獄（息茲），思（息茲），滮（卒茲），澌（辛茲），霹（辛茲），辤（夕茲），辭（夕茲），茲（則私），郪（千私），姿（子私），咨（子思），雌（千思），茈（千思），鷀（秦思），齍（子思），齋（子思），齎（子思），麗（婁思），慈（秦思），賫（子思），資（津司），貲（子司），疵（才資），

趑（七茨），趀（七茨），薺（疾咨），餈（疾咨），尼（女咨），濱（疾咨），奎（疾咨），胝（陟尼），祇（旨移），龐（被移），犧（許移），赼（翹移），跂（翹移），支（章移），雄（章移），睥（頻移），肵（章移），義（許移），虞（許移），知（珍移），枝（章移），楮（章移），卮（章移），碑（披移），駊（章移），羆（彼移），忯（翹移），汥（翹移），埤（頻移），斯（息移），軝（翹移），陂（彼移），陴（頻移），醫（珍移），鵻（眞夷），脂（眞夷），祁（巨夷），鮨（眞夷），黎（連脂），郗（丑脂），芪（是支），荄（以支），葚（是支），迻（以支），徥（是支），篪（是支），欙（羊支），杝（以支），暆（以支），移（以支），疻（手支），眂（巨支），匙（是支），耆（巨支），夷（寅支），孳（則斯），其（虔知），驀（虔知），趘（陳知），趗（陳知），魹（陳知），皮（貧知），綦（虔知），旗（虔知），稘（居知），褫（陳知），兒（然知），騏（虞知），馳（陳知），淇（虔知），麒（虔知），麋（美皮），麋（美皮），蘄（巨希），嘰（居希），譏（居希），幾（居希），朡（巨希），蟣（巨希），鑾（巨希），饑（居希），飢（居希），機（居希），旂（巨希），機（居希），頎（巨希），覬（居希），沂（魚希），畿（巨希），胝（嗔肌），依（於幾），宜（擬機），衣（於機），妷（於機），陮（於機），蓏（鼻宜），芘（鼻宜），齹（楚宜），猗（牽宜），踦（牽宜），鬻（即宜），腉（鼻宜），觭（牽宜），眥（即宜），枇（鼻宜），楒（鼻宜），秕（浦宜），伾（浦宜），觝（牽宜），貔（鼻宜），駓（浦宜），蠀（即宜），熹（忻宜），玼（鼻宜），斐（即宜），鑒（即宜），茲（則欺）。

（2）以合切合者，共計一○五字。

蘳（驅歸），敦（宇歸），韋（宇歸），椷（迁歸），口（于歸），圍（于歸），暉（詡歸），辣（于歸），禈（于歸），巍（元歸），豢（宇歸），湋（宇歸），潿（宇歸），闈（宇歸），威（迁歸），媁（宇歸），歸（舉韋），翬（火韋），瘣（此韋），微（火韋），幃（火韋），禕（火韋），輝（吁韋），揮（火韋），踦（權雖），矛（權雖），夒（權雖），覽（權雖），頯（權雖），駃（權雖），馗（權雖），帷（位逯），珪（與追），唯（與追），遺（與追），榱（所追），惟（與追），灘（與追），葵（揆惟），睢（許惟），佳（專惟），倠（許惟），雄（巋惟），倰（斯唯），萑（專唯），夊（斯唯），蓷（吁唯），雖（傳唯），

錐（專唯），誰（市佳），脽（市佳），桵（儒佳）狨（耳佳），痿（人佳），

倭（於佳），椎（直誰），頿（眞誰），吹（叱爲），逶（委爲），鑄（叱爲），

矮（委爲），虧（起爲），觬（委爲），羲（虞爲），危（虞爲），炊（叱爲），

洈（虞爲），摩（毀爲），嫣（俱爲），鄈（巨規），窺（丘規），闚（去規），

陸（許規），腓（符飛），鬐（堅隨），爲（雨隨），觖（堅隨），規（堅隨），

轠（式垂），錘（式垂），羸（連垂），酏（直垂），撝（喧垂），孈（式垂），

錘（直垂），隋（喧垂），𨙨（似吹），垂（是吹），陲（是吹），郿（居危），

違（宇非），肥（符非），薇（尾非），妃（芳非），菲（甫肥），𦱂（甫肥），

蠹（甫肥），騑（甫肥），騛（甫肥），飛（甫肥），非（甫肥），扉（甫肥），

斐（甫肥），櫐（力龜），灅（力龜）。

（3）以開切合者，有六字。

薇（尾希），微（尾希），散（尾希），溦（尾希），厜（津宜），惢（津宜）。

上聲：（1）以開切開者，共計一八七字。

祂（并止），矢（失止），市（辰止），秕（竝止），仳（并止），比（并止），

恃（辰止），姃（并止），士（實史），莘（阻史），第（阻史），俟（牀史），

竢（牀史），涘（牀史），滓（阻史），止（只耳），啙（只耳），史（瑟耳），

矣（延耳），𩛴（鉏耳），使（瑟耳），淕（只耳），沚（只耳），泜（只耳），

改（訖耳），阯（只耳），己（訖耳），始（施起），薿（牛以），芑（气以），

起（气以），杞（乞以），儗（牛以），屺（气以），恥（敕以），耳（柔以），

擬（牛以），𪞁（牛以），祀（祠此），呰（將此），齜（將此），徙（宵此），

訾（將此），壐（宵此），釃（疏此），痔（直豈），俙（疤豈），顗（魚豈），

𢞬（殷豈），辰（殷豈），祉（敕里），苢（移里），越（七里），峙（直里），

此（七里），齒（赤里），豈（丘里），杫（鉏里），邒（去里），仕（鉏里），

偫（直里），媸（七里），嫅（七里），時（直里），目（移里），諰（辛子），

鄆（連子），枲（辛子），屣（辛子），理（六矣），呰（津矣），李（六矣），

梓（津矣），秄（津矣），秭（津矣），俚（六矣），裏（六矣），履（六矣），

鯉（來矣），姊（津矣），里（六矣），子（津矣），邐（略池），燊（略池），

迆（以爾），猲（神爾），豕（書爾），象（書爾），㦬（書爾），匜（以爾），

弛（書爾），酏（以爾），尒（而俾），邇（而俾），爾（而俾），鞞（邊弭），

髀（邊弭），郫（頻弭），犤（邊弭），俾（邊弭），芈（面侈），灖（面侈），

洡（面侈），弭（面侈），袳（尺婢），侈（昌婢），袳（昌婢），烌（昌婢），

銤（昌婢），鞞（所旨），眂（善旨），視（善旨），庳（頻旨），婢（頻旨），

騃（偶指），跍（暨几），皍（丘几），痞（博几），濟（直几），美（免鄙），

嚭（披鄙），芘（匹鄙），嶏（匹鄙），媄（免鄙），圮（方鄙），罪（造洧），

旨（職美），机（謹美），鄙（博美），邔（謹美），叽（謹美），底（職美），

麜（謹美），恉（職美），指（職美），几（謹美）躧（疏比），筵（疏比），

棐（朋比），芺（也匕），菌（式匕），雉（陳匕），弬（眠雉），數（職雉），

夊（胝雉），坄（尺式），彼（邦是），柀（邲是），是（善紙），跐（善紙），

諟（善紙），姼（尺紙），媞（善紙），氏（善紙），只（真彼），枳（真彼），

寫（于彼），瘑（于彼），倚（乙彼），咫（真彼），靡（眉彼），抶（真彼），

抵（真彼），坻（真彼），軹（真彼），蔽（魚綺），剞（居綺），掎（居綺），

輢（於綺），齮（魚倚），鯢（池倚），杝（池倚），伎（強倚），豸（池倚），

技（強倚），妓（強倚），錡（魚倚），阤（池倚），庝（昌妓），帒（即似），

喜（虛已），積（之已），似（詳紀），洍（詳紀），汜（詳紀），已（詳紀），

偨（七紫）。

（2）以合切合者，共計七十五字。

祪（句委），蔫（于委），跪（馳委），詭（句委），舱（溝委），桅（句委），

穀（呼委），頠（語委），烓（吁委），燬（吁委），恑（句委），闈（于委），

揣（初委），擎（吁委），嫛（吁委），塊（句委），毀（吁委），錗（溝委），

厽（力委），絫（力委），垒（力委），頯（頃筵），紫（子累），骩（醞累），

箠（職累），鵝（醞累），騷（職累），沝（職累），捶（職累），婑（五累），

委（醞累），橨（于毀），偉（于毀），鬼（矩毀），鑾（如毀），卉（許鬼），

罤（魚卉），薩（與水），藟（柳水），讄（柳水），誄（柳水），鸓（柳水），

簋（居水），藁（柳水），晷（俱水），宄（俱水），屧（俱水），氿（俱水），

櫑（柳水），癸（見水），楑（虬癸），癏（巨癸），水（式癸），湀（虬癸），

揆（虬癸），趡（取誄），澤（遵誄），辈（斧尾），誹（斧尾），跳（斧尾），

篚（斧尾），饜（斧尾），棐（斧尾），斐（斧尾），砦（斧尾），匪（斧尾），

唏（虛斐），尾（兦斐），豨（虛斐），娓（兦斐），瓃（魯旭），葦（于旭），

韙（于虺），煒（于虺），鮪（于虺）。

（3）以開切合者，有一字。

洧（榮美）。

（4）以合切開者，有一字。

豈（丘尾）。

去聲：（1）以開切開者，共計一七三字。

祕（悲利），气（卻利），犕（辨利），嗜（食利），躓（陟利），謚（常利），葡（辨利），棄（契利），疐（陟利），膩（尼利），致（陟利），鵙（矩利），備（辨利），鷙（陟利），贔（辨利），墆（陟利），撴（涉利），鑿（張利），輦（陟利），利（柳嗜），隸（柳嗜），憖（柳嗜），濞（披備），吏（連致），肆（虛致），稺（直致），齂（虛致），摕（直致），試（失吏），异（余吏），異（余吏），廁（測吏），志（職吏），屎（敕稚），魅（敕稚），蝕（色廁），示（時至），器（气至），鼻（頻至），眲（仁至），箅（必至），畀（必至），樲（仁至），貳（日至），佴（如至），邲（彼至），髟（密至），庇（必至），媢（密至），二（仁至），地（田至），坒（頻至），撎（伊肄），呬（希媢），鞊（戰媢），眍（筆媢），鷙（戰媢），殔（羊媢），柲（筆媢），貱（博媢），柒（筆媢），瓕（平媢），毖（筆媢），豙（羊媢），至（戰媢），閟（筆媢），摯（戰媢），痹（彼二），寐（忙庇），饐（乙器），饐（乙器），欭（乙器），懿（乙器），蔇（訖示），貤（弋示），穊（訖示），冀（訖示），覬（訖示），驥（訖示），暨（其冀），臮（其冀），濞（其冀），洎（其冀），垍（其冀），自（慈四），佽（則四），恣（則四），牭（素次），柶（素次），貄（素次），駟（素次），泗（素次），四（素次），覗（七恣），次（七恣），鬒（七恣），鞁（平義），翨（刿義），賜（絲義），伿（引義），傷（引義），被（平義），髲（平義），翅（時翅），莿（七智），啻（叱智），議（魚智），誼（魚智），諫（七智），翨（叱智），狓（叱智），曬（所智），朿（七智），戲（忻智），義（魚智），晢（展避），觶（真避），瘁（毗避），翄（真避），忮（真避），避（便詈），詖（筆詈），詈（力豉），刺（七賜），蕮（先刺），澌（先刺），臂（畢賔），記（居意），既（居意），饎（昌意），氣（許意），熾（昌意），忥（許意），愾（許意），墍（許意），鎎（許意），寄（堅芰），譬（匹寄），

蹟（贊寄），骴（贊寄），企（去寄），庋（去寄），歔（贊寄），魌（巨寄），

漬（贊寄），觱（贊寄），冀（乙記），芰（巨記），至（忻記），憙（忻記），

置（竹記），意（乙記），珥（耳既），毅（言既），事（側字），戠（側字），

笥（息寺），嗣（辭笥），芓（慈伺），寺（辭伺），字（慈伺），諆（健侍），

彗（健侍），舁（健侍），鬵（然侍），忌（健侍），惎（健侍），姆（然侍），

蒔（食志），弑（失志），侍（食志），值（直志），眙（敕餌）。

（2）以合切合者，共計六十字。

襯（戀位），蕢（求位），饋（求位），睡（時位），錘（時位），饋（求位），

樻（求位），貴（矩位），旞（夕位），采（夕位），襚（夕位），穎（夕位），

穟（許位），類（戀位），燧（吁位），匱（求位），鐉（夕位），餽（矩遂），

邃（小遂），騤（矩遂），媿（矩遂），醉（將遂），崇（斯誶），季（見翠），

㩵（夕醉），遂（夕醉），瘣（夕醉），誶（星醉），翠（此醉），橇（夕醉），

位（于醉），僞（魚醉），悴（秦醉），瘁（葵季），倛（岐季），悸（岐季），

轛（追類），菋（勿貴），味（勿貴），謂（于貴），胃（云貴），彙（于貴），

渭（于貴），媚（于貴），未（勿貴），癗（方未），費（扶味），蔚（迂胃），

㝹（迂胃），蜼（迂胃），畏（逶胃），燰（迂胃），慰（迂胃），諱（詡尉），

瑞（時惴），菱（蘊瑞），羡（蘊瑞），鼜（池瑞），槌（池瑞），惴（支瑞）。

（3）以開切合者，有五字。

恚（於棄），娷（於棄），諈（竹至），諉（女至），娷（竹至）。

（4）以合切開者，有一字。

泌（頻未）。

　　由上可知，平聲之平常切語共計四○八字，例外切語有六字，例外的情形約佔全部的百分之一點四；上聲之正常切語共計二六二字，例外切語有二字，例外的情形約佔全部的百分之零點八；去聲的正常切語共計二三三字，例外切語有六字，例外的情形約佔全部的百分之二點五；而平上去聲之正常切語共計九○三字，例外切語有一十四字，例外情形約佔全部的百分之一點五，而不混用的情形約高達百分之九十八點五，所以統計數字顯示，我贊同張氏之說法，即支脂之微應分開，合口。

　　（三）資思不需獨立成一韻

周法高師在玄應反切考中（見《中國語言學論文集》頁 164 至 165 中說：

如「呰，茲此反，吳音子尒反。」按切三茲尒反。所謂吳音也就是切韻音。此和尒廣韻同隸紙韻。慧琳喜歡用聲母同系的字做切語下字。廣韻支，脂之韻的精 ts 系字，慧琳十九用精系字作切語下字。恰巧這一類字在現代多數方言裏有舌尖韻母的讀法。高本漢說：「古代漢語的師ʂi（二等）私 si 之類的字，元音受聲母的影響有一種奇怪的變化。它起初變成ï（ㄧ，ㄗ，ㄩ）：ʂï，sï，後來有些方言用別的元音替代他。日本譯音跟反切很確切的指出來，在第六世紀時候這些字像在這幾韻裏其餘的字一樣，元音仍舊是-i。但是高麗譯音顯然的表現ʂi＞ʂï，si＞sï這個變化唐朝已經有了。因此韻表的著者們把ʂï 這一類的字放在一等而不放在四等，因爲它沒有-i 了。」——譯本《中國音韻學研究》P.493。慧琳時（八世紀末）也許這種現象已經發生了。

王力在朱翱反切考〔註7〕中說：

止攝齒頭四等字，在《切韻指掌圖》中，已轉入一等；在《切韻指南》也轉入一等，只是在旁加圈。這種語音發展情況，在南唐時代已經存在；在朱翱反切中，資思自成一韻，因此以資思字切資思字。例如：……。

而此種現象是一種漸變現象，已經有舌尖元音獨立的趨勢，直到切韻指掌圖把它放在一等，才算正式完成。

我將朱翱反切中，屬於止攝字者，按平、上、去聲全部抄出，然後將止攝中以齒頭音字切齒頭音字的例子，全部錄出，並把例外字（如被切字屬於止攝齒頭音字，而切下字不屬者；或切下字屬止攝齒頭音字，而被切字不屬者也全部錄出。並且求其例外的百分比，再決定是否資思能自成一韻。

平聲：（1）以止攝齒頭音字切止攝齒頭音字者，共計四十三字。

祠（辛茲），祠（涎茲），玆（先茲），茈（先茲），薋（疾茲），茨（疾茲），疵（辛茲），私（先茲），穦（疾茲），司（見茲），詞（夕茲），厶（先茲），

〔註 7〕請參見《龍蟲並雕文集》第三冊頁 215 至 216。

獄（息茲），鼶（辛茲），思（息茲），虒（卒茲），澌（辛茲），霹（辛茲），
辞（夕茲），辭（夕茲），茲（則私），鄑（干私），姿（子私），咨（子思），
雌（千思），訾（千思），鶿（秦思），齍（子思），齋（子思），齎（子思），
慈（秦思），賫（子思），資（津司），貲（子司），疵（才資），趑（七茨），
赼（七茨），薺（疾咨），餈（疾咨），濱（疾咨），垐（疾咨），茬（仕淄），
孶（則斯）。

（2）被切字屬於止攝齒頭音字，而切下字不屬者，共計十二字。

鄑（子而），嗞（則欺），孜（則欺），玆（則欺），鼒（則欺），仔（則欺），
滋（則欺），鶿（即宜），頿（即宜），齜（即宜），姕（即宜），鴜（即宜）。

（3）切下字屬止攝齒頭音字，而被切字不屬者，共計四字。

鼜（仕甾），猚（彥思），麗（婁思），尼（女咨）。

上聲：（1）以止攝齒頭音字切止攝齒頭音字者，共計十三字。

祀（祠此），呰（將此），呰（將此），徙（宵此），訾（將此），釃（疏此），
銕（徐姊），諰（辛子），枲（辛子），廙（辛子），夘（即似），佌（七紫），
疛（即似）。

（2）被切字屬止攝齒頭音字，而切下字不屬者，共計十五字。

趑（七里），此（七里），鴜（七里），跮（七里），茈（津矣），梓（津矣），
秄（津矣），秭（津矣），姊（津矣），子（津矣），枱（詳記），似（詳紀），
洍（詳紀），汜（詳紀），巳（詳紀）。

（3）切下字屬止攝齒頭音字，而被切字不屬者，有一字。

壐（宵此）。

去聲：（1）以止攝齒頭音字切止攝齒頭音字者，共計二十三字。

自（慈四），白（慈四），桼（則四），佽（則四），恣（則四），蕼（素次），
牭（素次），柶（素次），貄（素次），駟（素次），泗（素次），四（素次），
覝（七恣），次（七恣），髮（七恣），刺（七賜），賜（先刺），澌（先刺），
嗣（辭笥），芓（慈伺），寺（辭伺），字（慈伺），笥（息寺）。

（2）被切字屬止攝齒頭音字，而切下字不屬者，共計五字。

賜（絲義），莿（七智），諫（七智），朿（七智），截（千志）。

（3）切下字屬止攝齒頭音字，而被切字不屬者，共計二字。

縊（於賜），事（側字）。

由上可知，平聲切語，正常與例外之比爲四十三比十六，上聲爲十三比十六，去聲爲二十三比七。例外的情形，平聲約佔全部的百分之二十七點一，上聲約佔全部的百分之五十五點二，去聲約佔全部的百分之二十三點三，而平上去之正常切語與例外切語之比爲七十九比三十九，例外的情形約佔全部的百分之三十三點一。因爲例外的百分率的情形約佔全部的百分之三十三點一。因爲例外的百分率太高了，所以止攝齒頭音字似乎還不能獨立成一韻，但由於止攝齒頭音字切止攝齒頭音字的百分率達百分之六十六點九，也可看出當時有此一趨勢了。只是尚未完全形成。所以我仍贊同張氏之看法，將止攝之字只分開合口，而不將止攝齒音字獨成一韻（也就是王氏所謂的資思韻），然而王氏能看出這種以止攝齒頭音字切止攝齒頭音字的趨勢，也算是功不可沒了。

（四）魚、虞、模應分韻

平聲：（1）以魚切魚者，共計七十九字。

蒢（臣居），蘧（豆居），苧（陳居），菹（齋居），𪗋（色居），𥿩（色居），

驤（巨居），胥（先居），初（測居），籧（巨居），梳（色居），豦（巨居），

渠（巨居），䱬（先居），揟（先居），疏（色居），琚（堅疎），腒（堅疎），

裾（堅疎），居（堅疎），涺（堅疎），据（堅疎），葅（且渠），鶋（且渠），

胆（且渠），耶（且渠），岨（且渠），沮（且渠），濾（且渠），坥（且渠），

噓（忻余），趄（七余），疽（七余），虛（忻余），歔（忻余），驢（忻余），

魚（研余），鱟（研余），瀗（研余），余（以徐），帤（女徐），徐（似虛），

舁（以虛），餘（以虛），旟（以虛），𦑣（熱除），𨚲（熱除），挐（女除），

如（熱除），伃（以虛），伹（似虛），歟（以虛），狙（似虛），澦（以虛），

譽（以虛），嬩（以虛），畬（以虛），輿（以虛），蒢（直魚），藷（展魚），

書（式魚），舒（式魚）豬（展魚），魼（去魚），驢（強魚），梠（遣如），

枺（遣如），袪（遣如），阹（遣如），菸（郁諸），篨（除諸），儲（陳諸），

藷（掌於），苴（津於），諸（掌於），臚（連於），廬（連於），閭（連於），

鉏（蟬於）。

（2）以虞切虞者，共計一三五字。

荸（芳于），吁（況于），趨（切于），跔（卷于），拘（卷于），訏（況于），

盱（況于），奭（卷于），雛（善于），吁（況于），楇（卷于），彎（況于），

邘（火于），鄃（式于），鄆（里于），昫（況于），稃（芳于），俱（卷于），

軀（器于），欨（況于），須（四于），駒（卷于），驅（器于），冦（況于），

頏（四于），忓（況于），需（四于），捄（卷于），扜（況于），頯（四于），

娛（元于），嬬（四于），區（器于），嘔（器于），諤（員須），誅（輟須），

軒（員須），竿（員須），箖（輟須），亏（員須），盂（員須），株（輟須），

雺（員須），橾（數鸝），榆（數雛），趨（群訏），衢（群訏），躍（群訏），

諏（煎吁），翎（群吁），鴝（群吁），朧（群吁），朐（群吁），貙（群吁），

癯（群吁），斫（群吁），茱（船區），蕪（文區），誣（文區），殳（船區），

枌（船區），几（船區），殊（船區），巫（文區），儒（輭區），襦（輭區），

廚（纒區），懦（輭區），洙（船區），濡（輭區），毋（文區），鉄（船區），

隭（文區），孚（甫殳），專（甫殳），麩（甫殳），俘（甫殳），袚（甫殳），

猼（甫殳），夫（甫殳），恾（甫殳），泭（甫殳），鮇（甫殳），鈇（甫殳），

梟（凡無），符（凡無），虞（元無），枎（凡無），榑（凡無），柎（甫無），

枹（甫無），郍（弗無），嵎（元無），愚（元無），愚（元無），扶（凡無），

紨（防無），堣（元無），隅（元無），迀（宛孚），璑（武夫），敷（甫夫），

樞（尺夫），袜（尺夫），庸（甫夫），輸（施迀），邾（知輸），芻（阻虞），

芻（阻虞），咮（專扶），朱（專扶），䣖（弗扶），玗（羽朱），萸（羊朱），

逾（羊朱），踰（羊朱），諛（羊朱），羭（羊朱），腴（羊朱），榆（羊朱），

楰（羊朱），褕（羊朱），俞（羊朱），覦（羊朱），愉（羊朱），渝（羊朱），

揄（羊朱），姝（尺朱），輈（卷朱），臾（羊朱），蔞（力殊），鏤（力殊），

貙（丑殊），瞿（群紆），窳（弋紆）。

（3）以模切模者，共計九十四字。

蘆（論孤），菩（阮孤），菰（古孤），吾（阮孤），鱸（論孤），簬（論孤），

觬（魂孤），梧（阮孤），櫨（論孤），艫（論孤），顱（論孤），鑪（論孤），

齈（論孤），吳（阮孤），壺（魂孤），浯（阮孤），攎（論孤），臚（論孤），

壚（論孤），鑢（論孤），都（丁沽），蒲（盆乎），姑（困乎），刳（困乎），

觚（古乎），菰（古乎），枯（困乎），匍（盆乎），沽（古乎），盧（論孤），

泒（古乎），洿（古乎），嫴（古乎），辜（古乎），孤（古乎），餔（盆乎），菰（古胡），謨（門胡），模（門胡），瘏（達胡），捬（噴模），鋪（噴模），烏（宛都），桴（吐都），杇（冤都），鄔（火都），砮（內都），歍（宛都），砮（內都），捈（杜都），奴（內都），玡（哀都），呼（虎鳥），嘑（虎鳥），謼（虎鳥），虖（虎鳥），膴（虎鳥），虍（虎鳥），虖（虎鳥），幠（虎鳥），歑（虎鳥），虪（虎鳥），蘇（孫呼），麤（村呼），呱（古呼），柧（古呼），穌（孫呼），罛（古呼），麤（村呼），悟（頑呼），姑（古呼），酤（古呼），稌（田吾），徒（田吾），逋（不吾），誧（不吾），筡（田吾），餔（不吾），鄌（田吾），租（尊吾），屠（田吾），盦（田吾），駼（田吾），涂（田吾），酴（田吾），瑚（魂徒），退（全徒），殂（全徒），胡（魂徒），乎（魂徒），狐（魂徒），鼲（魂徒），湖（魂徒），弧（魂徒）。

（4）以魚切虞者，有一字。

鰸（器於）。

（5）以虞切模者，有一字。

郚（吾俱）。

（6）以模切虞者，有一字。

竽（逋吳）。

上聲：（1）以語切語者，共計七十二字。

咀（前呂），諝（仙呂），筥（己呂），篆（己呂），楈（仙呂），貯（竹呂），䟽（山呂），暑（叔呂），黍（叔呂），糈（仙呂），祖（前呂），鼠（叔呂），齬（陟呂），惰（仙呂），湑（私呂），舉（己呂），呂（力女），懇（尹女），旅（鄰語），禦（疑舉），衙（疑舉），齬（疑舉），語（疑舉），篽（疑舉），敔（疑舉），麩（遣舉），梠（力舉），圉（疑舉），女（尼舉），鋤（疑舉），楮（抽暑），褚（抽暑），莒（居許），苣（求許），歫（求許），齭（襯許），距（求許），巨（求許），虡（求許），楚（襯許），圄（研許），齇（襯許），汝（輭許），勮（求許），鉅（求許），許（欣巨），眝（陟巨），鄦（忻巨），趣（尹汝），與（尹汝），予（尹汝），与（尹汝），鬻（諸與），敘（夕與），羜（直與），盬（直與），宁（直與），杼（直與），癙（人與），屖（夕與），序（夕與），渚（諸與），鱮（夕與），陼（諸與），宁（直與），柔（直序），

怚（即處），処（嗔佇），俎（側所），阻（側所），疋（師阻），所（師阻）。

（2）嬰切嬰者，共計七十二字。

莆（分武），舗（分武），數（率武），皻（芳武），甫（分武），脯（分武），

簠（分武），盠（率武），郙（分武），黼（分武），俌（分武），頫（分武），

府（芳武），拊（分武），撫（分武），府（弗父），嘖（元羽），俁（元羽），

婁（其禹），萬（于甫），父（浮甫），羽（于甫），腐（浮甫），楀（于甫），

鄅（于甫），侮（勿甫），麌（于甫），鬴（浮甫），雩（于甫），武（文甫），

斧（浮甫），輔（浮甫），禹（于甫），鷡（勿撫），舞（勿撫），斄（勿撫），

傴（宛撫），廡（勿撫），憮（勿撫），㦛（勿撫），潕（勿撫），瑀（爰主），

柱（直主），瓜（弋主），窋（弋主），瘉（弋主），詡（訓柱），栩（訓柱），

擩（然柱），嬬（焚柱），醹（然柱），乳（然柱），斞（拙庾），主（拙庾），

宝（職庾），塵（批庾），蒟（俱取），庾（匀取），緰（匀取），竘（俱取），

聥（俱取），斞（匀取），踽（曲矩），取（此矩），宇（于矩），豎（韶乳），

丶（輟乳），僂（律乳），褸（律乳），裋（韶乳），漊（律乳），邪（于詡）。

（3）以姥切姥者，共計五十六字。

琥（荒古），瑪（宛古），蕃（勒古），芐（桓古），趄（宛古），諤（宛古），

睹（得古），魯（勒古），櫓（勒古），鄠（下古），鄔（烏古），睹（得古），

虜（勒古），伍（偶古），虜（勒古），居（後古），鱸（勒古），鹵（勒古），

堵（得古），鑪（勒古），隖（宛古），五（隅古），午（偶古），祖（作覩），

珇（作覩），葅（作覩），古（昆覩），詁（昆覩），敄（昆覩），瞽（昆覩），

羖（昆覩），股（昆覩），鼓（昆覩），罟（昆覩），鹽（昆覩），虎（忽五），

部（盤五），郫（忽五），牾（頑五），苦（口魯），吐（他魯），稌（他魯），

粗（全魯），雇（桓土），廢（徒土），杜（徒土），楛（桓土），岵（桓土），

怙（桓土），戶（桓土），普（拍戶），圮（公戶），溥（拍戶），浦（拍戶），

弩（按戶），補（伯普）。

（4）以語切遇者，有六字。

郇（郡許），罣（支處），舁（支處），狅（支處），注（支處），鑄（支處）。

（5）以語切暮者，有一字。

郇（古語）。

（6）以霪功姥者，有一字。

圃（不雨）。

（7）以霪切語者，有三字。

鉅（俱取），枸（俱取），柜（俱取）。

（8）以姥切語者，有二字。

杵（嗔伍），抒（神杵）。

（9）以姥切霪者，有一字。

雨（于補）。

去聲：（1）以御切御者，共計二十四字。

踞（飢御），倨（飢御），慮（留御），據（飢御），勳（留御），鋸（飢御），鑢（留御），御（午慮），淤（於據），遽（伎絮），瘀（丫遽），醧（於遽），覰（親去），狙（親去），去（氣恕），署（是恕），驉（玄恕），蓍（只庶），庶（失著），恕（失箸），箸（直助），勴（牀詛），助（牀詛），礜（羊沴）。

（2）以遇切遇者，共計四十七字。

袝（扶遇），諭（玄遇），㽰（九遇），瞿（九遇），尌（時遇），樹（時遇），屨（九遇），籲（云遇），昗（九遇），鱷（九遇），遇（疑豫），寓（疑豫），赴（弗孺），跗（弗孺），傅（弗孺），仆（弗孺），裕（與孺），蠡（弗孺），賦（弗孺），孺（閏務），敘（勿赴），孥（勿赴），䘏（勿赴），鶩（勿赴），霚（勿赴），婺（勿赴），務（勿赴），戌（失裕），煦（勳戌），姁（勳戌），芌（云煦），聚（寂煦），翕（云煦），堅（寂煦），具（健芌），懼（健芌），壴（陟具），趣（七駐），娶（七駐），付（方娶），髻（方娶），隃（失喻），駙（符注），澍（時注），鮒（符注），嫗（迂注），坿（符注）。

（3）以暮切暮者，共計五十三字。

祜（胡故），祚（徂故），譚（荒故），誤（頑故），賂（勒故），瓠（下故），寙（五故），託（丁故），故（骨渡），萆（莫度），梏（骨度），顧（骨度），慔（莫度），慕（莫度），募（莫度），墓（莫度），錮（骨度），殣（得兔），妒（得兔），璐（勒妒），路（勒妒），鷺（勒妒），簬（勒妒），潞（勒妒），露（勒妒），輅（勒妒），度（特路），固（古路），兔（土路），渡（特路），

荹（盤怖），步（盤怖），汙（屋怖），捕（盤怖），哺（盤怖），悑（判庫），
藷（寬步），庫（寬步），布（奔汙），笯（乃布），怒（乃布），胙（昨怒），
阼（昨怒），晤（頑忤），措（倉互），護（渾素），笠（渾素），桓（渾素），
罝（渾素），婟（渾素），婬（渾素），訴（桑祚），泝（桑祚）。

（4）以御切遇者，有一字。

禺（疑預）。

（5）以遇切遇者，有六字。

譽（羊遇），鵙（玄遇），豫（養遇），悆（玄遇），詛（即趣），茹（而住）。

（6）以暮切遇者，有一字。

賦（方布）。

由上可知：平聲之正常切語，共計三〇八字，例外切語有三字，例外的情形約佔全部的百分之一；上聲之正常切語共計二〇〇字，例外切語有十四字，例外的情形約佔全部的百分之六點五；去聲的正常切語共計一二四字，例外切語有八字，例外的情形約佔全部的百分之六。而平上去聲之正常切語共計六三二字，例外切語有二十五字，例外情形約佔全部的百分之三點八，而不混用的情形約高達百分之九十六點二。所以由統計數字顯示，我贊同張氏之說法，魚、虞、模應分韻。

（五）真諄臻欣、文應分韻

平聲：（1）以眞諄臻欣切眞諄臻欣者，共計一六二字。〔註 8〕

（2）以文切文者，共計四十四字。

氛（扶云），葩（扶云），蕡（扶云），闅（無云），羒（扶云），鳻（扶云），
蕡（扶云），饙（翻云），枌（扶云），彣（無云），文（無云），豶（扶云），
汾（扶云），濆（扶云），聞（聲云），墳（扶云），轒（扶云），群（具分），
棼（符分），賱（員分），帬（其分），駇（無分），熅（迂分），壼（迂分），
湞（羽分），轒（迂分），岎（弗群），闅（弗群），梤（弗群），宭（九群），
芸（羽文），分（翻文），賴（羽文），衯（翻文），衯（翻文），愪（羽文），
沄（羽文），澐（羽文），雲（羽文），妘（羽文），坌（翻文），饋（父文），

〔註 8〕此一六二字，在第二節、一、（一）、5. 處會全部出現（情形與註 4 同），茲不贅。

君（俱勳），軍（俱勳）。

（3）以文切眞者，有一字。

囩（羽文）。

上聲：（1）以軫準隱切軫準隱者，共計六十三字。

（2）以吻切吻者，共計十七字。

吻（武粉），幩（房粉），鼢（敷粉），忿（敷粉），紛（敷粉），扮（房粉），坋（敷粉），齳（愚蘊），鄆（于蘊），妸（于惲），抎（于惲），薀（迂吻），粉（弗吻），黺（弗吻），惲（迂吻），趣（丘忿），膹（房忿）。

（3）以軫切吻者，有二字。

䫂（雨牝），暉（牛殞）。

（4）以吻切眞者，有一字。

輑（愚蘊）。

去聲：（1）以震稕嫩切震稕嫩者，共計八十字。

（2）以問切問者，共計十五字。

運（于問），訓（吁問），韗（于問），糞（方問），餫（于問），瘨（于問），靦（于問），瀵（夫問），慍（迂郡），攗（居郡），醖（迂郡），問（亡運），郡（瞿運），汶（亡運），僨（符訓）。

（3）以問切稕者，有二字。

順（殊問），閏（耳醖）。

（4）以問切隱者，有一字。

赾（己郡）。

（5）以問切嫩者，有二字。

靳（居郡），攁（己郡）。

入聲：（1）以質術櫛迄切質術櫛迄者，共計三〇五字。

（2）以物切物者，共計三十三字。

袚（甫勿），茀（分勿），咈（附勿），蹴（附勿），夏（分勿），刜（附勿），市（分勿），黻（分勿），佛（分勿），髴（分勿），由（分勿），弗（分勿），

佛（附勿），汥（分勿），拂（分勿），弗（分勿），蚍（區勿），堀（九勿），茀（無弗），物（無弗），趉（瞿弗），栤（附弗），崛（瞿弗），勿（無弗），掘（瞿弗），崛（瞿弗），鬱（迂拂），鬱（迂拂），鶌（居屈），劂（居屈），屈（居屈），詘（區欻），痳（朮沕）。

（3）以質切物者，有一字。

奞（皮密）。

由上可知，平聲之正常切語共計二〇六字，例外切語有一字，例外的情形約佔全部的百分之零點五；上聲的正常切語共計八十字，例外切語有三字，例外的情形約佔全部的百分之三點六；去聲的正常切語共計九十五字，例外切語有五字，例外的情形約佔全部的百分之五；入聲的正常切語共計三三八字，例外切語有一字，例外的情形約佔全部的百分之零點三。而平上去入之正常切語共計七一九字，例外切語有十字，例外的情形約佔全部的百分之一點四，而不混用的情形則約高達百分之九十八點六。因此，由統計數字顯示，我贊同張氏之說法，眞諄臻欣與文韻應分爲兩部。

（六）魂、痕應分韻

平聲：（1）以魂切魂者，共計五十六字。

飧（素昆），榫（戶昆），棞（胡昆），僤（五昆），魂（戶昆），豚（徒昆），鼲（戶昆），渾（戶昆），掄（勞昆），孫（素昆），韋（戶昆），輥（戶昆），琨（古論），鵾（古論），籛（徒論），羣（古論），昆（古論），幝（古論），屍（徒論），歔（古論），混（古論），軘（徒論），論（盧屯），邨（鹿孫），壼（苦渾），虋（莫魂），虋（莫魂），顐（莫魂），門（莫魂），捫（莫魂），啍（他門），盆（步門），昷（塢門），溫（塢門），涒（它門），轀（塢門），殙（喧盆），昏（喧盆），惛（喧盆），惽（喧盆），閽（喧盆），婚（喧盆），敦（得昏），惇（得昏），弴（得昏），頵（苦敦），髡（苦敦），坤（苦敦），蹲（在坤），奔（布坤），存（在坤），惀（勞存），尊（祖存），璊（謨奔），噴（鋪奔），歕（鋪奔）。

（2）以痕切痕者，有七字。

吞（逷痕），跟（苟痕），根（狗痕），鞎（侯恩），痕（戶根），㕈（愛根），恩（愛根）。

上聲：（1）以混切混者，共計二十六字。

尊（祖本），噂（祖本），劕（租本），笨（從本），槀（戶本），圂（戶本），

僔（祖本），庉（徒本），緄（胡本），丨（孤損），睔（孤損），刌（龘損），

衮（孤損），焜（孤損），鯀（孤損），掍（孤損），輥（孤損），梱（苦袞），

稇（苦袞），黗（他袞），悃（苦袞），膞（思忖），笨（補忖），本（補忖），

損（思忖），畚（補忖）。

（2）以很切很者，有四字。

顋（姦很），狠（可很），很（遐懇），詪（侯懇）。

去聲：（1）以慁切慁者，共計二十字。

遁（徒寸），遯（徒寸），栫（徂寸），鐏（徂寸），鈍（徒寸），㡵（胡頓），

慁（胡頓），溷（胡頓），寸（龘巽），頓（都巽），遜（蘇困），鬊（蘇困），

愻（蘇困），蔒（免困），悶（免困），饐（烏悶），困（苦悶），涃（苦悶），

搵（烏悶），暉（工鈍）。

（2）以恨切恨者，有一字。

恨（遐艮）。

（3）以慁切恨者，有一字。

饐（五寸）。

入聲：（1）以沒切沒者，共計四十二字。

麧（胡兀），榾（呼兀），吻（呼兀），突（他兀），窣（千兀），忽（呼兀），

搰（胡兀），捐（胡兀），膃（呼兀），鶻（古忽），腯（徒忽），疙（吾忽），

朏（吾忽），兀（吾忽），扤（吾忽），咄（都突），誖（步咄），鶚（步咄），

魝（步咄），勃（步咄），卒（臧勃），焌（翠卒），玖（謀骨），嗢（烏骨），

膃（烏骨），頢（烏骨），罨（呼骨），慰（呼骨），沒（謀骨），𠫔（他骨），

骨（古沒），麬（佷沒），愢（他沒），淈（古沒），捽（昨沒），訥（奴嗢），

顝（誇訥），頜（誇訥），猝（村訥），泏（誇訥），圣（誇訥），膬（昨猝）。

由上可知，平聲之正常切語共計六十三字，無例外字；上聲之正常切語共計三十字，無例外字；去聲的正常切語共計二十一字，例外切語有一字，例外的情形約佔全部的百分之四點五；入聲之正常切語共計四十二字，無例外字。

而平上去入聲之正常切語共計一五六字，例外切語有一字，例外的情形約佔全部的百分之零點六，而不混用的情形約高達百分之九十九點四。所以由統計數字顯示，我贊同張氏之說法，魂、痕應分韻。

（七）刪、山應分韻

平聲：（1）以刪切刪者，共計十七字。

環（戶關），刪（師關），顏（言關），庂（戶關），潸（色關），彎（烏關），頒（布還），頑（五還），關（古還），奻（女還），還（戶刪），畢（戶刪），鋄（戶刪），轘（戶刪），辯（不攀），班（補蠻），攽（潘蠻）。

（2）以山切山者，共計二十七字。

臤（苦閑），甄（烏閑），虥（昨閑），齞（眼閑），邖（色閑），羬（苦閑），僩（苦閑），山（色閑），閒（互閑），艱（亘閑），孱（士閑），瞷（候閒），疝（所閒），鬜（苦閒），鷼（侯艱），閑（候艱），癇（侯艱），驖（侯艱），憪（候艱），閒（候艱），嫻（候艱），菣（箇山），菅（箇山），奱（布山），鰥（固山），姦（箇山），擎（苦閑）。

上聲：（1）以潸切潸者，有九字。

昄（補縮），版（補縮），赧（尼縮），戁（尼縮），瓪（補縮），齴（五版），睅（戶版），孿（武版），鯇（戶版）。

（2）以產切產者，共計十七字。

晚（武限），簡（艮限），產（所限），柬（己限），偘（茍限），瀳（艮限），醆（阻限），豎（侯產），限（侯產），眼（偶盞），齦（起簡），屖（初簡），潃（所簡），鏟（初簡），棧（助眼），傞（助眼），嶘（助眼）。

（3）以產切潸者，有一字。

羏（初簡）。

去聲：（1）以諫切諫者，共計二十一字。

訕（史患），倌（古患），狦（史患），慢（謀患），汕（史患），摜（古患），嫚（謀患），宦（戶慣），篡（測慣），豢（戶慣），患（戶慣），擐（戶慣），鳫（殷訕），晏（殷訕），薍（五晏），骭（古晏），雁（迎諫），鴈（迎諫），諫（溝雁），澗（溝鴈），鐧（溝鴈）。

（2）以襉切襉者，有六字。

釆（蒲莧），辨（蒲莧），瓣（部莧），袒（宅莧），盼（鋪幻），幻（戶袒）。

（3）以諫切諫者，有一字。

辮（鋪患）。

入聲：（1）以鎋切鎋者有六字。

齝（赫鎋），劼（乙鎋），𦗟（閑刮），窫（竹刮），䰠（纂刮），轄（閑刮）。

（2）以黠切黠者，共計二十九字。

㓞（起八），㓞（格八），𢾭（呼八），窫（鬱八），㨚（所八），硈（起八），扴（工八），劼（起八），八（北拔），馺（北拔），稭（根察），祫（根察），戛（根察），訾（測戛），搵（氐戛），軋（尼戛），殺（色軋），察（又札），黠（痕札），拔（彭札），茁（鄒滑），肭（女滑），矖（五滑），窡（誅貀），鷚（誅貀），耴（誅貀），畷（誅貀），貀（胡劼），滑（胡劼）。

（3）以鎋切黠者，有二字。

搗（古鎋），齰（胡刮）。

（4）以黠切鎋者，有一字。

㝈（痕札）。

由上可知，平聲之正常切語，共計四十四字，無例外字；上聲之正常切語共計二十六字，例外切語有一個，例外的情形約佔全部的百分之三點七；去聲的正常切語共計二十七字，例外切語有一字，例外的情形約佔全部的百分之三點六；入聲之正常切語共計三十五字，例外切語有三字，例外的情形約佔全部的百分之七點九。而平上去入聲之正常切語共計一三二字，例外切語有五字，例外的情形約佔全部的百分之三點六，而不混用的情形約高達百分之九十六點四。所以由統計數字顯示，我贊同張氏之說法，刪、山應分韻。

（八）先仙、元應分韻

平聲：（1）以先仙切先仙者，共計二〇四字。〔註9〕

（2）以元切元者，共計四十九字。

〔註9〕 此二〇四字，在第二節、二、1.、（6）「先仙應合韻」裏會全部出現（情形與註4同），茲不贅。

蕡（復喧），蕃（復喧），番（復喧），樊（復喧），蹯（復喧），橎（復喧），

袢（復喧），煩（復喧），猼（復喧），轓（復喧），燔（復喧），樊（復喧），

元（宜袁），琄（疑袁），芫（言袁），薗（言袁），叩（吁袁），邍（言袁），

言（疑袁），諼（吁袁），鰀（吁袁），絙（欣袁），蟠（扶袁），沅（言袁），

灄（福袁），魙（言袁），嫄（言袁），壎（吁袁），藩（分軒），旛（分軒），

幡（分軒），鞬（機元），騫（忻元），爰（羽元），園（羽元），袁（羽元），

掀（忻元），援（羽元），垣（羽元），軒（忻元），轅（羽元），蔖（迂言），

寒（機言），赶（巨言），鞻（迂言），鴛（迂言），帑（迂言），冤（迂言），

柡（復翻）。

（3）以先仙切元者，有二字。

鬳（遮延），趄（羽先）。

（4）以元切仙者，有一字。

趰（吁袁）。

上聲：（1）以銑獮切銑獮者，共計一一七字。

（2）以阮切阮者，共計二十五字。

菀（鬱遠），苑（鬱遠），咺（呼遠），暖（呼遠），鷗（依遠），邧（擬遠），

忛（依遠），刓（蔚遠），宛（蔚遠），偃（衣遠），褘（依遠），蜿（呼遠），

煖（呼遠），愃（呼遠），婉（蔚遠），厦（依遠），晼（蔚遠），阮（擬遠），

圈（郡宛），遠（于阮），晚（武反），輓（武反），返（府晚），反（府晚），

䪼（府晚）。

（3）以銑獮切阮者，有一字。

琬（于卷）。

（4）以阮切獮者，有一字。

陡（居遠）。

去聲：（1）以霰線切霰線者，共計九十四字。

（2）以願切願者，共計三十三字。

劵（區怨），鞹（區怨），傆（魚怨），顬（魚怨），願（魚怨），愿（魚怨），

勸（區怨），怨（迂劵），諢（迂勸），腃（俱願），嫣（倚健），建（機獻），

楗（其獻），健（其獻），屟（其獻），鍵（其獻），趨（希建），鄟（于建），獻（希建），憲（希建），數（尸萬），飯（服萬），販（方萬），抝（烏萬），娩（符萬），爧（服萬），奮（服萬），蔓（無飯），曼（舞飯），萬（舞飯），獌（舞販），汳（符販），魅（符販）。

（3）以霰線切元者，有一字。

娟（迂眷）。

（4）以霰線切願者，有一字。

彎（俱戀）。

入聲：（1）以屑薛切屑薛者，共計一六一字。

（2）以月切月者，共計四十三字。

趣（俱月），馘（扶月），鷩（瞿月），髖（瞿月），罰（扶月），鱖（瞿月），㸤（瞿月），橃（扶月），伐（扶月），丿（瞿月），厥（瞿月），茷（符發），轇（亡發），趉（元伐），刖（元伐），月（元伐），髮（飛伐），拐（元伐），蕨（俱越），蹶（俱越），癥（九越），厥（俱越），闕（區越），乲（俱越），掘（俱越），丄（俱越），噦（迂厥），越（于厥），越（于厥），迲（王厥），跋（于厥），曰（予厥），粵（予厥），妜（于厥），戉（于厥），歇（軒謁），猲（軒謁），趨（鳩歇），謁（憂歇），訐（鳩歇），羯（鳩歇），暍（憂歇），厲（憂歇），關（憂歇）。

（3）以月切薛者，有兩字。

啜（昌蹶），楬（鳩歇）。

由上可知，平聲之正常切語共計二五三字，例外切語有三字，例外情形約佔全部的百分之一點二；上聲之正常切語共計一四二字，例外切語有二字，例外的情形約佔全部的百分之一點四；去聲的正常切語共計一二七字，例外切語有二字，例外的情形約佔全部的百分之一點六；入聲之正常切語共計二〇四字，例外切語有二字，例外的情形約佔全部的百分之一。而平上去入聲之正常切語共計七二六字，例外切語有九字；例外情形約佔全部的百分之一點二，而不混用的情形則約高達百分之九十八點八，所以由統計數字顯示，我贊同張氏之說法，即先仙、元應分韻。

（九）庚耕、清青應分韻

平聲：（1）以庚耕切庚耕者，共計九十四字。〔註10〕

　　　　（2）以清青切清青者，共計一三一字。〔註11〕

　　　　（3）以庚二耕切清者，有一字。

　　　　觲（矢生）。

　　　　（4）以清青切耕者，有三字。

　　　　泓（烏亭），罌（玄經），陘（賢星）。

上聲：（1）以梗耿切梗耿者，共計三十一字。

　　　　（2）以靜迥切靜迥者，共計五十字。

　　　　（3）以梗三切靜者，有一字。

　　　　檀（息永）。

　　　　（4）以靜迥切梗三者，有二字。

　　　　璥（居領），憬（居迥）。

　　　　（5）以靜迥切耕者，有一字。

　　　　猙（寂逞）。

去聲：（1）以映諍切映諍者，共計十八字。

　　　　（2）以勁徑切勁徑者，共計三十五字。

　　　　（3）以映三切勁者有二字。

　　　　鄭（直敬），瀳（叉敬）。

　　　　（4）以勁徑切映三者，有一字。

　　　　邴（布定）。

入聲：（1）以陌麥切陌麥者，共計八十字。

　　　　（2）以昔錫切昔錫者，共計一四五字。

〔註10〕此九十四字，在第二節、（二）、1.、（12）「庚二耕應合韻」處會出現，但因為庚三切庚三未放在一起統計，故數目會比九十四字少；然而在第二節、（二）、2.、（4）裏「庚二庚三應分」處，則有將以庚三切庚三者全部錄出，可參照。

〔註11〕此一三一字，在第二節、（二）、1.、（14）「清青應合韻」裏會全部出現（情形與註4同），茲不贅。

（3）以陌麥切若者，有三字。

擿（知白），涑（史迍），刺（測麥）。

（4）以昔錫切陌昔，有三字。

宅（直摘），逆（言碧），屰（言碧）。（「宅」字屬於陌二，「逆」、「屰」
屬於陌三。）

（5）以昔錫切麥者，有一字。

覤（民的）。

　　由上可知，平聲之正常切語共計二二五字，例外切語有四字，例外的情形
約佔全部的百分之一點七；上聲之正常切語共計八十一字，例外切語有四字，
例外的情形約佔全部的百分之四點七；去聲之正常切語共計五十三字，例外切
語有三字，例外的情形約佔全部的百分之五點四；入聲之正常切語有二二五字，
例外切語有七字，例外情形約佔全部的百分之三。而平上去入聲之正常切語共
計五八四字，例外切語有十八字，例外的情形約佔全部的百分之三。所以由統
計數字顯示，我贊同張氏的說法，庚耕、清青應分韻。

（十）蒸、登應分韻

平聲：（1）以蒸切蒸者，共計四十字。

　　再（處陵），鄫（自陵），騬（食陵），應（於陵），憕（繩陵），懲（繩陵），
溯（皮陵），澂（繩凌），凭（皮凌），興（香澄），縢（詩澄），承（梘澄），
朁（視澄），脅（振丞），冰（言丞），蒸（振承），烝（振承），乘（時興），
倗（尺興），腃（時興），淩（力膺），埈（力膺），夌（力膺），凌（力膺），
陵（力膺），陵（力膺），芿（而冰），訒（而冰），膺（倚冰），杒（而冰），
仍（而冰），徵（知冰），陾（而冰），稱（齒仍），兢（機仍），夆（彬仍），
掤（彬仍），矜（機仍），勝（失稱），升（失稱）。

（2）以登切登者，共計二十九字。

　　鯄（溝恆），搄（溝恆），緪（古恆），璒（丹增），曾（前增），登（丹增），
簦（丹增），鼆（丹增），矰（前增），層（前增），鐙（丹增），薨（呼能），
儚（呼能），譄（走稜），矰（走稜），罾（走稜），憎（走稜），增（走稜），
稜（婁登），能（奈登），蹭（作縢），縢（徒崩），輄（古弘），倗（溥弘），

岍（補弘），膯（徒朋），䲢（徒朋），䞽（徒朋），騰（徒朋）。

上聲：（1）以等切等者，有二字。

肯（看等），等（都肯）。

去聲：（1）以證切證者，共計十一字。

膡（以證），倴（以證），孕（以證），䛒（子孕），餕（堇孕），捘（堇孕），嬐（香孕），甑（子孕），證（酌應），唥（香應），扔（而應）。

（2）以嶝切嶝者，有六字。

栭（都㽅），鄧（徒㽅），隥（徒㽅），懞（莫贈），堋（比懵），贈（昨鄧）。

（3）以證切登者，有一字。

恆（胡應）。

入聲：（1）以職切職者，共計八十七字。

嶷（魚力），識（申力），鞋（己力），殛（己力），式（申力），棘（己力），飾（申力），襋（己力），茍（已力），恆（己力），直（陳力），軾（申力），陟（竹力），寔（市職），殖（神直），樴（章直），職（章直），哉（章直），力（留直），趩（暢陟），敕（暢陟），渧（暢陟），飭（暢陟），奭（希式），副（披式），盡（希式），富（彼式），槵（消式），幅（披式），熄（消式），息（消式），愊（坡式），堛（披式），極（其息），植（神息），湜（神息），埴（神息），即（煎弋），櫻（煎弋），鄎（司弋），稷（煎弋），𢬵（煎弋），瘵（悉翼），趰（以即），翊（以即），雉（以即），杙（以即），楅（彼即），廙（以即），㵁（以即），瀷（以即），翼（以即），妷（以即），弋（以即），匴（以即），酨（以即），匿（尼測），蓄（依色），肊（依色），㠱（察色），榿（依色），皕（況色），億（依色），惻（蔡色），澺（依色），減（況色），測（察色），洫（況色），堲（察色），穡（疏億），歚（疏億），薔（疏億），嗇（疏億），棫（于憶），色（疏億），轖（疏億），燹（皮抑），鯽（于抑），閾（于抑），𢖽（憂仄），昃（齋食），稙（珍食），側（齋食），仄（齋食），矢（齊食），昊（齊食），鍼（于逼）。

（2）以德切德者，共計三十二字。

扐（郎或），窣（叟或），國（古或），北（補或），趙（朋北），萉（朋北），

踣（甫北），䮔（朋北），蔔（蒲北），惑（胡國），墼（郎弍），勒（郎弍），

扐（郎弍），泐（郎弍），鰳（殘弍），扐（郎弍），賊（殘弍），防（郎弍），

貣（他得），忒（他得），則（遭德），德（多則），得（多則），尋（多則），

慝（多則），黑（亨勒），刻（慳黑），克（慳黑），墨（沒黑），勅（慳黑），

特（頭墨），默（沒墨）。

（3）以職切德者，有兩字。

惐（況色），或（于抑）。

由上可知，平聲之正常切語共計六十九字，無例外切語；上聲之正常切語有兩字，亦無例外切語；去聲之正常切語共計十七字，例外切語有一字，例外情形約佔全部的百分之五點六；入聲之正常切語共計一一九字，例外切語有二字，例外情形約佔全部的百分之一點七。而平上去入聲之正常切語共計二〇七字，例外切語有三字；例外情形約佔全部的百分之一點四，而不混用的情形則約高達百分之九十八點一，所以由統計數字顯示，我贊同張氏之說法，蒸、登應分韻。

（十一）蕭、宵應分韻

平聲：（1）以蕭切蕭者，共計四十三字。

琱（覩挑），遼（黎挑），簝（梨挑），鵰（覩挑），祧（覩挑），彫（覩挑），

貂（覩挑），憀（利挑），鯛（覩挑），鐐（梨挑），璙（黎彫），佻（土彫），

挑（土彫），朓（土彫），芀（笛遼），苕（留遼），越（笛遼），跳（笛遼），

調（笛遼），條（笛遼），鹵（笛遼），庣（笛遼），憿（牽聊），嘵（堅蕭），

徼（堅蕭），梟（堅蕭），驍（堅蕭），澆（堅蕭），梟（堅蕭），憿（堅蕭），

蕭（先幺），曉（曉幺），膮（曉幺），簫（先幺），鄡（呂幺），顤（口幺），

幺（於堯），僥（研梟），嶢（研梟），垚（研梟），堯（研梟），寮（力凋），

凋（都僚）。

（2）以宵切宵者，共計八十一字。

茉（煎昭），苗（眉昭），蕉（煎昭），鷦（煎昭），鷮（伎昭），橋（伎昭），

僑（伎昭），醮（前昭），燋（煎昭），鷦（煎昭），蘺（煎昭），喬（伎昭），

鐈（伎昭），鐎（煎昭），弨（充昭），漂（片祅），嫖（片祅），薓（耳焦），

蕘（前焦），饒（耳焦），祅（殷喬），媄（殷喬），犥（片妖），嘌（片妖），

趡（片妖），䙬（片妖），慓（片妖），僄（片妖），鏢（片妖），祅（於遙），

荍（岐遙），趫（牽遙），韶（士遙），翹（岐遙），釗（眞遙），盄（眞遙），柖（眞遙），昭（眞遙），瓢（部遙），佋（士遙），猋（必遙），燒（式遙），招（眞遙），鉊（眞遙），樵（自超），淖（直超），消（息超），霄（息超），銷（息超），旚（必搖），瑤（延朝），珧（延朝），蘨（延朝），嗂（延朝），超（恥朝），𨂷（延朝），榣（延朝），䌛（延朝），傜（延朝），𣢾（延朝），搖（延朝），姚（延朝），媱（延朝），䌛（延朝），繇（延朝），銚（延朝），軺（延朝），朝（知潮），虈（欣消），葽（於消），藃（欣消），囂（欣消），要（於消），嚻（欣消），儦（彼消），歊（欣消），驕（斤消），熛（彼消），瀌（彼消），鑣（彼消），趬（起蹻）。

（3）以蕭切宵者，有四字。

杓（片幺），窯（弋堯），㝏（力幺），玅（於堯）。

（4）以宵切蕭者，有兩字。

鷯（令昭），雕（靚姚）。

上聲：（1）以篠切篠者，共計三十一字。

蔦（得了），誂（徒了），窅（倚了），鳥（都了），筱（息了），杳（倚了），皀（倚了），㑿（倚了），杓（得了），窕（大了），窅（一了），窔（吉了），窈（一了），褭（彌了），扚（得了），嫋（禰了），嬥（徒了），嬈（禰了），皢（火杳），皛（易杳），鐃（喜杳），璬（堅鳥），芍（堅鳥），皎（堅鳥），皦（堅鳥），鄝（里皎），曉（呼皎），蓼（呂曉），憭（呂曉），了（呂曉），窅（乙皛）。

（2）以小切小者，共計四十六字。

小（息沼），少（失沼），趙（池沼），肇（池沼），兆（池沼），狣（池沼），鷕（以沼），剿（即沼），邵（升沼），旐（池沼），灑（郎沼），鮡（池沼），肈（池沼），垗（池沼），朓（田兆），舀（以紹），卲（食夭），袑（食夭），蟜（居夭）蔈（此眇），表（彼眇），䏆（比眇），僄（匹眇），悄（千眇），敿（己少），眇（彌少），矯（己少），廟（美少），夭（依少），沼（止少），撟（己少），嬌（己少），鴞（尤矯），犪（爾小），䁘（彌小），叉（乎小），膘（頻小），篎（彌小），杪（彌小），秒（彌小），僚（力小），摽（頻小），擾（彌小），櫻（卑杪），燎（力表），藨（平表）。

（3）以篠切笑者，有一字。

朓（土了）。

（4）以小切篠者，有一字。

杪（私兆）。

去聲：（1）以嘯切嘯者，共計二十字。

噭（見弔），叫（見弔），䚩（見弔），警（見弔），訆（見弔），眺（惕弔），窱（他弔），覜（惕弔），㪣（見弔），弔（的糶），釣（的糶），嘯（息叫），竅（挈叫），歗（息叫），顤（五叫），獟（五叫），掉（地料），擎（牽料），藋（地料），莜（地料）。

（2）以笑切笑者，共計二十九字。

召（遲妙），瞟（匹妙），肖（思妙），剽（匹妙），驃（匹妙），爝（子妙），潐（子妙），勡（匹妙），醮（子妙），釂（子妙），簌（七肖），陗（七肖），鷂（異召），邵（山召），覞（異召），覞（異召），燿（異召），哨（且醮），尞（力照），鐐（力照），嫽（力照），撩（力照），噍（寂要），譙（寂要），邵（食要），卲（食要），照（止要），劭（食要），隉（止要）。

（3）以笑切嘯者，有一字。

獠（力照）。

由上可知，平聲之正常切語共計一二四字，例外切語有六字，例外的情形約佔全部的百分之四點六；上聲之正常切語共計七十七字，例外切語有二字，例外的情形約佔全部的百分之二點五；去聲的正常切語共計四十九字，例外切語有一字，例外的情形約占全部的百分之二，而平上去聲之正常切語共計二五〇字，例外切語有九字；例外情形約佔全部的百分之三點五，而不混用的情形則約高達百分之九十六點二，所以由統計數字顯示，我贊同張氏之說法，蕭、宵應分韻。

（十二）塩添、咸銜嚴凡應分韻

平聲：（1）以塩添切塩添者，共計八十四字。〔註12〕

〔註12〕此八十四字，在第二節、（二）、1. 、（15）「鹽添應合韻」裏會全部出現（情形與註4同），茲不贅。

（2）以咸銜嚴凡切咸銜嚴凡者，共計四十字。〔註13〕

（3）以塩添切嚴者，有一字。

籤（語淹）。

上聲：（1）以琰忝儼〔註14〕切琰忝儼之字，共計四十五字。

（2）以鎌檻范切鎌檻范之字，共計二十一字。

（3）以鎌檻范切琰者，有一字。

厴（歐減）。

去聲：（1）以豔桥切豔桥〔註15〕者，共計十六字。

（2）以陷鑑梵切陷鑑梵者，共計十字。

（3）以陷鑑梵切琰者，有一字。

闇（於劍）。

入聲：（1）以葉怗切葉怗者，共計七十六字。

（2）以洽狎業乏切洽狎業乏者，共計四十五字。

（3）以葉怗切洽者，有二字。

臿（楚篋），婠（丑輒）。

（4）以洽狎業乏切怗者，有一字。

俠（羌脅）。

（5）以洽狎業乏切葉者，有一字。

枱（笏掐）

　　由上可知，平聲之正常切語共計一二四字，例外切語有一字，例外的情形約佔全部的百分之零點八；上聲之正常切語有六十六字，例外切語有　字，例外的情形約佔全部的百分之二點九；去聲之正常切語有二十六字，例外切語有

〔註13〕此四十字，在第二節、（二）、1.、（16）「咸銜嚴凡應合韻」裏會全部出現（情形與註4同），茲不贅。

〔註14〕「鹽添」韻之平去入皆爲合韻，但上聲韻裏，儼與忝混用的比例偏高，所以張世祿將「琰忝儼」合韻。

〔註15〕張世祿將去聲之豔桥釅合韻。但是我將張氏此部分所繫聯出來的朱翱反切全部抄出檢查，並未發現有屬於「釅」韻字者，因此，這裏我就只寫「豔桥」韻。

一字，例外的情形約佔全部的百分之三點七；入聲的正常切語有一二一字，例外切語有四字，例外的情形約佔全部的百分之三點二。而平上去入聲之正常切語共計三三七字，例外切語有九字，例外的情形約佔全部的百分之二點六。所以由統計數字顯示，我贊同張氏的說法，塩添、咸銜嚴凡應分韻。

（十三）咸銜嚴凡應分韻

平聲：（1）以咸切咸者，共計十二字。

械（于咸），鄿（士咸），歁（古咸），麘（顏咸），黰（于咸），黬（干咸），𤡋（干咸），攙（色咸），顅（五緘），䫲（五緘），讒（岑喦），巉（岑喦）。

（2）以銜切銜者，有七字。

嚵（士銜），劖（士銜），緕（所銜），銜（侯彡），芟（所監），礛（五監），監（姦嚴）。

（3）以嚴切嚴者，有一字。

嚴（語醃）。

（4）以凡切凡者，有二字。

泛（方颿），芝（孚凡）。

（5）以咸切銜者，有四字。

彡（所咸），髟（所咸），艦（姦喦），鑱（岑喦）。

（6）甲、以銜切咸者，有六字。

咸（侯彡），諴（侯彡），猎（歐彡），鹹（侯彡），喦（五監），碞（五監）。

乙、以銜切琰者，有一字。

跕（士銜）。

丙、以銜切忝者，有二字。

嬗（乃簟），嗛（候彡）。

丁、以銜切鹽者，有一字。

懺（楚彡）。

戊、以銜切陌者，有一字。

嚇（五彡）。

　　　　己、以銜切凡者，有一字。

凡（符芰）。

（7）甲、以嚴切咸者，有一字。

嚴（語醃）。

　　　　乙、以嚴切乭者，有一字。

㕁（丘嚴）。

上聲：（1）以鰜切鰜者，有七字。

槏（苦減），黯（歐減），湛（宅減），斬（側減），醶（初減），減（古黯），

玂（下斬）。

（2）以檻切檻者，有一字。

㺄（荒檻）。

（3）以范切范者，有二字。

凵（丘犯），奿（明范）。

（4）甲、以鰜切咸者，有一字。

儳（作湛）。

　　　　乙、以鰜切琰者，有一字。

黶（歐減）。

　　　　丙、以鰜切檻者，有二字。

黤（歐減），黱（歐減）。

（5）甲、以檻切鰜者，有一字。

狑（山檻）。

　　　　乙、以檻切范者，有五字。

范（浮檻），笵（浮檻），犯（浮檻），軓（浮檻），範（浮檻）。

（6）以范切檻者，有一字。

檻（寒犯）。

去聲：（1）以陷切陷者，有三字。

腤（寒蘸），臽（寒蘸），陷（寒蘸）。

（2）以鑑切鑑者，有一字。

鑑（各撕）。

（3）以梵切梵者，有五字。

欠（丘劍），媕（於劍），劍（居欠），汎（方梵），氾（符梵）。

（4）以梵切琰者，有一字。

閹（於劍）。

入聲：（1）以洽切洽者，共計十字。

瞰（刻洽），図（女洽），郟（古洽），插（楚洽），袷（侯夾），陜（下夾），鞁（苟掐），輢（苟掐），恰（苟掐），夾（苟掐）。

（2）以狎切狎者，共計十二字。

呷（呼甲），柙（鴬甲），窄（一甲），屆（楚甲），烚（胡甲），狎（侯甲），霅（宅甲），閘（鷺甲），匣（侯甲），壓（烏甲），翣（色呷），甲（溝呷）。

（3）以業切業者，共計十一字。

脅（虛業），罨（殷業），裛（殷業），歙（虛業），拹（虛業），鄴（魚劫），業（疑怯），刧（居怯），鉣（居怯），胠（羌脅），狚（羌脅）。

（4）以乏切乏者，有三字。

灋（方乏），姂（匹乏），乏（符法）。

（5）甲、以洽切狎者，有二字。

燮（山洽），梜（苟掐）。

　　乙、以洽切葉者，有一字。

枱（笏掐）。

（6）以狎切洽者，有二字。

袷（溝呷），歃（山呷）。

（7）甲、以業切洽者，有一字。

跲（居怯）。

　　乙、以業切梵者，有一字。

俺（殷業）。

　　丙、以業切帖者，有一字。

梜（羌脅）。

（8）以乏切洽者，有一字。

扱（楚乏）。

由上可知，平聲之正常切語共計二十二字，例外切語有十八字，例外的情形約佔全部的百分之四十五；上聲之正常切語共計十字，例外切語有十一字，例外的情形約佔全部的百分之五十二點四；去聲之正常切語有九字，例外切語有一字，例外的情形約佔全部的百分之十；入聲之正常切語共計三十六字，例外切語有九字，例外的情形約佔全部的百分之二十。而平上去入聲之正常切語共計七十七字，例外切語有三十九字，例外的情形約佔全部的百分之三十三點六。所以由統計數字顯示，我贊同張世祿先生之說法，咸銜嚴凡應合韻。

（十四）尤、幽應分韻

平聲：（1）以尤切尤者，共計一四六字。〔註16〕

（2）以幽切幽者，有八字。

呦（伊虯），丝（伊虯），幽（伊虯），彪（彼虯），幼（伊虯），䨲（彼虯），軌（其幽），滮（皮彪）。

（3）以尤切幽者，有一字。

樛（飢酬）。

（4）以幽切尤者，有四字。

麀（伊虯），摎（居幽），休（喜彪），髹（喜彪）。

上聲：（1）以有切有者，有六十一字。

（2）以黝切黝者，有五字。

黝（伊糾），糼（伊糾），泑（伊糾），赳（緊黝），糾（黝）。

（3）以黝切有者，有一字。

魷（伊糾）。

去聲：（1）以宥切宥者，有六十四字。

（2）以幼切幼者，有二字。

〔註16〕此一四六字，在貳、（b）、（ii）、（4）「尤侯分韻」中已全部錄出，茲不贅。

謬（明幼），幼（伊謬）。

由上可知，平聲之正常切語共計一五四字，例外的切語有五字，例外的情形約佔全部的百分之三點一；上聲之正常切語共計六十六字，例外切語有一字，例外的情形約佔全部的百分之一點五；去聲之正常切語共計六十六字，無例外字，而平上去聲之正常切語共計二八六字，例外切語有六字，例外的情形約佔全部的百分之二點一，不混用的情形則高達百分之九十七點九。所以由統計數字顯示，我贊同張氏的說法，尤、幽應分韻。

二、張、王兩家韻類畫分之檢討

（一）張、王皆是者

1. 東冬應合韻

平聲：（1）以東切東者，共計一〇四字。

中（陟紅），蔉（子紅），𩅞（子紅），㞑（子紅），椶（子紅），東（得紅），稯（子紅），空（口紅），艐（子紅），嵏（子紅），猣（子紅），驄（倉紅），涷（得紅），堫（子紅），夢（木空），瞢（木空），𪎮（孚空），夢（木空），瀧（魯東），蒙（母東），矇（母東），騻（母東），盅（直東），餋（母東），同（牸東），幏（母東），騟（母東），沖（直東），濛（母東），酉（母東），瑽（龏中），蕞（渠中），蔥（麤中），癃（力中），廬（麤中），恩（麤中），聰（麤中），娀（昔中），鏓（麤中），公（君聰），訌（貢聰），雈（員聰），鴻（員聰），工（君聰），粗（戶聰），仁（賀聰），悙（古聰），洪（員聰），功（君聰），釭（君聰），𤭖（孚洪），玒（戶工），翁（烏公），箬（烏公），冡（莫公），𪅂（隻公），鯊（烏公），苹（珍嵏），通（土蒙），侗（土蒙），俑（土蒙），衷（珍蒙），忠（珍蒙），恫（土蒙），𢈢（全通），叢（全通），楓（府通），芁（父忠），馮（房忠），豐（甫馮），詷（田風），童（田風），箐（田風），桐（田風），僮（田風），充（赤風），潼（田風），銅（田風），龍（來充），嚨（來充），籠（梁充），襲（來充），櫳（來充），儱（來充），礱（來充），瀧（來充），𥡴（來充），聾（來充），隆（柳童），菅（牽弓），融（以弓），雄（于弓），豐（孚弓），穹（丘弓），窮（巨弓），崇（助弓），烘（呼弓），弓（堅終），戎（如融），宮（居窮），躬（鞠窮），攻（昆戎），

熊（于戎），忡（敕戎）。

（2）以冬切冬者，共計七字。

苳（都農），冬（都農），賨（才冬），宗（子冬），痋（大冬），鈆（杜冬），琮（粗宗）。

（3）以東切冬者，共計七字。

肜（杜紅），齈（奴聰），盥（奴聰），獞（奴聰），悰（存公），憁（存公），漴（隻公）。

（4）以冬切東者，有一字。

戁（杜冬）。

上聲：（1）以董切董者，共計五字。

董（符動），襱（勒動），動（待總），嗿（蒲蠓），孔（苦蠓）。

去聲：（1）以送切送者，共計二十五字。

迵（頭貢），衕（頭貢），硐（頭貢），鳳（符貢），筒（頭貢），棟（得貢），駧（頭貢），洞（頭貢），凍（得貢），挏（頭貢），趯（香夢），送（峻弄），貢（古弄），贛（古弄），癃（伀弄），痛（他弄），弄（魯棟），桏（魯棟），蕾（彎洞），瓮（彎洞），贛（卷控），箽（卷控），仲（直控），鼺（卷控），霿（悶諷）。

（2）以宋切宋者，有一字。

宋（蘇綜）。

（3）以宋切送者，共計五字。

諷（付宋），眾（止宋），霒（止宋），控（寬宋），癚（乃統）。

入聲：（1）以屋切屋者，共計一四八字。

祝（職六），覆（伐六），菁（融六），萑（融六），蓄（敕六），喅（融六），逐（陳六），復（伐六），奔（融六），鬻（閭六），鬻（融六），肅（息六），簸（伐六），處（伐六），夏（伐六），郁（於六），鄀（許六），昱（融六），朒（尼六），鞠（牵六），夰（武六），儥（融六），伏（伐六），舳（陳六），蓻（牵六），煜（以六），梀（伐六），淯（融六），畜（敕六），軸（陳六），育（融六），宊（栗菊），蒕（方菊），腹（方菊），稑（栗菊），幅（方菊），

戮（栗菊），坴（栗菊），輹（方菊），輻（方菊），陸（栗菊），六（栗菊），
福（夫木），睦（盧木），轆（盧木），簏（盧木），麓（盧木），淥（盧木），
麗（盧木），鹿（盧木），漉（盧木），鏃（作木），璹（示祝），筑（陟祝），
趉（堅祝），鞠（堅祝），竹（陟祝），築（陟祝），鞠（堅祝），鞠（堅祝），
菊（居逐），蓻（居逐），宿（隻逐），鞏（門逐），驚（門逐），杠（門逐），
枕（隻逐），棷（門逐），籔（居逐），幣（門逐），匊（居逐），沐（門逐），
霂（門逐），搐（色逐），茜（色逐），淑（成育），複（芳郁），愊（許郁），
嬬（許郁），俶（昌伏），攴（潘伏），卜（巴伏），曝（巴伏），俶（昌伏），
濮（巴伏），埱（昌伏），轐（巴伏），蔌（孫卜），速（孫卜），鬻（父卜），
厹（父卜），楸（孫卜），麤（孫卜），羙（蒲速），穀（孤速），縠（孤速），
谷（孤速），彀（孤速），祿（勒谷），蔟（千谷），犢（馳谷），遺（馳谷），
讀（馳谷），蠹（駝谷），韇（駝谷），殰（陁谷），髑（陁谷），檀（按谷），
牘（陁谷），屋（烏谷），獨（陁谷），黷（陁谷），瀆（陁谷），嬻（陁谷），
匵（陁谷），斛（胡谷），隫（陁谷），襲（袴祿），簶（誇祿），觳（胡獨），
踧（左竹），筑（尺竹），蹴（晉竹），叔（尸竹），鱐（息竹），壁（力竹），
觸（尺竹），倐（尺竹），儵（尺竹），勠（力竹），牧（莫叔），目（莫叔），
睦（莫叔），肉（而叔），䶃（而叔），穆（莫叔），蓼（莫叔），忸（而叔），
椷（即肉），歗（即肉），潚（即肉），璀（扶目），奧（於目），篧（於目），
覆（方目），憿（于目），歟（於目），澳（於目）。

（2）以沃切沃者，共計二十二字。

薄（得酷），㯥（火酷），督（得酷），裻（得酷），篤（得酷），熇（火酷），
禿（他哭），礐（閑毒），禱（丁毒），焅（闊毒），濼（盧毒），鋈（腕毒），
酷（闊毒），牿（骨僕），鵠（胡僕），崔（胡僕），梏（骨僕），瑂（胡僕），
陆（骨僕），毒（特沃），僕（盤沃），襆（盤沃）。

（3）以沃切屋者，共計三字。

竺（得酷），哭（闊毒），縠（丁毒）。

由上可知，平聲之正常切語共計一一一一字，例外切語有八字，例外的情形
約佔全部的百分之六點七；上聲之正常切語有五字，無例外切語；去聲的正常
切語有二十六字，例外切語有五字，例外的情形約佔全部的百分之十六點一；

入聲之正常切語共計有一七〇字，例外切語有三字，例外的情形約佔全部的百分之一點七。而平上去入之正常切語共計有三一二字，例外切語有十六字，例外的情形約佔全部的百分之四點九。所以由統計數字顯示，我贊同張、王兩氏之說法，東冬應合韻。

2. 東一東三不分

平聲：（1）以東一切東一者，共計四十六字。

蔆（子紅），飂（子紅），嵏（子紅），椶（子紅），東（得紅），稯（子紅），

空（口紅），緵（子紅），嵕（子紅），猣（子紅），驄（倉紅），涷（得紅），

墏（子紅），夢（木空），瓏（魯東），矇（母東），朦（母東），鸏（母東），

艨（母東），同（牯東），幪（母東），騍（母東），濛（母東），酕（母東），

公（君聰），訌（貢聰），吪（員聰），鴻（員聰），工（君聰），粆（戶聰），

仜（賀聰），悑（古聰），洪（員聰），功（君聰），釭（君聰），玒（戶工），

翁（烏公），簹（烏公），冡（莫公），鰩（烏公），通（土蒙），侗（土蒙），

俑（土蒙），恫（土蒙），藂（全通），叢（全通）。

（2）以東三切東三者，共計二十字。

藭（渠中），癃（力中），娀（昔中），芃（父忠），馮（房忠），豐（甫馮），

充（赤風），菅（牽弓），融（以弓），雄（于弓），豐（孚弓），穹（立弓），

窮（巨弓），崇（助弓），弓（堅終），戎（如融），宮（居窮），躬（鞠窮），

熊（于戎），忡（敕戎）。

（3）以東一切東三者，共計十三字。

中（陟紅），蓸（木空），雙（孚空），夢（木空），盅（直東），沖（直東），

鄷（孚洪），鬷（隻公），芎（珍蒙），衷（珍蒙），忠（珍蒙），楓（府通），

隆（柳童）。

（4）以東三切東一者，共計二十五字。

璁（麄中），蔥（麤中），廲（麤中），悤（麤中），聰（麤中），鏓（麤中），

詷（田風），童（田風），筒（田風），桐（田風），僮（田風），潼（田風），

銅（田風），龍（來充），嚨（來充），籠（梁充），襲（來充），襱（來充），

瀧（來充），礱（來充），瀧（來充），籠（來充），聾（來充），烘（呼弓），

攻（昆戎）。

上聲：（1）以董一切董一者，共計五字。

董（符動），襲（勒動），動（待總），嗊（蒲蠓），孔（苦蠓）。

去聲：（1）以送一切送一者，共計二十一字。

迵（頭貢），術（頭貢），眮（頭貢），筒（頭貢），棟（得貢），駧（頭貢），洞（頭貢），凍（得貢），挏（頭貢），送（峻弄），貢（古弄），贛（古弄），癑（怴弄），痛（他弄），弄（魯棟），槞（魯棟），鷗（變洞），瓮（彎洞），戆（卷控），筝（卷控），躘（卷控）。

（2）以送三切送三者，有一字。

霿（悶諷）。

（3）以送一切送三者，共計三字。

鳳（符貢），趨（香夢），仲（直控）。

入聲：（1）以屋一切屋一者，共計四十二字。

睩（盧木），簏（盧木），簏（盧木），麓（盧木），彔（盧木），麗（盧木），鹿（盧木），漉（盧木），鏃（作木），蔌（孫卜），速（孫卜），鷔（孫卜），屋（父卜），楸（孫卜），甂（孫卜），縠（孤速），穀（孤速），谷（孤速），轂（孤速），祿（勒谷），蔟（干谷），犢（馳谷），遭（駝谷），讀（馳谷），讟（駝谷），韥（駝谷），殰（陁谷），髑（陁谷），檀（按谷），牘（陀谷），屋（烏谷），獨（陁谷），黷（陀谷），瀆（陁谷），嬻（陀谷），匵（陁谷），斛（胡谷），隤（陁谷），縠（袴祿），縩（誇祿），觳（胡獨），禿（他哭）。

（2）以屋三切屋三者，共計九十二字。

祝（職六），覆（伐六），菁（融六），萑（融六），蓄（敕六），噢（融六），逐（陳六），復（伐六），奔（融六），䳺（閩六），鷎（融六），肅（息六），箙（伐六），慮（伐六），夏（伐六），郁（於六），郁（許六），昱（融六），朒（尼六），鞠（牵六），夨（武六），價（融六），伏（伐六），舳（陳六），菊（牵六），煜（以六），淯（融六），畜（敕六），軸（陳六），育（融六），夽（栗菊），蒀（方菊），腹（方菊），稑（栗菊），幅（方菊），勠（栗菊），奎（栗菊），輹（方菊），輻（方菊），陸（栗菊），六（栗菊），璃（示祝），筑（陟祝），趜（堅祝），鞠（堅祝），竹（陟祝），築（陟祝），騨（堅祝），

鞠（堅祝），菊（居逐），蘜（居逐），諊（隻逐），梈（隻逐），歊（居逐），

菊（居逐），摍（色逐），茜（色逐），淑（成育），複（芳郁），憴（許郁），

嬩（許郁），俶（昌伏），俶（昌伏），埱（昌伏），踧（左竹），篗（尺竹），

蹴（晉竹），叔（尸竹），鱐（息竹），鼄（力竹），臅（尺竹），俶（尺竹），

儵（尺竹），勠（力竹），牧（莫叔），目（莫叔），睦（莫叔），肉（而叔），

衄（而叔），穆（莫叔），廖（莫叔），宍（而叔），槭（即肉），歗（即肉），

瀟（即肉），璊（扶目），薁（於目），奠（於目），復（方目），鷾（于目），

歎（於目），澳（於目）。

（3）以屋一切屋三者，有二字。

福（夫木），業（蒲速）。

（4）以屋三切屋一者，共計十三字。

賡（伐六），鞏（門逐），鶩（門逐），木（門逐），梊（門逐），幞（門逐），

沐（門逐），霂（門逐），攴（潘伏），卜（巴伏），驦（巴伏），濮（巴伏），

轐（巴伏）。

　　由上可知，平聲之正常切語共計六十六字，例外切語有三十八字，例外的
情形約佔全部的百分之三十六點五；上聲的正常切語共計有五字，無例外切語；
去聲的正常切語共計有二十二字，例外切語有三字，例外的情形約佔全部的百
分之十二；入聲的正常切語有一三四字，例外切語有十五字，例外的情形約佔
全部的百分之十點一，而平上去入聲的正常切語共計有二二七字，例外切語有
五十六字，例外的情形約高達全部的百分之十九點八。所以由統計數字顯示，
我贊同張、王兩氏之說，東一東三不分。

3. 支脂之微應合韻

平聲：（1）以支切支者，共計一○七字。

旅（坯卑），鲅（坯卑），披（坯卑），鈹（坯卑），眵（齒離），籭（色離），

奇（巨離），騎（巨離），畸（斤離），离（丑離），椅（於离），檹（于离），

摛（丑离），敧（牽奇），旖（於奇），猗（於奇），陭（於奇），鞞（被移），

犧（許移），趏（翹移），跂（翹移），支（章移），雌（章移），脾（頻移），

胑（章移），義（許移），盧（許移），知（珍移），枝（章移），楮（章移），

卮（章移），碑（披移），駛（章移），罷（彼移），忯（翹移），汥（翹移），

埤（頻移），斯（息移），軝（翹移），陂（彼移），陴（頻移），䜲（珍移），
芪（是支），䔟（以支），蓵（是支），迻（以支），箟（是支），栘（以支），
暆（以支），移（以支），疻（手支），疧（巨支），匙（是支），趍（陳知），
䞣（陳知），䲉（陳知），皮（貧知），褫（陳知），兒（然知），騏（廣知），
馳（陳知），淇（虔知），鯕（虔知），縻（美皮），靡（美皮），䴸（楚宜），
猗（牽宜），踦（牽宜），鴜（即宜），觭（牽宜），觜（即宜），㕦（津宜），
攲（牽宜），䶡（即宜），訾（即宜），鈭（即宜），吹（叱爲），逶（委爲），
籥（叱爲），痿（委爲），虧（起爲），䫥（委爲），吹（叱爲），䉻（虞爲），
危（虞爲），炊（叱爲），洈（虞爲），摩（毀爲），嬀（俱爲），窺（立規），
闚（去規），隓（許規），鬹（堅隨），爲（雨隨），蘇（堅隨），規（堅隨），
韉（式垂），䭘（式垂），羸（連垂），䰉（直垂），撝（喧垂），錘（直垂），
隝（喧垂），遳（似吹），垂（是吹），陲（是吹），鄬（居危）。

（2）以脂切脂者，共計六十字。

蒁（纆伊），遲（纆伊），泜（纆伊），墀（纆伊），坻（纆伊），丕（鋪眉），
邳（部眉），悲（府眉），雖（嗔肌），瑂（闔悲），魾（部悲），郪（千私），
姿（子私），趀（七茨），赼（七茨），薺（疾咨），餈（疾咨），尼（女咨），
濱（疾咨），垐（疾咨），胝（陟尼），鴲（眞夷），脂（眞夷），祁（巨夷），
鮨（眞夷），棃（連脂），郗（丑脂），胵（嗔飢），踦（權雖），夈（權雖），
夔（權雖），虁（權雖），頯（權雖），騤（權雖），馗（權雖），帷（位逵），
琟（與追），唯（與追），遺（與追），榱（所追），惟（與追），滙（與追），
葵（揆惟），睢（許惟），隹（專惟），催（許惟），婎（翾惟），葰（斯唯），
萑（專唯），夊（斯唯），騅（專唯），錐（專唯），誰（市隹），脽（市隹），
桵（儒隹）甤（耳隹），椎（直誰），䭔（眞誰），欙（力龜），灅（力龜）。

（3）以之切之者，共計六十字。

珆（寅之），犛（利之），詒（寅之），斄（利之），嫠（利之），笞（丑之），
飴（寅之），邿（申之），期（虔之），僛（遣之），欺（遣之），頬（遣之），
斄（利之），貍（利之），麒（虔之），怡（寅之），匝（寅之），㔴（寅之），
娸（遣之），瓵（寅之），圯（寅之），釐（利之），疑（研之），䶊（式其），
詩（式其），誒（軒其），譆（軒其），𤇍（軒其），暿（軒其），僖（軒其），

攲（軒其），歟（軒其），嫛（軒其），娸（軒其），醫（於其），齝（仕甾），

芝（眞而），諆（居而），箷（居而），箕（居而），之（眞而），治（直而），

持（直而），姬（居而），基（居而），嵫（則欺），孜（則欺），茲（則欺），

仔（則欺），滋（則欺），譆（許疑），祠（涎茲），司（息茲），詞（夕茲），

獄（息茲），思（息茲），辝（夕茲），辭（夕茲），鷀（秦思），慈（秦思）。

（4）以微切微者，共計六十四字。

越（呼璣），菥（忻祈），晞（忻祈），稀（忻祈），欷（忻祈），薇（尾希），

蘄（巨希），譏（居希），微（尾希），譏（居希），幾（居希），朕（巨希），

譏（巨希），璣（巨希），饑（居希），機（居希），旂（巨希），幾（居希），

敳（尾希），頎（巨希），覬（居希），沂（魚希），溦（尾希），畿（巨希），

依（於幾），衣（於機），妭（於機），陒（於機），敦（宇歸），韋（宇歸），

椷（迂歸），口（于歸），圍（于歸），暉（訝歸），辣（于歸），禕（于歸），

巍（元歸），窶（宇歸），湋（宇歸），潿（宇歸），闈（宇歸），威（迂歸），

媁（宇歸），歸（舉韋），翬（火韋），徽（火韋），幃（火韋），褘（火韋），

輝（吁韋），揮（火韋），違（宇非），肥（符非），薇（尾非），妃（芳非），

腓（符飛），菲（甫肥），啡（甫肥），甊（甫肥），騛（甫肥），騑（甫肥），

飛（甫肥），非（甫肥），扉（甫肥），斐（甫肥）。

（5）甲、以支切紙者，共計四字。

徥（是支），惢（津宜），趌（傾觜），孈（式垂）。

　　乙、以支切脂者，共計二十字。

蓍（申離），肌（斤離），尸（申離），屍（申離），諆（纚离），衹（旨移），

欀（羊支），耆（巨支），夷（寅支），䟱（鼻宜），芘（鼻宜），膍（鼻宜），

枇（鼻宜），榌（鼻宜），秕（浦宜），伾（浦宜），豼（鼻宜），駓（浦宜），

毗（鼻宜），郯（巨規）。

　　丙、以支切之者，共計九字。

祺（虔離），璂（虔離），崉（嗔離），孳（則斯），其（虔知），蘁（虔知），

綦（虔知），旗（虔知），稘（居知）。

　　丙、以支切止者有一字。

熹（忻宜）。

丁、以支切微者，共計二字。

祈（近離），璣（凡離）。

（6）甲、以脂切支者，共計七字。

郂（巨伊），翠（眠伊），鸍（眠伊），疲（弼悲），疵（才資），瘻（人佳），倭（於佳）。

　　乙、以脂切紙者有一字。

瓃（吁唯）。

　　丙、以脂切之者，共計十字。

癡（丑遲），脪（忍伊），桸（忍伊），而（忍伊），洏（忍伊），鮞（忍伊），輀（忍伊），嶷（銀眉），狋（銀眉）·兹（則私）。

（7）甲、以之切支者，共計三十字。

褆（辰之），蘺（鄰之），麗（鄰之），謧（鄰之），離（鄰之），犧（研之），鸏（銀之），儀（研之），驪（鄰之），轙（研之），醨（鄰之），猗（去其），卑（賓而），敊（申而），鄑（子而），施（申而），裨（賓而），䬯（申而），顐（賓而），鉾（賓而），榽（削欺），褫（辛兹），虒（辛兹），漉（卒兹），漸（辛兹），霳（辛兹），雌（千思），犖（千里），麗（婁思），貲（子司）。

　　乙、以之切紙者有二字。

橀（研之），徛（牽其）。

　　丙、以之切脂者，共計二十七字。

虆（閭之），咦（寅之），徲（寅之），眥（閭之），楣（閭之），師（申之），郿（閭之），稊（利之），痍（以之），伊（因之），纍（閭之），黴（閭之），湄（閭之），姨（寅之），莖（直而），玜（先兹），秇（先兹），薋（疾兹），茨（疾兹），私（先兹），積（疾兹），厶（先兹），咨（子思），齎（子思），齋（子思），贙（子思），資（津司）。

（8）甲、以微切支者有一字。

宜（擬機）。

　　乙、以微切脂者，共計三字。

飢（居希），驨（驅歸），褱（此韋）。

　　丙、以微切之者，共計六字。

　　時（神持），甾（側持），塒（神持），菑（側持），錙（側持），輜（側持）。

上聲：（1）以紙切紙者，共計九十七字。

　　呰（將此），啙（將此），徙（宵此），訾（將此），壐（宵此），釃（疏此），

　　邐（略迤），迆（略迤），迤（以爾），舓（神爾），豕（書爾），象（書爾），

　　憮（書爾），匜（以爾），弛（書爾），酏（以爾），尒（而俾），邇（而俾），

　　爾（而俾），郫（頻弭），粺（邊弭），俾（邊弭），芈（面侈），灖（面侈），

　　渳（面侈），弭（面侈），誃（尺婢），侈（昌婢），袳（昌婢），炵（昌婢），

　　鉹（昌婢），㙈（尺氏），彼（邦是），柀（邠是），是（善紙），眂（善紙），

　　諟（善紙），姼（尺紙），媞（善紙），氏（善紙），只（眞彼），枳（眞彼），

　　寪（于彼），癈（于彼），倚（乙彼），咫（眞彼），靡（眉彼），扺（眞彼），

　　抵（眞彼），坻（眞彼），軹（眞彼），螘（魚綺），剞（居綺），掎（居綺），

　　輢（於綺），齮（魚倚），觭（池倚），柂（池倚），伎（強倚），豸（池倚），

　　技（強倚），妓（強倚），錡（魚倚），阤（池倚），㢚（昌妓），偨（七紫），

　　祪（句委），蔿（于委），跪（馳委），詭（句委），舭（溝委），桅（句委），

　　毇（呼委），頠（語委），燬（吁委），恑（句委），闟（于委），揣（初委），

　　揅（吁委），婑（吁委），垝（句委），毀（吁委），鈹（溝委），厽（力委），

　　絫（力委），垒（力委），頠（頗篅），紫（子累），骫（醞累），箠（職累），

　　𤟤（醞累），𩮜（職累），㱮（職累），捶（職累），婑（五累），委（醞累），

　　縈（如毀）。

（2）以旨切旨者，共計四十九字。

　　韠（所旨），視（善旨），跽（暨几），𠲿（丘几），痞（博几），瀄（直几），

　　美（免鄙），㹤（披鄙），𤺄（匹鄙），㟴（匹鄙），媺（免鄙），㞬（方鄙），

　　旨（職美），机（謹美），鄙（博美），𨛬（謹美），𢎘（謹美），底（職美），

　　𪊘（謹美），愷（職美），洧（榮美），指（職美），几（謹美），芙（也匕），

　　茵（式匕），雉（陳匕），㠾（眠雉），𪗙（職雉），夊（胝雉），芛（營跬），

　　薙（與水），蘮（柳水），讄（柳水），誄（柳水），鸑（柳水），簋（居水），

　　藟（柳水），晷（俱水），宄（俱水），屡（俱水），氿（俱水），壘（柳水），

　　癸（見水），楑（虬癸），水（式癸），湀（虬癸），揆（虬癸），趡（取誄），

澤（遵誄）

（3）以止切止者，共計六十三字。

巿（辰止），秕（竝止），恃（辰止），士（實史），莘（阻史），笫（阻史），

俟（牀史），竢（牀史），涘（牀史），滓（阻史），止（只耳），史（瑟耳），

矣（延耳），㘴（鉏耳），使（瑟耳），庤（只耳），沚（只耳），改（訖耳），

阯（只耳），己（訖耳），始（施起），嶷（牛以），芑（气以），起（气以），

杞（乞以），儗（牛以），屺（乞以），恥（敕以），耳（柔以），擬（牛以），

眘（牛以），祉（敕里），茞（移里），崻（直里），此（七里），齒（赤里），

柿（鉏里），邔（去里），仕（鉏里），偫（直里），畤（直里），目（移里），

諰（辛子），郢（連子），枲（辛子），葸（辛子），理（六矣），李（六矣），

梓（津矣），秄（津矣），俚（六矣），裏（六矣），鯉（來矣），姊（津矣），

里（六矣），子（津矣），氊（即矣），喜（虛已），積（之已），似（詳紀），

洍（詳紀），汜（詳紀），已（詳紀）。

（4）以尾切尾者，共計十九字。

俙（虺豈），顗（魚豈），憖（殷豈），辰（殷豈），卉（許鬼），篚（斧尾），

糞（斧尾），棐（斧尾），斐（斧尾），厞（斧尾），匪（斧尾），唏（虛斐），

尾（凵斐），狶（虛斐），娓（凵斐），葦（于匦），韙（于匦），煒（于匦），

薏（丘尾）。

（5）甲、以紙切支者，有二字。

鞞（邊弭），髀（邊弭）。

　　　乙、以紙切止者，有一字。

汜（祠此）。

　　　丙、以紙切尾者，共計四字。

煀（吁委），椲（于毀），偉（于毀），鬼（矩毀）。

（6）甲、以旨切支者，共計三字。

眂（善旨），箍（疏此），蘸（營跬）。

　　　乙、以旨切紙者，共計三字。

庳（頻旨），婢（頻旨），躧（疏比）。

　　　　　丙、以旨切至者，有一字。

癵（巨癸）。

　　　　　丁、以旨切止者，有一字。

騤（偶指）。

（7）甲、以止切紙者，共計五字。

泜（只耳），趏（七里），鳾（七里），厃（七里），茈（津矣）。

　　　　　乙、以止切旨者，共計八字。

祇（并止），矢（失止），仳（并止），比（并止），姕（并止），臨（只耳），

秜（津矣），履（六矣）。

　　　　　丙、以止切尾者，有一字。

豈（丘里）。

（8）甲、以尾切旨者，有一字。

鮪（于匭）。

　　　　　乙、以尾切至者，有一字。

瑠（魯匭）。

　　　　　丙、以尾切止者，有一字。

痔（直豈）。

　　　　　丁、以尾切未者，有四字。

稟（魚卉），輩（斧尾），誹（斧尾），跳（斧尾）。

去聲：（1）以真切真者，共計四十五字。

靾（平義），敯（剗義），賜（絲義），佲（引義），傷（引義），被（平義），

髪（平義），秖（時翅），莿（七智），啻（叱智），議（魚智），誼（魚智），

諫（七智），趐（叱智），狶（叱智），曬（所智），束（七智），戲（忻智），

義（魚智），曶（展避），觶（真避），夝（真避），忮（真避），避（便罳），

詖（筆罳），罳（力鼓），刺（七賜），蒚（先刺），澌（先刺），臂（畢真），

寄（堅芰），譬（匹寄），積（贊寄），骴（贊寄），企（去寄），坟（去寄），

敊（贊寄），魃（巨寄），漬（贊寄），掔（贊寄），瑞（時惴），萎（蘊瑞），

羨（蘊瑞），槌（池瑞），惴（支瑞）。

（2）以至切至者，共計一一五字。

祕（悲利），犥（辨利），嗜（食利），躓（陟利），謚（常利），葡（辨利），棄（契利），疐（陟利），膩（尼利），致（陟利），備（辨利），驚（陟利），轡（辨利），蟄（陟利），摯（涉利），鷙（張利），鞊（陟利），利（柳嗜），隸（柳嗜），濞（披備），吏（連致），鰁（虛致），稚（直致），霿（虛致），擳（直致），屍（敕稚），魅（敕稚），示（時至），器（乞至），鼻（頻至），算（必至），畁（必至），樲（仁至），貳（日至），邲（彼至），魃（密至），庇（必至），媚（密至），二（仁至），地（田至），坒（頻至），壹（伊肄），呬（希媚），鞁（戰媚），毗（筆媚），鷩（戰媚），殔（羊媚），秘（筆媚），棐（筆媚），癟（平媚），彃（筆媚），矞（羊媚），至（戰媚），閟（筆媚），勢（戰媚），痹（彼二），寐（忙庇），鱸（乙器），饐（乙器），欥（乙器），懿（乙器），肔（弋示），概（訖示），冀（訖示），覬（訖示），驥（訖示），暨（其冀），臮（其冀），漑（其冀），洎（其冀），垍（其冀），自（慈四），伙（則四），恣（則四），牭（素次），柶（素次），絲（素次），駟（素次），泗（素次），四（素次），視（七恣），次（七恣），髺（七恣），襯（戀位），蕢（求位），鞼（求位），饋（求位），樻（求位），隧（夕位），采（夕位），襚（夕位），頛（夕位），毳（許位），類（戀位），燹（吁位），匱（求位），闠（夕位），餽（矩遂），邃（小遂），驨（矩遂），媿（矩遂），醉（將遂），祟（斯誶），季（見翠），茅（夕醉），遂（夕醉），誶（星醉），翠（此醉），橇（夕醉），位（于醉），悴（秦醉），痵（葵季），倭（岐季），悸（歧季），轛（追類）。

（3）以志切志者，共計三十五字。

試（失吏），异（余吏），異（余吏），廁（測吏），志（職吏），嫉（色廁），記（居意），饎（昌意），熾（昌意），墍（許意），鎎（許意），冀（乙記），芰（巨記），憙（忮記），置（竹記），意（乙記），事（側字），菑（側字），笥（息寺），嗣（辭笥），芓（慈伺），寺（辭伺），字（慈伺），誋（健侍），耆（健侍），畁（健侍），鬻（然侍），忌（健侍），綦（健侍），姬（然侍），蒔（食志），弒（失志），侍（食志），値（直志），眙（敕餌）。

（4）以未切未者，共計二十五字。

毅（言既），翡（符既），穤（符既），屝（符既），掔（符既），闚（符既），蘱（言沸），屝（扶沸），菋（勿貴），味（勿貴），謂（于貴），胃（云貴），媦（于貴），彙（于貴），渭（于貴），未（勿貴），灣（方未），費（扶味），蔚（迂胃），豷（迂胃），裛（迂胃），畏（迾胃），殷（迂胃），慰（迂胃），諱（訒尉）。

（5）甲、以寘切支者，有一字。

𦧟（池瑞）。

　　　乙、以寘切至者，有一字。

瘁（毗避）。

（6）甲、以至切支者，有一字。

藠（夕醉）。

　　　乙、以至切寘者，共計十字。

賵（矩利），恚（於棄），㛆（於弃），諈（竹至），諉（女竹），娷（竹至），贔（博媚），睡（時位），䤺（時位），僞（魚醉）。

　　　丙、以至切志者，共計三字。

慈（柳嗜），毦（仁至），侕（如至）。

　　　丁、以至切未者，共計三字。

气（卻利），蔇（訖示），貴（矩位）。

（7）甲、以志切至者，有一字。

咥（忻記）。

　　　乙、以志切未者，共計四字。

既（居意），氣（許意），炁（許意），愾（許意）。

（8）甲、以未切至者，有一字。

泌（頻未）。

　　　乙、以未切志者，有一字。

珥（耳既）。

由上可知，平聲的正常切語共計二九一字，例外切語有一二三字，例外的情形約佔全部的百分之二十九點七；上聲的正常切語有二二八字，例外切語有

三十六字，例外的情形約佔全部的百分之十三點六；去聲的正常切語有二二〇字，例外切語有二十六字，例外的情形約佔全部的百分之十點六。而平上去聲之正常切語共計七三九字，例外切語有一八五字，例外的情形約高達全部的百分之二十。所以由統計數字顯示，我贊同張、王兩家的說法，支脂之微應合韻。

4. 泰韻不分開合口

去聲：（1）以開切開者，共計二十三字。

蹛（富奈），藹（恩奈），帶（當奈），大（特奈），汏（特奈），犓（即奈），

籟（郎蔡），糲（梁蔡），瀨（即蔡），鯬（即蔡），蔡（蒼大），濭（意大），

奈（能大），㮈（能大），賴（洛帶），艾（五蓋），夆（乎蓋），泰（他蓋），

蓋（溝艾），餀（海艾），害（桓艾），妎（恒艾），匃（溝艾）。

（2）以合切合者，共計二十九字。

檜（古最），役（丁最），鱠（古最），膾（古最），劊（古最），檜（古最），

儈（古最），黮（黮最），繪（古最），廥（古最），獪（古最），黵（烏最），

澮（古最），濊（烏最），巜（古宧），燴（烏最），譮（虎外），翽（虎外），

最（則外），駾（吐外），薈（烏會），鄶（古會），外（五會），兌（杜會），

纇（勒會），酹（勒會），會（戶兌），檜（苦檜），娧（吐役）。

（3）以開切合者，有一字。

躉（恒艾）。

（4）以合切開者，共計六字。

㤉（補會），跐（補會），斾（蒲會），怖（滿會），沛（補會），鈰（浦會）。

由上可知，正常的切語共計五十二字，例外的切語有七字，例外的情形約佔全部的百分之十一點九。所以由統計數字顯示，我贊同張、王兩氏的說法，泰韻不分開合口。

5. 真諄臻欣不分韻

平聲：（1）以真切真者，共計六十三字。

珍（陟陳），瑉（言陳），磒（言陳），誾（言陳），闉（言陳），塡（陟陳），

銀（言陳），鱹（值辰），陳（值辰），黃（翼真），讖（齒真），臣（石真），

瞋（齒真），䐜（齒真），奆（翼真），寅（翼真），砏（婢民），𪒩（婢民），

矉（婢民），櫇（婢民），蠙（婢民），嬪（婢民），驎（里神），鄰（里神），麟（里神），麐（里神），獜（里神），鷩（里神），鱗（里神），璡（將親），聿（將親），盡（將親），津（將親），禛（職隣），神（是鄰），禋（伊鄰），甄（止鄰），薪（息鄰），脣（止鄰），眞（止鄰），親（七鄰），民（彌鄰），新（息鄰），呻（式人），闠（匹人），扆（式人），胂（式人），賓（必人），秦（自人），伸（式人），𠈈（式人），身（式人），汃（匹人），申（式人），辛（息因），貧（弼巾），邠（布巾），珉（眉邠），因（伊申），宸（實申），巾（巳申），仁（爾申），魌（示申）。

（2）以諄切諄者，共計二十九字。

屯（陟倫），蓴（是倫），趁（績倫），巡（續倫），循（續倫），犉（是倫），脣（是倫），臺（是倫），楯（陟倫），郇（息倫），窀（只倫），帽（朱倫），旬（續倫），馴（續倫），奄（是倫），洵（續倫），漘（是倫），淳（是倫），蠡（續倫），醇（是倫），囷（牽輪），杶（丑巡），輴（丑巡），諄（主均），肫（主均），樳（詳遵），珣（斯匀），春（川匀），瞤（然匀）。

（3）以臻切臻者，共計十五字。

蓁（側詵），亲（側詵），榛（側詵），潧（側詵），臻（側詵），轃（側詵），詵（所臻），㜸（所臻），侁（所臻），甡（所臻），屾（所臻），駪（所臻），桑（所臻），扟（所臻），溱（氊莘）。

（4）以欣切欣者，共計十五字。

齗（語斤），訢（希斤），鄞（擬斤），昕（許斤），殷（意斤），斤（幾欣），筋（幾忻），欣（希斤），忻（希斤），慇（意斤），芹（伎殷），菦（語殷），虒（語殷），犾（語殷），勤（伎殷）。

（5）甲、以眞切諄者，共計十三字。

侖（呂辰），倫（力辰），淪（呂辰），輪（呂辰），遵（蹤民），恂（息寅），姰（堅鄰），均（堅鄰），鈞（堅鄰），匀（與因），逡（七賓），夋（七賓），竣（七賓）。

　　乙、以眞切臻者，有二字。

甡（色鄰），瀙（次鄰）。

　　丙、以眞切欣者，有一字。

瘽（巨巾）。

　　　　丁、以眞切震者，有一字。

跊（止鄰）。

（6）以諄切眞者，共計二十字。

䒷（石倫），茵（伊倫），晨（石淪），鷐（石倫），震（石倫），駰（伊倫），

湮（伊倫），闉（伊倫），捆（伊倫），姻（伊倫），堙（伊倫），脤（是倫），

辰（石倫），份（彼困），旻（眉均），罠（眉均），忞（眉均），揝（眉均），

鍲（眉均），鷡（眉勻）。

（7）甲、以欣切眞者，有二字。

犻（語殷），堇（伎殷）。

　　　　乙、以欣切震者，有一字。

廑（伎殷）。

上聲：（1）以軫切軫者，共計二十九字。

惢（耳引），听（宜引），靷（矢引），敃（眉引），敯（眉引），弞（矢引），

袗（支引），矤（矢引），頤（矢引），駗（章引），愍（眉引），忍（耳引），

潤（眉引），霣（員引），閔（耆引），軫（支引），矃（耆引），乁（以矧），

引（以矧），髕（脾閔），裖（禪軫），緊（糺忍），腎（食忍），眲（止忍），

歾（食忍），笢（迷牝），磒（雨牝），隕（雨牝），敏（眉殞）。

（2）以準切準者，共計十字。

尹（與準），偆（出準），允（與準），靴（與準），蠢（川準）雌（聳尹），

䡅（而尹），揗（食尹），笋（息允），弩（息允）。

（3）甲、以軫切準者，共計十二字。

頵（王閔），準（王閔），埻（主閔），笴（于忍），趣（棄忍），盾（樹忍），

楯（樹忍），辴（珍忍），箸（瞿殞），菌（瞿殞），箘（瞿隕），窘（巨殞）。

　　　　乙、以軫切隱者，有一字。

謹（已忍）。

　　　　丙、以軫切震者，有三字。

瑾（飢忍），費（似忍），邸（之忍）。

（4）以準切軫者，有八字。

驎（力準），鳳（支允），眹（支允），胗（支允），稹（支允），昣（支允），彡（支允），畛（支允）。

去聲：（1）以震切震者，共計六十字。

藺（里刃），吝（里刃），遴（里刃），閵（里刃），殯（比刃），疢（丑刃），儐（比刃），鬢（比刃），閔（里刃），粦（里刃），疄（里刃），親（千仞），牣（爾吝），訒（爾吝），刃（爾吝），饉（其吝），杒（爾吝），肕（爾吝），仞（爾吝），秫（牛吝），軔（爾吝），趁（丑儐），牝（匹儐），覦（匹儐），訊（思震），信（思震），囟（思震），汛（思震），孞（思震），畬（思振），震（章信），抯（章信），振（章信），娠（章信），迅（思進），塦（于進），瑾（久晉），蓋（夕晉），夋（夕晉），愁（魚晉），陳（遲愼），屒（遲愼），敔（袪肁），進（子印），摯（子印），胤（異印），朡（異印），晉（子印），愼（時印），濥（異印），釰（異印），紳（異印），診（遲鎭），印（伊鎭），釁（許僅），櫬（初僅），殣（其櫬），僅（其襯），覲（其襯），墐（其襯）。

（2）以稕切稕者，共計十一字。

徇（詢順），暽（朱順），潤（如順），蕣（失閏），瞚（失閏），舜（失閏），鬊（失閏），陵（子閏），駿（子閏），畯（子閏），俊（子峻）。

（3）以掀切掀者，有五字。

肵（許靳），檃（于靳），巊（于靳），憖（於靳），听（疑靳）。

（4）甲、以震切掀者，有一字。

近（渠遴）。

　　　乙、以震切眞者，有一字。

粦（里仞）。

　　　丙、以震切諄者，有一字。

捘（七殯）。

（5）以掀切震者，有一字。

齔（楚近）。

入聲：（1）以質切質者，共計七十五字。

邲（脾必），栗（力必），佖（頻必），駜（頻必），溧（力必），失（詩必），
盭（彌畢），醯（彌畢），吉（經栗），躍（而吉），日（而吉），黏（而吉），
袥（而吉），壹（伊吉），銍（而吉），噴（之日），鵗（秋日），桎（之日），
質（之日），郅（之日），實（市日），騭（之日），漆（秋日），七（秋日），
一（伊質），赼（輕質），詰（輕質），室（尸質），馹（而質），眣（賜七），
佚（秩七），駃（移七），逸（移七），泆（移七），溢（移七），抶（暢七），
匹（篇七），軼（移七），趚（遲匹），黜（遲匹），秩（遲匹），帙（遲匹），
戨（遲匹），悉（息逸），㮟（息逸），棽（親逸），故（馨逸），疾（慈悉），
庭（知疾），座（知疾），挃（知疾），銍（知疾），宓（怭一），刉（恩一），
郗（此詰），璡（李室），暱（女室），倏（秦室），蜜（美弼），謐（美弼），
否（美弼），密（美弼），叱（嗔密），達（疏密），帥（疏密），欨（敕密），
弼（皮密），泹（于筆），帍（于筆），乙（殷筆），筆（碑乙），窒（丁乙），
佶（巨乙），鮚（巨乙），姞（巨乙）。

（2）以術切術者，共計十五字。

鷸（相聿），殚（遵聿），恤（相聿），矞（涓聿），荒（柱黜），趉（泪出），
述（常出），術（常出），秫（常出），驌（常出），沭（常出），遹（葵橘），
遹（涓律），橘（居律），出（尺律）。

（3）甲、以質切術者，共計十三字。

嘯（與必），喬（與必），聿（與必），鷸（與必），馼（與必），吹（與必），
卹（相室），詘（敕密），黜（敕密），怵（敕密），葎（留筆），律（留筆），
寽（留筆）。

乙、以質切櫛者，有一字。
齜（仕乙）。

（4）以術切質者，共計十七字。

必（畢聿），趩（畢聿），戢（畢聿），畢（卑聿），鷩（畢聿），篳（卑聿），
韠（畢聿），樺（卑聿），煒（畢聿），澤（畢聿），鱓（畢聿），彈（卑聿），
苾（頻尤），軼（頻述），述（常出），溧（力出），衛（疏律）。

由上可知，平聲之正常切語共計一二二字，例外切語有四十字，例外的情
形約佔全部的百分之二十四點七；上聲之正常切語共計三十九字，例外切語有

二十四字，例外情形約佔全部的百分之三十八點一；去聲之正常切語共計七十
六字，例外切語有四字，例外情形約佔全部的百分之五；入聲的正常切語共計
九十字，例外切語有三十一字，例外情形約佔全部的百分之二十五點六。而平
上去入聲之正常切語共計三二七字，例外切語有九十九字，例外情形約高達全
部的百分之二十三點二，所以由統計數字顯示，我贊同張、王兩氏之說法，真
諄臻欣不分韻。

6. 先仙應合韻

平聲：（1）以先切先者，共計七十一字。

篯（則千），齹（忙千），賨（大千），幋（則千），湔（則千），灖（則千），
噴（笛前），畋（笛前），先（蒐前），闐（笛前），田（笛前），稍（弓玄），
涓（弓玄），弱（火玄），銷（火玄），訐（遏篯），荓（形先），趐（形先），
峕（自先），逮（則先），千（七先），玄（螢先），胘（形先），嵫（形先），
佂（形先），慈（形先），汗（七先），嫫（形先），弦（形先），咽（伊田），
鬠（冰田），煙（伊田），趄（的烟），蹎（的烟），槇（的烟），顛（的烟），
驒（的煙），滇（的煙），懁（名咽），趰（辟涓），邊（辟涓），籩（辟涓），
縣（胡涓），獧（辟涓），甌（辟涓），瘨（丁年），骿（并堅），楄（屛堅），
賢（由堅），研（御堅），駢（屛堅），掔（禦堅），妍（禦堅），堅（激賢），
鵑（激賢），肩（激賢），邥（泥賢），季（泥賢），豜（激賢），麗（激賢），
汧（激賢），蓮（落妍），牽（棄妍），鳽（弃妍），憐（落妍），汧（棄妍），
遄（挾蓮），鱻（挾蓮），矗（挾蓮），淵（於蓮），蚍（毗眠）。

（2）以仙切仙者，共計一二二字。

牷（旋延），連（鄰延），豔（鄰延），鞭（賓延），鸇（遮延），虔（其延），
饘（遮延），全（族延），趫（其延），鄟（親延），旃（遮延），忴（許延），
綖（賒延），氈（遮延），憠（鄰延），漣（力延），泉（旋延），鯿（賓延），
鱣（鄰延），聯（鄰延），挻（賒延），嫙（旋延），鏈（鄰延），乾（其延），
鄡（干乾），越（豈虔），辛（豈虔），褰（豈虔），騫（豈虔），慾（豈虔），
攘（豈虔），趣（茶連），埏（敕連），躔（茶連），矚（名連），翩（僻連），
焉（有連），脡（敕連），篇（僻連），梃（敕連），偏（僻連），次（夕連），
鬈（即連），塵（茶連），驪（陟連），鱸（陟連），媥（僻連），縣（名連），

跧（鄒牷），譞（虛全），翾（虛全），儇（虛全），嬛（虛全），鶣（匹綿），
㬾（汝綿），蔫（爲焉），漹（殷焉），諞（婢扁），篇（婢扁），便（婢扁），
延（以然），筵（抑然），郔（弋然），煎（即然），媊（即然），甄（居然），
宀（滅仙），錢（自僊），䕾（仁遷），肰（仁遷），僊（息遷），然（仁遷），
鱻（息遷），趯（衢員），鬵（衢員），綣（呂員），弮（衢員），觠（衢員），
權（衢員），鬈（衢員），拳（衢員），攣（呂員），捲（衢員），蘿（衢員），
蠸（巨員），沇（與川），澶（示川），沿（與川），捐（輿川），鉛（與川），
鋋（示川），雈（唯專），椽（纏專），圜（雨專），員（于專），傳（纏專），
川（叱專），專（準旋），顓（準旋），悁（於旋），嬽（於旋），嫥（準旋），
荃（材沿），譔（此沿），詮（七沿），櫏（邪沿），檈（邪沿），旋（推淞），
佺（七沿），恮（七沿），悛（七沿），銓（七沿），鐉（七沿），宣（息鉛），
穿（啜鉛），鐫（津宣），璿（似緣），遄（市緣），篅（市緣），圓（似緣），
船（市緣），歂（似蟬）。

（3）以先切仙者，有五字。

腝（年伭），蕭（自先），遷（七先），𩁹（米田），櫋（莫田）。

（4）以仙切先者，有六字。

天（聽連），蹁（婢篇），牑（婢扁），鄡（一遷），睊（於旋），䏍（於旋）。

上聲：（1）以銑切銑者，共計二十九字。

腆（聽銑），醒（聽銑），倎（聽銑），錪（聽銑），跣（思典），毨（息典），
洗（思典），姺（思典），銑（思典），蕇（顛腆），典（顛腆），晛（易顯），
睍（易顯），㐱（徒顯），贙（預顯），炫（預顯），泫（預顯），垷（易顯），
鉉（預顯），㶉（堅珍），㻑（堅殄），撚（泥泫），扁（必撚），犬（睽畎），
鞙（徼犬），縣（預犬），く（激犬），堨（激犬），𦊞（闃峴）。

（2）以獮切獮者，共計七十七字。

萸（汝件），㕣（與件），㽿（爾件），僗（爾件），譬（職件），黱（職件），
碝（爾件）㯴（爾件）耎（爾件）竱（職件），恤（彌件），淺（刺件），
甗（擬件），孨（職件），膞（殊剸），䏝（殊剸），鱄（殊剸），擘（喫善），
遣（喫善），蹇（機善），緬（彌善），翦（子善），葥（子善），橪（人善），
幝（昌善），燀（昌善），闡（昌善），揃（子善），戩（子善），啓（溪善），

蕭（石遣），孌（蔓遣），偐（石遣），鱓（石遣），嬌（蔓遣），變（蔓遣），
埖（石遣），瞳（旨闡），樺（旨闡），顃（旨闡），嬕（之闡），鐘（旨闡），
巻（俱卷），雋（自褊），膬（甚頓），舛（昌頓），騰（醉雋）褊（比兗），
卷（俱兗），沔（彌兗），湎（彌兗），揙（翩兗），後（寂衍），衛（寂衍），
踐（寂衍），諓（寂衍），迁（陟衍），俴（寂衍），展（陟衍），獧（息衍），
鮮（息衍），尕（恥展），戻（汝展），演（異展），戭（異展），報（尼展），
裹（陟輾），篆（直選），冕（美選），倦（具選），鮸（美選），勉（美
選），㝃（美選），選（思篆），辡（皮緬），辯（皮緬），睌（邦免）。

（3）以銑切獮者，有五字。

尠（思典），樝（里典），酆（里典），辇（里典），辯（必撚）。

（4）以獮切銑者，有六字。

齞（擬件），丏（彌件），琠（的輦），棥（堅輦），萹（比兗），顯（呼衍）。

去聲：（1）以霰切霰者，共計四十字。

殿（庭硯），奠（庭硯），片（譬硯），倪（苦硯），佃（庭硯），屟（庭硯），
見（經硯），縣（庭硯），澱（庭硯），電（庭硯），甸（庭硯），鋻（經硯），
趼（魚見），礪（先見），硯（魚見），狋（魚見），湅（郎見），燕（於旬），
嬿（于旬），輇（丑旬），晛（年電），鍊（郎電），荐（在片），宪（名片），
衒（迴茜），眩（迴茜），旬（迴茜），羂（迴茜），霰（息茜），茜（七縣），
讂（古縣），昌（烏縣），䏓（烏縣），倩（七縣），獧（古縣），袸（七縣），
衙（古縣），醧（古縣），瑱（趨練），宴（乙現）。

（2）以線切線者，共計四十八字。

榗（子賤），眷（俱便），粎（俱便），桊（俱便），院（俱便），瑗（于眷），
荐（子眷），箭（子眷），箭（率眷），孿（婁眷），籑（助箭），鄿（擊箭），
轉（智箭），喘（昌轉），碊（尺戰），懻（均戰），遂（余羨），瑨（余羨），
餞（寂羨），衍（余羨），羨（之彥），顮（走彥），戰（正彥），唁（擬線），
諺（擬線），彥（擬線），媛（于面），価（弭釧），面（弭釧），昇（皮變），
覍（皮變），抃（皮變），開（皮變），瑑（直戀），喘（赤戀），變（祕戀），
顭（士戀），淀（似戀），鏇（似戀），鄯（時扇），偏（詩掾），扇（詩掾），
禪（時絹），讂（喫絹），膳（時絹），掾（與絹），擅（時絹），嬗（時絹）。

（3）以霰切線者，有二字。

賤（自見），徧（比薦）。

（4）以線切霰者，有四字。

薦（子徧），睍（弭釧），麵（彌釧），騵（於釧）。

入聲：（1）以屑切屑者，共計七十字。

蠮（七屑），切（七屑），竊（七屑），酸（聽切），榍（息切），楔（息切），

驖（汀切），鐵（聽切），戳（情鐵），襭（羊截），頁（羊截），頡（羊截），

臭（羊截），覨（馨頡），趹（鴂宂），趹（橘宂），譎（鴟穴），映（鴂宂），

股（鴂宂），觼（鴂宂），缺（傾宂），駃（鴟宂），橘（賜穴），潏（鴟宂），

決（鴂宂），暗（幽決），窡（一決），穴（乎決），突（一決），臬（語挈），

陧（語挈），趨（經節），鶏（經節），劍（經節），桔（經節），疦（大節），

臭（經節），挈（輕節），抉（縈節），拮（經節），袂（縈節），鍥（經節），

鈌（縈節），節（即血），櫛（即血），疾（古血），鱟（即血），咠（即血），

茁（矞迭），暼（脾迭），胅（脾迭），血（矞迭），沀（飄迭），韰（名噎），

莫（名噎），蔑（名噎），穰（名噎），峴（名噎），懱（名噎），擎（僻噎），

鑒（僻噎），噎（伊結），迭（亭結），跌（亭結），訣（亭結），昳（亭結），

鈇（亭結），姪（亭結），戜（亭結），垤（亭結）。

（2）以薛切薛者，共計八十字。

屮（恥列），断（時列），酈（私列），靻（之列），暼（僻列），劈（思列），

劉（誅列），哲（之列），暬（私列），糵（魚列），糏（私列），褻（私列），

蛥（恥列），浙（之列），渫（私列），联（恥列），媟（私列），妠（許列），

觢（恥列），离（私列），辥（私列），苅（良舌），鴲（知舌），迾（良舌），

驚（辟舌），列（良舌），桝（良舌），裂（良舌），烈（良舌），哲（知舌），

冽（良舌），肖（良舌），嵒（知舌），舌（時哲），尖（姊薛），鸛（姊薛），

栵（良辥），蕝（子雪），說（失雪），畷（誅說），闋（與缺），輟（誅劣），

腏（誅劣），叕（誅劣），惙（誅劣），輟（誅劣），叕（誅劣），特（錄設），

胊（錄設），桴（錄設），埒（錄設），劣（錄設），鋝（錄設），蔎（施子），

呼（師子），設（施子），廄（所子），刷（師子），蛥（力輟），徹（遲別），

爇（儒拙），瀏（魚滅），闌（魚滅），擘（魚滅），旻（隳悅），焆（燭悅），

焆（因悅），威（火悅），滅（彌悅），搣（彌悅），拙（燭悅），桀（其熱），

楬（其熱），傑（其熱），碣（其熱），竭（其熱），藒（去絕），朅（銓絕），

朅（丘絕），熱（爾絕）。

（3）以屑切薛者，有二字。

霅（相屑），孑（經節）。

（4）以薛切屑者，有九字。

偰（私列），偰（先列），屑（私列），玦（涓雪），闋（傾雪），嫛（僻劣），

臬（魚滅），𤾤（彌悅），巘（彌悅）。

由上可知，平聲之正常切語共計一九三字，例外切語有十一字，例外的情形約佔全部的百分之五點四；上聲之正常切語共計一〇六字，例外切語有十一字，例外的情形約佔全部的百分之九點四；去聲之正常切語共計八十八字，例外切語有六字，例外的情形約佔全部的百分之六點四；入聲之正常切語共計一五〇字，例外切語有十一字，例外的情形約佔全部的百分之六點八。而平上去入聲之正常切語共計五三七字，例外切語有三十九字，例外情形約佔全部的百分之六點八。所以由統計數字顯示，我贊同張、王兩氏之說法，先仙應合韻。

7. 先仙不分開合口

平聲：（1）以開切開者，共計一二七字。

連（鄰延），醫（鄰延），鞭（賓延），鸇（遮延），虔（其延），饘（遮延），

虔（其延），鄢（親延），旃（遮延），仚（許延），梴（賒延），氈（遮延），

憐（鄰延），漣（力延），鯿（賓延），鱗（鄰延），聯（鄰延），挺（賒延），

鏈（鄰延），乾（其延），鄔（干乾），越（豈虔），辛（豈虔），褰（豈虔），

騫（豈虔），愆（豈虔），攓（豈虔），天（聽連），邅（茶連），脠（敕連），

躔（茶連），矔（名連），翩（僻連），焉（有連），脡（敕連），篇（僻連），

梴（敕連），偏（僻連），次（夕連），鬋（即連），廛（茶連），驙（陟連），

鱣（陟連），媥（僻連），縩（名連），㳒（匹綿），蔫（爲焉），馮（殷焉），

蹁（婢篇），諞（婢篇），篔（婢篇），牖（婢篇），便（婢篇），延（以然），

筵（抑然），郔（弋然），煎（即然），嫣（即然），甄（居然），宀（滅仙），

錢（自僊），虉（仁遷），狀（仁遷），鄯（一遷），僊（息遷），然（仁遷），

鷉（息遷），箋（則千），齎（忙千），窴（大千），帋（則千），湔（則千），

濺（則千），嗔（笛前），畋（笛前），先（蒐前），闐（笛前），田（笛前），

訐（易箋），葀（形先），蒲（自先），趨（形先），嗜（自先），遷（七先），

建（則先），千（七先），胘（形先），嵫（形先），佒（形先），慈（形先），

汗（七先），嵫（形先），弦（形先），咽（伊田），喬（米田），嚞（莫田），

鬐（冰田），煙（伊田），趙（的烟），蹎（的烟），槇（的烟），顛（的烟），

驒（的煙），滇（的煙），幰（名咽），瘨（丁年），骿（并堅），楄（屏堅），

賢（由堅），研（御堅），駢（屏堅），掔（禦堅），妍（禦堅），堅（激賢），

鵑（激賢），肩（激賢），邖（泥賢），季（泥賢），豣（激賢），麗（激賢），

开（激賢），蓮（落妍），牽（棄妍），雃（弃妍），憐（落妍），汧（棄妍），

玭（毗眠）。

（2）以合切合者，共計五十四字。

跧（鄒牷），讓（虛全），鬮（虛全），儇（虛全），嬛（虛全），稍（弓玄），

涓（弓玄），弲（火玄），鋗（火玄），胘（年佽），縣（胡涓），趜（衢員），

鬠（衢員），繇（呂員），夏（衢員），脊（衢員），權（衢員），鬈（衢員），

拳（衢員），攣（呂員），捲（衢員），薳（衢員），蠸（巨員），沇（與川），

沿（與川），捐（輿川），鉛（與川），萑（唯專），椽（纏專），圜（雨專），

員（于專），傳（纏專），川（叱專），專（準旋），睊（於旋），剶（於旋），

顓（準旋），悁（於旋），嬛（於旋），塼（準旋），荃（材沿），譔（此沿），

詮（七沿），欃（邪沿），樏（邪沿），旋（推狨），佺（七沿），恮（七沿），

悛（七沿），銓（七沿），鐉（七沿），宣（息鉛），穿（啜鉛），鐫（津宣）。

（3）以開切合者，共計十六字。

牷（旋延），佺（族延），泉（旋延），嬡（旋延），瞇（汝綿），玄（螢先），

遹（挾蓮），虇（挾蓮），虉（挾蓮），淵（於蓮），璿（似緣），遄（市緣），

篿（市緣），圓（似緣），船（市緣），歂（似蟬）。

（4）以合切開者，共計七字。

趨（辟消），邊（辟涓），籩（辟涓），猵（辟涓），甂（辟涓），澶（示川），

鋋（示川）。

上聲：（1）以開切開者，共計七十五字。

凸（與件），齗（擬件），然（爾件），丏（彌件），熯（爾件），恓（彌件），

淺（刺件），甗（擬件），琠（的輦），蕈（堅輦），腆（聽銑），靦（聽銑），
倎（聽銑），錪（聽銑），匙（思典），跣（思典），槤（里典），鄻（里典），
毨（息典），洗（思典），姺（思典），銑（思典），輦（里典），蕇（顛腆），
典（顛腆），掔（喫善），遣（喫善），蹇（機善），緬（彌善），翦（子善），
莿（子善），橪（人善），幝（昌善），燀（昌善），闡（昌善），揃（子善），
戩（子善），肻（溪善），鱔（石遣），僐（石遣），鱓（石遣），墠（石遣），
膻（旨闡），樿（旨闡），顫（旨闡），嬗（之闡），饘（旨闡），俴（寂衍），
衝（寂衍），踐（寂衍），諓（寂衍），玨（陟衍），俴（寂衍），展（陟衍），
顯（呼衍），獮（息衍），鮮（息衍），於（恥展），戹（汝展），演（異展），
戭（異展），輾（尼展），哯（易顯），晛（易顯），紾（徒顯），垷（易顯），
襧（堅珍），蠒（堅殄），扁（必撚），辮（必撚），褊（陟輾），顰（閬峴），
辡（皮緬），辯（皮緬），矎（邦免）。

（2）以合切合者，共計十八字。

膞（殊剸），䏝（殊剸），轉（殊剸），埢（俱卷），腨（甚輭），舛（昌輭），
膗（醉雋），卷（俱兖），沔（彌兖），湎（彌兖），篆（直選），倦（具選），
選（思篆），犬（睽畎），韏（徼犬），縣（預犬），𡿨（激犬），埍（激犬）。

（3）以開切合者，共計十六字。

荑（汝件），蝺（爾件），讋（職件），齝（職件），碝（爾件），竱（職件），
孨（職件），臠（蔞遣），嬌（蔞遣），孌（蔞遣），雋（自褊），贙（預顯），
炫（預顯），泫（預顯），鉉（預顯），耎（爾件）。

（4）以合切開者，共計八字。

萹（比兖），褊（比兖），扁（翩兖），撚（泥泫），冕（美選），鮸（美選），
勉（美選），娩（美選）。

去聲：（1）以開切開者，共計四十一字。

殿（庭硯），奠（庭硯），片（譬硯），俔（苦硯），佃（庭硯），㶘（庭硯），
見（經硯），䵺（庭硯），澱（庭硯），電（庭硯），甸（庭硯），堅（經硯），
楢（子賤），趼（魚見），𪄿（先見），賤（自見），硯（魚見），豣（魚見），
湅（郎見），燕（於甸），嬿（于甸），晛（年電），鍊（郎電），荐（在片），
㝍（名片），薦（子徧），徧（比薦），硟（尺戰），遂（余羨），餞（寂羨），

衍（余羨），羨（之彥），顫（走彥），戰（正彥），唁（擬線），諺（擬線），
彥（擬線），霰（息茜），鄯（時扇），瑱（趨練），宴（乙現）。

（2）以合切合者，共計二十一字。

瑗（于眷），篆（率眷），孌（婁眷），喘（昌轉），譴（古縣），肙（烏縣），
狷（烏縣），獧（古縣），衒（古縣），酳（古縣），昇（皮變），覍（皮變），
抃（皮變），閞（皮變），瑑（直戀），諯（赤戀），變（祕戀），顨（士戀），
淀（似戀），鏇（似戀），掾（與絹）。

（3）以開切合者，共計十五字。

輇（丑旬），眷（俱便），羘（俱便），桊（俱便），院（俱便），篹（助箭），
鄄（擊箭），轉（智箭），懁（均戰），瞔（余羨），衒（廻茜），眩（廻茜），
旬（廻茜），翾（廻茜），媛（于面）。

（4）以合切開者，共計十七字。

莛（子眷），箭（子眷），茜（七縣），倩（七縣），裕（七縣），晛（弭釧），
麪（彌釧），偭（弭釧），面（弭釧），騗（於釧），偏（詩掾），扇（詩掾），
禪（時絹），讀（喫絹），膳（時絹），擅（時絹），嬗（時絹）。

入聲：（1）以開切開者，共計九十六字。

屮（恥列），斯（時列），纚（私列），靼（之列），暼（僻列），孹（思列），
晢（之列），暬（私列），蘖（魚列），糵（私列），偰（私列），惥（先列），
褻（私列），屑（私列），皙（恥列），浙（之列），渫（私列），聅（恥列），
媟（私列），妜（許列），勬（恥列），离（私列），辥（私列），苅（良舌），
哲（知舌），迾（良舌），驚（辟舌），列（良舌），梨（良舌），裂（良舌），
烈（良舌），晢（知舌），洌（良舌），肖（良舌），嵒（知舌），舌（時哲），
尖（姊薛），鶴（姊薛），栵（良辥），臚（七屑），切（七屑），竊（七屑），
飻（聽切），楈（息切），楔（息切），驖（汀切），鐵（聽切），截（情鐵），
襭（羊截），頁（羊截），頡（羊截），臭（羊截），觐（馨頡），菽（施子），
設（施子），齧（語挈），陧（語挈），趨（經節），鶏（經節），剎（經節），
桔（經節），馻（大節），奊（經節），挈（輕節），拮（經節），鍥（經節），
孑（經節），蹩（脾迭），脁（脾迭），蔑（名噎），莫（名噎），蔑（名噎），
穙（名噎），覕（名噎），懱（名噎），擎（僻噎），鐅（僻噎），噎（伊結），

迭（亭結），跌（亭結），絰（亭結），駃（亭結），昳（亭結），姪（亭結），
戜（亭結），垤（亭結），徹（遲別），臬（魚滅），臲（魚滅），闑（魚滅），
孼（魚滅），桀（其熱），楬（其熱），傑（其熱），碣（其熱），竭（其熱）。

（2）以合切合者，共計三十四字。

玦（涓雪），蕝（子雪），說（失雪），闋（傾雪），啜（誅說），趏（鴂宂），
趹（橘宂），譎（鴂宂），䬴（鴂宂），肒（鴂宂），艍（鴂宂），缺（傾宂），
駃（鷸宂），矞（賜宂），瀄（鴂宂），決（鴂宂），暗（幽決），窋（一決），
穴（呼決），突（一決），閱（與缺），輟（誅劣），腏（誅劣），畷（誅劣），
惙（誅劣），輵（誅劣），叕（誅劣），疢（古血），爇（儒拙），旻（隳悅），
炪（燭悅），烕（火悅），拙（燭悅），膬（銓絕）。

（3）以開切合者，共計十七字。

剟（誅列），𩕳（相屑），将（錄設），捋（錄設），枂（錄設），埒（錄設），
劣（錄設），鋝（錄設），唪（師子），厤（所子），刷（師子），抉（縈節），
妜（縈節），觖（縈節），䡄（剾迭），血（剾迭），泬（飄迭）。

（4）以合切開者，共計十字。

嫛（僻劣），節（即血），楶（即血），蠽（即血），昻（即血），𡣤（彌悅），
巀（彌悅），焆（因悅），滅（彌悅），搣（彌悅）。

由上可知，平聲之正常切語共計一八一字，例外切語有二十三字，例外的
情形約佔全部的百分之十一點三；上聲之正常切語共計九十三字，例外切語有
二十四字，例外的情形約佔全部的百分之二十點五；去聲之正常切語有六十二
字，例外切語有三十二字，例外的情形約佔全部的百分之三十四；入聲之正常
切語有一三〇字，例外切語有二十七字，例外的情形約佔全部的百分之十七點
二。而平上去入聲之正常切語共計四六六字，例外切語有一〇六字；例外的情
形約佔全部的百分之十八點五。所以由統計數字顯示，我贊同張、王兩家之說
法，先仙不分開合口。

8. 歌戈應合韻

平聲：（1）以歌切歌者，共計二十八字。

蘿（婁何），鄌（粗何），疴（一何），羅（婁何），儺（奴何），魗（奴何），
娿（鷖何），嵯（昨何），阿（鷖何），妸（鷖何），娿（鷖何），柯（虎何），

荷（閑俄），苛（閑俄），何（閑俄），河（閑俄），詑（弍羅），扡（弍羅），那（乃多），傞（先多），娑（先多），籬（殘他），訶（獻他），盧（殘他），瘥（才他），釶（五他），齹（殘他），薖（殘陀）。

（2）以戈切戈者，共計十七字。

課（苦和），睉（泉和），窠（苦和），銼（泉和），囮（延禾），橢（禿頗），鰭（禿頗），痤（慈戈），䰗（奴戈），臝（魯戈），湦（吐戈），捼（奴戈），鑷（魯戈），莎（宣訛），趖（宣訛），髍（沒訛），摩（沒訛）。

（3）以歌切戈者，共計二十字。

薖（苦何），鄱（部何），科（苦何），坡（浦何），皤（步佗），咊（戶歌），龢（戶歌），盉（戶歌），禾（戶哥），頗（滂阿），過（古多），䯬（古多），濄（古多），娑（在多），戈（古多），譌（五他），婆（步他），吡（五陁），磻（補陀），波（補陁）。

（4）以戈切歌者，共計十九字。

莪（偶和），議（偶和），駆（更和），䖤（偶和），哥（更和），柯（更和），俄（偶和），歌（更和），峨（偶和），硪（偶和），涐（偶和），菏（更和），㵚（更和），娥（偶和），軻（豆科），沱（豆科），鴕（豆科），多（兜戈），嵯（昨按）。

上聲：（1）以智切智者，有五字。

ナ（則可），鬙（千可），閜（惡可），㫄（勒可），可（肯我）。

（2）以果切果者，共計二十九字。

禍（戶果），朵（兜果），貞（斯果），稞（兜果），厄（五果），隋（徒果），埵（兜果），埵（兜果），瑣（先火），纇（先火），濆（先火），果（骨朵），椏（骨朵），炑（呼朵），裹（骨朵），火（呼朵），哆（兜禍），婐（烏禍），姽（奴埵），跛（晡顆），猧（胡顆），傆（晡顆），敤（苦墮），顆（苦墮），隋（特妥），猓（胡妥），墮（特妥），駊（鋪妥），惰（特妥）。

（3）以智切果者，有二字。

坐（徂可），麼（勒娜）。

（4）以果切智者，有四字。

哿（閒果），娜（兜果），袉（圖坐），陊（圖坐）。

去聲：（1）以過切過者，共計十五字。

膶（先臥），侳（祖臥），綈（徒臥），破（鋪臥），磙（模臥），挫（祖臥），

塺（莫播），譒（補貨），臥（吳貨），播（補貨），踒（烏過），貨（毀過），

蓏（盧破），蔥（吐破），媠（吐破）。

（2）以箇切箇者，有九字。

騀（額左），我（顏左），痤（丁佐），痤（吐佐），箇（古賀），左（則箇），

賀（候箇），佐（則箇），坷（刻箇）。

（3）以過切箇者，有二字。

餓（岸播），軻（可貨）。

（4）以箇切過者，有二字。

莝（此左），剉（此左）。

由上可知，平聲之正常切語共計四十五字，例外切語有三十九字，例外情形佔全部的百分之四十六點四；上聲之正常切語共計三十四字，例外切語有六字，例外的情形約佔全部的百分之十五；去聲之正常切語共計二十四字，例外切語有四字，例外的情形約佔全部的百分之十四點三。而平上去聲之正常切語共計一〇三字，例外切語有四十九字，例外的情形約高達全部的百分之三十二點二，所以由數字顯示，我贊同張、王兩氏之說法，歌戈應合韻。

9. 麻二麻三不分

平聲：（1）以麻二切麻二者，共計四十七字。

瑕（痕加），芽（五加），跟（痕加），差（初加），鞥（痕加），枒（五加），

痕（乎加），袈（女加），碬（痕加），騢（痕加），騧（古加），沙（色加），

魦（所加），鰕（痕加），挐（女加），鍜（痕加），茄（閒巴），葭（閒巴），

迦（閒巴），齟（側巴），楂（側巴），柤（側巴），枷（間巴），耗（箸巴），

疤（箸巴），猼（間巴），霞（間巴），嵯（側巴），挓（側巴），加（間巴），

葩（浦瓜），誇（坤瓜），華（呼瓜），窊（乙瓜），夸（苦瓜），窪（烏瓜），

鍂（歐瓜），瓜（古華），叉（初牙），嘉（閒牙），杈（初牙），杷（蒲牙），

家（古牙），痂（古牙），艖（陟茶），蒙（敕茶），髽（鄒茶）。

（2）以痲三切痲三者，共計七字。

荶（延遮），邪（寅遮），䞣（走嗟），奢（申嗟），賒（式車），釾（延車），斜（似車）。

（3）以痲二切痲三者，有六字。

荼（大加），遮（之巴），謯（側巴），車（稱梛），衺（辭牙），鉈（示牙）。

（4）以痲三切痲二者，有五字。

譁（忽奢），䎬（不奢），鈀（不奢），巴（不奢），痲（門車）。

上聲：（1）以馬二切馬二者，共計二十二字。

假（格雅），罤（格雅），椵（格雅），叚（格雅），檟（格雅），榎（格雅），賈（公雅），雅（牙賈），厊（牛賈），下（霞假），閜（許下），鄢（母夏），踝（戶把），㚉（戶把），鮭（戶把），䶎（傍把），鰈（戶把），瓦（五寡），䕸（乎瓦），丫（口瓦），寡（古瓦），槎（仕鮓）。

（2）以馬三切馬三者，有六字。

捨（式且），者（賣也），社（食者），治（羊者），也（拽者），野（拽者）。

（3）以馬二切馬三者，有五字。

罝（走雅），且（七賈），䜁（似下），灺（似下），姐（即瓦）。

（4）以馬三切馬二者，有四字。

夏（忙且），冎（古且），馬（莫者），把（補寫）。

去聲：（1）以禡二切禡二者，共計二十八字。

匕（呼跨），化（呼跨），魤（呼跨），諰（俱化），靶（奔化），霸（奔化），摴（戶化），䉯（戶化），瘍（忚霸），詐（章乍），暇（限乍），稼（斤乍），幏（干乍），駕（干乍），嫁（干乍），亞（恩罵），晉（恩罵），詐（愁亞），罵（悶亞），鬕（悶亞），禡（母稼），吒（陟駕），訝（顏咤），唬（叽訝），罅（吼迓），襾（吼迓），奼（張迓），墉（吼迓）。

（2）以禡三切禡三者，共計十二字。

赦（詩夜），舍（詩夜），卸（蘇夜），涻（詩夜），趚（充舍），夜（羊舍），貰（時卸），麝（時卸），蔗（之射），嗻（之射），樜（之射），柘（之射）。

（3）以禡二切禡三者，有一字。

藉（慈乍）。

（4）以禡三切禡二者，有二字。

跨（苦夜），跨（苦夜）。

由上可知，平聲之正常切語共計五十四字，例外切語有十一字，例外的情形約佔全部的百分之十六點九；上聲之正常切語共計二十八字，例外切語有九字，例外情形約佔全部的百分之二十四點三；去聲之正常切語共計四十字，例外切語有三字，例外的情形約佔全部的百分之七。而平上去聲之正常切語共計一二二字，例外切語有二十三字；例外的情形約佔全部的百分之十五點九。所以由統計數字顯示，我贊同張、王兩家之說法，麻二麻三不分。

10. 麻韻不分開合口

平聲：（1）以開切開者，共計五十三字。

瑕（痕加），芽（五加），茶（大加），跏（痕加），差（初加），韒（痕加），枒（五加），瘕（乎加），裟（女加），碬（痕加），騢（痕加），沙（色加），魦（所加），鰕（痕加），拏（女加），鍜（痕加），莪（延遮），邪（寅遮），茄（閒巴），葭（閒巴），遮（之巴），迦（閒巴），䕡（側巴），謯（側巴），樝（側巴），柤（側巴），枷（間巴），杝（著巴），庀（箸巴），緅（間巴），霞（間巴），溠（側巴），担（側巴），加（間巴），犯（不奢），鈀（不奢），巴（不奢），奓（走嗟），奢（申嗟），車（稱梛），賒（式車），麻（門車），鈒（延車），斜（似車），叉（初牙），嘉（閒牙），杈（初牙），杷（蒲牙），家（古牙），瘕（古牙），衺（辭牙），觰（陟茶），蒙（敕茶）。

（2）以合切合者，有六字。

誇（坤瓜），華（呼瓜），窊（乙瓜），夸（苦瓜），窪（烏瓜），瓜（古華）。

（3）以開切合者，有四字。

騧（古加），譁（忽奢），鉈（示牙），鬂（鄒茶）。

（4）以合切開者，有二字。

葩（浦瓜），錏（歐瓜）。

上聲：（1）以開切開者，共計二十七字。

戞（格雅），叚（格雅），檟（格雅），椵（格雅），賈（公雅），罝（走雅），

假（格雅），斝（格雅），夏（忙且），捨（式且），雅（牙賈），廈（牛賈），
且（七賈），下（霞假），謝（似下），灺（似下），閜（許下），鄔（母夏），
者（賣也），社（食者），馬（莫者），冶（羊者），也（拽者），野（拽者），
把（補寫），箄（偹把），槎（仕鮓）。

（2）以合切合者，有四字。

瓦（五寡），髁（乎瓦），卨（口瓦），寡（古瓦）。

（3）以開切合者，有五字。

冎（古且），踝（戶把），蝸（戶把），觟（戶把），鰥（戶把）。

（4）以合切開者，有一字。

姐（即瓦）。

去聲：（1）以開切開者，共計三十三字。

赦（詩夜），舍（詩夜），卸（蘇夜），涻（詩夜），赿（充舍），夜（羊舍），
貰（時卸），麝（時卸），瘕（仕霸），藉（慈乍），詐（章乍），暇（限乍），
稼（斤乍），嫁（干乍），駕（干乍），嫁（干乍），亞（恩罵），晉（恩罵），
詐（愁亞），罵（悶亞），髼（悶亞），禂（母稼），吒（陟駕），訝（顏咤），
唬（儿訝），罅（吼迓），奼（吼迓），妊（張迓），墫（吼迓），蔗（之射），
嗻（之射），樜（之射），柘（之射）。

（2）以合切合者，有六字。

七（呼跨），化（呼跨），魤（呼跨），諣（俱化），礐（戶化），䕞（戶化）。

（3）以開切合者，有二字。

跨（苦夜），胯（苦夜）。

（4）以合切開者，有二字。

靶（奔化），霸（奔化）。

　　由上可知，平聲之正常切語共計五十九字，例外切語有六字，例外的情形約佔全部的百分之九點二；上聲之正常切語共計三十一字，例外切語有六字，例外的情形約佔全部的百分之十六點二；去聲之正常切語共計三十九字，例外切語有四字，例外的情形約佔全部的百分之九點三。而平上去聲之正常切語共計一二九字，例外切語有十六字；例外的情形約佔全部的百分之十一。所以由

統計數字顯示，我贊同張、王兩張之說法，麻韻不分開合口。

11. 陽唐應合韻

平聲：（1）以陽切陽者，共計一二一字。

祥（似良），萇（直良），葦（周良），章（周良），羊（猶良），腸（宙良），

楊（猶良），鄣（之良），鄉（軒良），暘（猶良），香（軒良），倀（褚良），

裝（側良），彰（周良），喝（猶良），長（宙良），易（猶良），麞（周良），

漳（周良），揚（猶良），場（宙良），陽（猶良），良（呂張），鄭（耳張），

償（庶張），薑（九商），芳（弗商），韁（九商），橿（九商），僵（九商），

姜（九商），妨（弗商），畺（九商），壃（九商），商（式陽），殤（式陽），

觴（式陽），煬（式陽），傷（式陽），庠（似陽），張（竹陽），羌（邱香），

襄（而章），禓（移章），璋（之羊），莊（側羊），詳（似羊），翔（似羊），

賣（升羊），倡（赤羊），洋（似羊），妝（側羊），將（子長），牂（子長），

魴（浮長），房（浮長），牂（子長），孃（女長），防（浮長），相（脩祥），

昌（醜將），閶（醜將），惊（柳昌），雄（府昌），肪（府昌），枋（府昌），

梁（柳昌），梁（柳昌），糧（柳昌），量（稜昌），方（府昌），洭（區昌），

涼（柳昌），亾（府昌），匡（區昌），鈁（府昌），輬（柳昌），鵝（世方），

霜（色方），募（吞匡），邙（蒙匡），狂（倦匡），軭（倦匡），軭（倦匡），

邼（區王），恇（區王），刃（楚霜），襄（然莊），牀（乍莊），穰（然莊），

攘（然莊），鑲（然莊），箱（修翔），襄（修翔），驤（脩翔），湘（修翔），

瘍（以箱），痒（以箱），瑲（猜常），躄（猜常），蹌（猜常），牆（清常），

槍（褚常），斨（倩常），薔（賊忘），牆（賊忘），戕（賊忘），彊（其央），

蒝（勿強），芐（勿強），殃（殷強），嘗（射強），央（殷強），泱（勿強），

鞅（忽強），秧（殷強），常（射強），忘（勿強），決（殷強），鱨（射強），

匄（勿強）。

（2）以唐切唐者，共計六十三字。

皇（戶光），璜（戶光），荒（忽光），謊（忽光），鴦（殷光），閻（忽光），

簧（戶光），㿉（忽光），穬（忽光），帆（忽光），騜（忽光），煌（戶光），

尣（烏光），汪（烏光），忛（忽光），隍（戶光），墾（戶荒），膀（薄荒），

篁（戶荒），程（戶荒），傍（薄荒），惶（戶荒），湟（戶荒），潢（戶荒），

黃（戶荒），郳（薄皇），牁（格康），剛（格康），笐（格康），岡（格康），

亢（格康），航（格康），琅（羅當），蓈（勒當），茚（顏當），莨（勒當），

卬（顏當），根（勒當），囊（那當），郎（魯當），卬（顏當），硍（勒當），

狼（勒當），浪（勒當），鋃（勒當），稂（勒當），喪（蘇湯），远（恒湯），

魠（恆湯），唐（特郎），踢（特郎），棠（特郎），桑（斯郎），康（可郎），

奘（在郎），闛（特郎），堂（徒郎），當（得郎），鐺（得郎），鐎（特郎），

斜（破郎），旁（薄茫），炕（看藏）。

（3）以陽切唐者，有十七字。

榜（白良），滂（坡良），臧（走張），牂（走張），寊（力畺），蒼（切陽），

鶬（切陽），倉（切陽），匡（竊陽），光（國昌），洸（國昌），鼞（吞匡），

蕩（吞匡），鏜（吞匡），稯（弸莊），歍（弸莊），濂（弸莊）。

（4）以陽切蕩者，有一字。

奘（助決）。

（5）以唐切陽者，有二字。

王（于光），邡（府芒）。

上聲：（1）以養切養者，共計四十二字。

丈（直敞），爽（色敞），魴（分敞），胹（里敞），仿（分敞），鼆（許仗），

敞（赤丈），向（許丈），闉（許文），网（文爽），甂（叉爽），響（忻罔），

饗（忻罔），賞（式掌），枉（迂賞），襁（已賞），劈（已賞），冘（職想），

掌（職想），想（息仰），挾（殷仰），致（迂往），䑋（如往），䌞（爾往），

霣（具往），壤（爾往），蔣（子兩），往（又兩），蔣（子兩），仰（魚兩），

㣿（子兩），灙（其兩），瓵（夫兩），弜（其繩），兩（里養），兩（里養），

養（以像），劷（以象），樣（似獎），像（似獎），橡（似獎），象（似獎）。

（2）以蕩切蕩者，共計二十二字。

艸（謀晃），莽（謀晃），櫎（胡晃），廣（姑沆），黨（登沆），伉（解黨），

㤠（解黨），沆（解黨），蕩（徒廣），篡（徒廣），盪（徒廣），駔（子廣），

㣉（徒廣），愓（徒廣），潒（徒廣），㬒（胡莽），攩（胡莽），筤（勒莽），

鎤（狄朗），曠（他朗），曩（能朗），穎（蘇朗）。

去聲：（1）以漾切漾者，共計五十字。

　　誑（句唱），鞅（隱唱），䖻（句唱），䞕（溝唱），愯（句唱），怏（隱唱），

　　嘵（丘尙），䀮（力上），狀（側上），悵（誳上），上（時怏），尙（時怏），

　　唱（赤怏），誈（聞誑），朢（聞誑），況（誳誑），望（聞誑），迋（于況），

　　滄（初況），訪（夫妄），舫（夫妄），愴（初訪），滄（初訪），諒（力狀），

　　悢（力狀），醂（力狀），放（弗旺），眪（于放），誄（隱餉），帳（知餉），

　　讓（爾亮），煬（胤亮），暘（胤亮），恙（胤亮），漾（胤亮），羕（余亮），

　　𤅹（即亮），釀（女向），畽（工向），刱（叉向），鬯（丑向），䯜（丑向），

　　杖（直向），悵（丑向），墇（止向），暢（丑向），障（止向），䡀（女向），

　　趝（自障），匠（自障）。

（2）以宕切宕者，共計二十二字。

　　桄（土曠），謗（補盎），曠（困盎），𢢐（困盎），壙（困盎），盎（晏亢），

　　航（我亢），馴（我亢），䁵（晏亢），嘗（晏亢），醠（晏亢），衖（盤浪），

　　邟（看浪），朖（勒浪），宕（他浪），碭（度浪），犺（看浪），忼（看浪），

　　抗（香浪），阬（看浪），葬（贊宕），閬（來宕）。

（3）以漾切蕩者，有一字。

　　坱（隱唱）。

（4）以宕切漾者，有一字。

　　壯（側浪）。

入聲：（1）以藥切藥者，共計六十二字。

　　蕱（𦙲畧），藥（𦙲畧），躍（胤略），龠（胤略），鸙（胤略），敫（𦙲略），

　　籥（𦙲略），爵（耳略），庀（崖略），礴（張略），𪐗（丑略），爚（亂略），

　　瀹（亂略），闔（𦙲略），钁（俱躍），略（雷脚），脚（己藥），屩（己藥），

　　蹻（其雀），谷（其雀），削（息雀），卻（其雀），瘧（魚謔），糳（眞若），

　　玃（王若），鹋（眞若），灼（眞若），焯（眞若），繁（之若），勺（眞若），

　　斫（眞若），酌（眞若），趠（七削），舄（七削），狢（七削），踖（七削），

　　汋（實削），妁（實削），斮（側削），芍（以灼），䥥（胤灼），卻（期灼），

　　榷（竹勺），鑠（書卻），蒻（如約），若（如約），諽（虛約），雀（即約），

　　翄（如約），箬（如約），弱（如約），噱（其虐），醵（其虐），矐（吁醵），

辵（褚艻），虐（魚艻），姞（褚艻），躩（俱縛），氍（俱縛），獲（俱縛），彉（俱縛），攫（俱懁）。

（2）以鐸切鐸者，共計八十五字。

薄（盆各），罶（五各），遣（操各），遌（五各），剒（五各），橐（他各），鄚（磨各），鄂（五各），厝（操各），愙（客各），錯（操各），鑮（匹各），筶（郎鐸），各（根莫），胳（根莫），劇（騰莫），筰（自莫），飵（自莫），昨（自莫），秨（自莫），繋（自莫），襗（滕莫），怍（自莫），閣（根莫），鑿（自莫），鐸（騰莫），髆（本簿），跋（盆鄂），亳（盆鄂），嗼（門落），膜（門落），索（思落），郭（古落），幕（門落），鏌（門落），撰（他作），諾（能作），託（他作），臑（吼作），櫛（他作），樺（他作），郝（吼作），佗（他作），袥（他作），魠（它作），落（勒託），輅（勒託），畧（勒託），雒（勒託），鵁（勒託），作（憎託），駱（勒託），洛（勒託），雰（勒託），鮥（勒託），鱳（勒託），鉻（勒託），漠（門洛），蘀（呼郭），靃（呼郭），臛（烏郭），霍（呼郭），臺（昆霍），嶗（昆霍），濩（戶霍），彉（昆霍），鑊（戶廓），膊（普惡），轉（普惡），酋（普惡），鞹（困博），鶴（閑博），瘼（摩博），雘（閑博），貉（閑博），洦（閑博），嘑（本泊），麟（本泊），博（本泊），轉（本泊），簿（本泊），惡（遏泊），搏（本泊），堊（遏泊），鎛（本泊）。

（3）以藥切鐸者，有三字。

癭（弋勺），貉（閑縛），柞（增絡）。

（4）以鐸切藥者，有一字。

趯（俱莫）。

由上可知，平聲之正常切語共計一八四字，例外切語有二十字，例外的情形約佔全部的百分之九點八；上聲之正常切語共計六十四字，無例外字；去聲之正常切語共計七十二字，例外切語有二字，例外的情形約佔全部的百分之二點七；入聲之正常切語共計一四七字，例外切語有四字，例外的情形約佔全部的百分之二點六。而平上去入聲之正常切語共計四六七字，例外切語有二十六字，例外的情形約佔全部的百分之五點三。所以由統計數字顯示，我贊同張、王兩氏之說法，陽唐應合韻。

12. 庚二耕應合韻

平聲：（1）以庚二切庚二者，共計三十六字。

嗙（比行），堂（纏行），笙（色行），棚（部行），甥（色行），輣（部行），
琤（測庚），䪥（女庚），牲（所庚），䚂（女庚），觵（骨庚），宣（軒庚），
樘（澄庚），生（色庚），侊（骨庚），珩（限羹），瑒（直更），橫（戶更），
澋（戶更），孟（莫更），行（閑橫），鸎（根橫），胻（閑橫），衡（閑橫），
鄄（古橫），秔（根橫），洐（閑橫），埂（根橫），庚（根橫），覰（丑生），
彭（白亨），騯（白亨），搒（白亨），茵（沒彭），盲（沔彭），鎗（測彭）。

（2）以耕切耕者，共計十七字。

硜（懇耕），訇（昏耕），羥（懇耕），朾（宅耕），鏗（墾耕），嵤（混耕），
閎（混耕），摼（懇耕），磬（墾耕），轟（昏耕），宏（乎萌），弘（乎萌），
抨（普萌），莖（候宏），畖（沒宏），怦（普鸎），弸（普鸎）。

（3）以庚二切耕者，共計十五字。

嚶（恩行），譻（恩行），鶯（恩行），鸚（恩行），嫈（恩行），罃（恩行），
婴（恩行），薊（尼庚），橙（澄庚），耕（根橫），萌（沒彭），姘（披彭），
岷（沒彭），甍（沒彭），錚（測彭）。

（4）以庚二切耿者，有一字。

黽（沒彭）。

（5）以耕切庚二者，有一字。

緐（遍萌）。

上聲：（1）以梗二切梗二者，共計十字。

猛（梅冷），菩（限猛），杏（根猛），礦（古猛），磺（古猛），獷（古猛），
哽（根杏），骾（根杏），梗（根杏），鯁（根杏）。

（2）以耿切耿者，有一字。

幸（恨耿）。

（3）以梗二切耿者，有二字。

蛃（蒲猛），耿（根杏）。

（4）以耿切梗二者，有一字。

郥（母耿）。

去聲：（1）以諍切諍者，有一字。

諍（側迸）。

（2）以諍切映二者，有一字。

更（干諍）。

入聲：（1）以陌二切陌二者，共計三十字。

迮（滓白），迫（不白），諎（滓白），敀（不白），骼（溝白），骆（溝白），筈（滓白），柏（不白），蓦（沒白），伯（不白），佰（不白），貘（沒白），貉（沒白），驀（沒白），拍（普百），碤（史佰），搦（女佰），索（史迮），百（博陌），帛（陪陌），白（陪陌），鮊（陪陌），格（鉤索），磔（張格），齚（鉏客），額（顏客），魄（潘客），怕（潘客），洦（潘客），挌（加額）。

（2）以麥切麥者，共計三十一字。

諽（溝厄），革（溝厄），靹（溝厄），𩇨（溝戹），楇（溝厄），𫇦（女戹），隔（溝厄），責（側革），覈（下革），𥪡（女革），鬲（移隔），翮（閑隔），礊（閑隔），謫（麾獲），眽（莫獲），劃（麾獲），麥（莫獲），𧎢（莫獲），霡（莫獲），職（古獲），捇（麾獲），嬅（麾獲），幘（側冊），冊（測麥），畫（戶麥），策（測麥），𠕋（側麥），檗（八麥），檗（罷麥），獲（戶麥），擘（八麥）。

（3）以陌二切麥者，共計十二字。

狋（知白），謫（張伯），呃（晏索），鼳（晏索），潜（史索），戹（晏索），搤（晏索），搤（晏索），䎳（測索），軶（晏索），阨（晏索），嘖（鉏客）。

（4）以麥切陌二者，有七字。

餩（晏革），客（慳革），磬（揩革），籍（助責），虢（古獲），漷（虎獲），瀖（古獲）。

由上可知，平聲之正常切語共計五十三字，例外切語有十七字，例外的情形約佔全部的百分之二十四點三；上聲之正常切語共計十一字，例外切語有三字，例外的情形約佔全部的百分之二十一點四；去聲之正常切語共計一字，例外切語有一字，例外的情形約佔全部的百分之五十；入聲之正常切語共計六十一字，例

外切語有十九字，例外的情形約佔全部的百分之二十三點八。而平上去入聲之正常切語共計一二六字，例外切語有四十字，例外的情形約佔全部的百分之二十四點一。所以由統計數字顯示，我贊同張、王兩氏之說法，庚二耕應合韻。

13. 庚二耕、庚三不分開合口

平聲：（1）庚二耕：以開切開者，共計四十八字。

　　　㜵（比行），嚶（恩行），棠（纏行），謍（恩行），笙（色行），鸚（恩行），

　　　鸎（恩行），罌（恩行），罃（恩行），棚（部行），嫈（恩行），甥（色行），

　　　輣（部行），鏗（鏗耕），硜（鏗耕），朾（宅耕），硻（鏗耕），摼（鏗耕），

　　　鞕（鏗耕），琤（測庚），䁁（女庚），薑（尼庚），牲（所庚），翣（女庚），

　　　亨（軒庚），橙（澄庚），棖（澄庚），生（色庚），珩（限羹），瑒（直更），

　　　孟（莫更），竀（丑生），彭（白亨），駍（白亨），搒（白享），茵（沒彭），

　　　蓢（沒彭），盲（沔彭），䍺（沒彭），姅（披彭），岷（沒彭），薨（沒彭），

　　　鎗（測彭），鎙（測彭），綮（薄萌），抨（普萌），怦（普鸎），弸（普罌）。

（2）庚二耕：以開切合者，共計十一字。

　　　訇（昏耕），嵤（混耕），閎（混耕），轟（昏耕），鱹（骨庚），觥（骨庚），

　　　嶸（戶庚），橫（戶更），潢（戶更），宏（乎萌），弘（乎萌）。

（3）庚二耕：以合切開者，共計十二字。

　　　行（閑橫），䝙（根橫），胻（閑橫），耕（根橫），衡（閑橫），鄭（古橫），

　　　秔（根橫），洐（閑橫），埂（根橫），庚（根橫），莖（候宏），牤（沒宏）。

上聲：（1）梗二耿：以開切開者，有七字。

　　　皿（美丙），𥥤（年丙），警（己皿），景（己皿），儆（己皿），憼（己皿），

　　　冷（魯皿）。

（2）梗二耿：以合切合者，有一字。

　　　𤷒（俱永）。

（3）梗二耿：以開切合者，有一字。

　　　永（雨省）。

（4）梗二耿：以合切開者，有八字。

　　　秉（鄙永），眚（息永），𥬇（息永），炳（鄙永），怲（兵永），渻（息永），

婿（息永），丙（鄙永）。

去聲：（1）映二諍：以開切開者，有二字。

更（午諍），諍（側迸）。

入聲：（1）陌二麥：以開切開者，共計六十六字。

迮（淬白），迫（不白），譜（淬白），故（不白），骼（溝白），骼（溝白），

笮（淬白），柏（不白），募（沒白），伯（不白），佰（不白），貘（沒白），

貉（沒白），驀（沒白），狊（知白），拍（普百），謫（張伯），碋（史伯），

搦（女伯），索（史迮），百（博陌），帛（陪陌），白（陪陌），鮊（陪陌），

呝（晏索），格（鉤索），鬲（晏索），洊（史索），戹（晏索），搹（晏索），

搤（晏索），猎（測索），軛（晏索），阨（晏索），磔（張格），謉（溝厄），

革（溝厄），鞞（溝厄），斀（溝戹），楀（溝厄），广（女戹），隔（溝戹），

飿（晏革），責（側革），客（堅革），礐（下革），鬶（女革），磬（揩革），

蒿（移隔），翮（閑隔），礊（閑隔），嘖（鉏客），齰（鉏客），額（顏客），

魄（潘客），怕（潘客），洦（潘客），簎（助責），挌（加額），幘（側冊），

冊（測麥），策（測麥），慣（側麥），檗（八麥），檗（罷麥），擘（八麥）。

（2）陌二麥：以合切合者，有八字。

謣（麾獲），劃（麾獲），虢（古獲），漍（虎獲），瀄（古獲），馘（古獲），

捇（麾獲），嫿（麾獲）。

（3）陌二麥：以開切合者，有二字。

畫（戶麥），獲（戶麥）。

（4）陌二麥》：以合切開者，有四字。

眽（莫獲），麥（莫獲），衇（莫獲），霡（莫獲）。

由上可知，平聲之正常切言共計五十九字，例外切語有十二字，例外的情形約佔全部的百分之十六點九；上聲之正常切語共計八字，例外切語有九字，例外的情形約佔全部的百分之五十二點九；去聲之正常切語有二字，無例外字；入聲之正常切語有七十四字，例外切語有六字，例外的情形約佔全部的百分之七點五。而平上去入聲之正常切語共計一四三字，例外切語有二十七字，例外的情形約佔全部的百分之十五點九。所以由統計數字顯示，我贊同張、王兩氏

之說法，庚二耕不分開合口。

平聲：（1）庚三：以開切開者，共計二十字。

英（又平），兵（彼平），鳴（眉平），明（眉平），盟（眉平），迎（疑卿），
橄（虔迎），鱷（虔迎），勍（虔迎），苹（備明），平（備明），卿（起明），
泙（備明），枰（弼兵），荊（己英），京（己英），驚（己英），瑛（衣京），
麠（己京），黥（虔京）。

（2）庚三：以開切合者，有二字。

榮（永兵），兄（宣京）。

上聲：（1）梗三：以開切開者，共計十一字。

猛（梅冷），苔（限猛），杏（根猛），鮜（蒲猛），哽（根杏），骾（根杏），
梗（根杏），鯁（根杏），耿（根杏），鄩（母耿），幸（恨耿）。

（2）梗三：以開切合者，有三字。

礦（古猛），礦（古猛），獷（古猛）。

去聲：（1）映三：以開切開者，共計十二字。

誩（渠命），競（渠命），柄（鄙命），寎（部命），倞（渠命），坪（皮命），
命（眉慶），慶（丘病），病（疲柄），竟（居競），敬（居競），鏡（居竟）。

（2）映三：以開切合者，有四字。

榮（為命），詠（于柄），泳（于柄），撗（一竟）。

入聲：無陌三字。

　　由上可知，平聲之正常切語共計二十字，例外切語有二字，例外情形約佔
全部的百分之九點一；上聲之正常切語共計十一字，例外切語有三字，例外情
形約佔全部的百分之二十一點四；去聲之正常切語共計十二字，例外切語有四
字，例外的情形約佔全部的百分之二十五；入聲則無陌三字。而平上去入聲之
正常切語共計四十三字，例外切語有九字，例外情形約佔全部的百分之十七點
三。所以由統計數字顯示，我贊同張、王兩氏之說法，庚三不分開合口。

　　14. 清青應合韻

平聲：（1）以清切清者，共計四十五字。

蔓（葵名），趌（葵名），烶（眞名），寰（葵名），嫈（葵名），鉦（眞名），

鞏（藥名），蔉（於營），餳（似傾），名（彌并），請（七并），營（余并），
輕（牽并），誠（示征），篕（以征），盛（示征），楹（亦征），郕（是征），
宬（食征），聲（識征），嬴（以征），城（示征），成（示征），呈（直成），
盈（以成），覹（史成），姓（自成），程（直成），情（自成），鯹（岐成），
醒（直成），輕（恥呈），貞（陟情），楨（陟情），隕（陟情），菁（津貞），
鯖（津貞），楨（敕貞），旌（津貞），晶（津貞），精（津貞），清（親貞），
嬰（伊貞），禎（徵清），嬴（夷嬰）。

（2）以青切青者，共計八十二字。

玲（連丁），靈（連丁），苓（連丁），蘦（連丁），莛（田丁），鴒（篇丁），
廷（田丁），軡（顯丁），剄（堅丁），筳（田丁），笭（連丁），郳（民丁），
甹（篇丁），寧（彌丁），亭（田丁），罏（連丁），亭（田丁），欞（連丁），
柃（連丁），囹（里丁），酃（歷丁），窅（乃丁），俜（篇丁），伶（連丁），
顲（連丁），庭（田丁），魘（連丁），涇（堅丁），泠（連丁），霆（田丁），
霝（連丁），零（連丁），鮐（連丁），蠶（連丁），聆（連丁），㝫（連丁），
鈃（頻丁），瓴（連丁），鈴（連丁），輪（連丁），靪（的冥），釘（的冥），
町（的冥），丁（的冥），瞑（民甹），冥（民甹），覭（民甹），溟（民甹），
嫇（民甹），荓（頻甶），芋（他甶），洴（頻甶），餅（頻甶），桯（他甶），
𩕾（頻甶），汀（它甶），萍（頻甶），聽（他甶），軯（頻甶），硜（古零），
打（的靈），舥（匹廷），腥（仙聽），萺（玄經），青（倉經），邢（賢經），
熒（玄經），熒（玄經），榮（玄經），陘（堅經），馨（顯青），胜（息形），
星（息形），猩（息形），鮏（息形），刑（賢星），荊（賢星），形（賢星），
型（賢星），鈃（賢星），硜（賢星），鉶（賢星）。

（3）以清切青者，有一字。

邢（脾并）。

（4）以青切清者，有三字。

營（玄經），塋（玄經），鎣（玄經）。

上聲：（1）以靜切靜者，共計二十九字。

椌（以屏），藜（犬屏），駉（居屏），駉（居屏），扃（居屏），頸（居穎），
徎（丑郢），餅（比郢），穎（余郢），屏（比郢），屏（比郢），潁（余郢），

郻（伊請），廮（伊請），郢（以井），瘿（一井），瘦（巨井），領（里井），請（七井），井（即頃），逞（丑靜），轞（丑靜），整（之靜），裎（丑靜），騁（丑靜），靜（寂逞），彰（寂逞），竫（寂逞），靖（寂逞）。

（2）以迥切迥者，共計十八字。

熲（居迥），炯（居迥），炅（居迥），謦（玄挺），壬（他挺），頲（他挺），町（他挺），侹（笛頲），娗（笛頲），鋌（笛頲）挺（笛鼎），訂（他頂），梃（留頂），婞（賢頂），鼎（顛茗），褩（去茗），頂（顛茗），巠（糾茗）。

（3）以靜切迥者，有三字。

迥（余請），泂（余請），竝（頻靜）。

去聲：（1）以勁切勁者，共計二十三字。

正（眞性），証（眞性），政（眞性），阱（從性），穽（疾性），淨（從性），瀞（從性），姘（從性），靚（從姓），栟（比令），性（息令），聖（詩令），姓（息令），娉（扁令），令（力聘），詷（翾併），清（此併），聘（匹併），婧（此併），敻（翾正），併（必正），勁（居正），弅（比令）。

（2）以徑切徑者，共計十一字。

瑩（淵徑），甯（年徑），窒（詰徑），濘（年徑），佞（年徑），定（徒甯），磬（牽甯），罄（牽甯），脛（戶定），罄（苦定），錠（顛定）。

（3）以勁切徑者，有一字。

徑（居正）。

入聲：（1）以昔切昔者，共計六十七字。

蓆（辭尺），譯（移尺），弈（移尺），斁（移尺），暘（移尺），席（辭尺），嶧（移尺），易（移尺），驛（移尺），液（移尺），亦（移赤），睪（移赤），掖（移赤），彳（丑亦），積（津亦），穸（詞亦），裰（辟亦），奕（移亦），蹢（遲夕），蹵（遲夕），尺（昌夕），㡿（昌夕），赤（昌夕），釋（失易），趚（津易），適（失易），踖（津易），蹐（澤易），賜（矢易），亘（失易），夕（辭易），釋（失易），鰿（津易），脊（津易），嗌（伊昔），謚（伊昔），益（伊昔），昔（思益），瘍（夷益），鬄（思益），惜（思益），跖（眞石），蹠（眞石），隻（眞石），僻（篇石），辟（眞石），炙（眞石），拓（貞石），

壁（卑僻），廦（卑僻），薜（卑僻），躑（千僻），嫧（千僻），坄（與僻），

役（與辟），臍（疾辟），耤（疾辟），籍（疾辟），萆（頻役），襞（頻役），

闢（頻役），躲（神隻），秖（神隻），石（神隻），碩（神隻），鼫（神隻），

辟（卑僻）。

（2）以錫切錫，共計六十九字。

璏（連的），櫟（連的），攊（連的），歷（連的），鬲（連的），魝（民的），

櫪（連的），櫪（連的），霖（民的），秝（連的），幘（民的），幣（民的），

靂（連的），痳（連的），礫（連的），汩（民的），瀝（連的），轢（連的），

醨（連的），迅（顛逖），鶃（倪激），析（星激），褐（星激），屍（倪激），

淅（星激），錫（星激），酈（里擊），玓（丁歷），藋（堅歷），嫫（莫歷），

逖（他歷），觳（堅歷），傷（丑歷），的（顛歷），激（堅歷），擊（堅歷），

墼（堅歷），鷭（匹錫），劈（匹錫），葤（他狄）啾（前狄），瞜（他狄），

鶲（顛狄），翟（羊狄），覡（羊狄），摘（顛狄），檄（顛狄），宋（才狄），

靚（他狄），鬍（他狄），駒（顛狄），惕（他狄），滴（顛狄），擿（他狄），

嫡（顛狄），鏑（顛狄），苗（田溺），迪（田溺），岫（田溺），敵（田溺），

翟（田溺），笛（田溺），翟（田溺），邮（田溺），狄（田溺），滌（田溺），

鷊（涓寂），臭（涓寂），閱（許壁）。

（3）以昔切錫者，有七字。

蝨（千益），晢（思益），戚（千益），慽（千僻），壁（卑僻），梍（與辟），

鷊（古役）。

（4）以錫切昔者，有二字。

璧（并激），迹（子壁）。

由上可知，平聲之正常切語共計一二七字，例外切語有四字，例外情形約佔全部的百分之三點一；上聲之正常切語共計四十七字，例外切語有三字，例外的情形約佔全部的百分之六；去聲之正常切語共計三十四字，例外切語有一字，例外的情形約佔全部的百分之二點九；入聲之正常切語共計一三六字，例外切語有九字，例外的情形約佔全部的百分之六點二。而平上去入聲之正常切語共計有三四四字，例外切語有十七字；例外的情形約佔全部的百分之四點七。所以由統計數字顯示，我贊同張、王兩氏之說法，清青應合韻。

15. 鹽添應合韻

平聲：（1）以鹽切鹽者，共計六十四字。

譣（先廉），占（之廉），殲（精廉），枮（先廉），檐（羊廉），砭（逼廉），

㶨（長廉），爓（羊廉），憸（七廉），思（先廉），瀸（精廉），瀶（羊廉），

霆（精廉），霵（精廉），鹽（羊廉），閻（羊廉），閻（羊廉），孅（先廉），

𢦏（精廉），鑯（精廉），銛（先廉），阽（羊廉），薕（連鹽），籢（連鹽），

鬑（連鹽），鐵（息鹽），嵰（連鹽），覝（連鹽），鬑（連鹽），磏（連鹽），

霝（連鹽），鎌（力鹽），簾（連閲），籤（七占），僉（七占），痁（式占），

痄（赤占），襜（亦占），炎（延占），妗（虔占），苫（設炎），詹（之炎），

瞻（之炎），黏（聶炎），箈（余苫），潛（秦苫），雉（勤潛），箝（勤潛），

猒（於潛），黔（勤潛），懕（於潛），淹（殷潛），霑（陟潛），拑（勤潛），

嬮（於潛），鈐（勤潛），鉗（勤潛），誀（而淹），枏（而淹），頷（而淹），

妾（敕淹），鉆（敕淹），燂（似猒），棪（似猒）。

（2）以添切添者，共計十五字。

蒹（結添），兼（結添），鰜（結添），聑（丁添），鮎（季兼），稴（賢兼），

慊（賢兼），沾（土兼），鲇（年兼），拈（年兼），嫌（賢兼），黇（他兼），

謙（輕嫌），甜（亭嫌），恬（亭嫌）。

（3）以鹽切添者，有四字。

熑（力鹽），溓（連鹽），蘞（曉鹽），笘（所炎）。

（4）以添切鹽者，有一字。

廉（連兼）。

上聲：（1）以琰切琰者，共計三十七字。

琰（延檢），郁（歐檢），顩（件檢），冄（柔檢），染（柔檢），姌（柔檢），

媣（柔檢），嬐（牛檢），隒（牛檢），蔪（就冉），漸（就冉），醬（昨冉），

貶（悲儉），广（牛儉），獫（香貶），險（香貶），鹽（羊染），䁠（敕染），

錟（羊染），焱（羊染），薟（留琰），斂（留琰），撿（留琰），僑（而琰），

剡（有斂），棪（有斂），裺（依漸），奄（依漸），渰（依漸），揜（依漸），

掩（依漸），婩（依漸），醶（七漸），謟（敕奄），芡（其閃），檢（其閃），

儉（其閃）。

（2）以忝切忝者，有六字。

歉（丘點），騐（丘點），忝（透點），淰（乃忝），簟（定嗛），驔（定嗛）。

（3）以忝切琰者，有二字。

壓（烟嗛），裔（咽嗛）。

去聲：（1）以豔切豔者，有四字。

窆（方驗），壍（七驗），驗（魚窆），閃（施壍）。

（2）以栝切栝者，共計十二字。

唸（丁念），刮（丁念），鮎（丁念），栝（他念），顨（丁念），僭（子念），者（丁念），覊（丁念），鮹（經念），坫（丁念），墊（丁念），念（寧店）。

入聲：（1）以葉切葉者，共計四十四字。

箑（山燁），葦（山曄），牒（直輒），极（其輒），爆（筠輒），銆（丑輒），金（女懾），躡（佞懾），馻（女懾），卒（女懾），聶（女懾），邋（律捷），曄（炎捷），鬣（律捷），巤（律捷），浹（七捷），鯜（七捷），桑（真聶），颭（陟聶），懾（真聶），慴（真聶），耴（陟聶），楪（相聶），捷（疾聶），婕（疾聶），輒（陟聶），葉（亦接），疌（疾接），瞀（之接），讋（之接），讘（之接），妾（七接），篓（亦接），枼（亦接），緁（七接），鍱（亦接），儠（力涉），獵（良涉），攝（失涉），摺（之涉），婕（齒摺），腌（殷葉），厭（伊葉），黶（而厭）。

（2）以帖切帖者，共計十九字。

俠（羊帖），愜（輕帖），聑（丁帖），挾（羊帖），抾（丁帖），医（輕帖），甄（零帖），劦（羊帖），愶（羊帖），嗋（羊帖），協（羊帖），諜（田挾），茭（尺俠），唊（居俠），趮（田俠），牒（田俠），褋（田俠），褺（田俠），頰（居俠）。

（3）以葉切帖者，共計十字。

鞈（遏輒），敆（奴輒），痰（丘輒），帖（遏輒），瓄（相聶），燮（相聶），韘（相聶），屧（相聶），變（相聶），惐（去涉）。

（4）以帖切葉者，有三字。

餂（尤帖），曄（元帖），擪（於帖）。

由上可知，平聲之正常切語共計七十九字，例外切語有五字，例外的情形約佔全部的百分之六；上聲之正常切語共計四十三字，例外切語有二字，例外的情形約佔全部的百分之四點四；去聲之正常切語共計十六字，無例外切語；入聲之正常切語共計六十三字，例外切語有十三字，例外的情形約佔全部的百分之十七點一。而平上去入聲之正常切語共計有二〇一字，例外切語有二十字；例外的情形約佔全部的百分之九。所以由統計數字顯示，我贊同張、王兩氏之說法，鹽添應合韻。

（二）張、王皆非者

1. 霽、祭〔註 17〕應分韻

去聲：（1）以霽切霽者，共計八十八字。

薙（他許），嘒（呼計），遞（笛計），遰（笛計），踶（笛計），殹（於計），

㱦（逆計），瞖（溪計），睼（他計），睇（笛計），羿（五計），弟（笛計），

㚤（笛計），䯣（力計），鬄（他計），普（他計），蔕（笛計），沴（郎計），

洟（他計），霽（子計），擠（子計），媲（匹計），娣（笛計），軑（笛計），

釱（笛計），詣（逆桂），睨（逆桂），惠（廻桂），慧（廻桂），潓（回桂），

閉（辟桂），橞（廻桂），嬖（辟桂），䯊（逆桂），郥（古詣），殪（一戾），

瘞（一戾），莫（婁惠），鬃（忌惠），薊（己惠），荔（婁惠），計（己惠），

隸（婁惠），桂（古惠），欐（婁惠），檵（己惠），槃（己惠），係（巳惠），

䴡（婁惠），戾（婁惠），淠（匹惠），㴔（息惠），盭（婁惠），轚（巳惠），

翳（伊閉），噎（伊閉），瘱（伊閉），医（伊閉），壇（伊閉），䴙（避翳），

勵（蓮弟），豊（蓮弟），欚（蓮弟），帶（的替），嚏（的替），趆（的替），

諦（的替），柢（的替），摕（的替），暩（刺細），挈（溪細），磬（溪細），

契（溪細），薜（避契），盻（異契），䫣（異契），系（異契），瑒（禮帝），

嚌（寂帝），眥（寂帝），劑（寂帝），棣（笛帝），梯（他帝），穧（寂帝），

澧（蓮第），鱧（蓮第），軆（連第），醴（連第）。

〔註 17〕祭韻不分開合口，因爲祭韻中以開切開者有五十一字，以合切合者有二十四字，以開切合者有十字，以合切開者有三字，因此例外的情形約佔全部的百分之十四點八，所以祭韻不分開合口。

（2）以祭切祭者，共計八十五字。

趍（恥滯），澈（片滯），蔽（比袂），世（詩袂），彗（似袂），餲（輸袂），
稅（輸袂），幣（輸袂），裞（輸袂），涗（輸袂），勩（魚祭），祭（子例），
薊（居例），茝（直例），躝（居例），嘭（師例），袂（弭例），互（居例），
螝（直例），愒（豈例），灑（居例），滯（直例），揭（豈例），泄（正曳），
利（正曳），觢（唱曳），傿（里曳），製（正曳），囐（里曳），厲（里曳），
駕（里曳），狾（正曳），愱（唱曳），砅（里曳），瘱（唱曳），噬（時制），
逝（時制），誓（時制），籆（時制），瘛（尺制），幣（避制），帗（毗制），
敝（毗制），獘（避制），愧（余制），澨（時制），鏨（時制），瑴（延世），
呭（延世），踅（丑世），詍（延世），樲（魚世），瀰（牛世），裔（延世），
泄（延世），抴（延世），厂（延世），曳（延世），叡（振稅），劂（俱稅），
餟（誅稅），鱥（俱稅），綴（誅稅），芮（汝歲），鞻（于歲），衛（于歲），
鞻（于歲），叡（與歲），檅（子歲），蠆（于歲），篲（于歲），憓（于歲），
汭（汝歲），鐬（于歲），銳（與歲），暬（于歲），際（子歲），纍（此芮），
歲（相芮），胇（此芮），贅（之芮），毳（充芮），毳（此芮），笍（徵衛），
樻（相衛）。

（3）以霽切祭者，有三字。

瘞（於計），轜（迴桂），勌（予契）。

（4）以祭切霽者，有三字。

帝（的例），禘（狄例），覒（疑制）。

由上可知，正常的切語有一七三字，例外切語有六字，例外的情形約佔全
部的百分之三點四，正常的情形則約高達百分之九十六點六。因此，由統計數
字顯示，我反對張、王兩氏的說法，而覺得霽、祭應分韻較為合理。

2. 元韻的去聲、入聲應分開合口

平聲：（1）以開切開者，有二字。

鶱（機言），赶（巨言）。

（2）以合切合者，共計三十七字。

蘋（復喧），蘇（復喧），蕃（復喧），番（復喧），樊（復喧），旛（復喧），
襎（復喧），袢（復喧），煩（復喧），獳（復喧），轓（復喧），燔（復喧），

樊（復喧），繙（復喧），元（宜袁），瑄（疑袁），蕿（吁袁），芫（言袁），嫄（言袁），吅（吁袁），邍（言袁），言（疑袁），諼（吁袁），讙（吁袁），䲙（欣袁），蟠（扶袁），沅（言袁），旛（福袁），黿（言袁），嫄（言袁），壎（吁袁），爰（羽元），園（羽元），袁（羽元），援（羽元），垣（羽元），轅（羽元）。

（3）以開切合者，有八字。

藩（分軒），旙（分軒），幡（分軒），菀（迂言），鞔（迂言），鴛（迂言），帵（迂言），冤（迂言）。

（4）以合切開者，有四字。

鞬（機元），騫（忻元），掀（忻元），軒（忻元）。

上聲：（1）以合切合者，共計二十字。

菀（鬱遠），苑（鬱遠），晅（呼遠），暖（呼遠），邧（擬遠），夗（蔚遠），宛（蔚遠），覢（呼遠），煖（呼遠），愃（呼遠），婉（蔚遠），畹（蔚遠），阮（擬遠），圈（郡宛），遠（于阮），晚（武反），輓（武反），返（府晚），反（府晚），軓（府晚）。

（2）以合切開者，有六字。

鶠（依遠），㫃（依遠），偃（衣遠），褗（依遠），鰋（依遠），匽（依遠）。

去聲：（1）以開切開者，共計十一字。

建（機獻），笏（其獻），楗（其獻），健（其獻），腱（其獻），鍵（其獻），嫣（倚健），攇（希建），鄢（于建），獻（希建），憲（希建）。

（2）以合切合者，共計二十二字。

券（區怨），桊（區怨），傆（魚怨），顚（魚怨），願（魚怨），愿（魚怨），勸（區怨），怨（于券），諓（迂勸），斁（尺萬），尨（鳥萬），娩（符萬），鱕（服萬），畚（服萬），蔓（無飯），曼（舞飯），萬（舞飯），獌（舞販），汳（符販），𩚵（符販），飯（服萬），販（方萬）。

（3）以合切開者，有一字。

膚（俱願）。

入聲：（1）以開切開者，有九字。

歇（軒謁），猲（軒謁），趨（鳩歇），謁（憂歇），訐（鳩歇），羯（鳩歇），

暍（憂歇），厲（憂歇），闕（憂歇）。

（2）以合切合者，共計三十五字。

趉（俱月），馘（扶月），鷩（瞿月），髬（瞿月），罰（扶月），鱖（瞿月），

爢（瞿月），橃（扶月），伐（扶月），刂（瞿月），厥（瞿月），茷（符發），

轙（亡發），趴（元伐），刖（元伐），月（元伐），髮（飛伐），拐（元伐），

軏（元伐），蕨（俱越），蹶（俱越），瘀（九越），厥（俱越），闕（區越），

撅（俱越），厞（俱越），刂（俱越），噦（迂厥），越（于厥），迥（王厥），

跀（于厥），曰（予厥），粵（予厥），妩（于厥），戉（于厥）。

由上可知，平聲之正常切語共計三十九字，例外切語有十二字，例外的情形約佔全部的百分之二十三點五；上聲之正常切語有二十字，例外切語有六字，例外的情形約佔全部的百分之二十三點一；去聲之正常切語共計三十三字，例外切語有一字，例外的情形約佔全部的百分之二點九；入聲之正常切語共計四十四字，無例外字。由統計數字顯示，元韻的平聲與上聲之例外百分率偏高，所以平聲、上聲不分開合口；而去聲、入聲的例外百分率很低，所以我反對張、王兩氏的說法，而贊成嚴學宭先生之分法，也就是元韻的去聲、入聲應分開合口。

3. 庚二、庚三〔註18〕應分

平聲：（1）以庚二切庚二者，共計三十六字。

唪（比行），堂（纒行），笙（色行），棚（部行），甥（色行），輣（部行），

琤（測庚），赧（女庚），牲（所庚），戁（女庚），鱇（骨庚），宦（軒庚），

樘（澄庚），生（色庚），伉（骨庚），珩（限羮），瑒（直更），橫（戶更），

〔註18〕邵榮芬在切韻研究 83 頁裏說：「《切韻》庚韻系二、三等同韻，莊組聲母字有些用二等切下字，有些用三等切下字，於是它們的隸屬關係就發生了問題。究竟是用二等切下字的屬二等，用三等切下字的屬三等，還是不論用什麼切下字的一律都歸二等？陳澧《切韻考》根據反切繫聯採取前一主張。此后各家差不多都採取后一主張。」

在 84 頁裏又說：「我們顯然不能根據個別很不可靠的例外來否定這種一致性。反切的這種一致性意味著它們有實際的語音根據。」

因此，在韻鏡中，省（所景反），雖置於二等，然而因為它的反切下字「景」屬三等字，所以我仍然將「省」歸屬於庚三字。

瀚（戶更），孟（莫更），行（閑橫），鬻（根橫），脝（閑橫），衡（閑橫），
郟（古橫），秔（根橫），洐（閑橫），埂（根橫），庚（根橫），窺（丑生），
彭（白亨），騯（白亨），搒（白享），茵（沒彭），盲（沔彭），鎗（測彭）。

（2）以庚三切庚三者，共計二十二字。

英（又平），兵（彼平），鳴（眉平），明（眉平），盟（眉平），迎（疑卿），
橄（虔迎），鱷（虔迎），勍（虔迎），萃（備明），平（備明），卿（起明），
泙（備明），榮（永兵），枰（弼兵），荊（己英），京（己英），驚（己英），
瑛（衣京），兄（喧京），麠（己京），黥（虔京）。

（3）以庚二切庚三者，有一字。

嵥（戶庚）。

上聲：（1）以梗二切梗二者，共計十字。

猛（梅冷），苷（限猛），杏（根猛），礦（古猛），磺（古猛），獷（古猛），
哽（根杏），骾（根杏），梗（根杏），鯁（根杏）。

（2）以梗三切梗三者，共計十六字。

秉（鄙永），睂（息永），耆（息永），囧（俱永），炳（鄙永），怲（兵永），
渻（息永），婧（息永），丙（鄙永），永（雨省），皿（美丙），盉（年丙），
警（己皿），景（己皿），儆（己皿），憼（己皿）。

（3）以梗三切梗二者，有一字。

冷（魯皿）。

去聲：（1）以映三切映三者，共計十六字。

祭（爲命），誩（渠命），競（渠命），柄（鄙命），病（部命），倞（渠命），
坪（皮命），命（眉慶），慶（丘病），詠（于柄），病（疲柄），泳（于柄），
竟（居競），敬（居競），撠（一竟），鏡（居竟）。

入聲：（1）以陌二切陌二者，共計三十字。

迮（滓白），迫（不白），諎（滓白），敀（不白），骼（溝白），觡（溝白），
笮（滓白），柏（不白），蓦（沒白），伯（不白），佰（不白），貘（沒白），
貉（沒白），驀（沒白），拍（普百），礔（史伯），搦（女伯），索（史迮），
百（博陌），帛（陪陌），白（陪陌），鮊（陪陌），格（鉤索），礫（張格），

齚（鉏客），額（顏客），魄（潘客），怕（潘客），洦（潘客），挌（加額）。

由上可知，平聲之正常切語共計五十八字，例外切語有一字，例外的情形約佔全部的百分之一點七；上聲之正常切語共計二十六字，例外切語有一字，例外的情形約佔全部的百分之三點七；去聲之正常切語共計十六字，無例外字；入聲之正常切語共計三十字，無例外字。而平上去入聲之正常切語共計一三〇字，例外切語有二字，例外的情形約佔全部的百分之一點五。而不混用的情形約高達百分之九十八點五，所以由統計數字顯示，我不贊同張、王兩氏之說法，而覺得庚二、庚三應分較爲合理。

4. 尤、侯應分韻

平聲：（1）以尤切尤者，共計一四六字。

莍（虔柔），茉（附柔），芁（虔柔），台（虞柔），述（據柔），雔（市柔），訧（市柔），犰（虔柔），穀（市柔），欨（市柔），魷（虔柔），讎（市柔），脙（虔柔），肍（虔柔），捄（虔柔），桴（附柔），邾（虔柔），罦（附柔），俅（虔柔），仇（虔柔），裘（虔柔），烰（附柔），涪（附柔），浮（附柔），不（甫柔），醔（市柔），嚘（衣尤），鞣（然尤），鼺（梗尤），膄（然尤），憂（然尤），柔（然尤），櫌（衣尤），鄭（山尤），瘦（敕尤），優（衣尤），腢（然尤），瀀（衣尤），䰂（然尤），鍒（然尤），收（申邱），敊（側丘），甌（側丘），椒（側丘），騶（側丘），陬（側丘），蕥（起秋），蓲（延秋），薗（延秋），試（焉秋），攸（延秋），肬（焉秋），鹵（延秋），畚（延秋），楢（延秋），檽（延秋），邱（起秋），游（延秋），甹（延秋），丘（起秋），覦（延秋），猶（延秋），悠（延秋），油（延秋），沈（烏秋），汓（延秋），輶（延秋），尤（羽秋），萩（七牛），趥（千牛），脩（丑脩），楸（七牛），髤（火牛），賕（巨牛），郵（宇牛），秋（七牛），鰍（七牛），鍫（羊求），牛（逆求），講（陟求），鷗（里求），囚（似求），鄾（乙求），侜（張求），騮（里求），螯（陟求），輈（陟求），牟（莫浮），謀（莫浮），麰（莫浮），侔（莫浮），髳（莫浮），蝥（莫浮），矛（莫浮），丩（飢酬），鳩（飢酬），杦（飢酬），勾（飢酬），籌（陳收），稠（陳收），幬（陳收），儔（陳收），懤（陳收），僑（陳收），疇（陳收），惆（丑羞），啾（即由），遒（字由），闠（里由），䲓（字由），劉（里由），鱪（里由），湫（即由），流（里由），

搊（即由），犙（即由），飂（里由），留（里由），鏐（里由），鎦（里由），

䤰（字由），鏐（力周），犫（赤周），愁（輝挼），蒐（色䤰），臕（色䤰），

狻（色䤰），浚（色䤰），挼（色䤰），闠（職流），球（騎留），周（隻留），

椆（隻留），䨄（是留），鄒（則留），舟（隻留），州（隻留），摺（敕留），

婤（隻留），輖（隻留），瘤（力輖），珋（力舟），脩（息抽），修（息抽），

滫（息抽），羞（息抽）。

（2）以侯切侯者，共計三十三字。

喉（何溝），齁（五溝），猴（何溝），餱（何溝），矦（何溝），猴（何溝），

鯸（何溝），咼（單侯），抙（步侯），掫（子侯），篼（單頭），郖（單頭），

兜（單頭），覷（單頭），謳（殷婁），殳（特婁），軀（殷婁），腧（特婁），

鑫（特婁），頭（特婁），投（特婁），婾（忒婁），匿（特婁），甌（殷婁），

遱（勒兜），謱（勒兜），髏（勒兜），簍（勒兜），樓（勒兜），屚（勒兜），

摟（勒兜），婁（勒兜），塿（勒兜）。

（3）以尤切侯者，有十字。

句（梗尤），鉤（梗尤），佝（梗尤），篝（梗尤），韝（梗尤），溝（梗尤），

䇹（步矛），髻（步矛），掊（步矛），彄（可留）。

（4）以侯切尤者，有一字。

郰（則侯）。

上聲：（1）以有切有者，共計六十一字。

莠（夷酒），黝（伎酒），羑（夷酒），牖（夷酒），槱（伎酒），臼（伎酒），

咎（伎酒），俗（伎酒），歐（夷酒），鼽（夷酒），庮（夷酒），慾（伎酒），

舅（伎酒），酉（夷酒），糅（去酉），酒（津酉），賮（符九），右（延九），

友（延九），柳（力九），有（延九），百（式九），首（式九），手（式九），

婦（符九），負（符九），否（付久），玖（幾柳），邎（幾柳），久（幾柳），

灸（幾柳），妓（幾柳），九（機柳），徥（人紂），燦（如紂），汜（如紂），

輮（如紂），厹（如紂），歺（希首），疛（中友），菆（女有），肘（知有），

飳（女有），䢰（女有），韭（句有），狃（女有），鈕（女有），酎（長有），

醜（稱肘），芣（連丑），缶（付丑），留（連丑），瀏（連丑），負（復缶），

鼟（矩負），杽（穀紐），丑（敕紐），受（常帚），酼（盆帚），守（尸受），

帚（職受）。

（2）以厚切厚者，共計四十三字。

姁（講吼），菩（講吼），苟（講吼），笱（講吼），剖（浦吼），者（講吼），

狗（講吼），泃（能吼），垢（講吼），婄（浦吼），㵁（五斗），後（旱斗）

毆（恩斗），䶩（五斗），䐈（蒲斗），耦（五斗），厚（旱斗），偶（五斗），

歐（恩斗），后（旱斗），鉘（徒斗），牡（莫厚），某（莫厚），㕻（蒿厚），

拇（莫厚），母（莫厚），腜（莫厚），斗（都厚），㞹（土偶），鯢（土偶），

掊（布偶），妵（土偶），槈（奴垢），藪（蘇走），口（懇走），訽（懇走），

叜（蘇走），籔（蘇走），唈（懇走），䱷（士走），扣（懇走），釦（懇走），

走（則口）。

（3）甲、以有切厚者，有一字。

鏤（勒丑）。

　　乙、以有切候者，有一字。

篰（盆帚）。

去聲：（1）以宥切宥者，共計六十四字。

祐（延救），琇（許救），右（延救），趙（延救），又（延救），舊（其救），

盂（延救），囿（延救），疛（于救），煩（延救），狩（詩救），伏（延救），

姷（延救），䭤（符救），獸（詩救），疚（見岫），救（見岫），㲊（見岫），

廄（見岫），授（常岫），樞（其究），否（侯又），詌（長又），究（己又），

岫（席又），欶（千又），奭（楮又），莲（初狩），噣（貞狩），晝（貞狩），

殠（赤狩），柚（羊狩），狖（羊狩），臭（赤狩），魷（羊狩），宥（尤舊），

疫（尤舊），胄（長宥），籀（長宥），宙（直宥），胄（長宥），怞（長宥），

褏（辭犹），驟（鉏犹），褵（良秀），顡（香秀），廖（良秀），雡（良秀），

鷚（良秀），餾（良秀），楺（符秀），僇（良秀），廇（良秀），溜（良秀），

霤（良秀），甃（側秀），薑（分潘），瘦（山溜），璓（息就），秀（息就），

粙（女就），脙（女就），鷲（絕僦），就（絕僦）。

（2）以候切候者，共計五十三字。

茂（莫透），莜（莫透），蕧（莫透），詬（呵透），瞀（莫透），椧（莫透），

袤（莫透），懋（莫透），漱（色透），姆（莫透），瀨（色透），飍（奴詬），

鬥（當豆），鬭（當豆），酘（他豆），貿（門豆），購（工豆），瘺（律豆），

俟（寒豆），獳（奴豆），漏（勒豆），扁（勒豆），陋（勒豆），逗（笛奏），

輄（笛奏），脰（笛奏），豆（笛奏），穀（若遘），鄩（胡遘），鄧（母遘），

郈（下遘），戊（莫遘），遘（格漚），雊（格漚），鷇（格漚），菁（格漚），

構（格漚），覯（格漚），奏（則漚），媾（格漚），觳（格漚），軥（格漚），

縠（格漚），漚（安鬭），竇（牘漏），嗾（倉候），寇（可候），敂（可候），

楸（莫侯），佝（可候），滱（可候），湊（滄候），䁱（母候）。

（3）以候切尤者，有二字。

耇（莫透），廥（則豆）。

　　由上可知，平聲之正常切語共計一七九字，例外切語有十一字，例外的情
形約佔全部的百分之五點八；上聲之正常切語共計一〇四字，例外切語有二字，
例外的情形的佔全部的百分之一點九；去聲之正常切語共計一一七字，例外切
語有二字，例外的情形約佔全部的百分之一點七；而平上去聲之正常切語共計
四〇〇字，例外切語有十五字，例外的情形約佔全部的百分之三點六，不混用
的情形則約高達百分之九十六點四。所以由統計數字顯示，我不贊同張、王兩
氏之說法，而覺得尤、侯應分韻較爲合理。

第三節　結　語

　　在第二篇「評張世祿、王力兩家對朱翱反切聲類畫分之得失」的結語裏，
我已經說明了張、王兩家所用的方法及其優、缺點，茲不贅。

　　以下是我所考訂出來的朱翱反切的韻類。

平　聲

（1）東冬（2）鍾（3）江（4）支脂之微（開口）（5）支脂微（合口）（6）
魚（7）虞（8）模（9）齊（10）佳皆（11）灰（12）哈（13）眞諄臻欣（14）
文（15）元（16）魂（17）痕（18）寒桓（19）刪（20）山（21）先仙（22）
蕭（23）宵（24）肴（25）豪（26）歌戈（27）麻（28）陽唐（29）庚二耕、
庚三（30）清青（31）蒸（32）登（33）尤（34）侯（35）幽（36）侵（37）

覃談〔註19〕（38）鹽添（39）咸銜嚴凡。共計三十九類。

上　聲

（1）董（2）腫（3）講（4）紙旨止尾（開口）（5）紙旨尾（合口）（6）語（7）麌（8）姥（9）薺（10）蟹駭（11）賄（12）海（13）軫準隱（14）吻（15）阮（16）混（17）很（18）旱緩（19）潸（20）產（21）銑獮（22）篠（23）小（24）巧（25）皓（26）哿果（27）馬（28）養蕩（29）梗二耿、梗三（30）靜迥（31）等（32）有厚（33）黝（34）寢（35）感敢（36）琰忝儼（37）豏檻范。共計三十七類。

去　聲

（1）送宋（2）用（3）絳（4）寘至志未（開口）（5）寘至未（合口）（6）御（7）遇（8）暮（9）霽（10）祭開、祭合（11）泰（12）卦怪夬〔註20〕（13）隊（14）代（15）廢（16）震稕焮（17）問（18）願（19）慁（20）恨（21）

〔註19〕覃談應合韻。因為平聲以覃切覃者有二十五字，以談切談者有十二字，以覃切談者有八字，以談切覃者有十一字。因此例外的情形約佔全部的百分之三十三點九。上聲以感切感者有三十字，以敢切敢者有十一字，以感切敢者有二字，以敢切感者有四字。因此例外的情形約佔全部的百分之十二點八。去聲以勘切勘者有七字，以闞切闞者有六字，無例外字。入聲以合切合者有四十六字，以盍切盍者有十四字，以合切盍者有二字，以盍切合者有一字。因此例外的情形約佔全部的百分之四點八。而平上去入聲之正常切語共計一五一字，例外切語有二十八字，例外的情形約佔全部的百分之十五點六。所以由統計數字顯示，我贊同張、王兩氏的說法，覃談應合韻。

〔註20〕（1）佳皆應合韻。平聲以佳切佳者有十五字，以皆切皆者有二十三字，以佳切皆者有一字，以皆切佳者有二字。因此例外的情形約佔全部的百分之七點三。上聲以蟹切蟹者有八字，以駭切駭者有三字，以蟹切駭者有一字。因此例外的情形約佔全部的百分之八點三。去聲以卦切卦者有十三字，以怪切怪者有十八字，以卦切怪者有十四字，以怪切卦者有三字。因此例外的情形約佔全部的百分之三十五點四。而平上去聲之正常切語共計八十字，例外切語有二十一字，例外的情形約佔全部的百分之三十三點六。所以由統計數字顯示，我贊同張、王兩氏之說法，佳皆應合韻。

（2）卦怪夬應合韻。因為以卦怪切卦怪者有四十八字，以夬切夬者有六字，以卦怪切夬者有五字，以夬切怪者有三字，例外的情形約佔全部的百分之十二點九，因此我亦贊同張、王兩氏之說法，卦怪夬應合韻。

翰換（22）諫（23）襉（24）霰線（25）嘯（26）笑（27）效（28）號（29）箇過（30）禡（31）漾宕（32）映諍（33）勁徑（34）證（35）嶝（36）宥候（37）幼（38）沁（39）勘闞（40）豔桥釅（41）陷鑑梵。共計四十一類。

入　聲

（1）屋沃（2）燭（3）覺（4）質術櫛迄（5）物（6）月（7）沒（8）曷（9）鎋黠（10）屑薛（11）藥鐸（12）陌麥（13）昔錫（14）職（15）德（16）緝（17）合盍（18）葉帖（19）洽狎業乏。共計十九類。

有鑑於張、王兩家之得失，所以我採用了「三步法」。第一步是用陳澧的繫聯法將韻類繫聯出來，得出一個大略的趨勢；第二步是將繫聯出來的朱翱反切與廣韻切語作一比較；第三步再用統計法求出其百分率，並由所得出之百分率的高低來決定其韻類之分合。然後再回頭去修正第一次所繫聯出來的韻類。至於韻類詳細的繫聯情形，則請參見第五章　「朱翱反切韻類考」。

四聲 項目 韻目	平		上		去		入		去平上（入）	
	正常字數(1)/例外字數(2)	例外百分比(3)(%)	正常字數/例外字數	例外百分比(%)	正常字數/例外字數	例外百分比(%)	正常字數/例外字數	例外百分比(%)	正常字數/例外字數	例外百分比(%)
(a).(1) 東多、鍾	119/3	2.5%	43/5	10.4%	50/2	3.8%	222/4	1.8%	434/14	3.1%
(2) 支脂之微的開合口	408/6	1.4%	262/2	0.8%	233/6	2.5%			903/14	1.5%
(3) 資思	43/16	27.1%	13/16	55.2%	23/7	23.3%			79/39	33.1%
(4) 魚、虞、模	308/3	1%	200/14	6.5%	124/8	6%			632/25	3.8%
(5) 真諄臻欣、文	206/1	0.5%	80/3	3.6%	95/5	5%	338/1	0.3%	719/10	1.4%
(6) 魂、痕	63/0	0%	30/0	0%	21/1	4.5%	42/0		156/1	0.6%
(7) 刪、山	44/0	0%	26/1	3.7%	27/1	3.6%	35/3	7.9%	132/5	3.6%
(8) 先仙、元	253/3	1.2%	142/2	1.4%	127/2	1.6%	204/2	1%	726/9	1.2%
(9) 庚耕、清青	225/4	1.7%	81/4	4.7%	53/3	5.4%	225/7	3%	584/18	3%
(10) 蒸、登	69/0	0%	2/0	0%	17/1	5.6%	119/2	1.7%	207/3	1.4%
(11) 蕭、宵	124/6	4.6%	77/2	2.5%	49/1	2%			250/9	3.5%
(12) 塩添、咸銜嚴凡	124/1	0.8%	66/2	2.9%	26/1	3.7%	121/4	3.2%	337/9	2.6%

(13)	咸銜嚴凡	22/18	45%	10/11	52.4%	9/1	10%	36/9	20%	77/39	33.6%
(14)	尤、幽	154/5	3.1%	66/1	1.5%	66/0	0%			286/6	2.1%
(b)(i)(1)	東冬	111/8	6.7%	5/0	0%	26/5	16.1%	170/3	1.7%	312/16	4.9%
(2)	東一東三	66/38	36.5%	5/0	0%	22/3	12%	134/15	10.1%	227/56	19.8%
(3)	支脂之微	291/123	29.7%	228/36	13.6%	202/26	10.6%			739/185	20%
(4)	泰的開合口					52/7	11.9%				
(5)	眞諄臻欣	122/40	24.7%	39/24	38.1%	76/4	5%	90/31	25.6%	327/99	23.2%
(6)	先仙	193/11	5.4%	106/11	9.4%	88/6	6.4%	150/11	6.8%	537/39	6.8%
(7)	先仙的開合口	181/23	11.3%	93/24	20.5%	62/32	34%	130/27	17.2%	466/106	18.5%
(8)	歌戈	45/39	46.4%	34/6	15%	24/4	14.3%			103/49	32.2%
(9)	麻二麻三	54/11	16.9%	28/9	24.3%	40/3	7%			122/23	15.9%
(10)	麻的開合口	59/6	9.2%	31/6	16.2%	39/4	9.3%			129/16	11%
(11)	陽唐	184/20	9.8%	64/0	0%	72/2	2.7%	147/4	2.6%	467/26	5.3%
(12)	庚二耕	53/17	24.3%	11/3	21.4%	1/1	50%	61/19	23.8%	126/40	24.1%
(13)ㄅ.	庚二耕的開合口	59/12	16.9%	8/9	52.9%	2/0	0%	74/6	7.5%	143/27	15.9%
ㄆ.	庚三的開合	20/2	9.1%	11/3	21.4%	12/4	25%	0/0		43/9	17.3%
(14)	清青	127/4	3.1%	47/3	6%	34/1	2.9%	136/9	6.2%	344/17	4.7%
(15)	鹽添	79/5	6%	43/2	4.4%	16/0	0%	63/13	17.1%	201/20	9%
(b)(ii)(1)	霽祭					173/6	3.4%				
(2)	元韻的開合口	39/12	23.5%	20/6	23.1%	33/1	2.9%	44/0	0%		
(3)	庚二、庚三	58/1	1.7%	26/1	3.7%	16/0	0%	30/0	0%	130/2	1.5%
(4)	尤、侯	179/11	5.8%	104/2	1.9%	117/2	1.7%			400/15	3.6%

第五章　朱翱反切韻類考

凡　例

1. 徐鍇《說文解字繫傳》中的反切，為朱翱所作；本文的目的就是要考明朱翱反切中之韻類系統。

2. 本文考證朱翱反切之音系，採用的是「三步法」。第一步是用陳澧的繫聯法將韻類繫聯出來；第二步是用繫聯出來的朱翱反切與廣韻切語作一比較；第三步再用統計法求出其例外之百分率，並由得出之例外百分率的高低來決定其韻類之分合，然後再重新修正第一次所繫聯出來之韻類的不周延處。

3. 今繫傳各傳本，殘缺與訛誤過多，其中以祁刻本較佳。故本文所據，以商務之說文解字詁林所據祁刻本為主，而以四部叢刊校之。

4. 今本繫傳反切中，有顯係後人據大徐本（鉉書稱某某切，而鍇書稱反）說文所錄反切竄補者，悉作殘缺論。

5. 繫傳反切中所用的字，原為說文所無，或今本繫傳殘缺者，或在大徐本新附字中者，皆視為殘缺。

6. 切語上字或下字有不見於說文正文而見於重文中者，其音類與正文下之切語相諧者，仍之，否則亦註曰「缺」。

7. 今本繫傳中所載切字，有係說文正字之俗體或別體者，本文即逕書其別體或俗體。

8. 韻類排列，依廣韻的次序，並以攝統韻，始通攝終咸攝。韻類定名，悉仍舊貫。

9. 凡在廣韻分屬二類，而在朱翱切語下字不分者，則二韻連書之，如「東冬韻」、「尤幽韻」（中間不用逗點）。

10. 凡切語下字同用、互用、遞用者，韻必同類。

11. 每類所屬各切語下字，加一括弧，註明其所見之次數；繫傳殘缺部分，則不計算。

12. 切語下字如爲繫傳所缺者，則據廣韻或說文解字篆韻譜，列於適宜之韻類下。

第一節 通 攝

一、東冬類

紅（十七）〔缺〕 空（五）〔口紅〕 東（十二）〔得紅〕 中（九）〔陟紅〕 聰（十五）〔麤中〕 洪（一）〔員聰〕 工（一）〔君聰〕 公（九）〔君聰〕 農（二）〔奴聰〕 冬（五）〔都農〕 宗（一）〔子冬〕 蒙（七）〔母東〕 通（三）〔土蒙〕 忠（二）〔珍蒙〕 馮（一）〔房忠〕

　　「紅」以下，十五個反切下字相繫聯。

　　張世祿（以下簡稱張氏）云：「紅」今本繫傳缺；篆韻譜：「戶工反」。

風（八）〔缺〕 充（十）〔赤風〕 童（一）〔田風〕

　　「風」以下，三個反切下字相繫聯。

　　張氏云：「風」今本繫傳缺，以同音字「楓」等推之，當作「府通反」；篆韻譜：「方戎反」。

弓（九）〔堅終〕 終（一）〔缺〕 融（一）〔以弓〕 窮（二）〔巨弓〕 戎（三）〔如融〕

　　「弓」以下，五個反切下字相繫聯。

　　張氏云：「終」今本繫傳缺，以同音字「鼨」等推之，當作「隻公反」；篆韻譜：「職戌反」。

　　慧案：「終」：「職戌反」，蓋爲「職戎反」之誤排。

蚣（一）〔缺〕

　　張氏云：「蚣」今本繫傳缺，以同音字「公」等推之，當作「君聰反」；篆
　　　　　韻譜：「古紅反」。

以上東多韻反切下字凡二十四。

董　韻

動（二）〔待總〕　總（一）〔缺〕

　　「動」、「總」兩個反切下字相繫聯。

　　張氏云：「總」今本繫傳缺；篆韻譜：「作孔反」。

蠓（二）〔缺〕

　　張氏云：「蠓」今本繫傳缺；篆韻譜：「莫孔反」。

以上董韻反切下字凡三。

送宋韻

貢（十）〔古弄〕　夢（一）〔忙弄〕　弄（六）〔魯棟〕　棟（二）〔得貢〕　洞
（二）〔頭貢〕

　　「貢」以下，五個反切下字相繫聯。

控（四）〔寬宋〕　諷（一）〔付宋〕　宋（四）〔蘇綜〕　綜（一）〔缺〕

　　「控」以下，四個反切下字相繫聯。

　　張氏云：「綜」今本繫傳缺，篆韻譜：「子宋反」。

統（一）〔缺〕

　　張氏云：「統」今本繫傳缺；篆韻譜「他綜反」。

　　慧案：小徐本說文解字繫傳第二十五卷（包括「系」部與「虫」部）皆作
　　　　　「某某切」。經與大徐本校對，得知不但切語相同，而且解釋部份亦
　　　　　相同，故知此部份均爲大徐本竄入字，所以這部份的字皆云「缺」。

以上送宋韻反切下字凡十。

屋沃韻

六（三八）〔栗菊〕　菊（十一）〔居逐〕　木（十一）〔門逐〕　祝（十）〔職
六〕　逐（十七）〔陳六〕　曲（五）〔牽六〕　育（一）〔融六〕　郁（三）〔於

六〕 復（一）〔伐六〕 伏（九）〔伐六〕 卜（七）〔巴伏〕 速（六）〔孫卜〕 谷（二二）〔孤速〕 屋（三）〔烏谷〕 祿（二）〔勒谷〕 獨（一）〔陁谷〕 竹（十二）〔陟祝〕 叔（八）〔尸竹〕 肉（三）〔而叔〕 目（七）〔莫叔〕 宿（一）〔息逐〕

「六」以下，二十一個反切下字相繫聯。

酷（八）〔闊毒〕 哭（一）〔闊毒〕 毒（九）〔特沃〕 僕（六）〔盤沃〕 沃（三）〔剜毒〕

「酷」以下，五個反切下字相繫聯。

張氏云：「沃」篆作「茨」。

以上屋沃韻反切下字凡二十六。

二、鍾 韻

封（十八）〔敷容〕 峯（一）〔敷容〕 恭（二）〔矩容〕 顒（一）〔魚容〕 容（九）〔弋雍〕 雍（一）〔宛封〕 邕（一）〔宛封〕

「封」以下，七個反切下字相繫聯。

張氏云：「雍」篆作「雝」。

龍（三）〔力鍾〕 鍾（三）〔之松〕 逢（四）〔附松〕 松（五）〔似逢〕

「龍」以下，四個反切下字相繫聯。

蛩（六）〔缺〕

張氏云：「蛩」今本繫傳缺；篆韻譜：「渠容切」。

以上鍾韻反切下字凡十二。

腫 韻

恐（十四）〔勸重〕 重（去聲用韻） 隴（一）〔與恐〕 踊（一）〔與恐〕 甬（一）〔與恐〕 勇（六）〔與恐〕 壟（一）〔呂恐〕 奉（八）〔附恐〕 寵（一）〔丑壟〕 竦（三）〔思奉〕 宂（六）〔人勇〕 擁（二）〔宛宂〕 羃（一）〔補宂〕。

「恐」以下，十三個反切下字相繫聯。

張氏云：「重」繫傳：「柱用反」，屬去聲用類，不能據此以聯合上去爲一類；

蓋此字別有上聲一讀，篆韻譜：「直隴反」。「恐」字下，繫傳「勸重反」，殆取此音歟？

悚（五）〔缺〕

　　張氏云：「悚」說文所無，廣韻：「息拱反」，與「竦」音同。

　　以上腫韻反切下字凡十四。

　　張氏云：動恐兩類頗有相通之跡。「蓁」廣韻屬董韻，而「總」之同音字「熜」等，繫傳：「子蓁反」；若據此繫聯之，則廣韻之董腫二韻，於此當合為一類也。茲依平聲紅封兩類之分，去聲貢重兩類之分，仍將動恐析為二類。

用　韻

重（十二）〔柱用〕　　從（二）〔松用〕　　用（三）〔余俸〕　　俸（一）〔缺〕

　　「重」以下，四個反切下字相繫聯。

　　張氏云：「俸」說文所無；廣韻：「扶用切」。

共（二）〔具縱〕　　縱（一）〔缺〕

　　「共」、「縱」兩個反切下字相繫聯。

　　張氏云：「縱」今本繫傳缺；篆韻譜：「足用反」。

　　以上用韻反切下字凡六。

燭　韻

燭（十三）〔專玉〕　　粟（一）〔相玉〕　　旭（一）〔喧玉〕　　玉（八）〔虞局〕
蜀（二）〔市玉〕　　局（一）〔瞿束〕　　錄（五）〔劣束〕　　束（六）〔施錄〕　　足（七）〔節粟〕　　欲（四）〔余足〕

　　「燭」以下，十個反切下字相繫聯。

續（一）〔缺〕

　　張氏云：「續」今本繫傳缺，篆韻譜：「似玉反」。

　　以上燭韻反切下字凡十一。

第二節　江　攝

一、江　韻

江（十一）〔溝降〕　降（去聲絳韻）　邦（六）〔北江〕　雙（一）〔所江〕　尨（五）〔免江〕

「江」以下，五個反切下字相繫聯。

張氏云：「江」今本繫傳：「溝降反」，或係「溝澤反」之誤。蓋「降」繫傳：「艮巷反」，屬去聲降類，不能據此以聯合平去爲一類；「降」別字有平聲一讀，廣韻：「下江切」，「江」字下，繫傳：「溝降反」，若非刊本之訛，或即取此音歟？

以上江韻反切下字凡五。

講　韻

項（二）〔限蚌〕　蚌（二）〔缺〕　講（一）〔干項〕

「項」以下，三個反切下字相繫聯。

張氏云：「蚌」今本繫傳缺；篆韻譜：「步項反」，以其同音字「格」等推之，繫傳亦當作「步項反」。

以上講韻反切下字凡三。

絳　韻

降（四）〔艮巷〕　巷（二）〔恨絳〕　絳（二）〔缺〕

「降」以下，三個反切下字相繫聯。

張氏云：「巷」係「䢽」之重文，音相諧。「絳」今本繫傳缺；篆韻譜：「古巷反」，以其同音字「降」等推之，繫傳當作「艮巷反」。

慧案：張氏將「巷」（恨絳反）誤爲（恨降反）。使得「降」、「巷」兩個反切下字相繫聯，而使「絳」獨立爲一行而不能繫聯。

以上絳韻反切下字凡三。

覺　韻

角（十七）〔古捉〕　朔（四）〔色捉〕　岳（十六）〔逆捉〕　嶽（一）〔逆捉〕
學（六）〔遐嶽〕　捉（九）〔甋岳〕　卓（十六）〔竹角〕　撲（一）〔別卓〕
渥（五）〔乙卓〕　握（一）〔乙卓〕

「角」以下，十個反切下字相繫聯。

張氏云：「學」爲「斅」之重文，音相諧。

璞（二）〔缺〕

　　張氏云：「璞」說文所無，廣韻：「匹角切」。

　　以上覺韻反切下字凡十一。

第三節　止　攝

一、支脂之微韻（開口）

之（五十三）〔眞而〕　台（一）〔與之〕　卑（四）〔賓而〕　其（十五）〔居而〕　持（六）〔直而〕　甾（一）〔側持〕　而（二十）〔忍伊〕　遲（一）〔纏伊〕　伊（十七）〔因之〕　離（十六）〔鄰之〕　欺（七）〔遣之〕　疑（一）〔研之〕　眉（六）〔閭之〕　离（四）〔丑離〕　奇（四）〔巨離〕　肌（一）〔斤離〕　璣（一）〔几離〕　祈（四）〔近離〕　悲（三）〔府眉〕　茲（二十）〔則欺〕　私（三）〔先茲〕　思（十一）〔先茲〕　司（二）〔息茲〕　資（一）〔津司〕　茨（二）〔疾茲〕　咨（五）〔子思〕　尼（一）〔女咨〕

　　「之」以下，二十七個反切下字相繫聯。

　　張氏云：「其」爲「箕」之重文。

淄（一）〔缺〕

　　張氏云：「淄」說文所無，廣韻：「側持切」，與「甾」音同。

移（二八）〔以支〕　枝（一）〔章移〕　夷（四）〔寅支〕　脂（二）〔眞夷〕　支（十九）〔章移〕　斯（一）〔息移〕　知（十六）〔珍移〕　皮（二）〔貧知〕

　　「移」以下，八個反切下字相繫聯。

希（二一）〔缺〕　飢（一）〔居希〕　幾（一）〔居希〕　機（五）〔居希〕　宜（二八）〔擬機〕　觜（二）〔即宜〕　踦（二）〔傾觜〕

　　「希」以下，七個反切下字相繫聯。

　　張氏云：「希」說文所無，廣韻：「香衣切」。若以「稀」、「莃」等同音字推之，繫傳當爲「忻祈反」。「踦」說文作「赺」，廣韻屬上聲紙韻。

彌（一）〔缺〕

慧案：「彌」說文所無，廣韻：「武移切」。

以上支脂之微韻（開口）反切下字凡四十四。

二、支脂微韻（合口）

歸（十六）〔舉章〕　韋（八）〔宇歸〕

　「歸」、「韋」兩個反切下字相繫聯。

雖（十六）〔缺〕　逶（一）〔權雖〕

　「雖」、「逶」兩個反切下字相繫聯。

　　張氏云：「逶」為「馗」之重文，音相諧。「雖」今本繫傳缺；篆韻譜：「息
　　　　移反」，蓋係「息遺反」之訛。

追（七）〔轉推〕　推（堆類）　惟（五）〔與追〕　葵（一）〔揆惟〕　唯（六）
〔與追〕　隹（八）〔專惟〕　誰（二）〔市隹〕

　「追」以下，七個反切下字相繫聯。

　　張氏云：「追」今本繫傳：「轉推反」或係「轉惟反」之誤。蓋「推」繫傳：
　　　　「土回反」，屬堆類，不能據此以聯合歸堆為一；「推」字在廣韻
　　　　別有「叉住切」一讀，屬脂類，「追」字下繫傳：「轉推反」，若非
　　　　刊本之訛，或即取此音歟？

　　慧案：張氏所謂的「叉住切」一讀，蓋為「尺隹切」之訛。

為（十三）〔雨隨〕　規（四）〔堅隨〕　隨（四）〔似吹〕　垂（八）〔是吹〕
髻（一）〔直垂〕　吹（三）〔叱為〕　危（一）〔虞為〕

　「為」以下，七個反切下字相繫聯。

非（四）〔甫肥〕　飛（一）〔甫肥〕　肥（九）〔符非〕

　「非」以下，三個反切下字相繫聯。

龜（二）〔缺〕

　　張氏云：「龜」今本繫傳缺；篆韻譜：「居追反」。

　　以上支脂微韻（合口）反切下字凡二十二。

　　張氏云：之類相當於廣韻支脂之微四韻之開口呼，歸類相當於支脂微三韻
　　　　之合口呼，僅少數例外，且大都屬於脣音字，如「眉」、「悲」等，

合口混入開口而已。上去二聲準此。

三、紙旨止尾韻（開口）

止（九）〔只耳〕 史（八）〔瑟耳〕 耳（十三）〔柔以〕 己（一）〔訖耳〕
起（一）〔氣以〕 以（十）〔移里〕 此（七）〔七里〕 豈（五）〔丘里〕 里
（十五）〔六矣〕 子（四）〔津矣〕 矣（十三）〔延爾〕 迤（二）〔以爾〕
爾（八）〔而俾〕 俾（四）〔邊弭〕 弭（五）〔面侈〕 侈（四）〔昌婢〕 婢
（五）〔頻旨〕 旨（五）〔職美〕 指（一）〔職美〕 几（五）〔謹美〕 鄙
（六）〔博美〕 洧（一）〔榮美〕 美（十二）〔免鄙〕 比（三）〔并止〕 匕
（三）〔卑履〕 雉（四）〔陳匕〕。

　　「止」以下，二十六個反切下字相繫聯。

氏（一）〔善紙〕 是（二）〔善紙〕 紙（六）〔缺〕 彼（十二）〔邦是〕 綺
（四）〔祛彼〕 倚（九）〔乙彼〕 妓（一）〔強倚〕 豸（二）〔池倚〕

　　「氏」以下，八個反切下字相繫聯。

似（二）〔詳紀〕 已（二）〔詳紀〕 紀（五）〔缺〕

　　「似」以下，三個反切下字相繫聯。

紫（一）〔缺〕

　　張氏云：「紫」今本繫傳缺；篆韻譜：「將此反」。

　　以上紙旨止尾韻（開口）反切下字凡三十七。

四、紙旨尾韻（合口）

委（二二）〔醞累〕 箠（二）〔職累〕 累（十）〔力委〕 毀（四）〔吁委〕
鬼（三）〔矩毀〕 卉（一）〔許鬼〕

　　「委」以下，六個反切下字相繫聯。

　　張氏云：「累」篆作「絫」。

水（十四）〔式癸〕 癸（五）〔見水〕 誄（二）〔柳水〕

　　「水」以下，三個反切下字相繫聯。

尾（十）〔亡斐〕 斐（四）〔斧尾〕

　　「尾」、「斐」兩個反切下字相繫聯。

虺（五）〔缺〕。

　　張氏云：「虺」即「虫」今本繫傳缺；篆韻譜：「許偉反」。

　　以下紙旨尾韻（合口）反切下字凡十二。

四、寘至志未韻（開口）

利（二一）〔柳嗜〕　嗜（三）〔食利〕　气（七）〔卻利〕　備（一）〔辨利〕　棄（二）〔契利〕　致（六）〔陟利〕　吏（五）〔連致〕　稚（二）〔直致〕　廁（一）〔測吏〕

　　「利」以下，九個反切下字相繫聯。

至（二一）〔戰媚〕　肄（一）〔羊媚〕　媚（十七）〔密至〕　二（三）〔仁至〕　庇（一）〔必至〕　器（四）〔气至〕　示（六）〔時至〕　冀（五）〔訖示〕

　　「至」以下，八個反切下字相繫聯。

四（五）〔素次〕　次（七）〔七恣〕　恣（三）〔則四〕

　　「四」以下，三個反切下字相繫聯。

義（七）〔魚智〕　翅（一）〔叱智〕　智（十一）〔展避〕　避（五）〔便𧦝〕　𧦝（二）〔力豉〕　豉（一）〔時翅〕　賜（一）〔絲義〕　刺（二）〔七賜〕

　　「義」以下，八個反切下字相繫聯。

　　張氏云：「豉」爲「攱」之俗字。

寊（一）〔缺〕

　　張氏云：「寊」大徐本新附字，篆韻譜：「支義反」。

意（十一）〔乙記〕　芰（一）〔巨記〕　寄（九）〔堅芰〕　記（六）〔居意〕　既（七）〔居意〕

　　「意」以下，五個反切下字相繫聯。

字（二）〔慈伺〕　寺（一）〔辭伺〕　笥（一）〔息寺〕　伺（三）〔缺〕

　　「字」以下，四個反切下字相繫聯。

　　張氏云：「伺」大徐本新附字，篆韻譜：「相吏反」。

侍（七）〔食志〕　志（五）〔缺〕　餌（一）〔然侍〕

　　「侍」以下，三個反切下字相繫聯。

張氏云：「志」說文所無，篆韻譜：「職吏反」。「餌」爲「鬻」字重文，音
　　　相諧。

以上眞至志未韻（開口）反切下字凡四十一。

五、眞至未韻（合口）

位（十九）〔于醉〕　遂（五）〔夕醉〕　誶（一）〔星醉〕　翠（一）〔此醉〕
醉（九）〔將遂〕　季（四）〔見翠〕　類（一）〔戀位〕　貴（九）〔矩位〕　未
（四）〔勿貴〕　味（一）〔勿貴〕　胃（六）〔云貴〕　尉（一）〔迁胃〕　愧
（一）〔俱位〕

　　「位」以下，十三個反切下字相繫聯。

　　慧案：「愧」乃「媿」之重文。

惴（一）〔支瑞〕　瑞（五）〔時惴〕

　　「惴」、「瑞」兩個反切下字相繫聯。

　　以上眞至未韻（合口）反切下字凡十五。

第四節　遇　攝

一、魚　韻

居（十七）〔堅疎〕　疎（六）〔色居〕　渠（八）〔巨居〕　沮（一）〔且渠〕。
　　「居」以下，四個反切下字相繫聯。

余（九）〔以徐〕　徐（二）〔以盧〕　盧（十三）〔忻余〕　魚（八）〔研余〕
　　「余」以下，四個反切下字相繫聯。

除（四）〔陳諸〕　如（五）〔熱除〕　諸（四）〔掌於〕　廬（一）〔連於〕　於
（九）〔缺〕

　　「除」以下，五個反切下字相繫聯。

　　張氏云：「於」爲「烏」之重文，「烏」字下，繫傳：「宛都反」，屬孤類與
　　　　　此「於」字音不諧；篆韻譜「於」「央居反」，繫傳不載此音，故
　　　　　云缺。

　　以上魚韻反切下字凡十三。

語 韻

呂（十七）〔力女〕 女（二）〔尼舉〕 語（二）〔疑舉〕 舉（十一）〔己呂〕
暑（二）〔叔呂〕

　　「呂」以下，五個反切下字相繫聯。

許（十五）〔欣巨〕 巨（三）〔求許〕 汝（四）〔頓許〕 與（十三）〔尹許〕
序（一）〔夕與〕。

　　「許」以下，五個反切下字相繫聯。

處（六）〔嗔佇〕 注（五）〔支處〕 佇（一）〔缺〕。

　　「處」以下，三個反切下字相繫聯。

　　張氏云：「處」為「処」之重文，音相同。「佇」大徐本新附字，篆韻譜：「直
　　　　呂反」，以「宁」等同音推之，繫傳當作「直與反」。

所（二）〔師阻〕 阻（二）〔側所〕。

　　「所」、「阻」兩個反切下字相繫聯。

　　以上語韻反切下字凡十五。

御 韻

御（七）〔午慮〕 慮（二）〔留御〕 據（二）〔飢御〕

　　「御」以下，三個反切下字相繫聯。

　絮（二）〔缺〕 遽（二）〔伎絮〕

　　「絮」、「遽」兩個反切下字相繫聯。

　　張氏云：「絮」今本繫傳缺，篆韻譜：「息倨反」。

去（三）〔氣恕〕 恕（四）〔失箸〕 庶（一）〔失箸〕 著（一）〔直助〕 箸
（一）〔直助〕 助（一）〔牀詛〕 詛（二）〔即趣〕 趣（遇韻）。

　　「去」以下，八個反切下字相繫聯。

　　張氏云：此七字又繫聯於遇類，詳下文。

　　慧案：張氏未將「著」、「箸」分開，故只有七字。張氏所謂的「詳下文」
　　　　就是詳見他的「遇類」繫聯部分，「遇類」即廣韻「遇韻」。

二、虞 韻

于（三四）〔員須〕　須（十）〔四于〕　雛（三）〔善于〕　訏（三）〔況于〕
吁（八）〔況于〕　區（十九）〔器于〕　俱（二）〔卷于〕　殳（十一）〔船區〕
無（十五）〔文區〕　孚（一）〔甫殳〕　夫（五）〔甫殳〕　迂（一）〔宛孚〕
輸（一）〔施迂〕　虞（二）〔元無〕　扶（四）〔凡無〕　朱（十九）〔專扶〕
殊（三）〔市朱〕　蔞（一）〔力殊〕　珠（一）〔職蔞〕

　　「于」以下，十九個反切下字相繫聯。

紆（二）〔缺〕
　　張氏云：「紆」今本繫傳缺；篆韻譜：「億俱反」，以「軒」「雴」等同音字
　　　　　　推之，繫傳當作「員須反」。
　　以上虞韻反切下字凡二十。

　　麌　韻

武（十五）〔文甫〕　父（一）〔浮甫〕　羽（二）〔于甫〕　雨（一）〔于甫〕
禹（一）〔于甫〕　甫（十四）〔分武〕　撫（九）〔分武〕

　　「武」以下，七個反切下字相繫聯。
　　張氏云：「雨」今本繫傳：「于補反」，蓋係「于甫反」之誤。
　　慧案：「禹」今本繫傳「牙甫反」蓋爲「于甫反」之訛。

主（五）〔拙庾〕　柱（六）〔直主〕　庾（四）〔勻取〕　取（九）〔此矩〕　矩
（四）〔缺〕　乳（七）〔然柱〕　詡（一）〔訓柱〕。

　　「主」以下，七個反切下字相繫聯。
　　張氏云：「矩」說文所缺；廣韻：「俱雨切」。
　　以上麌韻反切下字凡十四。

　　遇　韻

遇（十四）〔疑豫〕　豫（三）〔養遇〕
　　「遇」、「豫」兩個反切下字相繫聯。

預（一）〔缺〕
　　張氏云：「預」大徐本新附字與「豫」音同。

孺（七）〔閏務〕　務（二）〔勿赴〕　富（一）〔福務〕　赴（七）〔弗孺〕　仆

（一）〔弗孺〕　裕（一）〔與孺〕　戍（四）〔失裕〕　聚（一）〔寂煦〕　煦（四）〔勳戍〕　芌（二）〔云煦〕　具（一）〔健芌〕　駐（二）〔陟具〕　娶（二）〔七駐〕　趣（一）〔七駐〕

　　「孺」以下，十四個反切下字相繫聯。

泇（一）〔而住〕　住（二）〔缺〕

　　「泇」、「住」兩個反切下字相繫聯。

　　張氏云：「泇」說文作「拏」。「住」說文所無，篆韻譜：「持遇反」。

喻（一）〔缺〕。

　　張氏云：「喻」說文所無，廣韻：「羊戍切」以「諭」等同音字推之，繫傳
　　　　當作「玄遇反」。

　　以上遇韻反切下字凡二十。

　　張氏云：御遇類，可通連為一；切語上既相繫聯，又「預」「遇」互切，「泇」
　　　　「住」相牽。相廣韻御遇二韻，在繫傳似可合併矣。茲依平聲居
　　　　紆之分，上聲呂武之分為例，仍析為兩類。

　　慧案：張氏所謂的平聲居紆之分，就是魚虞之分；上聲呂武之分就是語麌
　　　　之分。（指廣韻的「魚虞」、「語麌」。）

三、模　韻

孤（二一）〔古乎〕　沽（一）〔古乎〕　乎（十五）〔魂徒〕　胡（六）〔魂徒〕
模（二）〔門胡〕　都（十）〔丁沽〕　烏（十）〔宛都〕　呼（十一）〔虎烏〕
吾（十三）〔阮孤〕　吳（二）〔阮孤〕　徒（十）〔田吾〕　逋（一）〔不吾〕

　　「孤」以下，十二個反切下字相繫聯。

　　以上模韻反切下字凡十二。

姥　韻

古（二三）〔昆覩〕　覩（十三）〔得古〕　五（四）〔隅古〕　伍（一）〔偶古〕
杵（一）〔嗔伍〕　午（一）〔偶古〕　魯（四）〔勒古〕

　　「古」以下，七個反切下字相繫聯。

　　張氏云：「覩」為「睹」之重文，音相諧。

土（七）〔缺〕　戶（五）〔桓土〕　普（一）〔拍戶〕　補（一）〔伯普〕

　　「土」以下，四個反切下字相繫聯。

　　張氏云：「土」字下，今本繫傳脫略；篆韻譜：「他古反」。

　　以上姥韻反切下字凡十一。

暮　韻

故（八）〔骨渡〕　渡（一）〔特路〕　度（九）〔特路〕　兔（二）〔土路〕　妒（七）〔得兔〕　路（四）〔勒妒〕

　　「故」以下，六個反切下字相繫聯。

怖（五）〔判庫〕　庫（一）〔寬步〕　步（二）〔盤怖〕　汙（一）〔屋怖〕　布（三）〔奔汙〕　怒（三）〔乃布〕

　　「怖」以下，六個反切下字相繫聯。

　　張氏云：「怖」為「悑」之重文，音相諧。

忤（一）〔頑互〕　互（二）〔渾素〕　素（六）〔缺〕

　　「忤」以下，三個反切下字相繫聯。

　　張氏云：「忤」說文作「啎」；今本繫傳：「頑五反」，蓋係「頑互反」之誤。
　　　　　　「素」今本繫傳缺，篆韻譜：「桑故反」。

祚（二）〔缺〕

　　張氏云：「祚」說文所無，廣韻：「作故切」。

　　慧案：「祚」張氏作「作故切」，蓋係「昨誤切」之訛。

　　以上暮韻反切下字凡十六。

第五節　蟹　攝

一、齊　韻

兮（十九）〔賢迷〕　奚（二）〔賢迷〕　攜（一）〔勻迷〕　雞（六）〔古兮〕

齊（八）〔自兮〕　圭（十八）〔涓兮〕　唬（一）〔敵圭〕　奎（一）〔穹圭〕

迷（二十）〔莫低〕　西（十七）〔斯低〕　霓（五）〔擬西〕　倪（三）〔擬西〕

泥（五）〔禰倪〕　低（十三）〔缺〕

「兮」以下，十四個反切下字相繫聯。

　　張氏云：「低」大徐新附字，篆韻譜：「都兮反」，以「氐」、「衼」等同音字
　　　　推之，繫傳當作「的齊反」。

緊（一）〔缺〕

　　張氏云：「緊」今本繫傳缺，篆韻譜：「烏稽反」。

　　以上齊韻反切下字凡十五。

薺　韻

米（十二）〔名洗〕　洗（八）〔息米〕

　　「米」以下，二個反切下字相繫聯。

　　張氏云：「洗」篆作「洒」。

啓（六）〔溪禰〕　禰（六）〔缺〕

　　「啓」、「禰」兩個反切下字相繫聯。

　　張氏云：「禰」係大徐本新附字，以其同音字等推之，繫傳當作「寧洗反」。

　　慧案：張氏所說的同音字是「𩚚」、「鬵」兩字，皆作「寧洗反」。

體（一）〔土禮〕　禮（六）〔力體〕

　　「體」、「禮」兩個反切下字相繫聯。

　　以上薺韻反切下字凡六。

霽　韻

計（二八）〔己惠〕　桂（十）〔古惠〕　詣（一）〔逆桂〕　戾（二）〔婁惠〕
惠（十七）〔迴桂〕　閉（五）〔辟桂〕　翳（一）〔伊閉〕　弟（四）〔笛計〕
第（四）〔笛計〕　替（七）〔他計〕

　　「計」以下，十個反切下字相繫聯。

細（五）〔缺〕　契（五）〔溪細〕

　　「細」、「契」兩個反切下字相繫聯。

　　張氏云：「細」今本繫傳缺，篆韻譜：「蘇計反」。

帝（八）〔的例〕

　　慧案：帝（的例反），是「以祭韻切霽韻」的一個例外字。就由於這個例外

字使得霽祭可繫聯。然而我在第四篇裏，曾統計過霽、祭自切者有一七三字與互切者有六字的情形，由統計數字顯示，例外的情形只約佔全部的百分之三點四，所以我覺得霽祭應分較為合理。嚴學宭先生也採取霽祭分韻。

二、祭 韻

滯（二）〔直例〕　袂（八）〔弜例〕　祭（一）〔子例〕　例（十五）〔里曳〕曳（十二）〔延世〕　制（十三）〔正曳〕　世（十一）〔詩袂〕　稅（五）〔輸袂〕

「滯」以下、八個反切下字相繫聯。

歲（十四）〔相芮〕　芮（七）〔汝歲〕　衛（二）〔于歲〕

「歲」以下、三個反切下字相繫聯。

以上祭韻反切下字凡十一。

三、泰 韻

最（十八）〔則外〕　外（四）〔五會〕　會（十四）〔戶兌〕　兌（一）〔杜會〕檜（一）〔古最〕　役（一）〔丁最〕

「最」以下，六個反切下字相繫聯。

奈（五）〔能大〕　蔡（六）〔蒼大〕　大（五）〔特奈〕　帶（二）〔當奈〕　賴（一）〔洛帶〕

「奈」以下，五個反切下字相繫聯。

蓋（六）〔溝艾〕　艾（六）〔五蓋〕

「蓋」、「艾」兩個反切下字相繫聯。

以上泰韻反切下字凡十三。

四、佳皆韻

皆（九）〔古諧〕　諧（六）〔痕皆〕　齋（一）〔側皆〕　埋（三）〔門皆〕　淮（一）〔戶埋〕

「皆」以下，五個反切下字相繫聯。

張氏云：「埋」篆作「薶」：今本繫傳：「閏皆反」，蓋係「門皆反」之誤。

乖（三）〔骨排〕　排（一）〔步乖〕。

　　「乖」、「排」兩個反切下字相繫聯。

揩（一）〔缺〕

　　張氏云：「揩」說文所無，廣韻：「口皆切」。

佳（六）〔古膎〕　柴（三）〔士佳〕　厓（一）〔五佳〕　崔（一）〔五佳〕　膎
（一）〔候釵〕　釵（三）〔缺〕

　　「佳」以下，六個反切下字相繫聯。

　　張氏云：「釵」大徐本新附字，篆韻譜：「楚佳反」。

媧（一）〔古蛙〕　蛙（一）〔缺〕

　　「媧」、「蛙」兩個反切下字相繫聯。

　　慧案：「蛙」今本繫傳缺，篆韻譜無此字，廣韻：「烏媧切」。

牌（一）〔缺〕

　　張氏云：「牌」說文所無，廣韻：「薄佳切」。

　　以上佳皆韻反切下字凡十七。

　　張氏云：廣韻佳皆二韻，於此亦可析爲二類；惟依上聲蟹駭及去聲怪具相
　　　　　　通連之例，亦合爲一類。

　　慧案：在第四篇的〔註 20〕（a）中，我已將佳皆混用的情形詳細說明。
　　　　　　由於佳皆混用的情形佔全部的百分之七點三，因此我覺得佳皆應合
　　　　　　韻較爲合理。上去情形請詳見第四篇〔註 20〕（a）

　蟹駭韻

買（五）〔忙戒〕　戒（去聲怪韻）　解（三）〔加買〕　楷（一）〔肯解〕　駭
（二）〔侯楷〕

　　「買」以下，五個反切下字相繫聯。

　　張氏云：「買」今本繫傳：「忙戒反」，而「戒」屬去聲賣類，不能因此通連
　　　　　　上去爲一，故於去聲賣類外，又列上聲買類。

蟹（一）〔缺〕

　　張氏云：「蠏」今本繫傳缺，篆韻譜：「乎買反」。

以上蟹駭韻反切下字凡六。

卦怪夬韻

賣（十七）〔母戒〕　戒（五）〔苟差〕　介（十一）〔苟差〕　差（十三）〔缺〕
瘵（三）〔側介〕　械（一）〔恆介〕　壞（二）〔胡介〕　拜（五）〔貝壞〕　敗
（四）〔步拜〕　怪（二）〔古賣〕　夬（六）〔古賣〕　隘（一）〔乙賣〕　快
（一）〔苦夬〕

「賣」以下，十三個反切下字相繫聯。

張氏云：「差」今本繫傳：「初加反」，屬平聲，廣韻在卦韻，又有「楚懈切」
一讀，繫傳不載此音，故亦云缺。「隘」爲「𨽡」之重文。

以上卦怪夬韻反切下字凡十三。

五、灰　韻

堆（八）〔都魁〕　雷（五）〔來堆〕　梅（二）〔莫堆〕　魁（四）〔庫摧〕　枚
（四）〔莫摧〕　隈（四）〔于枚〕　杯（三）〔脯隈〕　摧（三）〔徂回〕　灰
（一）〔乎回〕　崔（二）〔昨回〕　推（五）〔土回〕　恢（三）〔庫推〕　瓌
（一）〔公恢〕　回（四）〔戶瓌〕　催（二）〔此灰〕

「堆」以下，十五個反切下字相繫聯。

張氏云：「堆」篆作「𠂤」，「瓌」爲「傀」之重文，音俱相諧。

迴（一）〔缺〕

慧案：「迴」今本繫傳缺，廣韻：「戶恢切」，又音「胡對切」屬去聲隊韻。

以上灰韻反切下字凡十六。

賄　韻

浼（六）〔梅磥〕　每（二）〔梅磥〕　賄（四）〔虎每〕　貝（三）〔補每〕　猥
（四）〔塢賄〕　罪（三）〔造賄〕　磥（二）〔缺〕

「浼」以下，七個反切下字相繫聯。

張氏云：「見」廣韻屬去聲泰韻。「磥」說文所無，廣韻，「落猥切」；以「磊」
等全音字推之，繫傳當作「落浼反」。

漼（一）〔醋餒〕　餒（二）〔那催〕

「漼」、「餒」兩個反切下字相繫聯。

張氏云：「餒」篆作「餒」。

以上賄韻反切下字凡九。

隊　韻

配（十）〔浦妹〕　佩（三）〔蒲妹〕　退（三）〔土妹〕　內（七）〔能未〕　妹（六）〔莫隊〕　隊（六）〔徒佩〕　塊（四）〔苦配〕　悔（四）〔虎配〕　對（三）〔得悔〕

「配」以下，九個反切下字相繫聯。

張氏云：「內」今本繫傳：「能未反」，殆係「能妹反」之誤；蓋「未」屬位類，苟非刊本之誤，則廣韻隊韻之字混入位類矣。

抑此與彼已有相通之跡耶？

以上隊韻反切下字凡九。

六、咍　韻

來（十一）〔婁才〕　開（七）〔渴才〕　才（八）〔錢來〕　猜（三）〔七開〕
孩（十）〔候猜〕　垓（一）〔苟孩〕　該（四）〔苟孩〕

「來」以下，七個反切下字相繫聯。

張氏云：「孩」為「咳」之重文。

臺（一）〔田咍〕　咍（八）〔缺〕

「臺」、「咍」兩個反切下字相繫聯。

張氏云：「咍」大徐本新附字，篆韻譜：「呼來反」。

以上咍韻反切下字凡九。

海　韻

亥（六）〔候乃〕　海（六）〔吼乃〕　乃（四）〔年亥〕　采（二）〔七海〕　在（五）〔前采〕　待（二）〔投在〕　殆（一）〔投在〕

「亥」以下，七個反切下字相繫聯。

以上海韻反切下字凡七。

代　韻

代（十六）〔徒再〕　愛（一）〔晏再〕　再（十二）〔則代〕　載（二）〔則代〕
耐（二）〔奴代〕　𦷾（四）〔此載〕　載（一）〔都愛〕

「代」以下，七個反切下字相繫聯。

張氏云：「耐」為「耏」之重文，音相諧。

以上代韻反切下字凡七。

七、廢　韻

喙（六）〔詡乂〕　乂（三）〔偶喙〕　廢（二）〔方喙〕

「喙」以下，三個反切下字相繫聯。

吠（一）〔扶穢〕　穢（一）〔缺〕

「吠」、「穢」兩個反切下字相繫聯。

張氏云：「穢」說文所無；篆韻譜：「於廢反」，以其同音字「薉」等推之，
繫傳當作「迂廢反」。

以上廢韻反切下字凡五。

第六節　臻　攝

一、眞諄臻欣韻

倫（三五）〔力辰〕　輪（一）〔呂辰〕　陳（七）〔值辰〕　辰（六）〔石倫〕
巡（二）〔續倫〕　囷（一）〔牽倫〕

「倫」以下，六個反切下字相繫聯。

眞（七）〔止鄰〕　民（九）〔彌鄰〕　神（七）〔是鄰〕　親（四）〔七鄰〕　均
（八）〔堅鄰〕　寅（二）〔翼眞〕　遵（一）〔蹤民〕　鄰（十六）〔里神〕

「眞」以下，　八個反切下字相繫聯。

人（十二）〔爾申〕　因（二）〔伊申〕　巾（三）〔巳申〕　貧（一）〔弼巾〕
邠（一）〔布巾〕　賓（四）〔必人〕　申（七）〔式人〕　勻（五）〔與因〕

「人」以下，八個反切下字相繫聯。

斤（九）〔幾欣〕　欣（一）〔希斤〕　忻（一）〔希斤〕　殷（九）〔意斤〕

「斤」以下，四個反切下字相繫聯。

詵（六）〔所臻〕　臻（八）〔側詵〕

「詵」、「臻」兩個反切下字相繫聯。

莘（一）〔缺〕

張氏云：「莘」說文所無，廣韻：「所臻切」。

以上眞諄臻欣韻反切下字凡二十九。

軫準隱韻

引（十八）〔以矧〕　矧（二）〔矢引〕　閔（四）〔眉引〕　軫（一）〔支引〕

忍（十三）〔耳引〕　準（九）〔王閔〕　尹（三）〔與準〕　允（九）〔與準〕

謹（四）〔已忍〕　牝（四）〔毗忍〕　隕（六）〔雨牝〕　隱（四）〔依謹〕

「引」以下，十二個反切下字相繫聯。

泯（一）〔缺〕

慧案：「泯」大徐本新附字，廣韻「武盡切」又「彌鄰切」。

以上軫準隱韻反切下字凡十三。

震稕焮韻

刃（十二）〔爾吝〕　殯（一）〔比刃〕　仞（二）〔爾吝〕　吝（九）〔里刃〕

儐（三）〔比刃〕　遴（一）〔里刃〕　近（一）〔渠遴〕

「刃」以下，七個反切下字相繫聯。

震（五）〔章信〕　振（二）〔章信〕　信（四）〔思震〕

「震」以下，三個反切下字相繫聯。

進（二）〔子印〕　晉（四）〔子印〕　愼（二）〔時印〕　胤（一）〔異印〕　印（九）〔伊鎭〕　鎭（二）〔缺〕

「進」以下，六個反切下字相繫聯。

張氏云：「鎭」繫傳：「陟陳反」，屬平聲，與此不合，篆韻譜有「陟刃反」一讀，繫傳不載此音，故亦云缺。

僅（二）〔其襯〕　襯（四）〔缺〕

「僅」、「襯」兩個反切下字相繫聯。

張氏云：「襯」說文所無，廣韻：「初覲切」。

徇（六）〔缺〕。

　　慧案：「徇」說文所無，廣韻：「辭閏切」。

　　以上震稕焮韻反切下字凡十九。

　　質術櫛迄韻

必（十五）〔畢聿〕　畢（二）〔卑聿〕　聿（十七）〔與必〕　栗（一）〔力必〕
吉（六）〔經栗〕　日（九）〔而吉〕　質（五）〔之日〕　七（九）〔秋日〕　匹
（五）〔篇七〕　逸（四）〔移七〕　悉（一）〔息逸〕　疾（四）〔慈悉〕　一
（二）〔伊質〕　詰（一）〔輕質〕　室（四）〔尸質〕

　　「必」以下，十五個反切下字相繫聯。

黜（一）〔敕密〕　弼（四）〔皮密〕　密（十一）〔美弼〕　帥（三）〔疏密〕

　　「黜」以下，四個反切下字相繫聯。

朮（一）〔常出〕　述（一）〔常出〕　出（十）〔尺律〕　橘（一）〔居律〕　律
（四）〔留筆〕　筆（七）〔碑乙〕　乙（七）〔殷筆〕

　　「朮」以下，七個反切下字相繫聯。

櫛（一）〔阻瑟〕　瑟（二）〔師訖〕　訖（二）〔幾迄〕　迄（四）〔缺〕

　　「櫛」以下，四個反切下字相繫聯。

　　張氏云：「迄」大徐本新附字，篆韻譜：「許訖反」。

　　以上質術櫛迄韻反切下字凡三十。

二、文　韻

云（十九）〔羽文〕　分（十）〔翻文〕　群（四）〔具分〕　文（十四）〔無云〕

　　「云」以下，四個反切下字相繫聯。

　　張氏云：「云」為「雲」之重文，音相諧。

勳（一）〔翻君〕　君（五）〔俱勳〕。

　　「勳」、「君」兩個反切下字相繫聯。

　　以上文韻反切下字凡六。

　　吻　韻

粉（七）〔弗吻〕　蘊（三）〔迂吻〕　惲（二）〔迂吻〕　吻（四）〔武粉〕　忿

（二）〔敷粉〕

　　「粉」以下，五個反切下字相繫聯。

　　張氏云：「蘊」篆作「薀」。

　　以上吻韻反切下字凡五。

問　韻

問（九）〔亡運〕　郡（六）〔瞿運〕　運（三）〔于問〕　順（三）〔殊問〕　訓（二）〔吁問〕　靳（五）〔居郡〕　醞（一）〔迂郡〕　閏（七）〔耳醞〕　峻（一）〔子閏〕。

　　「問」以下，九個反切下字相繫聯。

　　張氏云：「峻」爲「陵」之重文，音相諧。

　　以上問韻反切下字凡九。

物　韻

勿（二二）〔無弗〕　弗（九）〔分勿〕　拂（二）〔分勿〕　沸（二）〔分勿〕

　　「勿」以下，四個反切下字相繫聯。

屈（四）〔居屈〕　欻（一）〔詘居〕

　　「屈」、「欻」兩個反切下字相繫聯。

汃（一）〔缺〕

　　張氏云：「汃」說文所無，廣韻：「文弗切」。

　　以上物韻反切下字凡七。

三、魂　韻

昆（十三）〔古論〕　論（十一）〔盧屯〕　屯（二）〔缺〕　孫（一）〔素昆〕　渾（一）〔戶昆〕　魂（五）〔戶昆〕　門（七）〔莫魂〕　盆（六）〔步門〕　昏（四）〔喧盆〕　敦（三）〔得昏〕　坤（三）〔苦敦〕　存（三）〔在坤〕　奔（四）〔布坤〕

　　「昆」以下，十三個反切下字相繫聯。

　　張氏云：「屯」繫傳：「陟倫反」；別有「徒魂反」一讀，（見篆韻譜，廣韻：「徒渾切」）繫傳不載此音，故亦云缺。

以上魂韻反切下字凡十三。

混　韻

本（十一）〔補忖〕　損（八）〔思忖〕　衮（五）〔孤損〕　忖（五）〔缺〕

「本」以下，四個反切下字相繫聯。

張氏云：「忖」大徐本新附字，篆韻譜：「倉本反」。

以上混韻反切下字凡四。

㦃　韻

寸（六）〔麤巽〕　頓（三）〔都巽〕　巽（二）〔蘇困〕　困（六）〔苦悶〕　悶（四）〔免困〕　溷（一）〔胡頓〕　鈍（一）〔徒寸〕

「寸」以下，七個反切下字相繫聯。

以上㦃韻反切下字凡七。

沒　韻

兀（十一）〔吾忽〕　忽（八）〔呼兀〕　突（一）〔他兀〕　咄（六）〔都突〕　勃（一）〔步咄〕　卒（一）〔臧勃〕

「兀」以下，六個反切下字相繫聯。

骨（十）〔古沒〕　沒（七）〔謀骨〕　嗢（一）〔烏骨〕　訥（五）〔奴嗢〕　猝（一）〔村訥〕

「骨」以下，五個反切下字相繫聯。

以上沒韻反切下字凡十一。

四、痕　韻

痕（三）〔戶根〕　恩（一）〔愛根〕　根（三）〔狗痕〕

「痕」以下，三個反切下字相繫聯。

以上痕韻反切下字凡三。

很　韻

很（二）〔遐懇〕　懇（二）〔可很〕

「很」、「懇」兩個反切下字相繫聯。

以上很韻反切下字凡二。

恨　韻

恨（一）〔遐艮〕　艮（一）〔姦恨〕

「恨」、「艮」兩個反切下字相繫聯。

以上恨韻反切下字凡二。

第七節　山　攝

一、元　韻

喧（十五）〔缺〕

張氏云：「喧」說文所無，廣韻：「況袁切」，以「吅」等同音字推之，繫傳作「吁袁反」。

袁（十八）〔羽元〕　軒（四）〔忻元〕　元（十一）〔宜袁〕　言（七）〔疑袁〕

「袁」以下，四個反切下字相繫聯。

翻（一）〔缺〕

張氏云：「翻」大徐本新附字，篆韻譜：「孚元反」。

以上元韻反切下字凡六。

阮　韻

遠（二一）〔于阮〕　宛（一）〔蔚遠〕　阮（一）〔擬遠〕

「遠」以下，三個反切下字相繫聯。

反（二）〔府晚〕　晚（三）〔武反〕

「反」、「晚」兩個反切下字相繫聯。

以上阮韻反切下字凡五。

願韻開口

憲（一）〔希建〕　獻（六）〔希建〕　健（一）〔其獻〕　建（四）〔機獻〕

「憲」以下，四個反切下字相繫聯。

願韻合口

怨（九）〔迂卷〕　夯（二）〔區怨〕　勸（一）〔區怨〕　願（一）〔魚怨〕

　　「怨」以下，四個反切下字相繫聯。

萬（七）〔舞飯〕　飯（三）〔服萬〕　販（三）〔方萬〕

　　「萬」以下，三個反切下字相繫聯。

　　以上願韻反切下字凡十一。

月韻開口

謁（二）〔憂歇〕　歇（八）〔軒謁〕

　　「謁」、「歇」兩個反切下字相繫聯。

月韻合口

月（十二）〔元伐〕　發（二）〔方伐〕　伐（七）〔扶月〕

　　「月」以下，三個反切下字相繫聯。

越（九）〔于厥〕　厥（九）〔俱越〕　蹶（一）〔俱越〕

　　「越」以下，三個反切下字相繫聯。

　　以上月韻反切下字凡八。

二、寒桓韻

安（二四）〔遏寒〕　丸（二）〔戶寒〕　桓（六）〔戶寒〕　寒（十四）〔痕安〕
官（四）〔古安〕　干（十三）〔骨安〕　看（一）〔刻干〕　丹（七）〔得干〕
寬（六）〔苦桓〕　歡（四）〔呼寬〕　端（一）〔顛歡〕　餐（湌）（七）〔倩丹〕
闌（五）〔勒湌〕　蘭（二）〔勒湌〕

　　「安」以下，十四個反切下字相繫聯。

團（十一）〔杜酸〕　酸（四）〔素攢〕　攢（三）〔缺〕

　　「團」以下，三個反切下字相繫聯。

　　張氏云：「攢」說文所無，廣韻：「徂贊切」。

鑾（二）〔魯剜〕　剜（八）〔缺〕　湍（一）〔土鑾〕

　　「鑾」以下，三個反切下字相繫聯。

　　張氏云：「剜」大徐本新附字，篆韻譜：「一丸反」；以「智」、「登」等同音
　　　　字推之，繫傳當作「宛桓反」。

慧案：「㝅」今本繫傳「乙丸反」。張氏所謂「㝅」：「宛桓反」，蓋爲「婠」：「宛桓反」之訛。

以上寒桓韻反切下字凡二十。

旱緩韻

旱（七）〔遏緩〕　緩（一）〔缺〕　浣（一）〔胡旱〕　澣（一）〔胡旱〕

「旱」以下，四個反切下字相繫聯。

張氏云：「緩」今本繫傳缺，廣韻：「胡管反」。「浣」爲「澣」之重文，或作「澣」，音俱相諧。

但（四）〔特坦〕　坦（四）〔他但〕

「但」、「坦」兩個反切下字相繫聯。

滿（二）〔門罕〕　罕（四）〔享侃〕　侃（一）〔缺〕

「滿」以下，三個反切下字相繫聯。

張氏云：「侃」今本繫傳：「肯肝反」，疑係「肯肝反」之誤；「旰」屬去聲玩類，廣韻：「侃」除「苦肝切」外，別有「苦旱切」一讀，繫傳不載此音，故亦云缺。

慧案：張氏所云，除了第一個「肯肝反」的「肝」爲正確外，其餘的兩個，蓋係「旰」字之訛。又張氏所云，「侃」字別有「苦旱切」一讀，蓋係「空旱切」之訛。

斷（一）〔都伴〕　伴（一）〔蒲睆〕　睆（一）〔缺〕

「斷」以下，三個反切下字相繫聯。

張氏云：「睆」說文所無，廣韻爲阮韻。

纂（二）〔缺〕　算（一）〔蘇纂〕

「纂」、「算」兩個反切下字相繫聯。

張氏云：「纂」今本繫傳缺，篆韻譜：「作管反」。

管（三）〔古短〕　短（二）〔都款〕　款（一）〔苦暖〕　暖（一）〔奴短〕　椀（五）〔鳥管〕

「管」以下，五個反切下字相繫聯。

張氏云：「暖」篆作「㷔」，「椀」篆作「盌」。

卵（二）〔缺〕

張氏云：「卵」今本繫傳缺，篆韻譜：「盧管反」。

以上旱緩韻反切下字凡二十。

翰換韻

玩（十三）〔五汗〕　汗（一）〔侯玩〕　翰（十一）〔侯玩〕　灌（一）〔古翰〕　貫（一）〔古翰〕

「玩」以下，五個反切下字相繫聯。

岸（九）〔偶旰〕　旰（十一）〔根岸〕　幹（二）〔根岸〕　換（一）〔戶岸〕　怛（一）〔多幹〕

「岸」以下，五個反切下字相繫聯。

張氏云：「幹」說文作「榦」。

彖（三）〔吐半〕　亂（四）〔魯彖〕　半（五）〔晡慢〕

「彖」以下，三個反切下字相繫聯。

張氏云：「半」今本繫傳：「脯慢反」，殆係「晡慢反」之誤。

粲（一）〔倉贊〕　贊（四）〔子旦〕　炭（一）〔他旦〕　散（五）〔四旦〕　漢（一）〔喝散〕　旦（九）〔兜散〕

「粲」以下，六個反切下字相繫聯。

判（三）〔鋪喚〕　喚（一）〔缺〕　渙（一）〔蘇判〕

「判」以下，三個反切下字相繫聯。

張氏云：「喚」大徐本新附字，篆韻譜：「呼貫反」。

煥（一）〔缺〕

張氏云：「煥」大徐本新附字，與「喚」音同。

漫（三）〔缺〕

張氏云：「漫」說文所無，廣韻：「莫半切」。

腕（二）〔缺〕

慧案：「腕」說文所無，廣韻：「烏貫切」。

以上翰換韻反切下字凡二十五。

曷末韻

末（二三）〔門撥〕　斡（二）〔烏末〕　掯（一）〔烏末〕　撥（七）〔北末〕
「末」以下，四個反切下字相繫聯。

捋（八）〔魯掇〕　掇（一）〔都撮〕　撮（一）〔村奪〕　奪（一）〔徒活〕　括
（五）〔古活〕　活（十八）〔古活〕
「捋」以下，六個反切下字相繫聯。

遏（九）〔厄渴〕　渴（二）〔刻曷〕　割（四）〔格曷〕　剌（一）〔勒割〕　葛
（五）〔格曷〕　曷（五）〔衡葛〕　獺（三）〔他割〕
「遏」以下，七個反切下字相繫聯。

枿（一）〔缺〕
張氏云：「枿」說文所無，廣韻：「五割切」。

蝎（一）〔缺〕
慧案：「蝎」今本繫傳缺，廣韻：「胡葛切」。
以上曷末韻反切下字凡十九。

三、刪　韻

關（七）〔古還〕　還（四）〔戶刪〕　刪（四）〔師關〕
「關」以下，三個反切下字相繫聯。

班（一）〔補蠻〕　攀（三）〔潘蠻〕　蠻（三）〔缺〕
「班」以下，三個反切下字相繫聯。
張氏云：「攀」爲「𢪈」之重文，音相諧。「蠻」今本繫傳缺，篆韻譜：「莫
還反」。
慧案：「𢪈」蓋爲「𢴤」之訛。
以上刪韻反切下字凡六。

潸　韻

綰（六）〔缺〕　版（四）〔補綰〕

「縮」、「版」兩個反切下字相繫聯。

　　張氏云：「縮」今本繫傳缺，篆韻譜：「烏版反」。

　　以上潸韻反切下字凡二。

諫　韻

患（九）〔戶慣〕　慢（二）〔謀患〕　慣（六）〔缺〕　訕（三）〔史患〕　晏
（二）〔殷訕〕

　　「患」以下，五個反切下字相繫聯。

　　張氏云：「慣」說文所無，廣韻：「古患切」。

諫（三）〔溝雁〕　澗（一）〔溝雁〕　雁（六）〔迎諫〕

　　「諫」以下，三個反切下字相繫聯。

　　以上諫韻反切下字凡八。

鎋黠韻

八（八）〔北拔〕　拔（二）〔彭札〕　察（三）〔叉札〕　憂（四）〔根察〕　軋
（一）〔尼憂〕　札（五）〔側滑〕　滑（八）〔胡劫〕　貀（五）〔胡劫〕　劫
（三）〔起八〕

　　「八」以下，九個反切下字相繫聯。

鎋（三）〔缺〕

　　慧案：「鎋」說文所無，廣韻：「胡瞎切」

　　以上鎋黠韻反切下字凡十。

　　慧案：在第四篇裏，我曾統計過鎋、黠混用的情形，由於其例外的百分率
　　　　　　佔全部的七點九，因此我認為鎋、黠應合韻較為合理。詳見第四篇。

四、山　韻

閑（十五）〔候艱〕　艱（七）〔五閑〕　鬬（三）〔互閑〕　山（五）〔色閑〕

　　「閑」以下，四個反切下字相繫聯。

　　以上山韻反切下字凡四。

產　韻

限（十）〔候產〕　產（三）〔所限〕　琖（一）〔阻限〕　簡（六）〔艮限〕　眼

（三）〔偶盞〕

「限」以下，五個反切下字相繫聯。

張氏云：「盞」篆作「醆」。「眼」今本繫傳：「儒盞反」，蓋係「偶盞反」之誤。

以上產韻反切下字凡五。

禡　韻

莧（四）〔閑袒〕　幻（一）〔戶袒〕　袒（一）〔宅莧〕　辦（一）〔補莧〕

「莧」以下，四個反切下字相繫聯。

張氏云：「莧」今本繫傳：「閑旦反」，蓋係「閑袒反」之誤。

以上禡韻反切下字凡四。

五、先仙韻

延（二九）〔以然〕　乾（一）〔其延〕　虔（八）〔其延〕　連（十九）〔鄰延〕
牷（一）〔族延〕　全（五）〔族延〕　緜（二）〔名連〕　焉（二）〔有連〕　篇
（五）〔僻連〕　然（六）〔仁遷〕　仙（二）〔息遷〕　遷（七）〔七先〕　千
（六）〔七先〕　前（五）〔自先〕　玄（五）〔螢先〕　泫（一）〔形先〕　箋
（一）〔則千〕　先（十八）〔蘇前〕　田（五）〔笛前〕　烟（六）〔伊田〕　咽
（一）〔伊田〕　涓（六）〔弓玄〕

「延」以下，二十二個反切下字相繫聯。

張氏云：「𦱔」或通作「前」。「全」爲「仝」之重文。「仙」篆作「僊」，「牷」今本繫傳「旋延反」，蓋係「族延反」之誤。

員（十三）〔于專〕　川（七）〔叱專〕　專（六）〔準旋〕　旋（八）〔似沿〕
沿（十一）〔與川〕　鉛（二）〔與川〕　宣（二）〔息鉛〕

「員」以下，七個反切下字相繫聯。

慧案：「旋」今本繫傳「推沿反」，聲煩不諧，蓋係「似沿反」之訛。

年（一）〔泥賢〕　堅（七）〔激賢〕　賢（八）〔由堅〕　妍（五）〔御堅〕　蓮
（四）〔落妍〕

「年」以下，五個反切下字相繫聯。

緣（六）〔缺〕

　　張氏云：「緣」今本繫傳缺，篆韻譜：「與專反」，以「沿」、「鉛」等同音字

　　　　推之，繫傳當作「與川反」。

眠（一）〔缺〕

　　張氏云：「眠」爲「瞑」之重文，韻不相諧；篆韻譜：「武延反」。

蟬（一）〔缺〕

　　張氏云：「蟬」今本繫傳缺，篆韻譜：「市連反」。

　　以上先仙韻反切下字凡三十七。

銑獮韻

件（十九）〔缺〕　劋（三）〔職件〕　辇（二）〔里典〕　銑（四）〔思里〕　典（十）〔顛腆〕　腆（三）〔聽銑〕

　　「件」以下，六個反切下字相繫聯。

　　張氏云：「劋」爲「剗」之重文，音相諧。

　　慧案：「件」今本繫傳缺，廣韻：「其輦切」。

善（十三）〔石遣〕　遣（七）〔喫善〕　闡（五）〔昌善〕

　　「善」以下，三個反切下字相繫聯。

卷（三）〔俱兖〕　褊（一）〔比兖〕　輭（二）〔而兖〕　雋（一）〔自褊〕　兖（六）〔缺〕

　　「卷」以下，五個反切下字相繫聯。

　　張氏云：「兖」說文所無，廣韻：「以轉切」。

衍（十一）〔余羡〕　展（五）〔陟衍〕　顯（八）〔呼衍〕　殄（二）〔徒顯〕
泫（一）〔預顯〕　撚（二）〔泥泫〕　輾（一）〔缺〕

　　「衍」以下，七個反切下字相繫聯。

　　張氏云：此組與去聲有通連之跡。

選（六）〔思篆〕　篆（二）〔直選〕　倦（一）〔具選〕　勉（一）〔美選〕

　　「選」以下，四個反切下字相繫聯。

　　張氏云：「倦」廣韻屬去聲線韻。

畎（一）〔激犬〕　犬（五）〔睽畎〕

　　「畎」、「犬」兩個反切下字相繫聯。

峴（一）〔缺〕

　　張氏云：「峴」說文所無，廣韻：「胡典切」。

緬（二）〔缺〕

　　張氏云：「緬」今本繫傳缺，篆韻譜：「米兗反」。

免（一）〔缺〕

　　張氏云：「免」說文所無，廣韻：「亡辨切」。（「辨」字在廣韻有去聲襇韻與
　　　　上聲獮韻兩讀。

　　以上銑獮韻反切下字凡三十。

霰線韻

硯（十二）〔魚見〕　賤（一）〔自見〕　見（六）〔經硯〕　甸（三）〔庭硯〕
電（五）〔庭硯〕　片（二）〔譬硯〕

　　「硯」以下，六個反切下字相繫聯。

徧（二）〔比薦〕　薦（一）〔子徧〕　便（六）〔婢徧〕　眷（六）〔俱便〕　箭
（四）〔子眷〕　轉（一）〔智箭〕

　　「徧」以下，六個反切下字相繫聯。

　　張氏云：「便」今本繫傳：「婢篇反」，蓋係「婢徧反」之訛。

戰（二）〔正彥〕　羨（四）〔之彥〕　彥（三）〔擬線〕　線（三）〔缺〕

　　「戰」以下，四個反切下字相繫聯。

　　張氏云：「線」為「綫」之重文；今本繫傳缺，篆韻譜：「私箭反」。

茜（五）〔七縣〕　縣（九）〔缺〕　倩（一）〔七縣〕　霓（二）〔息茜〕

　　「茜」以下，四個反切下字相繫聯。

　　張氏云：「縣」繫傳：「胡涓反」；別有去聲一讀，篆韻譜：「黃絢反」，繫傳
　　　　不載此音，故亦云缺。

　　慧案：「霓」為「霰」之重文，音相諧。

面（一）〔弭釧〕　釧（五）〔缺〕

「面」、「釧」兩個反切下字相繫聯。

張氏云：「釧」大徐本新附字，篆韻譜：「尺絹反」。

變（五）〔祕戀〕　戀（七）〔缺〕

「變」、「戀」兩個反切下字相繫聯。

張氏云：「戀」說文所無，篆韻譜：「力卷反」。

扇（一）〔詩掾〕　掾（二）〔與絹〕　絹（七）〔缺〕

「扇」以下，三個反切下字相繫聯。

練（一）〔缺〕

張氏云：「練」今本繫傳缺，篆韻譜：「郎甸反」。

現（一）〔缺〕

張氏云：「現」說文所無，廣韻：「胡甸反」。

以上霰線韻反切下字凡二十九。

屑薛韻

列（二五）〔良舌〕　舌（十二）〔時哲〕　哲（一）〔知舌〕　薛（三）〔私列〕
屑（四）〔私列〕　雪（五）〔相屑〕　切（五）〔七屑〕　說（二）〔失雪〕　鐵
（一）〔聽切〕　截（四）〔情鐵〕　擷（一）〔羊截〕　頡〔羊截〕　刮（九）
〔古擷〕

「列」以下，十三個反切下字相繫聯。

穴（十一）〔乎決〕　決（四）〔鶪穴〕　缺（二）〔傾穴〕

「穴」以下，三個反切下字相繫聯。

劣（七）〔錄設〕　設（七）〔施子〕　子（五）〔經節〕　挈（二）〔輕節〕　節
（十四）〔即血〕　血（六）〔翾迭〕　迭（五）〔亭結〕　噎（九）〔伊結〕　結
（十四）〔缺〕　輟（二）〔誅劣〕　別（一）〔鄙輟〕

「劣」以下，十一個反切下字相繫聯。

張氏云：「結」今本繫傳缺，篆韻譜：「古屑反」。

拙（一）〔燭悅〕　滅（七）〔彌悅〕　悅（九）〔缺〕

「拙」以下，三個反切下字相繫聯。

熱（五）〔爾絕〕　絕（四）〔缺〕

　　「熱」、「絕」兩個反切下字相繫聯。

　　張氏云：「絕」今本繫傳缺，廣韻：「情雪切」。

　　以上屑薛韻反切下字凡三十二。

第八節　效　攝

一、蕭　韻

挑（十）〔土彫〕　彫（四）〔覩挑〕　遼（八）〔梨挑〕　聊（一）〔梨挑〕

　　「挑」以下，四個反切下字相繫聯。

蕭（五）〔先幺〕　簫（二）〔先幺〕　幺（八）〔於堯〕　堯（三）〔研梟〕　梟

（四）〔堅蕭〕

　　「蕭」以下，五個反切下字相繫聯。

凋（一）〔都僚〕　僚（一）〔缺〕

　　「凋」、「僚」兩個反切下字相繫聯。

　　張氏云：「僚」繫傳：「力小反」；別有平聲一讀，廣韻：「落蕭反」，爲繫傳

　　　　　　　所不載，故亦云缺。

　　以上蕭韻反切下字凡十一。

篠　韻

了（十九）〔呂曉〕　杳（三）〔倚了〕　鳥（四）〔都了〕　皎（三二）〔堅鳥〕

曉（三）〔呼皎〕　皛（一）〔易杳〕

　　「了」以下，六個反切下字相繫聯。

　　以上篠韻反切下字凡六。

嘯　韻

弔（九）〔的糶〕　糶（二）〔他弔〕　叫（五）〔見弔〕

　　「弔」以下，三個反切下字相繫聯。

料（五）〔缺〕　掉（一）〔地料〕

　　「料」、「掉」兩個反切下字相繫聯。

張氏云：「料」繫傳：「梨挑反」；別有去聲一讀，篆韻譜：「力弔反」，爲繫
　　　傳所不載，故亦云缺。

以上嘯韻反切下字凡五。

二、宵　韻

昭（十五）〔眞遙〕　招（一）〔眞遙〕　祅（二）〔於遙〕　焦（三）〔煎昭〕
喬（二）〔伎昭〕　妖（七）〔殷喬〕　遙（十五）〔缺〕

　　「昭」以下，七個反切下字相繫聯。

　　張氏云：「遙」大徐本新附字，篆韻譜：「余招反」，以「搖」等同音字推之，
　　　　　繫傳當作「延朝反」。

超（五）〔恥朝〕　搖（一）〔延朝〕　朝（十八）〔知潮〕　銚（一）〔延朝〕
姚（一）〔延朝〕　潮（一）〔直超〕　消（十三）〔息超〕　嚻（一）〔欣消〕

　　「超」以下，八個反切下字相繫聯。

　　張氏云：「潮」篆作「淖」。

宵（一）〔相邀〕

嬌（二）〔缺〕

　　慧案：「嬌」大徐本新附字，廣韻：「舉喬切」又「居夭切」。

　　以上宵韻反切下字凡十七。

小　韻

沼（十七）〔止少〕　兆（二）〔池沼〕　紹（一）〔市沼〕　夭（三）〔依少〕
眇（五）〔彌少〕　少（八）〔失沼〕　矯（一）〔己少〕　小（十）〔息沼〕　杪
（一）〔彌小〕　表（二）〔彼眇〕

　　「沼」以下，十個反切下字相繫聯。

　　以上小韻反切下字凡十。

笑　韻

妙（十一）〔缺〕　肖（二）〔思妙〕　召（六）〔遲妙〕　醮（一）〔子妙〕
　　「妙」以下，四個反切下字相繫聯。

　　張氏云：「妙」：「名肖反」。

慧案：「妙」今本繫傳正文無此字。廣韻：「彌笑切」。

照（七）〔止要〕　要（七）〔缺〕

　　「照」、「要」兩個反切下字相繫聯。

　　張氏云：「要」繫傳：「於消反」；別有去聲一讀，篆韻譜：「於笑反」，「笑」：

　　　　「私妙反」，爲繫傳所不載，故亦云缺。

　　以上笑韻反切下字凡六。

三、肴　韻

交（二四）〔加肴〕　肴（十一）〔候交〕　包（四）〔北交〕

　　「交」以下，三個反切下字相繫聯。

茅（三）〔夢梢〕　梢（三）〔氈巢〕　巢（四）〔士抛〕　抛（一）〔缺〕

　　「茅」以下，四個反切下字相繫聯。

抄（一）〔側嘲〕　嘲（二）〔缺〕

　　「抄」、「嘲」兩個反切下字相繫聯。

　　慧案：「嘲」大徐本新附字，廣韻：「陟交切」。

咬（一）〔缺〕

　　慧案：「咬」說文所無，廣韻：「古肴切」又「於交切」。

　　以上肴韻反切下字凡十。

巧　韻

卯（九）〔免狡〕　爪（一）〔側狡〕　狡（四）〔根卯〕

　　「卯」以下，三個反切下字相繫聯。

巧（二）〔肯飽〕　飽（一）〔補巧〕

　　「巧」、「飽」兩個反切下字相繫聯。

拗（一）〔缺〕

　　慧案：「拗」大徐本新附字，廣韻：「於絞切」。

　　以上巧韻反切下字凡六。

效　韻

教（六）〔角效〕　豹（一）〔晡效〕　效（五）〔侯教〕

　　「教」以下，三個反切下字相繫聯。

孝（五）〔獻罩〕　罩（一）〔咤孝〕

　　「孝」、「罩」兩個反切下字相繫聯。

　　以上效韻反切下字凡五。

四、豪　韻

高（十八）〔家豪〕　豪（十八）〔行高〕　桃（十）〔特豪〕　刀（七）〔得高〕
曹（一）〔殘高〕　毛（二）〔門高〕　袍（二）〔盆毛〕　牢（四）〔蘭刀〕　勞
（十二）〔蘭刀〕　叨（十九）〔偷勞〕

　　「高」以下，十個反切下字相繫聯。

　　張氏云：「叨」為「饕」之重文，音相諧。

　　以上豪韻反切下字凡十。

皓　韻

抱（十六）〔缺〕　皓（六）〔候抱〕　浩（一）〔候抱〕　老（十一）〔勒抱〕
保（八）〔補老〕　討（六）〔他老〕　好（一）〔蒿老〕　草（五）〔自保〕　考
（二）〔刻保〕　道（二）〔徒討〕　早（三）〔子草〕

　　「抱」以下，十一個反切下字相繫聯。

　　張氏云：「抱」為「㧖」之重文，「㧖」繫傳：「步候反」，與此不相諧。「抱」
　　　　廣韻：「薄浩切」，繫傳不載此音，故亦云缺。

　　慧案：張氏所謂「抱」為「㧖」之重文，「㧖」繫傳：「步候反」。「㧖」與
　　　　「㧖」蓋係「㧖」之訛。「步候反」也係「步侯反」之訛。

　　以上皓韻反切下字凡十一。

號　韻

號（二一）〔缺〕　耗（一）〔吼號〕　報（七）〔補號〕　操（三）〔雌報〕
　　「號」以下，四個反切下字相繫聯。

　　張氏云：「號」繫傳：「行高反」；別有去聲一讀，篆韻譜：「候到反」，為繫
　　　　傳所不載，故亦云缺。

慧案：「號」篆韻譜：「呼到反」，張氏作「候到反」，蓋係「呼到反」之訛。

到（十）〔都告〕　奧（六）〔乙告〕　告（三）〔古奧〕　誥（一）〔古到〕

　　「到」以下，四個反切下字相繫聯。

　　以上號韻反切下字凡八。

第九節　果　攝

一、歌戈韻

何（十六）〔閑俄〕　佗（一）〔缺〕　俄（四）〔偶和〕　歌（三）〔更和〕　哥（一）〔更和〕　和（十八）〔戶歌〕　禾（一）〔戶哥〕　科（三）〔苦何〕　羅（二）〔婁何〕　阿（一）〔鷖何〕　頗（二）〔滂阿〕

　　「何」以下，十一個反切下字相繫聯。

　　慧案：「佗」今本繫傳缺，廣韻：「託何切」。

戈（八）〔古多〕　挼（一）〔奴戈〕　多（八）〔兜戈〕

　　「戈」以下，三個反切下字相繫聯。

他（八）〔缺〕

　　張氏云：「他」說文所無，廣韻：「託何切」。

陀（五）〔缺〕

　　張氏云：「陀」說文所無，廣韻：「徒河切」。

　　慧案：「陀」張氏作「徙河切」蓋係「徒河切」之訛。

訛（四）〔缺〕

　　張氏云：「訛」說文所無，廣韻：「五禾切」。

靴（一）〔缺〕

　　張氏云：「靴」篆作「鞾」大徐本新附字，篆韻譜：「許戈反」。

　　以上歌戈韻反切下字凡十八。

哿果韻

果（十二）〔骨朵〕　火（三）〔呼朵〕　朵（六）〔兜果〕　禍（三）〔戶果〕

埵（一）〔兜果〕

　　「果」以下，五個反切下字相繫聯。

顆（三）〔苦墮〕　墮（二）〔缺〕　跛（一）〔晡顆〕

　　「顆」以下，三個反切下字相繫聯。

　　張氏云：「墮」說文所無，廣韻「徒果切」。

可（五）〔肯我〕　我（一）〔顏ナ〕　坐（六）〔徂可〕

　　「可」以下，三個反切下字相繫聯。

　　張氏云：「我」今本繫傳：「顏左反」，蓋係「顏ナ反」之誤；「左」在廣韻
　　　　　　有上去二讀，繫傳：「則箇反」，只錄去聲一讀。

娜（一）〔缺〕

　　張氏云：「娜」說文所無，廣韻：「奴可切」。

妥（六）〔缺〕

　　張氏云：「妥」說文所無，廣韻「他果切」。

　　以上哿果韻反切下字凡十三。

　　箇過韻

臥（六）〔吳貨〕　播（三）〔補貨〕　貨（四）〔毀過〕　過（二）〔缺〕　破
（三）〔鋪臥〕

　　「臥」以下，五個反切下字相繫聯。

　　張氏云：「過」繫傳：「古多反」；別有去聲一讀，篆韻譜：「古臥反」，為繫
　　　　　　傳所不載，故亦云缺。

左（三）〔則箇〕　佐（二）〔則箇〕　賀（一）〔候箇〕　箇（四）〔古賀〕

　　「左」以下，四個反切下字相繫聯。

　　張氏云：「佐」篆亦作「左」。

　　以上箇過韻反切下字凡九。

第十節　假　攝

一、麻　韻

加（十八）〔間巴〕　遮（二）〔之巴〕　巴（十七）〔不奢〕　奢（四）〔申嗟〕
嗟（二）〔缺〕　梛（一）〔五加〕　車（五）〔稱梛〕

　　　「加」以下，七個反切下字相繫聯。

　　　慧案：「嗟」說文無此字，廣韻：「子邪切」。「梛」說文無此字，「枒」，木
　　　　　　也。爲「梛」之正字。

瓜（十二）〔古華〕　華（二）〔呼瓜〕

　　　「瓜」、「華」兩個反切下字相繫聯。

牙（八）〔缺〕

　　　張氏云：「牙」今本繫傳反語脫略，以「芽」等同音字推之，當作「五加反」。

茶（四）〔缺〕

　　　張氏云：「茶」說文所無，廣韻：「宅加切」。

　　　以上麻韻反切下字凡十一。

　　馬　韻

雅（九）〔牙賈〕　且（三）〔七賈〕　賈（三）〔公雅〕　假（一）〔格雅〕　下
（三）〔霞假〕　夏（一）〔忙且〕

　　　「雅」以下，六個反切下字相繫聯。

也（二）〔拽者〕　者（五）〔袞也〕　寫（二）〔缺〕　把（五）〔補寫〕

　　　「也」以下，四個反切下字相繫聯。

寡（一）〔古瓦〕　瓦（五）〔五寡〕

　　　「寡」、「瓦」兩個反切下字相繫聯。

鮓（一）〔缺〕

　　　張氏云：「鮓」說文所無，廣韻：「側下切」。

　　　以下馬韻反切下字凡十三。

　　禡　韻

夜（七）〔羊舍〕　舍（二）〔詩夜〕　跨（三）〔苦夜〕　卸（二）〔蘇夜〕　化
（六）〔呼跨〕　霸（一）〔奔化〕

　　　「夜」以下，六個反切下字相繫聯。

乍（七）〔愁亞〕　罵（二）〔愁亞〕　亞（四）〔恩罵〕　稼（一）〔斤乍〕　駕
（一）〔干乍〕　咤（一）〔陟駕〕　訝（一）〔顏咤〕　迓（四）〔顏咤〕

　　「乍」以下，八個反切下字相繫聯。

　　慧案：「迓」爲「訝」之重文，音相諧。

　　以上禡韻反切下字凡十四。

第十一節　宕攝

一、陽唐韻

良（二五）〔呂張〕　張（五）〔竹陽〕　商（九）〔式陽〕　啻（一）〔九商〕
陽（十二）〔猶良〕　香（一）〔軒良〕　羊（八）〔猶良〕　長（七）〔宙良〕
章（二）〔周良〕　祥（一）〔似良〕　將（二）〔子長〕　昌（十七）〔醜將〕
方（二）〔府昌〕　匡（八）〔區昌〕　光（十七）〔國昌〕　肓（一）〔忽光〕
荒（十四）〔忽光〕　皇（一）〔戶光〕　王（二）〔于光〕　霜（一）〔色方〕
莊（八）〔側羊〕　翔（四）〔似羊〕　康（六）〔彊莊〕　箱（二）〔修翔〕

　　「良」以下二十四個反切下字相繫聯。

　　張氏云：「康」爲「穅」之重文，音相諧。

常（六）〔射強〕　忘（四）〔勿強〕　芒（一）〔勿強〕　浃（一）〔殷強〕　央
（一）〔殷強〕　強（十三）〔缺〕

　　「常」以下，六個反切下字相繫聯。

　　張氏云：「強」今本繫傳缺，篆韻譜：「巨良反」；以「彊」等同音字推之，
　　　　　繫傳當作「其央反」。

當（十四）〔得郎〕　湯（三）〔土郎〕　郎（十四）〔魯當〕　卬（一）〔顏當〕

　　「當」以下，四個反切下字相繫聯。

茫（一）〔缺〕

　　張氏云：「茫」說文所無，廣韻：「莫郎切」。

藏（一）〔缺〕

　　張氏云：「藏」大徐本新附字，篆韻譜：「昨郎反」。

　　以上陽唐韻反切下字凡三十六。

養蕩韻

向（十一）〔許文〕　敝（五）〔赤文〕　障（二）〔止向〕　仗（一）〔直向〕
丈（四）〔直敝〕　爽（二）〔色敝〕　罔（二）〔丈爽〕

「向」以下，七個反切下字相繫聯。

張氏云：「仗」篆作「杖」，「罔」爲「网」之重文，音相諧。

慧案：「丈」張氏作「直向反」，蓋爲「直敝反」之訛。

掌（一）〔職想〕　賞（三）〔式掌〕　想（二）〔息仰〕　仰（二）〔魚兩〕　往
（五）〔又兩〕　兩（七）〔里養〕　繦（一）〔缺〕　養（三）〔以像〕　像（一）
〔似獎〕　象（一）〔似獎〕　獎（四）〔子兩〕

「掌」以下，十一個反切下字相繫聯。

慧案：「繦」今本繫傳缺，廣韻：「居兩切」。

張氏云：「獎」篆作「獎」。

莽（三）〔謀晃〕　晃（三）〔胡莽〕

「莽」、「晃」兩個反切下字相繫聯。

沆（三）〔解黨〕　黨（三）〔登沆〕　廣（七）〔姑沆〕

「沆」以下，三個反切下字相繫聯。

以上養蕩韻反切下字凡二十三。

漾宕韻

唱（七）〔赤快〕　尚（一）〔時快〕　上（三）〔時快〕　快（三）〔隱唱〕　誑
（四）〔句唱〕　況（二）〔詡誑〕　妄（二）〔聞誆〕　訪（二）〔夫妄〕　狀
（三）〔側上〕　誆（一）〔缺〕

「唱」以下，十個反切下字相繫聯。

慧案：「誆」說文無此字，廣韻：「渠放切」。張氏將「妄」作「聞誆反」，
蓋係「聞誆反」之訛。

旺（一）〔于放〕　放（一）〔弗旺〕

「旺」、「放」兩個反切下字相繫聯。

張氏云：「旺」篆作「䍿」。

曠（一）〔困盎〕　盎（四）〔晏亢〕　亢（六）〔缺〕

　　「曠」以下，三個反切下字相繫聯。

　　張氏云：「亢」繫傳「格康反」，別有去聲一讀，廣韻：「苦浪切」，為繫傳
　　　　　所不載，故亦云缺。

餉（二）〔式亮〕　亮（八）〔缺〕

　　「餉」、「亮」兩個反切下字相繫聯。

　　張氏云：「亮」說文所無，廣韻：「力讓切」。

浪（十一）〔缺〕　宕（二）〔他浪〕　朗（四）〔勒浪〕

　　「浪」以下，三個反切下字相繫聯。

　　張氏云：「浪」繫傳：「勒當反」；別有去聲一讀，篆韻譜：「來岩反」，為繫
　　　　　傳所不載，故亦云缺。

　　以上漾宕韻反切下字凡二十。

藥鐸韻

各（十五）〔根莫〕　鐸（一）〔騰莫〕　莫（十四）〔缺〕　薄（一）〔盆各〕
鄂（二）〔五各〕

　　「各」以下，五個反切下字相繫聯。

　　張氏云：「莫」繫傳：「莫度反」，與此韻不諧；篆韻譜：「慕各反」，為繫傳
　　　　　所不載，故亦云缺。

落（六）〔勒託〕　作（十一）〔憎託〕　託（十二）〔他作〕　洛（一）〔勒託〕
郭（五）〔古落〕　霍（五）〔呼郭〕　廓（一）〔呼郭〕

　　「落」以下，七個反切下字相繫聯。

　　張氏云：「霍」篆作「靃」，「廓」篆作「霩」。

惡（五）〔遏泊〕　博（六）〔本泊〕　泊（九）〔缺〕

　　「惡」以下，三個反切下字相繫聯。

　　張氏云：「泊」說文所無，廣韻：「傍各切」。

略（十五）〔留腳〕　躍（一）〔胤略〕　腳（一）〔己藥〕　藥（二）〔胤略〕
　　「略」以下，四個反切下字相繫聯。

雀（六）〔即約〕　謔（一）〔虛約〕　若（十）〔如約〕　削（七）〔息雀〕　灼（三）〔眞若〕　勺（二）〔眞若〕　卻（一）〔期灼〕　約（十）〔缺〕

「雀」以下，八個反切下字相繫聯。

張氏云：「約」今本繫傳缺，篆韻譜：「於略反」。

慧案：「削」張氏作「眞若反」，蓋係「息雀反」之訛。

虐（二）〔魚芍〕　釀（一）〔其虐〕　芍（三）〔缺〕

「虐」以下，三個反切下字相繫聯。

張氏云：「芍」字下繫傳：「堅鳥反」；別有入聲一讀，廣韻：「市若切」，繫傳不載此音，故亦云缺。

縛（六）〔缺〕

張氏云：「縛」今本繫傳缺，篆韻譜：「符矍反」。

矆（一）〔缺〕

張氏云：「矆」說文所無，廣韻：「許縛切」。

絡（一）〔缺〕

張氏云：「絡」今本繫傳缺，篆韻譜：「盧各反。」

以上藥鐸韻反切下字凡三十三。

第十二節　梗　攝

一、庚二耕韻

行（十三）〔閑橫〕　耕（十）〔根橫〕　庚（十二）〔根橫〕　羹（一）〔根橫〕　更（二）〔缺〕　橫（十）〔戶更〕　生（二）〔色庚〕　亨（四）〔軒庚〕　享（一）〔軒庚〕　彭（九）〔百亨〕　萌（四）〔沒彭〕　宏（二）〔乎萌〕　鶯（一）〔恩行〕

「行」以下，十三個反切下字相繫聯。

張氏云：「羹」為「鬻」之重文。「亨」篆作「亯」。「更」繫傳：「于諍反」，屬去聲命類；別有平聲一讀，篆韻譜：「古行反」，與「庚」音同，而繫傳不載此音，故曰缺。

鸎（一）〔缺〕

　　張氏云：「鸎」說文所無，廣韻與「鶯」、「鸚」音同，繫傳亦當作「恩行反」。

鏗（一）〔缺〕

　　慧案：「鏗」說文無此字，廣韻：「口莖切」。

　　以上庚二耕韻反切下字凡十五。

梗二耿韻

冷（一）〔魯皿〕　猛（六）〔梅冷〕　杏（五）〔根猛〕　耿（二）〔根杏〕

　　「冷」以下，四個反切下字相繫聯。

　　以上梗二耿韻反切下字凡四。

映二諍韻

更（二）〔于諍〕　諍（一）〔側迸〕　迸（一）〔缺〕

　　「更」以下，三個反切下字相繫聯。

　　張氏云：「迸」屬大徐本新附字，篆韻譜：「北諍反」。

　　以上映二諍韻反切下字凡三。

陌二麥韻

白（十八）〔陪陌〕　百（二）〔博陌〕　伯（三）〔不白〕　迮（三）〔滓白〕
陌（四）〔缺〕

　　「白」以下，五個反切下字相繫聯。

　　張氏云：「陌」說文所無，篆韻譜：「莫白反」。

索（十一）〔缺〕　格（一）〔鉤索〕　戹（七）〔晏索〕　革（六）〔溝戹〕　隔
（四）〔溝戹〕　客（六）〔慳革〕　責（一）〔側革〕　額（一）〔顏客〕

　　「索」以下，八個反切下字相繫聯。

　　張氏云：「索」繫傳：「思落反」；廣韻別有「山責切」一讀，為繫傳所不載，
　　　　　故亦云缺。

獲（十二）〔戶麥〕　冊（二）〔測麥〕　麥（十）〔莫獲〕

　　「獲」以下，三個反切下字相繫聯。

　　以上陌二麥韻反切下字凡十六。

二、庚三韻

平（六）〔備明〕　卿（一）〔起明〕　迎（三）〔疑卿〕　明（六）〔眉平〕　兵（二）〔彼平〕　英（三）〔又平〕　京（四）〔己英〕

「平」以下，七個反切下字相繫聯。

以上庚三韻反切下字凡七。

梗三韻

永（十）〔雨省〕　省（一）〔息永〕　丙（二）〔鄙永〕　皿（五）〔美丙〕

「永」以下，四個反切下字相繫聯。

以上梗三韻反切下字凡四。

映三韻

命（七）〔眉慶〕　慶（一）〔丘病〕　病（一）〔疲柄〕　柄（四）〔鄙命〕　競（三）〔渠命〕　竟（二）〔居競〕　敬（二）〔居競〕

「命」以下，七個反切下字相繫聯。

以上映三韻反切下字凡七。

三、清青韻

丁（四十）〔的冥〕　冥（四）〔民甹〕　甹（五）〔篇丁〕　寧（十）〔禰丁〕
零（一）〔連丁〕　靈（一）〔連丁〕　廷（一）〔田丁〕　亭（一）〔田丁〕
泓（三）〔烏亭〕　爭（三）〔則泓〕　聽（一）〔他寧〕　根（一）〔宅爭〕

「丁」以下，十二個反切下字相繫聯。

張氏云：「寧」今本繫傳：「彌丁反」，蓋係「禰丁反」之誤。

名（八）〔彌并〕　營（一）〔余并〕　傾（一）〔缺〕　并（六）〔缺〕　征（十）〔眞名〕　成（八）〔示征〕　呈（二）〔直成〕　情（三）〔自成〕　貞（八）〔陟情〕　清（一）〔親貞〕　嬰（一）〔伊貞〕

「名」以下，十一個反切下字相繫聯。

張氏云：「征」為「延」之重文，音相諧。「并」繫傳：「比令反」；另有平聲一讀，篆韻譜：「府盈反」，繫傳不載此音，故云缺。

「傾」張氏作「去營反」。慧案：「傾」今本繫傳缺，廣韻：「去營切」。

經（十二）〔缺〕　青（一）〔倉經〕

　　「經」、「青」兩個反切下字相繫聯。

　　　張氏云：「經」今本繫傳缺，篆韻譜：「古零反」；以其同音字「涇」、「剄」

　　　　　　等推之，繫傳當作「堅丁反」。

形（四）〔賢星〕　星（八）〔息形〕

　　「形」、「星」兩個反切下字相繫聯。

　　以上清青韻反切下字凡二十七。

靜迥韻

屏（六）〔比郢〕　穎（一）〔全郢〕　郢（六）〔以井〕　領（一）〔里井〕　請
（四）〔七井〕　井（五）〔即頃〕　頃（一）〔缺〕　迥（五）〔余請〕

　　「屏」以下，八個反切下字相繫聯。

　　　張氏云：「請」今本繫傳「七并反」，蓋係「七井反」之誤。「頃」今本繫傳：

　　　　　　「去營反」；別有上聲一讀，以「熲」等同音字推之，當作「去挺

　　　　　　反」；而繫傳不載此音，故云缺。

挺（六）〔笛鼎〕　頲（三）〔他挺〕　鼎（一）〔顛茗〕　頂（三）〔顛茗〕　茗
（四）〔缺〕

　　「挺」以下，五個反切下字相繫聯。

　　　張氏云：「茗」大徐本新附字。篆韻譜：「莫迥反」。

靜（六）〔寂逞〕　逞（五）〔丑靜〕

　　「靜」、「逞」兩個反切下字相繫聯。

　　以上靜迥韻反切下字凡十五。

勁徑韻

性（九）〔息令〕　姓（一）〔息令〕　令（六）〔力聘〕　聘（一）〔匹併〕　併
（四）〔必正〕　徑（五）〔居正〕　正（五）〔眞性〕　寧（三）〔年徑〕　定
（四）〔徒寧〕

　　「性」以下，九個反切下字相繫聯。

　　以上勁徑韻反切下字凡九。

昔錫韻

的（二二）〔顛歷〕　逖（一）〔他歷〕　激（七）〔堅歷〕　擊（一）〔堅歷〕
歷（十）〔連的〕　璧（二）〔并激〕　錫（三）〔星激〕

　　「的」以下，七個反切下字相繫聯。

　　張氏云：「邊」爲「逖」之重文，音相諧。

尺（十一）〔昌夕〕　赤（三）〔昌夕〕　亦（五）〔移赤〕　夕（六）〔辭易〕
易（十一）〔移尺〕

　　「尺」以下，五個反切下字相繫聯。

昔（三）〔思益〕　益（七）〔伊昔〕

　　「昔」、「益」兩個反切下字相繫聯。

狄（十八）〔田溺〕　溺（十二）〔泥覓〕　覓（六）〔缺〕　摘（一）〔他狄〕
宅（一）〔直摘〕　赫（五）〔歇宅〕　寂（二）〔才狄〕

　　「狄」以下，七個反切下字相繫聯。

　　張氏云：「覓」說文所無，廣韻：「莫狄反」。

石（九）〔神隻〕　射（四）〔神隻〕　隻（六）〔眞石〕　僻（九）〔篇石〕　辟
（五）〔卑僻〕　壁（二）〔卑僻〕　役（四）〔與僻〕

　　「石」以下，七個反切下字相繫聯。

以上昔錫韻反切下字凡二十八。

第十三節　曾　攝

一、蒸　韻

陵（七）〔力膺〕　凌（二）〔力膺〕　澄（四）〔纒凌〕　丞（二）〔視澄〕　承
（二）〔視澄〕　興（三）〔香澄〕　膺（六）〔倚冰〕　冰（九）〔彬仍〕　仍
（五）〔而冰〕　稱（二）〔齒仍〕

　　「陵」以下，十個反切下字相繫聯。

　　張氏云：「澄」篆作「澂」。「冰」篆作「仌」。「丞」今本繫傳：「視登反」
　　　　　　以「承」等同音字推之，蓋爲「視澄反」之誤。

以上蒸韻反切下字凡十。

證　韻

證（三）〔酌應〕　譝（一）〔缺〕　孕（五）〔以證〕　應（三）〔缺〕

「證」以下，四個反切下字相繫聯。

張氏云：「應」今本繫傳：「於陵反」；別有去聲一讀，篆韻譜：「於證反」；
　　　　而繫傳不載此音，故云缺。

「譝」張氏作「於證反」。慧案：「譝」今本繫傳缺，廣韻：「於證切」。

職　韻

力（十四）〔留直〕　職（一）〔章直〕　直（五）〔陳力〕　陟（五）〔竹力〕
碧（三）〔彼力〕　式（十）〔申力〕　副（一）〔披式〕　息（四）〔消式〕　逆
（八）〔言碧〕　戟（一）〔己逆〕

「力」以下，十個反切下字相繫聯。

弋（五）〔以即〕　翼（一）〔以即〕　即（十五）〔煎弋〕

「弋」以下，三個反切下字相繫聯。

測（二）〔察色〕　色（十五）〔疏憶〕　億（二）〔依色〕　憶（五）〔缺〕

「測」以下，四個反切下字相繫聯。

抑（四）〔憂仄〕　或（五）〔手抑〕　北（六）〔補或〕　國（一）〔古或〕　仄
（一）〔妻側〕　側（一）〔齋食〕　昃（一）〔齋食〕　食（六）〔神隻〕　隻
（在昔錫韻中）

「抑」以下，九個反切下字相繫聯。

張氏云：此組與的類有通連之跡。

慧案：張氏所謂之「的類」即廣韻的「昔錫韻」。

逼（一）〔缺〕

張氏云：「逼」大徐本新附字，篆韻譜：「彼即反」。

以上職韻反切下字凡二十七。

二、登　韻

增（八）〔走稜〕　稜（五）〔婁登〕　能（二）〔奈登〕　登（四）〔丹增〕

「增」以下，四個反切下字相繫聯。

慧案：「棱」俗亦作「稜」。

滕（一）〔徒崩〕　崩（一）〔補弘〕　弘（四）〔戶朋〕　朋（四）〔缺〕

「滕」以下，四個反切下字相繫聯。

慧案：「弘」張氏作「戶朋反」。「弘」今本繫傳「戶明反」蓋係「戶朋反」
之訛。

張氏云：「朋」為「鳳」之重文，音不相諧；篆韻譜：「步崩反」。

以上登韻反切下字凡八。

等　韻

等（一）〔都肯〕　肯（一）〔看等〕

「等」、「肯」兩個反切下字相繫聯。

以上等韻反切下字凡二。

嶝　韻

亙（三）〔古鄧〕　贈（一）〔昨鄧〕　懵（二）〔莫贈〕　鄧（一）〔徒亙〕

「亙」以下，四個反切下字相繫聯。

張氏云：「亙」為「楄」之重文，今本繫傳：「都亙反」蓋係「古鄧反」之
訛；篆韻譜：「古鄧反」。「懵」篆作「㦦」。

以上嶝韻反切下字凡四。

德　韻

忒（八）〔他得〕　得（二）〔多則〕　德（一）〔多則〕　則（四）〔遭德〕　勒
（二）〔郎忒〕　黑（四）〔亨勒〕　墨（二）〔沒黑〕　特（一）〔頭墨〕

「忒」以下，八個反切下字相繫聯。

剋（一）〔缺〕

慧案：「剋」說文無此字，廣韻：「苦得切」。

以上德韻反切下字凡九。

第十四節　流　攝

一、尤　韻

柔（二七）〔然尤〕　尤（二一）〔羽秋〕　句（二）〔梗尤〕　邱（一）〔起秋〕
丘（六）〔起秋〕　秋（二五）〔七牛〕　牛（九）〔逆求〕　求（十）〔虔柔〕
仇（一）〔虔柔〕　浮（八）〔附柔〕　酬（六）〔市柔〕　矛（三）〔莫浮〕　收
（十一）〔申邱〕　鉤（一）〔缺〕　溝（七）〔梗尤〕　侯（四）〔河溝〕

　　「柔」以下，十六個反切下字相繫聯。

　　張氏云：「求」爲「裘」之重文，「酬」爲「驌」之重文，音俱相諧。

　　慧案：「酬」爲「醻」之重文。張氏作「驌」，蓋係「醻」之訛。

由（十六）〔缺〕　酋（五）〔字由〕　流（一）〔里由〕　留（十三）〔里由〕
輈（一）〔隻留〕　舟（一）〔隻留〕　周（二）〔隻留〕　揉（一）〔色酋〕　抽
（四）〔敕留〕　脩（一）〔息抽〕　羞（一）〔息抽〕

　　「由」以下，十一個反切下字相繫聯。

　　張氏云：「由」說文所無，廣韻：「以周切」。「抽」篆作「搐」。

　　以上尤韻反切下字凡二十七。

有　韻

酒（十四）〔津酉〕　酉（二）〔夷酒〕　臼（一）〔伎酒〕

　　「酒」以下，三個反切下字相繫聯。

九（十）〔機柳〕　久（一）〔幾柳〕　柳（六）〔力九〕　紂（五）〔缺〕　首
（一）〔式九〕　友（二）〔延九〕　有（九）〔延九〕　肘（一）〔知有〕

　　「九」以下，八個反切下字相繫聯。

　　慧案：「紂」今本繫傳缺，廣韻：「除柳切」。

丑（六）〔敕紐〕　缶（一）〔付丑〕　負（一）〔復缶〕　紐（二）〔缺〕

　　「丑」以下，四個反切下字相繫聯。

　　張氏云：「紐」今本繫傳缺，篆韻譜：「女久反」。

帚（四）〔職受〕　受（二）〔常帚〕

　　「帚」、「受」兩個反切下字相繫聯。

以上有韻反切下字凡十七。

宥　韻

救（十六）〔見岫〕　岫（五）〔席又〕　究（一）〔己又〕　又（六）〔延救〕
狩（九）〔詩救〕　舊（二）〔其救〕　宥（五）〔尤舊〕　狖（二）〔羊狩〕

「救」以下，八個反切下字相繫聯。

慧案：「狖」俗作「狖」。

秀（十三）〔息就〕　溜（二）〔良秀〕　就（四）〔絕僦〕　僦（二）〔缺〕

「秀」以下，四個反切下字相繫聯。

張氏云：「僦」大徐本新附字，篆韻譜：「即就反」。

二、侯　韻

頭（四）〔特婁〕　婁（十）〔勒兜〕　兜（九）〔單頭〕

「頭」以下，三個反切下字相繫聯。

以上侯韻反切下字凡三。

厚　韻

吼（十）〔蒿厚〕　斗（十三）〔都厚〕　厚（七）〔旱斗〕　某（一）〔莫厚〕
偶（四）〔五斗〕　垢（一）〔講吼〕

「吼」以下，六個反切下字相繫聯。

張氏云：「吼」說文作「㕶」。

走（九）〔則口〕　口（一）〔懇走〕

「走」、「口」兩個反切下字相繫聯。

以上厚韻反切下字凡八。

張氏云：酒類依廣韻有厚之分，可析為二類；茲以平聲尤侯二韻合為柔類，
故仍合之。去聲準此。

慧案：尤、侯（以平賅上去）分韻，我在第四篇裏有詳細說明，茲不贅。

候　韻

透（十三）〔缺〕　詬（一）〔呵透〕

「透」、「詬」兩個反切下字相繫聯。

豆（十三）〔笛奏〕　奏（四）〔則漚〕　邁（五）〔格漚〕　漚（十一）〔安鬬〕
鬬（一）〔當豆〕　漏（一）〔勒豆〕　候（八）〔寒豆〕　湊（一）〔滄候〕

「豆」以下，八個反切下字相繫聯。

以上候韻反切下字凡十。

三、幽　韻

虬（七）〔缺〕　幽（二）〔伊虬〕　彪（三）〔彼虬〕

「虬」以下，三個反切下字相繫聯。

張氏云：「虬」今本繫傳缺，篆韻譜：「巨幽反」。

以上幽韻反切下字凡三。

黝　韻

糾（四）〔緊黝〕　黝（二）〔伊糾〕

「糾」、「黝」兩個反切下字相繫聯。

以上黝韻反切下字凡二。

幼　韻

幼（一）〔伊謬〕　謬（一）〔明幼〕

「幼」、「謬」兩個反切下字相繫聯。

以上幼韻反切下字凡二。

第十五節　深　攝

一、侵　韻

林（十六）〔力尋〕　尋（七）〔似侵〕　侵（五）〔七林〕　欽（六）〔卻林〕
吟（十一）〔銀欽〕　音（二）〔郁吟〕　任（八）〔爾音〕　禽（二）〔巨任〕
心（五）〔昔任〕　沈（十五）〔池心〕　箴（一）〔止沈〕　斟（三）〔止沈〕
今（十四）〔居斟〕　金（二）〔居斟〕　琴（四）〔巨今〕　參（四）〔師今〕

「林」以下，十六個反切下字相繫聯。

慧案：「琴」篆作「珡」。「參」篆作「曑」。

以上侵韻反切下字凡十六。

寢　韻

甚（十二）〔神朕〕　朕（四）〔直賃〕　賃（去聲沁韻）

「甚」以下，三個反切下字相繫聯。

張氏云：此組與去聲任類有通連之跡。

慧案：張氏所謂「任類」即廣韻之「沁韻」

荏（三）〔而沈〕　衽（四）〔而沈〕　錦（一）〔九沈〕　沈（十五）〔缺〕

「荏」以下，四個反切下字相繫聯。

張氏云：「沈」繫傳：「池心反」，屬平聲林類；別有上去二讀；廣韻上聲寢
韻：「式荏反」（依段玉裁手校本），去聲沁韻：「直禁反」；俱為繫
傳所不載，故云缺。又「衽」廣韻亦屬去聲沁韻，似此組與去聲
亦可通連。

慧案：張氏所謂的平聲「林類」即是廣韻的「侵韻」。而「式荏反」蓋係「式
任切」之訛；「直禁反」蓋係「直禁切」之訛。

以上寢韻反切下字凡七。

沁　韻

任（八）〔缺〕　沁（三）〔七任〕　蔭（一）〔衣任〕　禁（二）〔居蔭〕　浸
（一）〔進沁〕　賃（三）〔女沁〕　鴆（二）〔直賃〕

「任」以下，七個反切下字相繫聯。

張氏云：「任」繫傳：「爾音反」；別有去聲一讀，篆韻譜：「汝鴆反」，繫傳
不載此音，故亦云缺。「賃」字下，今本繫傳：「女心反」，恐係「女
沁反」之訛，廣韻：「乃禁切」。

以上沁韻反切下字凡七。

緝　韻

揖（六）〔伊入〕　習（四）〔似入〕　十（二）〔常入〕　入（十二）〔而集〕
集（六）〔牆揖〕　執（二）〔之習〕　溼（一）〔傷執〕　邑（四）〔應執〕　戢
（二）〔臻邑〕　泣（六）〔羌邑〕　汲（三）〔飢泣〕　急（二）〔飢泣〕　及
（三）〔其急〕　立（八）〔里汲〕　吸（二）〔希立〕

「揖」以下，十五個反切下字相繫聯。

慧案：「揖」：「伊入反」，張氏作「攝」：「伊入反」，「攝」蓋係「揖」之訛。
「集」爲「鱟」之或體。

第十六節　咸　攝

一、覃談韻

南（十五）〔叔甘〕　諳（一）〔恩甘〕　甘（十二）〔溝堪〕　堪（四）〔慳南〕
覃（一）〔田南〕　談（一）〔杜南〕

「南」以下，六個反切下字相繫聯。

貪（十一）〔吐含〕　含（二）〔侯貪〕

「貪」、「含」兩個反切下字相繫聯。

三（十）〔仙藍〕　藍（一）〔龍三〕　籃（一）〔籠三〕

「三」以下，三個反切下字相繫聯。

擔（一）〔缺〕

慧案：「擔」說文無此字，廣韻：「都甘切」又「都濫切」。

以上覃談韻反切下字凡十二。

感敢韻

感（十三）〔苟坎〕　撼（一）〔候坎〕　坎（十三）〔口糝〕　糝（四）〔息感〕
喻（二）〔他感〕　慘（一）〔此喻〕

「感」以下，六個反切下字相繫聯。

張氏云：「糝」爲「糂」之重文，「撼」說文作「撼」，音俱相諧。

敢（八）〔構茭〕　茭（一）〔忒敢〕　澹（二）〔徒敢〕　暫（二）〔祖澹〕

「敢」以下，四個反切下字相繫聯。

張氏云：「茭」爲「菿」之重文，音與諧。「暫」廣韻屬去聲闞韻。

淡（二）〔稻槧〕　槧（三）〔自淡〕

「淡」、「槧」兩個反切下字相繫聯。

以上感敢韻反切下字凡十二。

勘闞韻

闞（三）〔苦濫〕　濫（一）〔盧闞〕

「闞」、「濫」兩個反切下字相繫聯。

暗（二）〔歐淦〕　闇（二）〔歐淦〕　淦（一）〔溝暗〕

「暗」以下，三個反切下字相繫聯。

張氏云：「闇」字下，今本繫傳：「歐欽反」，蓋係「歐淦反」之誤。

勘（一）〔缺〕

張氏云：「勘」大徐本新附字，篆韻譜：「苦紺反」。

紺（一）〔缺〕

張氏云：「紺」今本繫傳缺，篆韻譜：「古暗反」。

以上勘闞韻反切下字凡七。

合盍韻

合（三二）〔後閤〕　沓（九）〔道合〕　錔（一）〔他合〕　臘（四）〔盧合〕
閤（四）〔苟合〕　雜（一）〔自合〕　盍（六）〔侯臘〕　蹋（二）〔徒盍〕　榼
（三）〔枯蹋〕　帀（三）〔子荅〕　荅（一）〔都錔〕

「合」以下，十一個反切下字相繫聯。

以上合盍韻反切下字凡十一。

二、鹽添韻

廉（二三）〔連兼〕　添（四）〔土兼〕　兼（九）〔結添〕　鹽（十三）〔羊廉〕
閻（一）〔羊廉〕　嫌（三）〔賢兼〕　占（七）〔之廉〕　炎（六）〔延占〕　苫
（二）〔設炎〕　潛（十一）〔秦苫〕　淹（七）〔殷潛〕　猒（二）〔於潛〕

「廉」以下，十二個反切下字相繫聯。

慧案：「嫌」張氏作「賢廉反」，蓋係「賢兼反」之訛。

琰忝儼韻。

檢（九）〔其閃〕　冉（三）〔柔檢〕　儉（三）〔其閃〕　儼（五）〔牛儉〕　貶
（三）〔悲儉〕　染（五）〔柔儉〕　琰（四）〔延檢〕　斂（二）〔留琰〕　漸
（七）〔就冉〕　奄（一）〔依漸〕　閃（三）〔施塹〕

「檢」以下，十一個反切下字相繫聯。

　　慧案：「閃」張氏作「施漸反」，蓋係「施塹反」之訛。

點（四）〔多忝〕　忝（一）〔透點〕

　　「點」、「忝」兩個反切下字相繫聯。

　　以上琰忝儼韻反切下字凡十一。

　　張氏云：檢類賅廣韻之琰忝儼三韻，與平聲廉類僅賅鹽添二韻者不同；蓋
　　　　　　此已開琰忝儼三韻同用之先河矣。

　　豔桥韻

念（十一）〔寧店〕　店（一）〔缺〕

　　「念」、「店」兩個反切下字相繫聯。

　　張氏云：「店」說文所無，廣韻：「都念切」。

驗（二）〔魚窆〕　窆（一）〔方驗〕　塹（一）〔七驗〕

　　「驗」以下，三個反切下字相繫聯。

　　以上豔桥韻反切下字凡五。

　　葉帖韻

帖（十五）〔邊輒〕　燁（一）〔笏輒〕　篋（一）〔山燁〕　挾（一）〔羊帖〕
曄（一）〔元帖〕　俠（七）〔羊帖〕　輒（十一）〔陟聶〕　儑（五）〔眞聶〕
捷（六）〔疾聶〕　聶（十五）〔女儑〕

　　「帖」以下，十個反切下字相繫聯。

接（十一）〔節攝〕　涉（六）〔常攝〕　攝（十）〔失涉〕　摺（二）〔之涉〕
儑（一）〔齒摺〕　葉（二）〔亦接〕　厭（一）〔伊葉〕

　　「接」以下，七個反切下字相繫聯。

　　以上葉帖韻反切下字凡十七。

三、咸銜嚴凡韻

咸（十）〔侯彡〕　嗛（四）〔候彡〕　銜（三）〔候彡〕　簪（一）〔定嗛〕　彡
（八）〔所咸〕

　　「咸」以下，五個反切下字相繫聯。

張氏云:「嗛」、「簟」廣韻屬上聲忝韻。

監(四)〔姦嚴〕　嚴(一)〔語醃〕　嚴(一)〔語醃〕　颿(一)〔缺〕　凡(一)〔符芝〕　芝(一)〔所監〕　喦(四)〔五監〕　醃(二)〔缺〕

「監」以下,八個反切下字相繫聯。

張氏云:「醃」說文所無,廣韻:「於嚴切」。

「颿」張氏作「符嚴反」。慧案:「颿」今本繫傳缺,篆韻譜:「符嚴反」。

緘(二)〔缺〕

張氏云:「緘」今本繫傳缺,篆韻譜:「古咸反」。

以上咸銜嚴凡韻反切下字凡十四。

豏檻范韻

減(八)〔古黯〕　黯(一)〔歐減〕　斬(一)〔側減〕　湛(一)〔宅減〕

「減」以下,四個反切下字相繫聯。

檻(七)〔寒犯〕　犯(二)〔浮檻〕　范(一)〔浮檻〕　獫(一)〔荒檻〕

「檻」以下,三個反切下字相繫聯。

以上豏檻范韻反切下字凡八。

陷鑑梵韻

劍(四)〔居欠〕　欠(一)〔丘劍〕

「劍」、「欠」兩個反切下字相繫聯。

蘸(三)〔缺〕

張氏云:「蘸」大徐本新附字,篆韻譜:「斬陷反」。

梵(二)〔缺〕

張氏云:「梵」大徐本新附字,篆韻譜:「扶泛反」。

擸(一)〔缺〕

張氏云:「擸」說文所無,廣韻:「楚鑑切」。

以上陷鑑梵韻反切下字凡五。

洽狎業乏韻

甲（十）〔溝呷〕　呷（皿）〔呼甲〕

　　「甲」、「呷」兩個反切下字相繫聯。

業（六）〔疑怯〕　劫（一）〔居怯〕　怯（四）〔羌脅〕　脅（三）〔虛業〕

　　「業」以下，四個反切下字相繫聯。

　　張氏云：「怯」為「㹣」之重文，音相諧。

洽（五）〔缺〕　夾（二）〔茍掐〕　掐（六）〔缺〕

　　「洽」以下，三個反切下字相繫聯。

　　慧案：「洽」今本繫傳缺，廣韻：「侯夾切」。

　　張氏云：「掐」大徐本新附字，篆韻譜：「苦夾反」以「瞎」等同音字推之，

　　　　　　當作「刻洽反」。

乏（三）〔符法〕　法（一）〔方乏〕

　　「乏」、「法」兩個反切下字相繫聯。

　　慧案：「瀱」為「法」之古文。

狹（二）〔缺〕

　　慧案：「狹」說文無此字，廣韻：「侯夾切」。

　　以上洽狎業乏韻反切下字凡十二。

第六章　朱翺反切中的重紐問題

第一節　何謂重紐

一、重紐的定義

周法高師在民國七十五年第二屆國際漢學會議中所發表的〈隋唐五代宋初重紐反切研究〉一文中，曾對「重紐」下過定義，他說：

> 所謂「重紐」，是指切韻或廣韻同一三等韻中，開口或合口的唇、牙、喉音字同紐有兩組反切，在早期韻圖（韻鏡或七音略）中，分別列在同一行的三、四等。我們管前者叫作重紐 B 類，後者叫作重紐 A 類。

二、重紐出現在那些韻？

一般認為重紐出現在廣韻中支、脂、眞、諄、祭、仙、宵、侵、鹽（舉平以賅上去入）諸韻之唇、牙、喉音。然而在周法高師的〈隋唐五代宋初重紐反切研究〉一文中，對於重紐出現的地方，有所說明：

> 所謂三等韻重紐的出現，只要是唇牙喉音下至少有一組重紐出現就行了；例如侵韻和鹽韻就只是影紐有一組重紐。還有清韻和庚韻三等兩韻合成一組 A、B 類（在韻鏡中，清韻的唇牙喉列在四等，和

庚韻三等列在三等，恰巧配合成一組重紐 A、B 類）。蒸韻沒有重紐，唇牙喉音屬 B 類。（原註「蒸韻有重唇音，可見其不應屬 C 類；又在漢越音中唇音字讀 P 不讀 t，其唇牙喉音皆在三等，可見應屬 B 類，因為 A 類唇音字在漢越音中讀 t」。）幽韻在王仁煦刊謬補缺切韻切語下字分兩類，曉紐有重紐；可是廣韻和韻鏡都沒有區別。

三、重紐 A、B 類互不用作反切上字

民國四十一年周法高師在〈三等韻重唇音反切上字研究〉[註1] 一文中，列舉了廣韻（以切韻校勘）、陸德明《經典釋文》、《玄應一切經音義》和《慧琳一切經音義》諸書中的唇音反切，發現重紐 A、B 類字不互相用作反切上字。不過因為兩者共同以普通三等韻的輕唇音字作反切上字，所以在反切繫聯上看不出區別來。

日本學者辻本春彥先生於民國四十三年在〈いわゆる三等重紐の問題〉[註2] 一文中，提出一條規律：就是上字若屬 A 類，則被切字亦屬 A 類；上字若屬 B 類，則被切字亦屬 B 類。民國四十六年，上田正先生也提出了此種看法。[註3]

梅廣先生在董同龢先生的指導下，於民國五十二年寫成了《說文繫傳反切的研究》的碩士論文裏也說過（一）、（二）兩類（（一）類代表 A 類；（二）類代表 B 類）是絕少混用的。

日本學者平山久雄也在周法高師的〈三等韻重唇音反切上字研究〉一文的啟發下，於民國五十五年發表了〈切韻に於ける蒸職韻と之韻の音價〉，[註4] 觀察到「切韻」裏重唇音重紐 A 類字和 B 類字不互相用為反切上字的原則也可適用於牙喉音。並且把 A 類字和 B 類字分別只能切 A 類字和 B 類字，而 C 類字則無此限制的現象稱為「類相關」。[註5]

[註1] 民國 41 年發表於《史語所集刊》第二十三本，民國 64 年臺北聯經出版社重印於《中國語言學論文集》。

[註2] 此篇論文於民國 67 年再錄於《均社論叢》第五卷第 1 期。

[註3] 見於日本平山久雄教授於民國 75 年 8 月 27 日給周法高師之來書中。

[註4] 發表於《東洋學報》四九～一。

[註5] 平山久雄教授後來知道上田正先生於民國 46 年已提出和他的「類相關」同樣的看法，於是再撰了〈切韻に於ける蒸職韻開口牙喉音の音價〉（《東洋學報》五五～二，民國 61 年），承認 Priority 當歸於上田氏，並對蒸職的音質也作了一些訂正。

民國六十四年，杜其容女士發表了〈三等韻牙喉音反切上字分析〉一文，發現了重紐 A、B 類牙喉音不互相用作反切上字的情形。不過因爲兩者共同以普通三等韻（即周師所謂的 C 類）字作反切上字，所以在反切繫聯上看不出區別來。

民國七十五年，周法高師在〈隋唐五代宋初重紐反切研究〉一文中，列舉了陸德明《經典釋文》（六世紀末葉）、顏師古《漢書音義》（七世紀中葉）、玄應《一切經音義》（七世紀中葉）、慧琳《一切經音義》（八世紀末葉）、朱翱《說文繫傳反切》（十一世紀末葉）和《集韻》（十二世紀初葉），並由以上諸書關於重紐反切的資料中，看出重紐 A、B 類都是有分別的。

以上是我對於發現重紐 A、B 類不互相用作反切上字的現象者，依其年代之先後次序所作的一個簡略敍述。

第二節　朱翱重唇、牙、喉音之重紐反切研究

一、朱翱重紐小韻及其同音字群

下表是依照支、脂、眞、諄、祭、仙、宵、侵、鹽、庚三清、蒸、幽之順序、分別將廣韻韻目、聲紐、A（類）或 B（類）、朱翱反切、廣韻反切、同音字群等資料依次填入。

朱翱重紐小韻及其同音字群

韻目	聲紐	A 或 B	朱翱反切	廣韻反切	朱翱同音字群
支開	幫	B	彼移	彼爲	陂、羆、羆
	幫	A	賓而	府移	卑、裨、頗、錍、椑
	滂	B	披移	敷羈	碑
	滂	B	坏卑	敷羈	披、旇、鮍
	並	B	被移	符羈	龍
	並	B	貧知	符羈	皮
	並	B	弼悲	符羈	疲
	並	A	步脾	符支	郫
	並	A	頻移	符支	脾、埤、陴、髀

此亦見於平山久雄教授於民國 75 年 8 月 27 日給周法高師之來書中。

	明	B	美皮	靡爲	縻、䯅
	明	B	美支	靡爲	䯅
	明	A	眠伊	武移	彌、篇、粃、粟
	見	B	斤離	居宜	畸、羈
	溪	B	牽宜	去奇	觭、觭、踦、骑
	溪	B	牽奇	去奇	敧
	溪	B	牽其	去奇	犄
	群	B	巨離	渠羈	奇、騎
	群	A	巨伊	巨支	郊
	群	A	翹移	巨支	跂、趹、忯、汥、軝
	疑	B	擬機	魚羈	宜
	疑	B	銀之	魚羈	鄿
	疑	B	研之	魚羈	儀、犧、檥、轙、疑
	影	B	於奇	於離	旖、猗、陭
	曉	B	許移	許羈	犧、羲、戱
支合	見	B	居危	居爲	鄔
	見	B	俱爲	居爲	嬀
	見	A	糾葵	居隨	婴
	見	A	堅隨	居隨	規、鬶、鵤
	溪	B	起爲	去爲	虧
	溪	A	去規	去隋	闚
	溪	A	丘規	去隋	窺
	疑	B	虞爲	魚爲	危、戱、洈
	影	B	於佳	於爲	倭
	影	B	委爲	於爲	逶、矮、覣
	曉	B	毀爲	許爲	摩
	曉	B	喧垂	許爲	撝、隓
紙開	幫	B	邠是	甫委	柀
	幫	B	邦是	甫委	彼
	幫	A	邊弭	并弭	俾、鞞、髀、縍
	幫	A	邊彌	并弭	箄
	並	B	頻旨	便俾	婢、庳
	明	B	眉彼	文彼	靡
	明	A	面侈	綿婢	弭、芈、濔、渳

	明	A	名洗	綿婢	敉、眯、瀰、米
	群	B	強倚	渠綺	技、伎、妓
	影	B	乙彼	於綺	倚
紙合	見	B	溝委	過委	觤、鬹
	溪	A	傾觜	丘弭	跬
	疑	B	五累	魚毀	婗
	疑	B	語委	魚毀	庀、顧
	影	B	醞累	於詭	委、骫、鄔
	曉	B	呼委	許委	毇
	曉	B	吁委	許委	毀、烜、燬、撝、孈
寘開	幫	B	鄙媚	彼義	賁
	幫	B	筆詈	彼義	詖
	幫	B	博媚	彼義	賊
	幫	A	畢寘	卑義	臂
	滂	A	匹寄	匹賜	譬
	並	B	平義	平義	髲、被、鞁
	並	A	便詈	毗義	避
	見	B	堅芰	居義	寄
	溪	A	去寄	去智	企跂
	群	B	巨寄	奇寄	魀
	群	B	巨託	奇寄	芰
	疑	B	魚智	宜寄	義、議、誼
寘合	見	B	矩利	詭僞	賜
	疑	B	魚醉	危睡	僞
	影	B	蘊瑞	於僞	委、矮
	影	A	於弄	於避	恚、娡
脂開	滂	B	鋪眉	敷悲	丕
	滂	B	浦宜	敷悲	駓、伾、秠
	並	B	部悲	符悲	魾
	並	B	部眉	符悲	邳
	並	A	鼻宜	房脂	妣、貔、蚍、芘、膍、枇、榌
	明	B	閩之	武悲	眉、蘪、楣、郿、麋、黴、湄
	明	B	閩悲	武悲	瑂
	見	B	居希	居夷	飢、磯、譏、幾、饑、機、覉

	見	B	斤離	居夷	肌
	群	B	巨夷	渠脂	祁
	疑	B	銀眉	牛肌	狋、屔、嶷
	影	A	伊糾	於脂	黝
	影	A	因之	於脂	伊
	曉	B	忻宜	火尸	咴、熹
脂合	群	B	權錐	渠追	馗、踳、狒、夔、夒、頯、騤
	群	B	揆惟	渠追	巏
	群	A	揆惟	渠佳	葵
	群	A	巨規	渠佳	鄈
	曉	A	翾惟	許維	倠
旨開	幫	B	兵几	方美	啚
	幫	B	博几	方美	痞
	幫	B	博美	方美	鄙
	幫	A	并止	卑履	妣、祉、牝、仳、比
	幫	A	卑履	卑履	匕、紕
	滂	B	披鄙	匹鄙	嚭
	滂	B	匹鄙	匹鄙	疕、崷
	明	B	免鄙	無鄙	美
	見	B	謹美	居履	几、机、邔、屼、麂
	群	B	暨几	暨几	跽
旨合	見	B	居水	居洧	簋
	見	B	俱彼	居洧	軌
	見	B	俱水	居洧	宄、晷、厬、氿
	見	A	見水	居誄	癸
	群	A	巨癸	求癸	巋
	群	A	虬癸	求癸	揆、楑、湀
至開	幫	B	彼至	兵媚	邲
	幫	B	筆媚	兵媚	眈、祕、柲、毖、閟
	幫	B	悲利	兵媚	祕
	幫	A	彼二	必至	痹
	幫	A	必至	必至	箅、畀
	滂	B	披備	匹備	濞
	滂	B	匹惠	匹備	淠

			朱翱反切	切韻反切	
	並	B	辨利	平祕	備、莆、犕、糒
	並	B	平媚	平祕	癉
	並	A	頻至	毗至	鼻、坒
	明	B	密至	明祕	媚、魅
	明	A	忙庇	彌二	寐
	見	B	訖示	几利	冀、蒇、概、覬、驥
	溪	B	乞至	去冀	器、䃥
	溪	A	起利	詰利	屇
	溪	A	契利	詰利	棄
	影	B	乙器	乙冀	懿、旣、驢、饐
	影	B	伊肆	乙冀	擅
	曉	B	希媚	虛器	呬
	曉	B	虛致	虛器	豷、霼
至合	見	B	矩遂	俱位	餽、騩、媿
	見	A	見翠	居悸	季
	溪	B	區帥	丘愧	喟、䯏、鬒
	群	A	葵季	其季	瘁
	群	A	岐季	其季	悸、徛
	曉	B	吁位	許位	燹
眞	幫	B	彼困	府巾	份
	幫	B	布巾	府巾	邠
	幫	A	必人	必鄰	賓
	滂	A	匹人	匹賓	闉
	並	B	弼巾	符巾	貧
	並	A	婢民	符眞	濱、贇、鬢、矉、櫇、覶、颦、婢
	明	B	眉邠	武巾	珉
	明	B	眉均	武巾	忞、旻、罠、捪、緡、暋
	明	A	彌鄰	彌鄰	民
	見	B	己申	居銀	巾
	群	B	伎殷	巨巾	堇、廑、勤、芹
	疑	B	言陳	語巾	銀、珢、圁、誾、齗
	影	A	伊鄰	於眞	禋
	影	A	伊申	於眞	因

	影	A	伊倫	於眞	茵、駰、湮、闉、捆、姻、垔
諄	見	B	矩貧	居筠	麇
	見	A	堅鄰	居匀	均、姁、鈞
	溪	B	牽輪	去倫	囷
	影	B	宛旬	於倫	頵
軫	並	A	脾閔	毗忍	牝
	明	B	眉殞	眉殞	敏
	明	B	眉引	眉殞	閔、敃、敯、愍、潣、緩
	明	A	迷牝	武盡	筤
	明	A	糾忍	居忍	緊
	疑	B	宜引	宜引	听
	疑	B	宜謹	宜引	釿
準	群	B	巨殞	渠殞	窘
	疑	B	愚蘊	牛殞	輑、齳
震	幫	A	比刃	必刃	儐、殯、鬢
	滂	A	匹儐	匹刃	覲、柰
	溪	B	袪胤	去刃	菣
	群	B	其櫬	渠遴	殣
	群	B	其襯	渠遴	僅、覲、墐
	疑	B	牛吝	魚覲	狋
	疑	B	魚晉	魚覲	憖
	影	A	伊鎭	於刃	印
	曉	B	許僅	許覲	釁
質	幫	B	碑乙	鄙密	筆
	幫	A	卑聿	卑吉	畢
	幫	A	畢聿	卑吉	必
	滂	A	篇七	譬吉	匹
	並	B	皮密	房密	弼
	並	A	皮密	毗必	邲
	並	A	頻必	毗必	駜
	並	A	頻述	毗必	鮅
	並	A	頻尤	毗必	苾
	並	A	脾必	毗必	邲
	明	A	美弼	美畢	密、蔤、昏、謐

	明	A	忙一	彌畢	宓
	明	A	彌畢	彌畢	蜜、謐
	見	A	經栗	居質	吉
	溪	A	輕質	去吉	詰、趌
	影	B	殷筆	於筆	乙
	影	A	伊質	於悉	一
	影	A	伊吉	於悉	壹
	曉	B	希乞	羲乙	肸、肐、仡、汔
	曉	A	馨逸	許吉	欯
術	見	A	居律	居聿	橘
	見	A	涓聿	居聿	繘
	見	A	涓出	居聿	趫
	群	A	葵橘	其聿	趫
祭開	幫	A	比袂	必袂	蔽
	滂	A	片滯	匹蔽	潎
	並	A	毗制	毗祭	敝、帗
	並	A	避制	毗祭	獘、幣
	明	A	弭例	彌祭	袂
	溪	B	豈例	去例	揭、愒
	疑	B	牛世	牛例	劓
	疑	A	魚世	魚祭	槸
祭合	見	B	俱稅	居衛	劌
仙開	幫	A	賓延	卑連	鞭、鯾
	滂	A	匹綿	芳連	瘺
	滂	A	僻連	芳連	篇、翩、偏、媥
	並	A	婢篇	房連	便、箯、蹁、諞、楄
	明	A	名連	武延	緜、瞑
	明	A	米田	武延	蔜
	明	A	莫田	武延	檰
	明	A	滅仙	武延	宀
	見	A	居然	居延	甄
	溪	B	豈虔	去乾	愆、遣、越、辛、褰、騫、攓、攐
	群	B	其延	渠焉	虔、乾、鄭
	影	B	殷焉	於乾	傿

仙合	群	B	衢員	渠員	權、趯、韏、鬈、拳、捲、虇、敻、嵤
	影	A	於旋	於緣	悁、睊、剈、嬛
	曉	A	虛全	許緣	翾、譞、儇、嬛
獮開	幫	A	比充	方緬	褊
	幫	A	必撚	方緬	辡
	並	B	皮緬	符蹇	辯、抃
	明	B	美選	亡辨	冕、鮸、勉、挽
	明	A	彌善	彌兗	緬
	明	A	彌件	彌兗	愐、丏、惼
	明	A	彌兗	彌兗	沔、湎
	見	B	機善	九輦	蹇
	溪	A	溪善	去演	膁
	疑	B	擬件	魚蹇	齴、齞
獮合	見	B	俱兗	居轉	卷
線開	幫	A	方見	方見	徧
	並	A	皮變	婢面	開、昇、覍、抃
	明	A	彌釧	彌箭	麵
	明	A	弭釧	彌箭	面、偭、眄
	溪	A	喫絹	去戰	譴
	疑	B	擬線	魚變	彥、唁、諺
線合	見	B	俱便	居倦	眷、睠、羂、帣、院
	見	A	擊箭	吉掾	鄄
	群	B	具選	渠卷	倦
	群	B	具便	渠卷	券
薛開	幫	B	鄙輟	方別	別、分
	幫	A	辟舌	并列	鷩
	滂	A	僻列	芳滅	瞥
	明	A	彌悅	亡列	滅、搣
	見	A	經節	居列	孑、趱、鶛、剣、桔、薁、拮、鍥
	溪	B	去絕	丘竭	藒
	溪	B	丘絕	丘竭	揭
	群	B	其熱	渠列	傑、桀、楬、碣、竭

韻	紐	類			例字
	疑	B	魚滅	魚列	孽、齧、臬、㸐、闑、鑷、碣
薛合	溪	A	傾穴	傾雪	缺
	影	A	縈節	於悅	妜、抉、鈌
	曉	A	火悅	許劣	威
	曉	A	隳悅	許劣	昊
宵	幫	B	彼消	甫嬌	儦、鑣、瀌、穮
	幫	A	彼消	甫遙	熛
	幫	A	必搖	甫遙	猋
	幫	A	必遙	甫遙	猋
	滂	A	片幺	撫招	杓
	滂	A	片祅	撫招	漂、嫖
	滂	A	片妖	撫招	犥、嘌、趬、爈、僄、鏢、幖
	並	A	部遙	符宵	瓢
	明	B	眉昭	武瀌	苗
	見	B	斤消	舉喬	驕
	群	B	伎昭	巨嬌	喬、鷸、橋、僑、鐈
	群	A	歧遙	渠遙	翹、荍
	影	B	於遙	於喬	祅
	影	B	殷喬	於喬	媄、枖
	曉	B	欣消	許嬌	囂、蟂、歊、嚻、歆
	曉	B	兄嬌	許嬌	枵
小	幫	B	彼眇	陂矯	表
	幫	A	卑杪	方小	檦
	幫	A	比眇	方小	褾
	並	B	平表	平表	麃
	並	A	頻小	符少	膘、摽
	明	A	彌小	亡沼	杪
	明	A	彌少	亡沼	眇
	見	B	己少	居夭	矯、敿、撟
	影	B	依少	於兆	夭
笑	滂	A	匹妙	匹妙	膘、剽、驃、勡
	明	B	美少	眉召	廟
侵	疑	B	銀欽	魚金	吟
	疑	B	銀箴	魚金	霠
	影	B	乙禽	於金	瘖

	影	B	郁吟	於金	音、暗、黔、陰
寑	幫	B	冰飲	筆錦	稟
	滂	B	披甚	丕飲	品
沁	群	B	極鳩	巨禁	噤
	影	B	乙沁	於禁	窨
緝	並	B	皮及	皮及	皀
	見	B	飢泣	居立	芨
	溪	B	羌邑	去急	泣
	影	B	應執	於汲	邑
	影	B	殷戢	於汲	悒、浥
	影	A	伊入	伊入	揖
	影	A	伊濕	伊入	挹
鹽	幫	B	逼廉	府廉	砭
	群	B	勤潛	巨淹	鉗、雒、箝、黔、柑、鈐
	群	B	虔占	巨淹	妗
	影	B	殷潛	夬炎	淹
	影	A	於潛	弋鹽	懨、猒、嬮
琰	群	B	其閃	巨險	儉、芡、檢
	群	B	件檢	魚檢	顩
	影	B	依漸	衣檢	奄、裧、渰、捡、掩、媕
	影	A	歐減	於琰	黶、黤、黤、黯
	影	A	歐檢	於琰	郺
	曉	B	香貶	虛檢	險、獫
葉	溪	B	丘輒	去涉	痍
	影	B	殷葉	於輒	腌
	影	B	殷業	於輒	俺、裛、罨
	影	A	伊葉	於葉	厭
庚	幫	B	彼平	甫明	兵
	並	B	備明	符兵	平、泙、苹
	並	B	弼兵	符兵	枰
	明	B	眉平	武兵	明、盟、鳴
	溪	B	起明	去京	卿、卯
	群	B	虔京	渠京	黥
	群	B	虔迎	渠京	勍、鱷、橄

梗	幫	B	鄙永	兵永	丙、秉、炳
	幫	B	兵永	兵永	怲
	明	B	美丙	武永	皿
映（敬）	幫	B	鄙命	陂命	柄
	並	B	疲柄	皮命	病
	明	B	眉慶	眉病	命
	見	B	居競	居慶	敬
陌	見	B	己逆	几劇	戟、郤
	溪	B	起逆	綺戟	隙、迆、㞎
清開	幫	A	比令	府盈	并、栟
	明	A	彌并	武并	名
	溪	A	牽并	去盈	輕
	群	A	岐成	巨成	鯁
	影	A	伊貞	於盈	嬰
	影	A	一盈	於盈	賏
清合	溪	A	屈呈	去營	傾
	群	A	葵名	渠營	瀠、蓑、趶、瞏
	群	A	藥名	渠營	瓊
靜開	幫	A	比郢	必郢	餅、屏、庰
	見	A	居穎	居郢	頸
	群	A	巨井	巨郢	痙
	影	A	伊請	於郢	廮
	影	A	一井	於郢	癭、郢
靜合	溪	A	犬屏	去穎	頃
勁開	幫	A	必正	畀政	倂
	幫	A	必倩	畀政	偋
	滂	A	匹倂	匹正	聘
	滂	A	扁令	匹正	娉
	見	A	居正	居正	勁、徑
勁合	曉	A	翾正	休正	夐
	曉	A	翾倂	休正	詗
昔開	幫	A	辟亦	必益	殺
	幫	A	卑僻	必益	辟、璧、甓、擗、壁
	幫	A	并激	必益	璧

	滂	A	篇石	芳僻	僻、霹
	並	A	頻役	房益	闢、蘗、襞
	影	A	伊昔	伊昔	益、嗌、謚
蒸	幫	B	彬仍	筆陵	夶、棚
	並	B	皮陵	扶冰	淜
	並	B	皮凌	扶冰	凭
	見	B	機仍	居陵	兢、矜
	疑	B	言丞	魚陵	冰
	影	B	倚冰	於陵	膺、鷹
	影	B	於陵	於陵	應
證	影	B	於證	於證	應
	曉	B	香孕	許應	嬹
職開	幫	B	彼復	彼側	皕
	幫	B	彼式	彼側	富
	幫	B	彼即	彼側	福
	滂	B	披式	芳逼	副、腷、堛
	滂	B	坡式	芳逼	愊
	見	B	己力	紀力	殛、輂、棘、襋、恆
	群	B	其息	渠力	極
職合	曉	B	況色	況逼	洫、淢、侐、惑
	曉	B	吁域	況逼	蔵
幽	幫	B	彼虯	甫休	彪飍
	並	B	皮彪	皮彪	滤
	見	A	飢酬	居虯	丩、艽、鳩、樛、杦、勼
	見	A	居幽	居虯	摎
	群	A	其幽	渠幽	觓
	影	A	伊虯	於虯	幽、呦、丝、欪、麀
黝	見	A	緊黝	居黝	糾
	影	A	伊糾	於糾	黝、泑、怮、鮋
幼	明	B	明幼	靡幼	謬
	影	A	伊謬	伊謬	幼

二、A、B類用作反切上字及被切字之研究。

我用陳澧切字繫聯之法，把朱翱反切中的重唇、牙、喉音繫聯出來，然後

再把反切上字屬於 A、B 類的全部被切字挑出來，並查廣韻看看被切字與反切上字的關係如何？反之亦然，以下是分別按重唇、牙、喉音的順序，將我所做的結果一一列出。

（一）A、B 類用作反切上字者

重唇音。甲 A 類字用作反切上字者。

1. A 類字作 A 類字的反切上字者，共計一三三字。

幫母：

驚（辟舌），趥（卑聿），壁（卑僻），畢（卑聿），𦦙（卑聿），篳（卑聿），
韠（卑聿），樺（卑聿），櫬（卑杪），辟（卑僻），鐴（卑僻），廦（卑僻），
澤（卑津），彈（卑聿），鞭（賓延），卑（賓而），裨（賓而），顊（賓而），
鯁（賓延），扁（必撚），賓（必人），籏（必搖），俜（必倩），庇（必至），
猋（必遙），辯（必撚），必（畢聿），戰（畢聿），臂（畢實），輝（畢聿），
鮅（畢聿），褊（比充），殺（辟亦），祇（并止），妣（并止），蔽（比袂），
匾（比薦），殯（比刃），餅（比郢），枡（比令），儐（比刃），并（比令），
屏（比郢），飄（比眇），鬢（比刃），屏（比郢）。

滂母：

譬（匹寄），闢（匹人），瞟（匹妙），剽（匹妙），㿉（匹綿），覬（匹儐），
驃（匹妙），慓（匹眇），聘（匹併），蠢（匹標），勡（匹妙），瞥（僻列），
翩（僻連），篇（僻連），偏（僻連），媥（僻連），俜（篇丁），僻（篇石），
匹（篇七），撇（翩充）。

並母：

萆（頻役），軷（頻述），鼻（頻至），脾（頻移），膘（頻小），餤（頻必），
邨（步脾），佖（頻必），襞（頻役），庳（頻旨），駐（頻必），泌（頻未），
關（頻役），摽（頻小），婢（頻旨），餠（頻丁），坒（頻至），埤（頻移），
陴（頻移），避（便罳），𧖁（婢民），謇（婢民），瞟（婢民），筬（婢篇），
頻（婢民），便（婢篇），甂（婢民），瀕（婢民），鼙（婢民），嬪（婢民），
𩕢（脾閔），𨚍（脾必），菢（鼻宜），貔（鼻宜），毗（鼻宜），㾿（毗避），
庯（毗制），敝（毗制），幣（避制）。

明母：

粆（名洗），縣（名連），宀（滅仙），名（彌并），甋（彌善），眇（彌少），
篍（彌小），盁（彌畢），杪（彌小），秒（彌小），恤（彌件），惽（彌件），
沔（彌兗），滅（彌悅），搣（彌悅），民（彌鄰），醶（彌畢），芈（面侈），
瀰（面侈），湎（面侈），弭（面侈），袂（弭例），面（弭釧），麵（彌釧），
眄（弭釧），偭（弭釧），瞑（名連），麞（彌了）。

2. A 類字作 B 類字的反切上字者，共計三字。

滂母：

疕（匹鄙），㾺（匹鄙），淠（匹惠）。

3. A 類字作 C 類字 [註6] 的反切上字者，共計一字。

滂母：

妚（匹乏）。

4. A 類字作四等韻字的反切上字者，共計六十八字。

幫母：

趨（辟涓），邊（辟涓），敀（辟米），籩（辟涓），猵（辟涓），閉（辟桂），
嬖（辟桂），甂（辟涓），壁（卑僻），箅（必至），楄（屏堅），駢（屏堅），
骿（并堅），椑（比鬼），陛（比倪）。

滂母：

劈（匹錫），頩（匹米），牉（匹廷），媲（匹計），擊（僻噎），鑿（僻噎），
艚（篇丁），粤（篇丁），片（譬硯），嫛（僻劣）。

並母：

荓（頻寧），洴（頻寧），鼙（頻奚），餅（頻寧），椑（頻奚），甈（頻寧），
竝（頻靜），萍（頻寧），瓶（頻兮），軿（頻寧），陛（頻啓），蹁（婢篇），
牑（婢篇），蟞（脾迭），胅（脾迭），邢（脾并），枇（毗眠），薜（避契），
蹕（避翳）。

明母：

瞑（民粤），魍（民的），鄍（民丁），冥（民粤），幎（民的），幭（民的），
覭（民粤），覎（民低），霢（民泥），汨（民的），溟（民粤），覛（民的），

〔註6〕一二四等有重唇音，無輕唇音；三等韻 AB 類沒有輕唇音，只有 C 類有輕唇音（有
一點點例外，如尤、東韻有明母字）。

・228・

娝（民臾），眯（名洗），蔑（名噎），櫼（名洗），穓（名噎），米（名洗），

寽（名片），孃（名咽），懷（名噎），寧（彌丁），巙（彌悅），苜（名噎）。

5. A 類字作二等韻字的反切上字者，共計十字。

幫母：

苞（比交），滂（比行）。

滂母：

冘（匹儐），林（匹賣），窌（匹孝），奅（匹孝），澢（匹賣），派（匹賣），

瓶（匹賣）。

明母：

盲（汃彭）。

6. A 類字作一等韻字的反切上字者，共計三字。

幫母：

迫（比末），埘（比懵）。滂母：鏄（匹各）。

乙 B 類字作反切上字者。

1. B 類字作 B 類字的反切上字者，共計一二〇字。

幫母：

碧（彼力），兵（彼平），皕（彼復），彪（彼虯），富（彼式），福（彼即），

份（彼困），儦（彼消），表（彼眇），邲（彼至），彪（彼虯），羆（彼移），

瀌（彼消），鑣（彼消），陂（彼移），秉（鄙永），別（鄙輟），柄（鄙命），

賁（鄙媚），炳（鄙永），丙（鄙永），詖（筆詈），眡（筆媚），秘（筆媚），

柒（筆媚），惢（筆媚），閟（筆媚），筆（碑乙），分（彬仍），捹（彬仍），

稟（冰飲），怲（兵永），昌（兵几），柀（邲是），砭（逼廉）。

滂母：

品（披甚），副（披式），嚭（披鄙），愊（披式），碑（披移），濞（披備），

堛（披式）。

並母：

犕（辨利），莆（辨利），備（辨利），糜（辨利），苹（備明），平（備用），

泙（備明），麑（平表），鞁（平義），蒪（平碧），糜（平媚），被（平義），

髮（平義），龒（被移），病（疲柄），皮（貧知），枰（弼兵），貧（弼巾），

疲（弼悲），皂（皮及），昇（皮變），覍（皮變），㥽（皮抑），滮（皮彪），
溯（皮陵），開（皮變），拚（皮變），弻（皮密），坪（皮命），凭（皮凌），
竮（皮緬），辮（皮緬）。

明母：

美（免鄙），娓（免鄙），蔤（美弼），皿（美丙），麛（美皮），糜（美皮），
冕（美選），密（美弼），廟（美少），麿（美支），鮸（美選），勉（美選），
㹈（美選），魐（密至），媚（密至），瑂（閩悲），藦（閩之），眉（閩之），
楣（閩之），郿（閩之），鶥（眉引），麋（閩之），黴（閩之），湄（閩之），
珉（眉邠），苗（眉昭），命（眉慶），敏（眉殞），敃（眉引），散（眉引），
鳴（眉平），旻（眉均），明（眉平），盟（眉平），罠（眉均），忞（眉均），
愍（眉引），潤（眉引），閔（眉引），揹（眉均），鏪（眉均），輾（眉引），
旾（美弼），靡（眉彼），妥（明范），謬（明幼）。

2. B 類字作 A 類字的反切上字者，共計五字。

幫母：

玭（彼媚），穮（彼消），痺（彼二），熛（彼消），

明母：

謐（美弼）。

3. B 類字作四等韻字的反切上字者，共計一字。

幫母：

鬢（冰田）。

4. B 類字作二等韻字的反切上字者，共計二十字。

幫母：

羆（彼移），檗（罷麥），剝（逼朔），駁（逼朔），駮（逼朔），箔（逼朔）。

滂母：

曓（別卓），鞄（別卓），雹（別卓），龎（貧雙），皰（皮豹），鰒（別卓）。

明母：

牻（免江），哤（免江），昴（免狡），厖（免江），浝（免江），霾（閩皆），
卯（免狡），尨（免江）。

5. B 類字作一等韻字的反切上字者，共計十三字。

幫母：

鵯（彼及），叟（碧劍）。

並母：

鼙（別安），瞥（別安），槃（別安），幣（別安），般（別安），鬆（別安），

蟞（別安），擎（別安），蓬（貧容）。

明母：

蘉（免困），悶（免困）。

由上可知重唇音重紐 A、B 類爲反切上字的情形如下：

總統計表

反切上字 爲 A 類	A 切 A	A 切 B	A 切 C	A 切 IV	A 切 II	A 切 I
次　數	133	3	1	68	10	3
反切上字 爲 B 類	B 切 B	B 切 A	B 切 C	B 切 IV	B 切 II	B 切 I
次　數	120	5	0	1	20	13

分類統計表

A 類 次數 聲紐	A 切 A	A 切 B	A 切 C	A 切 IV	A 切 II	A 切 I
幫	46	0	0	15	2	2
滂	20	3	1	10	7	1
並	39	0	0	19	0	0
明	28	0	0	24	1	0
B 類 次數 聲紐	B 切 B	B 切 A	B 切 C	B 切 IV	B 切 II	B 切 I
幫	35	4	0	1	6	2
滂	7	0	0	0	0	0
並	32	0	0	0	6	9
明	46	1	0	0	8	2

從上面的兩個統計表中，可以看出以 A 切 A，以 B 切 B 的共有二五三字，而以 A 切 B，以 B 切 A 的有九字。例外的情形約佔全部的百分之三點四，而正常的情形約佔全部的百分之九十六點六，並且從 A 類字切四等韻字有六十八字的情形看來，也可證明一些三等韻重紐 A 類和四等韻有合併的現象，如先仙、清青、鹽添等（詳見韻類考）。

牙音。甲 A 類字用作反切上字者。

1. A 類字作 A 類字的反切上字者，共計二十八字。

見母：

緊（糾忍），赳（緊黝），糾（緊黝）。

溪母：

趣（棄忍），趉（輕質），詰（輕質），趌（傾觜）。

群母：

茋（岐遙），翹（岐遙），僟（岐季），悸（岐季），鯁（岐成），趏（翹移），跂（翹移），忯（翹移），汥（翹移），軝（翹移），楑（虬癸），淡（虬癸），撰（虬癸），婴（虬癸），葵（撰惟），蘷（葵名），趄（葵名），寰（葵名），禜（葵名），繑（葵橘），瘁（葵季）。

2. A 類字作 B 類字的反切上字者，共計一字。

群母：

叕（撰〔推〕）（筆者案〔推〕當為〔惟〕字之訛）。

3. A 類字作 C 類字的反切上字者，共計十字。

溪母：

凵（遣如），麩（遣舉），椐（遣如），祛（遣如），傶（遣之），袪（遣如），欺（遣之），顩（遣之），媒（遣之），陜（遣如）。

4. A 類字作四等韻字的反切上字者，共計十五字。

見母：

愩（均戰），趹（橘冗），窔（吉了），坙（糾茗）。

溪母：

牽（棄妍），雃（弃妍），汧（棄妍），謙（輕嫌），挈（輕節），悝（輕帖），医（輕帖），窒（詰徑），缺（傾冗），歓（傾雪），闋（傾雪）。

5. A 類字作一等韻的反切上字者，共計二字。

見母：

鞤（吉椀），厷（吉弘）。

乙 B 類字用作反切上字者。

1. B 類字作 B 類字的反切上字者，共計三十七字。

見母：

瑾（飢忍），芨（飢泣），伋（飢泣），彶（飢泣），馺（飢泣），汲（飢泣）。

群母：

橄（虔迎），黥（虔京），鱷（虔迎），妗（虔占），勍（虔迎），顩（件檢），

牮（極脵），噤（極鳩），跽（暨几），蹻（權雖），矫（權雖），夔（權雖），

覽（權雖），頴（權雖），駼（權雖），馗（權雖），鷮（伎昭），橋（伎昭），

僑（伎昭），喬（伎昭），廑（伎殷），菫（伎殷），鐈（伎昭），勤（伎殷）。

疑母：

听（宜引），釿（宜謹），吟（銀欽），鷧（銀之），㞧（銀欽），崟（銀欽），

狺（銀眉）。

2. B 類字作 A 類字的反切上字者，共計二字。

見母：

芔（飢酬），樛（飢酬）。

3. B 類字作 C 類字的反切上字者，共計五十二字。

見母：

踞（飢御），丩（飢酬），鳩（飢酬），杣（飢酬），居（飢御），勾（飢酬），

據（飢御），鋸（飢御）。

溪母：

軀（器于），驅（器于），鰸（器於），區（器于），嘔（器于）。

群母：

祺（虔離），璂（虔離），其（虔知），綦（虔知），萊（虔柔），芁（虔柔），

尯（虔柔），鼽（虔柔），脉（虔柔），肌（虔柔），賑（虔柔），綦（虔知），

邟（虔柔），旗（虔知），期（虔之），俅（虔柔），仇（虔柔），裘（虔柔），

麒（虔之），淇（虔知），鯕（虔知），狂（倦匡），軖（倦匡），軠（倦匡），

球（騎留），芹（伎殷），遽（伎絮），鮨（伎酒），臬（伎酒），臼（伎酒），

咎（伎酒），俗（伎酒），惓（伎酒），舅（伎酒），勤（伎殷），莐（技隱）。

疑母：

元（宜袁），牛（逆求），嶷（銀眉）。

4. B 類字作四等韻字的反切上字者，共計四字。

疑母：

詣（逆桂），敫（逆桂），睨（逆桂），鳥（逆桂）。

5. B 類字作二等韻字的反切上字者，共計十一字。

見母：

忭（汲買）。

疑母：

雁（迎諫），鴈（迎諫），㑊（宜介），忦（宜介），雅（彥思），犩（逆捉），

鷽（逆捉），樂（逆捉），頟（逆捉），嶽（逆捉）。

6. B 類字作一等韻字的反切上字者，共計五字。

溪母：

開（渴才），衎（騫罕），䴏（騫罕）。

疑母：

厒（迎諫），屵（崖略）。

由上可知牙音重紐 A、B 類為反切上字的情形如下：

總統計表

反切上字 為 A 類	A 切 A	A 切 B	A 切 C	A 切 IV	A 切 II	A 切 I
次 數	28	1	10	15	0	2
反切上字 為 B 類	B 切 B	B 切 A	B 切 C	B 切 IV	B 切 II	B 切 I
次 數	37	2	52	4	11	5

分類統計表

A 類 次數 聲紐	A 切 A	A 切 B	A 切 C	A 切 IV	A 切 II	A 切 I
影	36	3	2	24	2	1
曉	1	0	1	4	0	0

B 類 次數 聲紐	B 切 B	B 切 A	B 切 C	B 切 IV	B 切 II	B 切 I
影	14	0	6	7	7	0
曉	2	0	0	0	3	1

從上面的兩個統計表中，可看出以 A 切 A，以 B 切 B 的字共有五十三字；以 A 切 B，以 B 切 A 的字共有三字，例外的約佔全部的百分之五點四；而正常的情形則佔全部的百分之九十四點六；以 A 類字切四等韻字的有二十八字，這種現象在重唇音與牙音處皆有說明，茲不贅述。

（二）A、B 類作被切字者。

重唇音。甲 A 類字作被切字者。

1. 一等韻字作 A 類字的反切上字者，共計四字。

並母：

瓢（部遙）。

明母：

寐（忙庇），宓（忙一），檰（莫田）。

2. 四等韻字作 A 類字的反切上字者，共計二十二字。

幫母：

俾（邊弭），鞞（邊弭），髀（邊弭），椑（邊弭），箄（邊彌）。

滂母：

澼（片滯），杓（片幺），漂（片祅），嫖（片祅），犥（片妖），嘌（片妖），趮（片妖），旚（片妖），僄（片妖），鏢（片妖），標（片妖）。

明母：

箆（迷牝），矗（米田），彌（眠伊），簹（眠伊），粔（眠伊），粜（眠伊）。

2. A 類字作 B 類子的反切上字者，共計三字。

影母：

壇（伊閇），擅（伊肄），撪（一竟）。

3. A 類字作 C 類字的反切上字者，共計三字。

影母：

麃（伊虬），癰（一賣）。

曉母：

旻（隳悅）。

4. A 類字作四等韻字的反切上字者，共計二十八字。

影母：

咽（伊田），噎（伊結），翳（伊閇），瞦（伊閇），煙（伊田），瘞（伊閇），
怮（伊糾），魷（伊糾），医（伊閇），焆（因悅），燹（一戾），鄟（一遷），
契（一戾），窒（一奎），突（一決），窢（一決），筥（一了），暗（幽決），
鷲（幽雞），鷖（幽雞），黟（幽雞），嫛（幽雞），壁（幽雞），窈（一了）。

曉母：

茁（鬮迭），詗（鬮併），敻（鬮正），血（鬮迭）。

5. A 類字作二等韻字的反切上字者，共計二字。

影母：

窄（一甲），疴（一何）。

6. A 類字作一等韻字的反切上字者，共計一字。

影母：

瘟（一盍）。

乙 B 類字用作反切上字者。

1. B 類字作 B 類字的反切上字者，共計十六字。

影母：

逶（委爲），矮（委爲），覣（委爲），鱻（乙器），饐（乙器），窨（乙沁），
瘖（乙禽），倚（乙彼），歆（乙器），懿（乙器），膺（倚冰），雁（倚冰），
嫣（倚健），邑（應執）。

曉母：

枅（兄嬌），麾（毀爲）。

2. B 類字作 C 類字的反切上字者，共計六字。

影母：

冀（乙記），智（乙丸），㛁（乙平），鄮（乙求），癕（乙顯），意（乙記）。

3. B 類字作四等韻字的反切上字者，共計七字。

影母：

㝑（乙皛），奧（乙告），宴（乙現），窅（倚了），杳（倚了），皀（倚了），㬵（倚了）。

4. B 類字作二等韻字的反切上字者，共計十字。

影母：

觬（乙卓），窊（乙瓜），鷽（乙卓），握（乙卓），齷（乙賣），渥（乙卓），閼（乙鎝）。

曉母：

譁（麾獲），劃（麾獲），嬅（麾獲）。

5. B 類字作一等韻字的反切上字者，共計一字。

曉母：

貨（毀過）。

由上可知喉音重紐 A、B 類為反切上字的情形如下：

總統計表

反切上字為 A 類	A 切 A	A 切 B	A 切 C	A 切IV	A 切II	A 切 I
次 數	37	3	3	28	2	1
反切上字為 B 類	B 切 B	B 切 A	B 切 C	B 切IV	B 切II	B 切 I
次 數	16	0	6	7	10	1

分類統計表

A類 聲紐　次數	A切A	A切B	A切C	A切IV	A切II	A切I
影	36	3	2	24	2	1
曉	1	0	1	4	0	0

B類 聲紐　次數	B切B	B切A	B切C	B切IV	B切II	B切I
影	14	0	6	7	7	0
曉	2	0	0	0	3	1

從上面的兩個統計表中，可看出以 A 切 A，以 B 切 B 的字共有五十三字；以 A 切 B，以 B 切 A 的字共有三字，例外的約佔全部的百分之五點四；而正常的情形則佔全部的百分之九十四點六；以 A 類字切四等韻字的有二十八字，這種現象在重唇音與牙音處皆有說明，茲不贅述。

（二）A、B 類作被切字者。

重唇音。甲 A 類字作被切字者。

1. 一等韻字作 A 類字的反切上字者，共計四字。

並母：

瓢（部遙）。

明母：

寐（忙庇），宓（忙一），櫗（莫田）。

2. 四等韻字作 A 類字的反切上字者，共計二十二字。

幫母：

俾（邊弭），鞞（邊弭），髀（邊弭），鞞（邊弭），箪（邊彌）。

滂母：

澼（片滯），杓（片幺），漂（片祅），嫖（片祅），犥（片妖），嘌（片妖），趯（片妖），旚（片妖），僄（片妖），鏢（片妖），幖（片妖）。

明母：

笓（迷牝），矗（米田），彌（眠伊），簹（眠伊），粎（眠伊），槑（眠伊）。

乙 B 類字作被切字者。

1. 一等韻字作 B 類字的反切上字者，共計十四字。

幫母：

　賎（博媚），痞（博几），鄙（博美），姉（布巾）。

滂母：

　幅（披式），丕（鋪眉），駓（浦宜），伾（浦宜），秠（浦宜），披（坏卑），

　旇（坏卑），鈹（坏卑）。

並母：

　魾（部悲），邳（部眉）。

2. 二等韻字作 B 類字的反切上字者，共計一字。

幫母：

　彼（邦是）。

由上可知重唇音重紐 A、B 類字為被切字的情形如下：

總統計表

被切字為 A 類	Ⅰ切 A	Ⅳ切 A
次　　數	4	22
被切字為 B 類	Ⅰ切 B	Ⅱ切 B
次　　數	14	1

分類統計表

A 類	Ⅰ切 A	Ⅳ切 A
幫	0	5
滂	0	11
並	1	0
明	3	6
B 類	Ⅰ切 B	Ⅱ切 B
幫	4	1
滂	8	0
並	2	0
明	0	0

牙音：甲 A 類字作被切字者。

1. 四等韻作 A 類字的反切上字者，共計二十五字。

見母：

　吉（經栗），鄧（擊箭），癸（見水），鷸（涓聿），趨（涓出），李（見翠），

　規（堅隨），鬵（堅隨），餗（堅隨），子（經節），趨（經節），鷄（經節），

　劍（經節），桔（經節），奧（經節），拮（經節），鍥（經節），均（堅鄰），

　姁（堅鄰），鈞（堅鄰）。

溪母：

　棄（契利），輕（牽并），㹞（犬屏），曹（溪善），譴（喫絹）。

2. C 類字作 A 類字的反切上字者，共計十九字。

見母：

　摎（居幽），頸（居穎），橘（居律），甄（居然），勁（居正），徑（居正）。

溪母：

　頎（屈呈），闚（去規），居（起利），窺（丘規），企（去寄），跂（去寄）。

群母：

　鄈（巨規），郊（巨伊），瀼（巨癸），肇（藥名），舡（其幽），痙（巨井）。

疑母：

　槷（魚世）。

乙 B 類字作被切字者。

1. 一等韻字作 B 類字的反切上字者，共計三字。

見母：

　舥（溝委），鈍（溝委）。

疑母：

　婏（五累）。

2. 四等韻字作 B 類字的反切上字者，共計十三字。

見母：

　寄（堅芰）。

溪母：

　攲（牽奇），困（牽輪），埼（牽其），敧（牽宜），觭（牽宜），踦（牽宜），

騎（牽宜）。

疑母：

儀（研之），艤（研之），樣（研之），轙（研之），疑（研之）。

3.C 類字作 B 類字的反切上字者，共計一五〇字。

見母：

畸（斤離），㿔（斤離），肌（斤離），驕（斤消），几（謹美），机（謹美），
邛（謹美），凡（謹美），䝰（謹美），冀（訖示），薊（訖示），概（訖示），
覬（訖示），驥（訖示），蹇（機善），兢（機仍），矜（機仍），郇（見危），
嫣（俱爲），飢（居希），譏（居希），譏（居希），幾（居希），饑（居希），
機（居希），鱉（居希），巾（己申），麇（矩貧），卷（俱充），殛（己力），
極（己力），棘（己力），襋（己力），恆（己力），簋（居水），餽（矩遂），
騩（矩遂），媿（矩遂），軌（俱彼），眷（俱便），臩（俱便），桊（俱便），
希（俱便），院（俱便），敬（居競），宄（俱水），晷（俱水），氿（俱水），
屬（俱水），劇（俱稅），戟（己逆），虬（己逆），矯（己少），敫（己少），
撟（己少），賺（矩利）。

溪母：

器（气至），堲（气至），揭（豈例），愒（豈例），愆（豈虔），遣（豈虔），
趬（豈虔），辛（豈虔），騫（豈虔），褰（豈虔），攘（豈虔），攓（豈虔），
虧（起爲），朅（丘絕），隙（起逆），迡（起逆），𡮝（起逆），疢（丘輒），
卿（起明），喟（區帥），髖（區帥），蒉（區帥），敌（祛胤），藊（去絕）。

群母：

奇（巨離），騎（巨離），鉗（勤潛），雒（勤潛），箝（勤潛），黔（勤潛），
拑（勤潛），鈐（勤潛），魀（巨寄），芰（巨託），技（強倚），伎（強倚），
妓（強倚），暨（其冀），臮（其冀），瀝（其冀），泊（其冀），坮（其冀），
虔（其櫬），儉（其閃），芡（其閃），檢（其閃），乾（其延），鄿（其延），
祁（巨夷），僅（其襯），覲（其襯），墐（其襯），傑（其熱），桀（其熱），
楬（其熱），碣（其熱），竭（其熱），窘（巨殞），極（其息），虔（其延）。

疑母：

銀（言陳），䖧（言陳），䶖（言陳），闇（言陳），齗（言陳），冰（言丞），

宜（擬機），危（虞爲），羛（虞爲），洈（虞爲），義（魚智），議（魚智），

誼（魚智），产（語委），頠（語委），僞（魚醉），剴（魚致），鼿（擬件），

齮（擬件），犻（牛吝），彥（擬線），孼（魚滅），輨（愚蘊），憖（魚晉），

褼（牛世），諺（擬線），唁（擬線），齤（愚蘊），鐴（魚滅），臬（魚滅），

瀎（魚滅），闑（魚滅），甈（魚滅），堨（魚滅）。

由上可知牙音重紐 A、B 類爲被切字的情形如下：

總統計表

被切字爲 A 類	IV 切 A	C 切 A	
次　　數	25	19	
被切字爲 B 類	I 切 B	IV 切 B	C 切 B
次　　數	3	13	150

分類統計表

A 類	IV 切 A	C 切 A	
見	20	6	
溪	5	6	
群	0	6	
疑	0	1	
B 類	I 切 B	IV 切 B	C 切 B
見	2	1	56
溪	0	7	24
群	0	0	36
疑	1	5	34

喉音：甲 A 類字作被切字者

1. 一等韻字作 A 類字的反切上字者，共計六字

影母：

　靨（歐減），黯（歐減），鼇（歐減），黤（歐減），鄆（歐檢）。

曉母：

　威（心悅）。

2. 四等韻字作 A 類字的反切上字者，共計一字。

曉母：

　　敆（馨逸）。

3. C 類字作 A 類字的反切上字者，共計十三字

影母：

　　恚（於弃），娭（於弃），懕（於潛），猒（於潛），嬰（於潛），悁（於旋），

　　睊（於旋），剈（於旋），嬛（於旋）。

曉母：

　　翾（虛全），譞（虛全），儇（虛全），嬛（虛全）。

乙　B 類字作被切字者

1. 一等韻字作 B 類字的反切上字者，共計一字

曉母：

　　毇（呼委）。

2. C 類字作 B 類字的反切上字者，共計六十一字。

影母：

　　媄（殷喬），枖（殷喬），腌（殷葉），委（醞累），骫（醞累），颵（醞累），

　　漹（殷焉），俺（殷業），裛（殷業），罨（殷業），萎（蘊瑞），夭（依少），

　　悒（殷戢），頗（宛旬），浥（殷戢），淹（殷潛），影（殷筆），奄（依漸），

　　裺（依漸），渰（依漸），揜（依漸），掩（依漸），媕（依漸），旖（於奇），

　　陭（於奇），猗（於奇），膺（於陵），應（於證），倭（於佳），袄（於遙），

　　音（郁吟），暗（郁吟），霠（郁吟），陰（郁吟），羑（蘊瑞）。

曉母：

　　撝（喧垂），隇（喧垂），肸（希乞），肹（希乞），仡（希乞），汔（希乞），

　　嚻（欣消），藟（欣消），蔽（欣消），嚻（欣消），歊（欣消），呹（忻宜），

　　熹（忻宜），呬（希喟），鷈（虛致），犧（許移），羲（許移），戱（許移），

　　燹（吁位），瘷（吁域），釁（許僅），毀（吁委），烜（吁委），燬（吁委），

　　擊（吁委），嬰（吁委）。

由上可知喉音重紐 A、B 類為被切字的情形如下：

總統計表

被切字為 A 類	I 切 A	IV 切 A	C 切 A
次　　數	6	1	13
被切字為 B 類	I 切 B	C 切 B	
次　　數	1	61	

分類統計表

A 類	I 切 A	IV 切 A	C 切 A
影	5	0	9
曉	1	1	4
B 類	I 切 B	C 切 B	
影	0	35	
曉	1	26	

以下是重唇、牙、喉音重紐 A、B 類為被切字的總統計情形。

被切字為 A 類	I 切 A	IV 切 A	C 切 A	
次　　數	10	48	32	
被切字為 B 類	I 切 B	II 切 B	IV 切 B	C 切 B
次　　數	18	1	13	211

由表中可知四等韻字作 A 類字的反切上字者有四十九字，而 C 類字作 B 類字的反切上字有二一一字，可見 A 類字在反切上字方面，常和純四等韻字混用（這在集韻中還可以看得出來）；而重紐 B 類，則常和三等韻 C 類字相混（這在黃淬伯的慧琳一切經音義反切考中，也可以看得出來。）

以下是重唇、牙、喉音重紐 A、B 類為反切上字的總統計表。

反切上字 為 A 類	A 切 A	A 切 B	A 切 C	A 切 IV	A 切 II	A 切 I
次　　數	198	7	14	111	12	6
反切上字 為 B 類	B 切 B	B 切 A	B 切 C	B 切 IV	B 切 II	B 切 I
次　　數	173		58	12	41	19

由統計表中可知，以 A 切 A 的有一九八字，以 B 切 B 的有一七三字，以 A 切 B 的有七字，以 B 切 A 的有八字；因此正常的情形有三七一字，而例外的則有十四字，約佔全部的百分之三點六，正常的情形約佔全部的百分之九十

六點一。雖然由這些統計數字的顯示出來的，並非百分之百的重紐 A、B 類不互用作反切上字，然而任何事皆可能有例外，而且不混用的比例高達百分之九十六點一，所以我覺得從朱翱的反切中可看出重紐 A、B 類是不混用的，至於那十七個例外情形，究屬傳鈔錯誤？還是朱翱作反切時的一時疏忽誤用，這就有待進一步的考證了。茲將十七個例外反切列之於下。

	A 切 B	B 切 A
唇音	疕：匹鄙（滂母）	祕：彼媚（幫母）；熛：彼消（幫）
	嶏：匹鄙（滂母）	穮：彼消（幫母）；鼈：鄙迷（幫）
	渒：匹惠（滂母）	痹：彼二（幫母）；謐：美弼（明）
牙音	嶽：揆推（群母）	芺：飢酬（見母）
		樛：飢酬（見母）
喉音	壇：伊閉（影母）	
	擨：伊肆（影母）	
	撽：一竟（影母）	

第三節　結語──重紐 A、B 類的語音區別為何在聲母？

重紐 A、B 類不互用作反切上字的看法，不僅國內大部分學者贊同，連日本學者也著手研究，並且有著同樣的結論。

我在此論文中的叄（b）部分「A、B 類用作反切上字及被切字之研究」中，也詳細的舉出了所有的例子，正可補充周法高師在〈隋唐五代宋初重紐反切研究〉一文中，只引用了張世祿所繫聯出的重唇音部分來研究之不足。至於 A、B 類的語音區別何在？周法高師在〈論上古音和切韻音〉〔註7〕一文中有所說明：

> 關於重紐的擬音，大體上可以有下列數派的意見：第一派以為重紐 AB 類的區別是由於元音的區別，周法高〔註8〕、董同龢、PaulNagal 等主之。第二派以為重紐 AB 類的區別是由於介音，李榮、蒲立本（Pulleyblank）等主之。第三派以為重紐 AB 類的區別是由於聲母

〔註7〕民國 59 年發表於《香港中文大學中國文化研究所學報》第三卷第 2 期頁 321 至 459；民國 73 年收入香港中文大學出版的《中國音韻學論文集》一書中。

〔註8〕周法高師後已放棄此說，改採三根谷徹之說，見所著 Papers in Chinese LinguistiCs and Epigraphy 84 頁（民國 75 年香港中文大學出版）。

和介音，王靜如、陸志韋主之。第四派以爲重紐 AB 類確有語音上的差別，但是沒法說出區別在哪裏，陳澧、周祖謨等主之。第五派以爲重紐並不代表語音上的區別，章炳麟、黃侃主之。〔註9〕

關於這五派之詳細批評，在《中國音韻學論文集》之 160 至 109 頁，周法高師皆有所討論，故不贅。

日本學者三根谷徹在民國四十二年所發表的〈韻鏡の三四等について〉〔註10〕一文中，提出了重紐 B 類聲母不顎化，A 類聲母顎化之說法。所以現在應加上第六派，就是認爲重紐 AB 類的區別是在聲母。

爲何重紐 A、B 類的語音區別是在聲母？因爲周法高師在〈隋唐五代宋初重紐反切研究〉一文中，列舉了陸德明《經典釋文》、顏師古《漢書音義》，玄應《一切經音義》，慧琳《一切經音義》、朱翱《說文繫傳反切》和《集韻》諸書中，A、B 類不互相用作反切上字。所以第一派元音說不能成立。

至於第二派介音說，因爲介音緊接著聲母，也有人認爲可以區別重紐 A、B 類。可是慧琳音義、朱翱反切中三等韻同四等韻合併的現象非常顯著，例如仙先，清青、鹽添等。那麼當然不能用介音來分別它們，所以後來蒲立本也改從三根谷徹的說法。

因爲第一派的元音說與第二派的介音說不能成立，所以我也採用三根谷徹的說法，認爲重紐 A、B 類的語音區別是在聲母。

至於重紐在音值上有何不同？爲何重紐 A 類顎化，B 類不顎化？我想從以下幾個方面來探討。

一、在漢韓音方面

由聶鴻音的〈《切韻》重紐三、四等字的朝鮮讀音〉〔註11〕一文中，可知：

〔註 9〕 余迺永先生在民國 71 年發表於《香港中文大學中國文化研究所學報》之〈中古三等韻重紐之上古音來源及其音變規律〉一文中，也用了周法高師之此種說法，惜未說明其引用之來源。

〔註10〕 發表於《語言研究》二二／二三，56 至 74 頁。

〔註11〕 參見《民族語文》，民國 73 年 3 期。頁 61 中：「如果仔細地分析一下重紐三四等字的朝鮮讀音，就會發現它們與《切韻》的分類並不完全相合，其中有的是《切韻》分而朝鮮音不分，也有的是朝鮮音分而《切韻》不分。尤其值得注意的是，凡是朝鮮音與《切韻》分類不合的地方，都可以在上古漢語中找到根據；凡是朝鮮音與《切

支韻朝鮮音的-ɰi 的都是重紐三等，來自上古歌部；朝鮮音爲-i 都是重紐四等，來自上古支部。如

音韻地位	反　切	例　　字	朝鮮字音
開三支群	渠羈	騎奇	〔kɰi〕
開四支群	巨支	岐	〔ki〕
開三寘見	居義	寄	〔kɰi〕
開四寘溪	去智	企	〔ki〕
開三支疑	魚羈	宜儀犧	〔ɰi〕
開三支影	於离	猗敧	〔ɰi〕
開三支曉	許羈	羲牺巇曦	〔hɰi〕
開四支曉	香支	訑	〔hi〕
開三紙疑	魚倚	蟻礒艤	〔ɰi〕
開三紙影	於綺	倚椅旖	〔ɰi〕
開三寘疑	宜奇	義議誼	〔ɰi〕
開三寘曉	香義	戲	〔hɰi〕

（以上轉錄自轟文頁 62 至 63）

眞韻在舒聲韻裏朝鮮音爲-ɰn 的字都是重紐三等，來自上古文部；朝鮮音爲-in 的字都是重紐四等，來自上古眞部。如

音韻地位	反　切	例　　字	朝鮮字音
開三眞見	居銀	巾	〔kən〕
開三眞群	巨巾	稢堇墐	〔kɰn〕
開三眞疑	語巾	銀狺鄞誾垠嚚	〔ɰn〕
開四眞影	於眞	因茵禋闉駰湮氤絪陻堙姻裀	〔in〕
開四軫見	居忍	緊	〔kin〕
開三軫疑	宜引	齗听	〔ɰn〕
開三震群	渠遴	僅覲殣瑾謹墐廑	〔kɰn〕
開四震影	於刃	印	〔in〕
開三震曉	許覲	衅	〔hɰn〕

（以上錄自攝文頁 64）

韻》分類相合的地方，也都能夠用上古的韻部來解釋。由此我們可以設想，朝鮮漢字讀音並不見得是直接借自以《切韻》音系爲代表的六、七世紀北方漢語，而很可能要更早一些，至少也是借自某種保留上古遺迹較多的中古漢語方言。本文試圖探尋《切韻》重紐三四等字的朝鮮讀音與漢語上古韻部的應對關係。」

在入聲質韻裏，朝鮮音爲-ɯl 的字都是重紐三等，來自上古物部；朝鮮音爲-il 的字大多是重紐四等，來自上古質部。如

音韻地位	反切	例　字	朝鮮字音
開四質見	居質	吉狤拮	〔kil〕
開四質溪	去吉	蛣	〔kil〕
開三質群	巨乙	姞佶鮚狤	〔kil〕
開三質影	於笔	乙鳦	〔ɯl〕
開四質影	於悉	一壹	〔il〕
開三質曉	羲乙	肸	〔hɯl〕

（以上轉錄自轟文頁 64）

由以上的情形看來，重紐 A 類用-i、-in、-il 作爲韻母者，前面的聲母較易顎化，因爲-i 是前高元音；相反地，重紐 B 類用-ɯi、-ɯn、-ɯl 作爲韻母，前面的聲母當然不容易顎化，因爲-ɯ是後高元音。因此從漢韓音也可證明重紐 A 類顎化的可能性較大。

二、在日本的吳音與漢音方面

周法高師在〈廣韻重紐的研究〉〔註 12〕一文中之第五節部分常參證日本的吳音與漢音，茲引用其文章中之吳音與漢音的材料來討論。

真、質韻

類　別	B	B	A	A	A
例　字	巾	銀	因	姻	茵
吳　音	kon	gon	in	in	in

周法高師說：

真韻的喉、牙音（k 組），……吳音 A 類爲 in，B 類爲-on。

諄、準韻

類　別	A	A	A	A	A
例　字	均	鈞	允	匀	尹
漢　音	kin	kin	in	in	in

〔註12〕參見《中國語文學論文集》頁 1 至 69。頁 57 中說：「日本吳音的時代要比日本漢音早（漢音用鼻音讀全濁聲母，和八世紀不空翻譯梵音的現象相同，可知漢音大概代表唐代中葉的音）。」

真、軫韻

類別	B	B	B	B	B
例字	窘	隕	殞	憫	敏
漢音	kin	uin	uin	bin	bin

周法高師說：

　　諄、準韻，屬合口 A 類，喉牙音（k 組聲母）……，漢音-in，……；

　　真、軫韻合口，屬 B 類，喉牙音……漢音-in，-u　in，……。

侵寢沁緝韻

類　別	B	B	B	B	B	B	B	B	B	B	B
例　字	今	襟	金	錦	禁	衾	欽	琴	禽	擒	吟
漢　音	kon	kon	kon	kon	kon	kon	kon	gon	gon	gon	gon
類　別	B	B	B	B	A	B	A	B	B	B	A
例　字	音	陰	飲	蔭	淫	滲	寢	稟	品	邑	揖
漢　音	on	on	on	on	in	son	son	hon	hon	o:	iu:

周法高師說：

　　吳音 A 類為-in（〝寢〞字為例外），B 類為-on；入聲影母重紐〝邑，

　　揖〞讀音也有區別。

仙、獼線韻

類　別	B	A	B	B	B	B
例　字	捲	絹	眷	卷	權	拳
吳　音	kwan	ken	ku an	ku an	gon	gon
類　別	B	A	A	B	B	A
例　字	倦	緣	沿	員	圓	捐
吳　音	gou	en	en	uon*uan	uon*uan	en

周法高師說：

　　仙韻合口喉牙音（k 組聲母）的字，A 類吳音作-en，B 類作-on，-uon，

　　-uan。

由以上日本吳音、漢音的材料可得知：重紐 A 類是-in，-en 作為韻母者，

前面的聲母較易顎化，因爲-i 是前高元音，-e 是前半高元音；相反地，重紐 B 類用-on，-uin、-in（僅見於漢音眞、軫韻 B 類的三個字中）作爲韻母，前面的聲母當然不容易顎化，因爲-u 是後高元音，-o 是後半高元音，因此從日本的吳音與漢音中也可證明重紐 A 類顎化的可能性較大。

三、在漢越語方面

周法高師在〈讀切韻研究〉〔註13〕一文中曾說：

> 該文〔註14〕所謂「漢越音」就是我前面所説的「安南音」英文
> Sino-Annamess。在漢越音中，庚韻三等和其他三等韻 B 類的唇音字
> 都讀 P，而清韻和其他三等韻 A 類的唇音字大都讀 t，……。」

至於爲何重紐 A 類唇音字的 P→t，我想引用潘悟雲、朱曉農的〈漢越語和《切韻》脣音字〉一文來說明：

> 一般説來，從唇音直接變爲舌齒音是不大可能的。對漢越語中的這
> 個語言現象最合情理的解釋，就是舌齒音是從一個跟脣音緊相聯接
> 的舌齒音或腭音演變過來的。正是從這一點出發，我們才把毫無例
> 外全部保持唇音的《切韻》重紐 B 類唇音字的介音擬成一個元音性
> 的松松的*-i-，而把有規律地發生舌齒化的 A 類唇音字的介音擬成
> 一個輔音性的摩擦較強的顎介音*-j-。我們設想，漢越語中正是這個
> 唇音後的帶有顎摩擦性質的-j-摩擦成分的逐漸增強，向*-s-發展，而
> 脣音在這過程中逐漸弱化以致失落，而*-s-再變爲 t。

以上潘、朱兩氏之文，解釋了重紐 A 類顎化，B 類不顎化的現象。〔註15〕

〔註13〕參見《大陸雜誌》民國 73 年 8 月 15 日（第六十九卷 2 期）。

〔註14〕指的是潘悟雲、朱曉農的〈漢越語和《切韻》唇意字〉一文。其文中説：「漢武帝
元鼎六年，在越南北部平置九郡，統稱交州。大約那個時候起，就有一些漢語借
詞進入越南語。唐初置安南都護府，在越南設立學校，教授漢字，推行科舉制度。
此後，漢語才大批地、有系統地爲越語所借用。我們這裏討論的漢越語（Sino—
Annamese）就是指唐代進入越南的漢語借詞。這種借詞所代表的音系跟《切韻》
音系基本上是對應的。」

〔註15〕潘、朱兩氏並説：「爲了證明這一設想，我們先來看一下越語中的幾條語音演變規
律。1.以流音作後一成分的複輔音擦化或塞擦化。……2.中古漢語的喻四是*-j-，跟
我們這裏討論的*-j-介音有相同之處，所以討論喻四在漢越語中的變化有助于我們

四、在漢藏音方面

羅常培的《唐五代西北方音》一書 〔註16〕 把藏文都用羅馬字改寫，-y-就是顎化符號，相當於國際音標的〔j〕。現在我把該書「千字文」、「大乘中宗見解」、「阿彌陀經」、「金剛經」等四種材料之重紐 A、B 類的情形依次列表如下。

韻目	重紐 A 類	韻目	重紐 B 類
清	輕 k'ye 并 pye 傾 k'we 纓 è	庚三	兵 pe 京 ke 英 è 秉 pye 明 meng 盟 meng 驚 keng
支		支	碑 pi 綺 k'i 疲 be 義 'gi
脂	伊 ẏi 枇 be 比 bi 寐 'pi	脂	飢 ki
祭	弊 be'i'藝'ge'b	祭	
宵	飄 p'y a'u	宵	表 by e'u 矯 ga'u
鹽	厭 'em	鹽	

解答脣音舌齒化的問題。……馬伯樂有兩個重要貢獻：第一，他證明了儘管在現代河內話中喻四讀如 z，但是在十六世紀前的越語中讀作 j，跟中古漢語一樣。第二，他指出了喻四在現代越語方言中有許多變體：t、d、dj、z、j 等等。……3.擦音塞化 s>t。……靠著上述三條越語語音律的幫助，我們再來簡單地總結一下脣音舌齒化的過程。*bj-：在*b 的影響下，輔音性的*-j-介音擦化成*s，而*b 同時逐漸弱化以致失落。這個變化只能發生在主元音是前高元音的情況下。因爲是前元音，所以介音*-j-舌面很前，舌尖容易與門齒接觸而擦化成*s-。上文已經說過，漢越語中脣音舌齒化也有例外情況。一般說來，帶有主元音 i 的絕少例外，但是帶有主元音 ε 的好多字仍舊保持雙脣音。這是爲什麼呢？就是因爲 i 比 ε 高而前。此後，這個*s 與精母 s-（越語從來也沒有 ts、dz 那樣的塞擦音，漢語精從兩母進入越語後直接變爲 s，見 phon.anna.p.45）合流，隨著一起塞化爲 t-。*mj-：變化原理基本上與*bj-的第一個過程相似。但是它沒跟精母合流，否則它就會變作 t-而不是 z-了。我們設想它經過了一個跟喻四合流的過程，然後一起變爲 z-：*mj->*j->z-。*p'j-：從*bj-跟精母合流來看，*p'j-好像也有一個跟清母合流的過程。但是據馬伯樂考證，古代越語並不存在 ts' 這個音素，清母一傳入越南就是一個 t'（phon.anna.pp54-55）。但是我們實在很難想像，*p'j-怎麼會沒有任何中間環節一下子變到 t'去的。比較合乎情理的解釋是：*p'j 中的 p'逐漸弱化以致失落，*j 變爲*ɕ 跟審母合流，以後一起塞化爲 t'：*p'j->*ɕ>t'-。」

〔註16〕 參見自序頁 1 中說：「比較起來看，自然還是燉煌石室所發現的那一批漢藏對音的寫本更可貴一點。因爲這些寫本原來是爲吐蕃人學漢語用的，牠們所有的對音並不專限於零碎的名詞，而且從發現的地域看，大致可以斷定牠們所代表的是唐五代時候流行於西北的一部分方音。」

侵		侵	禽 gim 音ǐm
仙	綿 myen 遣 k'yan 面 myan	仙	勉 myan 弁 byen
諄		眞	銀'gin 巾 ken
緝		緝	給 kep
薛	滅'byar	薛	
質	蜜'bir	質	

由上可知，千字文中，屬於重紐 A 類者有十七字，有-y-者有八字，因此有顎化者佔全部的百分之四十七；屬於 B 類者有二十一字，有-y-者有四字，因此有顎化者佔全部的百分之十九。

韻目	重紐 A 類	韻目	重紐 B 類
清	名 mye	庚三	平 p'eng 境 keng,heng 命 me 竟 keng 慶 k'eng 明 mye
支		支	彼 byi 綺 k'i 義'gi
脂	鼻 p'yi 比'byi	脂	悲 pyi 軌 gu
宵	妙'bye'u	宵	表 bye'u
侵		侵	蔭ǐm
仙	卷 kwon	仙	免 mye
諄		眞	
緝		緝	及 k'b
薛		薛	別 p'ar 血 hyar 滅'byer
質	畢 pyir 蜜'byir—ǐr	質	

由上可知，大乘中宗見解中，屬於重紐 A 類的有八字，有-y-的有六字，因此有顎化者佔全部的百分之七十五。

B 類的有十八字，有-y-有六字，因此顎化者佔全部的百分之三十三。

韻目	重紐 A 類	韻目	重紐 B 類
清	名 meng,ming	庚三	命 meng,ming
支	祇 gi	支	彼 pi,pe 義'gi 議'gi
脂	比 byi	脂	
宵	妙'by e'u	宵	
眞	因 in	侵	今 kim 音ǐm
緝		緝	及 gib
質	韠pyi	質	

由上可知，阿彌陀經中，屬於重紐 A 類者有六字，有-y-者有三字，因此有

鄂化者佔全部的百分之五十。

B 類有七字，無一字有-y-者。因此完全無顎化。

韻目	重紐 A 類	韻目	重紐 B 類
清	名 mye,myi	庚三	敬 keng
支	祇 gyi 譬 p'i	支	義'gi 議'gi
侵		侵	今 kim
緝		緝	及 gib
薛	滅'byer	薛	
質	一l, ir	質	

由上可知，金剛經中，重紐 A 類有五字，有-y-者有三字，因此有顎化者佔全部的百分之六十。B 類者有五字，無一字有-y-，因此無顎化。

茲將以上之四種材料之顎化總統計，列表於下：

材　料	A 類顎化比率	B 類顎化比率
千字文	47%	19%
大乘中宗見解	75%	33%
阿彌陀經	50%	0%
金剛經	60%	0%
總計	58%	13%

由上可知，重紐 A 類顎化的情形在漢藏音中和 B 類顎化的情形相比，約爲其四點五倍。

五、在八思巴文方面

由橋本萬太郎的 Phonology of ancient Chinese 一書上冊之頁 148 中可知重紐 A、B 類在八思巴文〔註17〕上的情形。茲轉錄如下：

Finals ＼ Initial Groups		Labials　唇音	Velars　牙音	Gutturals　喉音
Jì　OIII	祭		i	i
Jì　OIV	祭	i	(j) i	

〔註17〕參見《辭海語言文字》分冊頁 40 中說：「八思巴奉元世祖命制訂的併音文字。脫胎于藏文字母。至元六年（西元 1269 年）作爲國字正式頒行。稱"蒙古新字"或"蒙古字"，俗稱"八思巴字"。」

Jì	CIII	祭		ǔəǐ	
Jì	CIV	祭			
Zhī	OIII	支	ǔəǐ	i	i
Zhī	OIV	支	i	(j) i	(j) i
Zhī	CIII	支		ǔəǐ	ǔəǐ
Zhī	CIV	支		ǔəǐ	ǔəǐ, ǔəǐ
Zhī	OII	脂	ǔəǐ	i	i
Zhī	OIV	脂	i	(j) i	(j) i
Zhī	CIII	脂		ǔəǐ	ǔəǐ
Zhī	CIV	脂		ǔəǐ	ǔəǐ
Xiāo	III	宵	(ǐaǔ)	ǐaǔ	ǐaǔ
Xiāo	IV	宵	(ǐaǔ, ǐeǔ)	ǐeú	ǐeú
Yán	III	塩	ǐam	ǐam	ǐam
Yán	IV	塩		ǐem	ǐem, ǐe
Qīn	III	侵	ǐəm	ǐəm, i	ǐəm, i
Qīn	IV	侵			(j) ǐəm, (j) i
Xiāo	OIII	仙	ǐen, ǐe ǐan	ǐan	ǐen
Xiāo	OIV	仙	ǐen, ǐe ǐan	ǐan	
Xiāo	CIII	仙		ǐon, ǔen	ǔen
Xiāo	CIV	仙		ǔen	ǔen
Zhēn	OIII	臻眞	ǐən, ǔəǐ	ǐən	(j) ǐən, i
Zhēn	OIV	眞	ǐən, i	(j) ǐən, (j) i	(j) ǐən, (j) i
Zhēn	CIII	眞		ǔən, ü	ǔən
Zhēn	CIV	眞		ǔən, ǔəǐ	

從上表可看出，在祭、支、脂、眞等韻中，重紐A類有顎化的聲母，而B類則否。至於宵、塩等韻重紐的主要元音為-e，B類主要元音為-a。

因此，證明重紐A類顎化，B類不顎化的材料中，漢韓音與八思巴文的證據最為有力，而漢藏音重紐A類顎化，只是B類顎化的三點四倍，而日本吳音、漢音方面則比較薄弱。

第七章 結 語

　　我利用了「三步法」，考證出朱翱反切聲類與韻類的分合情形。由於反切上字表聲，類別不多，審定分合較易；反切下字表韻，類別殊繁，不得不參照切韻、廣韻及韻圖等加以審辨類別。

　　董同龢先生在《漢語音韻學》頁118至119裏曾說：

> 某些反切上字的類，如"作"與"子"……，"古"與"居"……，"烏"與"於"……，"盧"與"力"，本來只是可分而不能絕對分開。所以"作"與"子"在三十六字母只是一個"精"，"古"與"居"只是一個"見"，……這自然都是分類標準的問題而與系統無關。事實上，研究反切的人在這些類的分合上，意見已多有不同了。

　　李榮先生在《音韻存稿》頁35中也認為：

> 切韻和廣韻，一個韻可以是一個韻母，也可以有兩個，三個或四個韻母。例如江韻是一個韻母，唐韻有兩個韻母，麻韻有三個韻母，庚韻是四個韻母。王仁昫《刊謬補缺切韻》寒韻有兩個韻母，"干看寒"等字是一個韻母，"官寬桓"等字是另一個韻母。廣韻把切韻的寒韻分成寒桓兩韻，寒韻是一個韻母，包括"干看寒"等字，桓韻也是一個韻母，包括"官寬桓"等字。無論寒桓分韻不分韻，

"干看寒"的韻母總是和"官寬桓"不同。離開反切，單純就韻部分合是考訂不出音韻系統的。研究音韻，必須記住這一點。

在朱翱聲類與韻類的考證上，我採用了「系聯」、「比較」與「統計」等三個步驟，並且根據例外反切的百分率來做最後的判斷。至於究竟是分是合則不是絕對的，因爲見仁見智，所以尙需高明指正。

然而朱翱反切所代表的音系基礎究屬何音系？以下茲先列舉出前人的說法。

（1）嚴學窘先生認爲：〔註1〕

唐人韻書大致皆祖陸氏切韻，孫愐李舟之作，即其例也。……凡屬切韻音系之韻書，自陸氏切韻一百九十三韻至廣韻之二百零六韻，皆是論「南北是非，古今通塞」。然語音隨時而變，由隋至宋，其間不無變易，所以切韻時代之實際語音是一回事，切韻音系所包含之音系，又是一回事。於是有根據唐時實際語音以作韻書者，其分類不得不與切韻音系大異。如天寶韻英元廷堅韻英張戩考聲切韻諸書，皆以秦音爲準則。近人黃淬伯據《慧琳一切經音義》以考秦音之聲紐韻類，……持之以與廣韻相較，多寡之數，相去懸殊。……按慧琳音義全用廷堅，張戩二書，故與切韻以來諸家韻書大不同。今以本篇所得較之，知朱翱反切不合切韻音系，而與秦音慧琳音切相近。……惟朱氏究據何種韻書，則成問題。……今知朱氏所據，固非切韻音系，但必以一種韻書爲本，而以當時最流行之普通語意自爲增損。……則朱翱反切所依據之普通語言，或即洛陽近傍之一種方言」

（2）張世祿先生認爲：〔註2〕

朱翱所新易的反切，至少可以認爲是唐五代時某處方音的一種代表。大徐本說文所用的孫愐音切，是屬于切韻一系的，大都沿襲陸法言的舊制，我們把大徐本的孫愐音切來和小徐本的朱翱音切比較，也可以見得唐五代時一種音讀演變的現象。最值得我們注意的，

〔註1〕參見中山大學《師範學院季刊》一卷2期頁1至80之〈小徐本說文反切之音系〉一文的頁78至80。

〔註2〕參見《張世祿語言學論文集》頁167。

孫恓音切上輕重唇不分的，朱翱音切大都加以分別了。

（3）梅廣先生認爲：〔註3〕

唐末研究音韻的學者有所謂秦音、吳音之分。……根據周〔法高〕先
生研究的結果，〔註4〕當時流行於關中的秦音有三特點。（1）侯、尤
韻唇音字讀如虞、模；（2）精系字舌尖元音成立，（3）全濁上聲和去
聲混。而這三特點大概都是當時吳音（江左之音）所無，而切韻恰恰
又和秦音不合，故當時人據此三標準説切韻是吳音。和切韻一樣，繫
傳的語音系統亦不合於此三標準。繫傳反切侯、尤唇音不與虞、模韻
混，三等韻精系切語下字亦不自成一類，而上去聲的分際又同於切
韻。可見繫傳的語言並不屬於關中的秦音。但是唐末吳音範圍必定很
廣，而吳音區域之内亦必有方言的差異。那末繫傳的語言，如果眞是
吳音，又屬於吳音那一種方言呢？對照現在的方言，他和吳語最爲相
像。匣四和喻母混，吳語區域大都如此。……繫傳既成於南唐，南唐
建都於南京，而徐鍇又生長於揚州，在地理上，二地都位於吳語區域
的邊緣。在今日，南京話和揚州話都不是吳語。但如果説現代吳語的
祖先，在一千年前是流行於南唐的語言，也是很可能的。

（4）王力先生從他所作的《朱翱反切聲類考》中認爲：

從邪混用，牀神禪混用，匣喻混用，皆與今吳語合。〔註5〕

在韻部方面王氏認爲：

魚模合部，在朱翱反切中有許多證據。特別值得注意的是尤侯的唇
音字大部分（如“部”，“婦”）轉入了魚模。〔註6〕

其餘的我在第四章裏已詳細介紹過，茲不贅。這裏只提出一點，就是王氏認爲
在朱翱反切裏「資思」是一個新興的韻部。朱翱反切一律用齒頭字切齒頭字，
他覺得説明了這個新情況，則從此以後，一直到現代北方話和吳語等方言，都

〔註3〕參見臺大五十二年之碩士論文〈説文繫傳反切的研究〉一文之頁72至73。

〔註4〕參見《中國語言學論文集》一書之頁163至168的〈玄應反切考〉。

〔註5〕參見《龍蟲並雕齋文集》第三冊頁254。

〔註6〕參見《漢語語音史》頁256至257。

存在這個韻部。

由上可知，嚴氏認爲朱翱反切與秦音慧琳音切相近，並謂或即洛陽近傍之一種方言；梅、王兩氏認爲可能是屬於吳語；張氏則認爲是唐五代時某處方音的一種代表。

由於朱翱反切中（1）尤、侯韻唇意字不是讀如虞模 [註7] （2）全濁上聲不

[註7] 我把朱翱反切中尤、侯韻（包括平、上、去聲）之所有唇音字皆抄錄如下：

　平聲：芣（附柔），桴（附柔），罦（附柔），罘（附柔），烰（附柔），涪（附柔），浮（附柔），不（甫柔），牟（莫浮），謀（莫浮），麰（莫浮），侔（莫浮），髳（莫浮），鍪（莫浮），矛（莫浮），䕏（步矛），髻（步矛），掊（步矛），抙（步侯）。

　上聲：阜（符九），婦（符九），負（符九），否（付久），頯（甫友），負（復缶），剖（浦吼），培（浦吼），牡（莫厚），某（莫厚），拇（莫厚），母（莫厚），晦（莫厚），瓿（布偶）。

　去聲：茂（莫透），莍（莫透），蔴（莫透），瞀（莫透），楙（莫透），袤（莫透），懋（莫透），姆（莫透），瞀（莫透），鄮（母遘），戊（莫遘），楸（莫候），毹（母候）。發現其反切下字仍爲尤、侯韻。

我又把虞、模韻（包括平、上、去聲）之所有唇字音皆抄錄如下

虞韻平聲：

　　莩（芳于），稃（芳于），蕪（文區），誣（文區），巫（文區），森（文區），毋（文區），嬮（文區），隬（文區），孚（甫伕），尃（甫伕），麩（甫伕），枎（甫伕），䪠（甫伕），夫（甫伕），怤（甫伕），泭（甫伕），魛（甫伕），鈇（甫伕），鳬（凡無），符（凡無），枎（凡無），樺（凡無），柎（凡無），枹（凡無），邞（弗無），扶（凡無），紨（防無），璷（武夫），斁（甫夫），扁（甫夫），郛（弗扶），廡（拂扶）。

　上聲：莆（分武），黼（分武），斧（芳武），甫（分武），脯（分武），簠（分武），郙（分武），䗖（分武），俌（分武），頫（分武），府（芳武），拊（分武），撫（分武），府（弗父），圃（不雨），父（浮甫），腐（浮甫），侮（勿甫），䍃（浮甫），武（文甫），斧（浮甫），輔（浮甫），鸚（勿撫），舞（勿撫），舞（勿撫），廡（勿撫），憮（勿撫），娒（勿撫），潕（勿撫），嫵（焚柱）。

　去聲：祔（扶遇），赴（弗孺），趴（弗孺），傅（弗孺），仆（弗孺），蠡（弗孺），賦（弗孺），富（福務），覆（芳富），秅（勿赴），擊（勿赴），嗇（勿赴），騖（勿赴），霧（勿赴），婺（勿赴），務（勿赴），鋪（蒲仆），襆（方聚），付（方娶），䰅（方娶）。

　　模韻平聲：

變去聲，〔註8〕因此我們可以下結論說朱翱反切不代表秦音。

由於朱翱反切和北方的秦音大不相同，因此我們推測朱翱反切是屬於南方方言，其理由如下：

（1）朱翱反切中，牀禪紐不分，同現在的吳語合。

（2）朱翱反切中，匣喻紐不分，也與今吳語合。

可是有一點則與吳語不合。因爲朱翱反切中，從、邪兩紐是不混用的。〔註9〕所以很可能有一部的吳語方言，到了宋初時，從、邪還可分，而從、邪之合則遠在牀禪紐之合以後。至於顏之推所說的「南人以錢爲涎，以賤爲羨，以石爲射，以是爲舐。」前兩句是說從、邪不分；後兩句是說牀、禪不分。可能指的是一部分的南方方言，而不能代表全部吳語方言。所以從、邪相混可能在朱翱時尚未發生。

徐鍇的方言同朱翱的方言，可能相同或類似，否則就不會請他作反切。而徐鍇原籍會稽（相當於現在浙江紹興），屬於吳語區，後來遷居到廣陵（相當於現在的江蘇揚州）。〔註10〕當時的都城是金陵（相當於現在的南京）；而現在揚州和鎮江隔江相對，三者都屬下江官話區。〔註11〕因此可能在宋初，江南的金

　　　　　　　莫（門胡），模（門胡），摹（門胡），蟆（門胡），秿（噴模），鋪（噴模），
　　　　　　　等（逋吳）。

　　上聲：補（伯普）。

　　去聲：莫（莫度），慔（莫度），慕（莫度），募（莫度），墓（莫度），苺（盤怖），
　　　　　　步（盤怖），捕（盤怖），哺（盤怖），悑（判庫），布（奔汙），賦（方布）。
　　　　　　結果發現其反切下字也是屬於虞、模韻。因此我覺得王力所說的「尤侯的唇
　　　　　　音字大部分（如“部”、“婦”）轉入了魚、模」是不正確的。而且“部”
　　　　　　字在廣韻中有兩讀，一是姥韻的（裴古切），一是厚韻的（蒲口切），因此這
　　　　　　個例子實不足爲據。

〔註8〕參見於梅廣碩士論文〈說文繫傳反切的研究〉一文之頁73；王力《龍蟲並雕齋文
　　　　集》第三冊頁255。

〔註9〕我在第二章中已經證明了從、邪混用的情形，只佔全部的百分之一點七。

〔註10〕參見梅廣碩士論文〈說文繫傳反切的研究〉一文中之頁1序論部分說：「據陸游《南
　　　　唐書》，鍇字楚金，會稽人。四歲喪父，乃遷居廣陵。故宋史以爲揚州廣陵人。」

〔註11〕在鮑明煒的〈南京方言歷史演變初探〉一文（見於《語文研究集刊》第一輯‧江
　　　　蘇教育出版社‧民國74年3月）：「隋唐兩代對金陵都採取了抑制政策，但是由于
　　　　金陵的重要地位，還是逐步恢復起來了。南唐建都金陵，經濟文化都相當繁榮……

陵（南京）、京口（鎮江）和江北的廣陵（揚州）都屬於吳語區，不過這只是我的猜測而已。

五代時期北方大亂，南唐較爲安定，金陵客戶應多來自北方。但是南唐享國不長（西元 937〜975 年）宋兵南下，⋯⋯金陵人口又經歷了一次大聚散，北方人參與其間，推動金陵話繼續向北方話轉變。」（頁 380 至 381）「南京話由吳方言轉變爲北方方言，一千多年來，應分爲幾個階段，由量變到質變，分水嶺在什麼時代？因材料不足，這些問題現在都還不能認定。」（頁 383）。

附錄一　大徐本竄入小徐本之字

次數	被切字	反切	詁林頁數	叢刊頁數
1	祇	巨支	P42a	P3b
2	挑	他彫	P99a	P4b
3	祆	火千	P99b	P4b
4	璵	以諸	P118b	P5b
5	瑳	七何	P162a	P7b
6	荔	亡考	P275a	P13b
7	蓨	湯雕（徒聊）	P302a	P15a
8	萃	秦醉	P389a	P19b
9	犦	所簡	P529a	P25b
10	牝	毗忍	P520b	P25b
11	鹹	工咸	P854b	P38a
12	譍	於證	P966a	P43b
13	詔	之紹	P990a	P44b
14	瞍	蘇后	P1456a	P65b
15	羠	徐姊	P1567a	P70b
16	鳩	古穴	P1604a	P72a
17	腊	古諧	P1771b	P79b
18	胯	苦故	P1764a	P81b
19	剔	他歷	P1861a	P83a
20	觷	胡角	P1888a	P84b

次數	被切字	反切	詁林頁數	叢刊頁數
21	笑	私妙	P1992b	P89a
22	簸	布火	P2003a	P89a
23	餉	式亮	P2200a	P98a
24	欘	羊支	P2389a	P106a
25	檐	市緣	P2392a	P106a
26	椋	呂張	P2392a	P106a
27	樕	所衛	P2400a	P106b
28	枵	苦浩	P2401b	P107a
29	梲	之說	P2577a	P115b
30	糶	他弔	P2680a	P121b
31	族	昨木	P2980b	P135a
32	種	直容	P3076a	P140a
33	穫	胡郭	P3108a	P140b
34	糟	作曹	P3163b	P144a
35	糒	平祕	P3164b	P144a
36	寫	悉也	P3244b	P148a
37	宵	相邀	P3245b	P148a
38	宿	息逐	P3246a	P148a
39	寢	七荏	P3247a	P148a
40	痛	普胡	P3313b	P151a
41	痟	相邀	P3318b	P152a

次數	被切字	反切	詁林頁數	叢刊頁數
42	昫	具俱	P3324b	P152a
43	癬	息淺	P3330a	P152a
44	疥	古拜	P3330b	P152a
45	輴	相倫	P3409b	P156a
46	帔	披義	P3410a	P156a
47	佗	徒何	P3523a	P160b
48	儹	作管	P3533b	P161a
49	傾	去營	P3539a	P161b
50	借	資昔	P3553a	P162a
51	偄	奴亂	P3575a	P162b
52	倍	薄亥	P3575b	P162b
53	偽	於建	P3576a	P162b
54	件	其輦	P3625b	P164b
55	匕	卑履	P3638b	P164b
56	頃	去營	P3643a	P165a
57	卓	竹角	P3646a	P165a
58	重	柱用	P3668a	P166a
59	裹	戶乖	P3706a	P168a
60	鬚	楷革	P3757a	P169b
61	覘	丁含	P3850b	P173b
62	欨	才六	P3875b	P174b
63	歠	昌說	P3900b	P175b
64	顥	昨焦	P3954a	P177b
65	勾	薄皓	P4045b	P181b
66	匈	許容	P4046a	P181b
67	魑	杜回	P4069a	P182b
68	庤	直里	P4146b	P186a
69	磽	口交	P4196a	P188a
70	砢	來可	P4209a	P188b
71	豙	魚既	P4241a	P189b
72	驫	符嚴	P4324a	P193a
73	震	植鄰		P194a
74	麃	薄交	P4364b	P194b
75	炮	都歷	P4494a	P199a

次數	被切字	反切	詁林頁數	叢刊頁數
76	點	多忝	P4528b	P200b
77	黚	巨淹	P4528b	P201a
78	憯	七感	P4758b	P209b
79	愡	苦感	P4768b	P210a
80	沁	子結		P219a
81	洝	烏旰	P5065b	P221b
82	洽	侯夾	P5046b	P223b
83	湯	土郎	P5064b	P223b
84	霂	銀箴	P5192a	P226b
85	鮞	居六	P5237a	P228a
86	鰘	奴荅	P5214b	P229a
87	鹹	魚欠	P5298a	P231a
88	馘	古獲	P5361a	P233b
89	麿	亡彼	P5362b	P233b
90	聆	巨今	P5363a	P233b
91	摯	脂利	P5390a	P234a
92	娶	苦閒	P5590b	P243a
93	發	方伐	P5776b	P248a
94	彊	斯氏	P5771a	P248a
95	糸	莫狄	P5790b	P249a
96	繭	古典	P5791b	P249a
97	繰	穌遭	P5793a	P249a
98	繹	羊益	P5793b	P249a
99	緒	除呂	P5793b	P249a
100	緬	弭沇	P5794a	P249a
101	純	常倫	P5794b	P249a
102	綃	相幺	P5795a	P249a
103	緒	口皆	P5795b	P249a
104	統	呼光	P5796a	P249a
105	紇	下沒	P5796a	P249a
106	紙	都兮	P5796b	P249a
107	絓	胡卦	P5797a	P249a
108	繹	以灼	P5797b	P249a
109	縗	穌對	P5797b	P249a

次數	被切字	反切	詁林頁數	叢刊頁數
110	經	九丁	P5798a	P249a
111	織	之弋	P5799a	P249a
112	紝	如甚	P5799b	P249a
113	綜	子宗	P5800a	P249a
114	綹	力久	P5800b	P249a
115	緯	云貴	P5800b	P249b
116	緷	王問	P5801a	P249b
117	繢	胡貴	P5801a	P249b
118	統	他綜	P5801b	P249b
119	紀	居擬	P5802a	P249a
120	繈	居兩	P5803a	P249b
121	纇	盧對	P5803b	P249b
122	紿	徒亥	P5804a	P249b
123	納	奴荅	P5804b	P249b
124	紡	妃兩	P5805a	P249b
125	絕	情雪	P5805b	P249b
126	繼	古詣	P5806b	P249b
127	續	似是	P5808a	P249b
128	賡	古行		P249b
129	纘	作管	P5809a	P249b
130	紹	市沼	P5809b	P249b
131	繠	昌善	P5810a	P249b
132	縕	他丁	P5810b	P249b
133	縱	足用	P5801b	P249b
134	紓	傷魚	P5811a	P249b
135	繎	如延	P5811b	P249b
136	紆	億俱	P5812a	P249b
137	緈	胡頂	P5812b	P249b
138	纖	息廉	P5813a	P249b
139	細	穌計	P5813a	P249b
140	緢	武儦	P5813b	P249b
141	縒	楚宜	P5814b	P249b
142	繙	附袁	P5815a	P249b
143	縮	所六	P5815b	P249b
144	紊	亡運	P5816a	P249b
145	級	居立	P5817b	P249b
146	總	作孔	P5817a	P249b
147	緅	居玉	P5817a	P249b
148	約	于略	P5817b	P249b
149	繚	盧鳥	P5818a	P249b
150	纏	直連	P5818a	P249b
151	繞	而沼	P5818b	P250a
152	紾	之忍	P5818b	P250a
153	繯	胡畎	P5819a	P250a
154	辮	頻犬	P5819b	P250a
155	結	古屑	P5820a	P250a
156	縎	古忽	P5820b	P250a
157	締	特計	P5820b	P250a
158	縛	符钁	P5821a	P250a
159	繃	補肓	P5821b	P250a
160	絿	巨鳩	P5822a	P250a
161	絅	古熒	P5822a	P250a
162	紙	匹卦	P5822b	P250a
163	纝	力臥	P5822b	P250a
164	給	居立	P5823a	P250a
165	綝	丑林	P5823b	P250a
166	縪	畢吉	P5823b	P250a
167	紈	胡官	P5824a	P250a
168	終	職戎	P5824b	P250a
169	繅	姊入	P5825b	P250a
170	繒	疾陵	P5826a	P250
171	緭	云貴	P5827a	P250a
172	絩	治小	P5827a	P250a
173	綺	祛彼	P5827b	P250a
174	縠	胡谷	P5828a	P250a
175	縳	持沇	P5828b	P250a
176	縑	古甜	P5829b	P250a
177	綈	杜兮	P5830a	P250a

次數	被切字	反切	詁林頁數	叢刊頁數
178	練	郎甸	P5830a	P250a
179	縞	古老	P5830b	P250a
180	絁	式支	P5831b	P250a
181	紬	直由	P5831b	P250a
182	縶	康禮	P5832b	P250a
183	綾	力膺	P5833a	P250a
184	縵	莫半	P5833b	P250a
185	繡	息救	P5833b	P250a
186	絢	許掾	P5834b	P250b
187	繪	黃外	P5835b	P250b
188	緀	七稽	P5837a	P250b
189	絥	莫札	P5838a	P250b
190	絹	吉掾	P5838b	P250b
191	綠	力玉	P5839a	P250b
192	縹	敷沼	P5839b	P250b
193	絛	余六	P5840a	P250b
194	絑	章俱	P5840a	P250b
195	纁	許云	P5841a	P250b
196	紐	丑律	P5841b	P250b
197	絳	古巷	P5842a	P250b
198	綰	烏版	P5842b	P250b
199	緝	即刄	P5844a	P250b
200	綪	倉絢	P5844a	P250b
201	緹	他禮	P5844b	P250b
202	綝	七絹	P5845b	P250b
203	紫	將此	P5846a	P250b
204	紅	戶公	P5846b	P250b
205	纁	倉紅	P5847a	P250b
206	紺	古暗	P5847b	P250b
207	綧	渠之	P5848a	P250b
208	繰	親小	P5850a	P250b
209	緇	側持	P5850b	P250b
210	纔	士咸	P5851b	P250b
211	綞	土敢	P5852a	P250b

次數	被切字	反切	詁林頁數	叢刊頁數
212	縭	郎計	P5853b	P250b
213	紕	匹丘	P5854a	P250b
214	綡	充彡	P5854b	P250b
215	繻	相俞	P5855a	P251a
216	繻	而蜀	P5856a	P251a
217	纚	所綺	P5856b	P251a
218	紘	戶萌	P5857a	P251a
219	紞	都感	P5858a	P251a
220	纓	于盈	P5858b	P251a
221	紻	于兩	P5859a	P251a
222	緌	儒佳	P5859b	P251a
223	緄	古本	P5860a	P251a
224	紳	失人	P5860b	P251a
225	繟	昌善	P5861a	P251a
226	綏	殖西	P5861b	P251a
227	組	則古	P5862a	P251a
228	緺	古蛙	P5863a	P251a
229	綫	宜戟	P5863b	P251a
230	纂	作管	P5864a	P251a
231	紐	女久	P5864a	P251a
232	綸	古還	P5864b	P251a
233	綎	他丁	P5865a	P251a
234	組	胡官	P5865b	P251a
235	繐	私銳	P5866a	P251a
236	暴	補各	P5866b	P251a
237	緱	古疾	P5883a	P251a
238	紟	居音	P5866b	P251a
239	緣	以絹	P5867b	P251a
240	纀	傳木	P5868a	P251a
241	綺	苦故	P5868a	P251a
242	繑	牽搖	P5869a	P251a
243	緥	博抱	P5869a	P251a
244	縜	子昆	P5870a	P251a
245	綅	博禾	P5870b	P251a

次數	被切字	反切	詁林頁數	叢刊頁數	次數	被切字	反切	詁林頁數	叢刊頁數
246	緻	土刀	P5870b	P251a	280	縢	徒登	P5888b	P251b
247	絨	玉伐	P5871a	P251a	281	編	布玄	P5889a	P251b
248	縱	足容	P5871b	P251a	282	維	以追	P5889b	P251b
249	絧	詳遵	P5872a	P251b	283	緷	平祕	P5890a	P252a
250	種	直容	P5872a	P251b	284	紅	諸盈	P5890b	P252a
251	纕	汝羊	P5872b	P251b	285	綊	胡頰	P5891a	P252a
252	纗	戶圭	P5873b	P251b	286	緜	附袁	P5891a	P252a
253	綱	古郎	P5874a	P251b	287	繮	居良	P5892a	P252a
254	緝	爲贇	P5875a	P251b	288	紛	撫文	P5892b	P252a
255	綅	子林	P5876a	P251b	289	紂	除柳	P5893a	P252a
256	縷	力主	P5876b	P251b	290	緧	七由	P5893a	P252a
257	綫	私箭	P5877a	P251b	291	絆	博慢	P5893b	P252a
258	紁	乎決	P5877b	P251b	292	纇	相主	P5894a	P252a
259	縫	符容	P5877b	P251b	293	紖	直引	P5894b	P252a
260	緁	七接	P5878a	P251b	294	縿	辭戀	P5894b	P252a
261	袟	直質	P5878b	P251b	295	縻	靡爲	P5895a	P252a
262	緛	而沇	P5878b	P251b	296	紲	私列	P5896a	P252a
263	組	丈莧	P5879a	P251b	297	纆	莫北	P5897a	P252a
264	繕	時戰	P5879b	P251b	298	絙	古恒	P5897a	P252a
265	結	私列	P5880a	P251b	299	繘	余聿	P5897b	P252a
266	纍	力追	P5881a	P251b	300	綆	古杏	P5898a	P252a
267	縭	力知	P5882b	P251b	301	絠	古亥	P5898b	P252a
268	緊	烏雞	P5883a	P251b	302	繳	之若	P5898b	P252a
269	縿	所街	P5883b	P251b	303	繴	博厄	P5899a	P252a
270	徽	許歸	P5884a	P251b	304	緡	武巾	P5899b	P252a
271	繫	幷列	P5885a	P251b	305	絮	息據	P5900a	P252a
272	紉	女鄰	P5885a	P251b	306	絡	盧各	P5901a	P252a
273	繩	食陵	P5885b	P251b	307	纊	苦謗	P5901b	P252a
274	緈	側莖	P5886a	P251b	308	紙	諸氏	P5902a	P252a
275	縈	於營	P5886b	P251b	309	絥	芳武	P5902b	P252a
276	絇	其俱	P5887a	P251b	310	絮	女余	P5902b	P252a
277	緺	持僞	P5887b	P251b	311	繫	古詣	P5904b	P252a
278	絭	居願	P5888a	P251b	312	縼	郎兮	P5905a	P252a
279	緘	古咸	P5888a	P251b	313	絹	七入	P5905b	P252a

次數	被切字	反切	詁林頁數	叢刊頁數
314	紋	七四	P5905b	P252b
315	績	則歷	P5906a	P252b
316	纑	洛乎	P5906b	P252b
317	紨	防無	P5907a	P252b
318	繐	祥歲	P5907b	P252b
319	絺	丑脂	P5907b	P252b
320	綺	綺戟	P5908a	P252b
321	緅	側救	P5908b	P252b
322	絟	此緣	P5909a	P252b
324	紵	直呂	P5909b	P252b
325	緦	息茲	P5910b	P252b
326	緆	先擊	P5911a	P252b
327	繪	度夾	P5912a	P252b
328	縗	倉回	P5912b	P252b
329	絰	徒結	P5913a	P252b
330	緶	房連	P5913b	P252b
331	纍	亡百	P5914a	P252b
332	縛	博蠓	P5915a	P252b
333	緉	力讓	P5915a	P252b
334	絜	古屑	P5916a	P252b
335	繆	武彪	P5916b	P252b
336	綢	直由	P5917a	P252b
337	縕	於云	P5917b	P252b
338	紼	分勿	P5918a	P252b
339	絣	北萌	P5918b	P252b
340	紕	卑履	P5919a	P252b
341	繘	居例	P5919b	P252b
342	縊	於賜	P5920a	P252b
343	綏	息遺	P5920b	P252b
344	彝	以脂	P5922b	P252b
345	緻	直利	P5926a	P253a
346	素	桑故	P5929b	P253a
347	素	居玉	P5930b	P253a
348	約	以灼	P5930b	P253a
349	蟀	所律	P5931a	P253a
350	綽	昌約	P5931b	P253a
351	緩	胡玩	P5932a	P253a
352	絲	息茲	P5932b	P253a
353	彎	兵媚	P5933a	P253a
354	絭	古還	P5934b	P253a
355	率	所律	P5935b	P253a
356	虫	許偉	P5937a	P253a
357	蝮	芳目	P5939b	P253b
358	螣	徒登	P5940b	P253b
359	蚦	人占	P5941a	P253b
360	蟺	弃忍	P5941b	P253b
361	蜭	佘忍	P5942a	P253b
362	蟦	烏紅	P5943a	P253b
363	蜙	子紅	P5943b	P253b
364	蠁	許兩	P5943b	P253b
365	蛁	都僚	P5944a	P253b
366	蠿	祖外	P5944b	P253b
367	蛹	余隴	P5944b	P253b
368	蚍	胡罪	P5945a	P253b
369	蛕	戶恢	P5945a	P253b
370	蟯	如招	P5945b	P253b
371	雖	息遺	P5945b	P253b
372	虺	許偉	P5946a	P253b
373	蜥	先擊	P5947b	P253b
374	蝘	於殄	P5948a	P253b
375	蜓	徒典	P5948b	P253b
376	蚖	愚袁	P5949a	P253b
377	蠸	巨員	P5949b	P253b
378	螟	莫經	P5950b	P253b
379	蟘	徒得	P5952a	P253b
380	蟣	居稀	P5953a	P253b
381	蛭	之日	P5953b	P253b
382	蝤	耳由	P5954a	P253b

次數	被切字	反切	詁林頁數	叢刊頁數
383	蛒	去吉	P5954b	P253b
384	蚰	區勿	P5955a	
385	蟫	余箴	P5955b	P253b
386	蛵	戶經	P5955b	P253b
387	蜭	乎感	P5956a	P253b
388	蟜	居夭	P5956a	P254a
389	蛓	千志	P5956b	P254a
390	蜚	烏蝸	P5957a	P254a
391	蚔	巨支	P5957a	P254a
392	薑	丑芥	P5957b	P254a
393	蝤	字秋	P5958a	P254a
394	蠀	徂兮	P5958b	P254a
395	強	巨良	P5959b	P254a
396	蚚	巨衣	P5960a	P254a
397	蜀	市玉	P5960b	P254a
398	蠲	古玄	P5962a	P254a
399	蛃	邊兮	P5964b	P254a
400	蠖	烏郭	P5964b	P254a
401	蝝	與專	P5965b	P254a
402	蠊	洛疾	P5966a	P254a
403	蛌	古乎	P5966b	P254a
404	蠹	盧紅	P5967a	P254a
405	蛾	五何	P5968a	P254a
406	螘	魚綺	P5970a	P254a
407	蚳	直尼	P5970b	P254a
408	蠜	附袁	P5971a	P254a
409	蟀	所律	P5971b	P254a
410	蚖	武延	P5972a	P254a
411	蟷	都郎	P5972b	P254a
412	蠰	汝羊	P5972b	P254a
413	蜋	魯當	P5973a	P254a
414	蛸	相邀	P5973b	P254a
415	蛢	薄經	P5974a	P254a
416	蟜	余律	P5975a	P254a

次數	被切字	反切	詁林頁數	叢刊頁數
417	蟥	乎光	P5975a	P254a
418	蠞	式支	P5975b	P254a
419	蛅	職廉	P5975b	P254a
420	蝎	胡葛		P254b
421	蜆	胡典	P5977a	P254b
422	蟹	符非	P5977b	P254b
423	蚼	其虐	P5978a	P254b
424	蟥	古火	P5978b	P254b
425	蠃	郎果	P5980b	P254b
426	蠕	郎丁	P5981a	P254b
427	蛺	兼叶	P5981b	P254b
428	蜨	徒叶	P5982a	P254b
429	蚩	赤之	P5982a	P254b
430	蟞	布還	P5983a	P254b
431	蟊	莫交	P5983a	P254b
432	蟠	附袁	P5984a	P254b
433	蚈	於脂	P5984b	P254b
434	蚣	息恭	P5985a	P254b
435	蝑	相居	P5986a	P254b
436	蠩	之夜	P5986a	P254b
437	蝗	乎光	P5987a	P254b
438	蜩	徒聊	P5987a	P254b
439	蟬	市連	P5988a	P254b
440	蜺	丑雞	P5988b	P254b
441	蠵	胡雞	P5988b	P254b
442	蚗	於悅	P5989a	P254b
443	蚅	武延	P5989b	P254b
444	蜊	良薛	P5990a	P254b
445	蜻	子盈	P5990b	P254b
446	蛉	郎丁	P5990b	P254b
447	蠓	莫孔	P5991a	P254b
448	蟟	离灼	P5991b	P254b
449	蜹	而銳	P5992a	P254b
450	蠜	穌彫	P5993a	P254b

次數	被切字	反切	詁林頁數	叢刊頁數	次數	被切字	反切	詁林頁數	叢刊頁數
451	蜡	息正	P5993b	P254b	485	蝦	乎加	P6011b	P255b
452	蟒	力輆	P5993b	P255a	486	蟆	莫遐	P6012a	P255b
453	蜡	鉏駕	P5994a	P255a	487	蠵	戶圭	P6012a	P255b
454	蜳	而沇	P5995a	P255a	488	蜥	慈染	P6013a	P255b
455	蚑	巨支	P5995a	P255a	489	蠏	胡買	P6013b	P255b
456	蟥	香沇	P5996a	P255a	490	蛫	過委	P6015a	P255b
457	蚩	丑善	P5996a	P255a	491	蝛	于逼	P6015b	P255b
458	蠞	余足	P5997a	P255a	492	蜈	吾谷	P6018b	P255b
459	蝙	式戰	P5997a	P255a	493	蚵	文兩	P6019b	P255b
460	蛻	輸芮	P5997b	P255a	494	蜽	良獎	P6020a	P255b
461	蓳	呼各	P5998a	P255a	495	蝯	雨元	P6020b	P255b
462	螫	施隻	P5998b	P255a	496	蠗	直角	P6021a	P255b
463	蟲	烏各	P5999a	P255a	497	蜼	余季	P6021b	P255b
464	蛘	余兩	P5999a	P255a	498	蚼	古厚	P6022a	P255b
465	蝕	乘力	P6000a	P255a	499	蛩	渠容	P6022a	P255b
466	蛟	古肴	P6000b	P255a	500	蠥	居月	P6023b	P255b
467	螭	丑知	P6001b	P255a	501	蝙	布玄	P6024a	P255b
468	虯	渠幽	P6002a	P255a	502	蝠	方六	P6024b	P255b
469	蜦	力屯	P6002b	P255a	503	蠻	莫還	P6024b	P255b
470	螊	力鹽	P6003b	P255a	504	閩	武巾	P6025a	P255b
471	蜃	時忍	P6004a	P255a	505	虹	戶工	P6025b	P255b
472	盒	古沓	P6004b	P255a	506	蠕	都計	P6026b	P255b
473	蠦	蒲猛	P60066	P255a	507	蝀	多貢	P6026b	P255b
474	蝸	古華	P6007a	P255a	508	蠿	魚列	P6027a	P255b
475	蚌	步項	P6007b	P255a	509	蚰	古魂	P6030a	P256a
476	蠣	力制	P6008a	P255a	510	蠶	昨含	P6031a	P256a
477	蝓	羊朱	P60086	P255a	511	蠢	五何	P6032a	P256a
478	蜎	狂沇	P6009a	P255a	512	蟊	子皓	P6032b	P256a
479	蟺	常演	P6009b	P255a	513	蝨	所櫛	P6033a	P256a
480	蜎	於蚪	P6010a	P255a	514	螽	職戎	P6033b	P256a
481	蟉	力幽	P6010a	P255a	515	蟲	知衍	P6034a	P256a
482	蟄	直立	P6010b	P255a	516	蝨	子列	P6034a	P256a
483	蚨	房無	P6010b	P255b	517	蟲	側八	P6034b	P256a
484	蛹	居六	P6011a	P255b	518	蟲	莫交	P6035a	P256a

次數	被切字	反切	詁林頁數	叢刊頁數
519	蠧	奴丁	P6035b	P256a
520	蟲	財牢	P6035b	P256a
521	蟲	胡葛	P6036a	P256a
522	蟲	匹標	P6036a	P256a
523	蠭	敷容	P6036b	P256a
524	蠶	彌必	P6037b	P256a
525	蟲	強魚	P6038b	P256a
526	蟊	無分	P6038b	P256a
527	蟲	武庚	P6039b	P256a
528	蟲	當故	P6040a	P256a
529	蟲	盧啓	P6040b	P256a
530	蟲	巨鳩	P6041b	P256a
531	蟲	縛牟	P6042a	P256a
532	蟲	子兖	P6042b	P256a
533	蟲	尺尹	P6043a	P256a
534	蟲	直弓	P6044b	P256b
535	蠹	莫交	P6045b	P256b
536	蠶	房脂	P6047a	P256b
537	蠶	武巾	P6047b	P256b
538	蠹	房未	P6048a	P256b
539	蟲	公戶	P6049a	P256b
540	風	方戎	P6051b	P256b
541	飆	呂張	P6054a	P256b
542	飀	翾聿	P6055a	P256b
543	飆	甫遙	P6055b	P256b
544	飄	撫招	P6056a	P256b
545	颯	穌合	P6056b	P256b
546	飂	力求	P6057a	P256b
547	颭	呼骨	P6057a	P256b
548	颶	王勿	P6057b	P256b
549	颭	于筆	P6057b	P526b
550	颺	與章	P6058a	P256b
551	颲	力質	P6058a	P256b
552	颲	良薛	P6059a	P257a

次數	被切字	反切	詁林頁數	叢刊頁數
553	它	託何		P257a
554	蛇	食遮	P6060b	P257a
555	龜	居追	P6063a	P257a
556	鼃終	徒冬	P6065a	P257a
557	朧	汝閭	P6065a	P257a
558	黽	莫杏	P6066a	P257a
559	鼈	并列	P6067a	P257a
560	黿	愚袁	P6067b	P257a
561	鼀	烏媧	P6068a	P257a
562	鼀	七宿	P6069a	P257a
563	鼅	式支	P6070b	P257a
564	鼉	徒何	P6071b	P257a
565	鼃	胡雞	P6072b	P257b
566	蠅	其俱	P6072b	P257b
567	蠅	余陵	P6073a	P257b
568	鼊	陟离	P6073b	P257b
569	黿	陟輸	P6074a	P257b
570	量	直遙	P6075a	P257b
571	卵	盧管	P6078b	P257b
572	毈	徒玩	P6080a	P257b
573	鏃	乎鉤	P6326b	P267b
574	斲	徒斗	P6374a	P268b
575	所	語斤		P268b
576	附	戶經	P6499a	P273a
577	醨	田侯	P6691a	P281a

附錄二　朱翱反切上字表

一、喉　音

影：烏宛塢迂蔚宛鬱醞蘊彎汪屋鸞阿恩按鶯歐愛㲋晏秧喝意殷遏安惡哀於郁淵
衣憂依抑隱抉腕嘔鴉丫剜咽。

委乙倚應。（本行是屬於重紐 B 類的反切上字。）

伊因一烟幽縈。（本行是屬於重紐 A 類的反切上字。）

曉：呼虎忽曉荒火顯歡馨喧勛昏吼海咍蒿吁輝訏況勳詡訓許鬩欣忻獻訶呵軒虛
香享亨歇赫喜希笏。

兄毀麾翍。（本行是屬於重紐 B 類的反切上字。）

翾隳。（本行是屬於重紐 A 類的反切上字。）

匣喻：戶桓豠回痕渾魂孤乎胡恒寒候賀閑衡行荷何河猴侯限遐恨很旱後霞下螢
玄熒迴緩混、于員宇位王雨羽永為榮云爰尤延炎猶又矣有抴羊挾俞焉剡
也以易亦逸移弋余融輿引翼養營欲異胤煬寅夷豫與唯掾勻尹予賢形兮由
筠預。

二、牙　音

見：古昆家孤姑骨固箇貢角國干更講笱苟根庚各梗句鉤狗溝江格構姦良穀亙開
加解居堅徼激擊弓鞠幾機屈久斤訖涓鵑據鳩己謹舉九瞿郡俱卷豐君公工經
見結矩。

飢汲。（本行是屬於重紐 B 類的反切上字。）

均橘吉季糾緊。（本行是屬於重紐 A 類的反切上字。）

溪：苦口懇困闊寬坤睽溪枯庫誇犬契牽曲挈喫祛欺慳客刻看肯可彄起气氣卻穹
豈丘邱羌去驅區勸闕揩袴。

渴騫器。（本行是屬於重紐 B 類的反切上字。）

棄輕詰遣傾。（本行是屬於重紐 A 類的反切上字。）

群：其健具忌群期求巨衢頎渠近強勤蘂。

虔件極暨倦權騎技。（本行是屬於重紐 B 類的反切上字。）

岐翹伎虬揆葵。（本行是屬於重紐 A 類的反切上字。）

擬：五偶頑午岸眼御研魚疑言齞語隅愚虞元倪阮吳吾擬牛睚顏迓我額牙。

崖迎宜彥逆銀。（本行是屬於重紐 B 類的反切上字。）

三、舌 音

（一）舌頭音

端：得怛多旦兜單當覩丹登的端顛丁都。

透：他吐惕摘汀聽禿邊忒偷吞土推通透趨。

定：徒田廷豆笛敵狄地庭亭圖荼杜道稻脫定滕騰達特頭投待大隋但度牘陀駝。

泥：奴內奈能按乃佞年泥寧禰那獰鳥。

（二）舌上音

知：陟竹屯貞胝咤輒展中珍張謫知徵智轉追誅輟。

徹：丑抽恥敕暢楮褚。

澄：直箸治鄭除馳陳值柱篆宅宙長纏遲橡澄澤茶池著。

娘：女尼聶。

（三）半舌音

來：勒洛勑郎魯闌落婁勞蓮羅來稜盧鹿論力略慮律留輦黎鄰里李六栗龍婁令柳
禮呂了良連廉廬歷黎零利梁粱籠錄劣戀。

四、齒 音

（一）齒頭音

精：子姊精津醉將峻箭進贊晉煎即井節沛蹤遵則左走增憎臧卒作祖遭尊租組績。

清：七秋妻刺竊銓次遷且猜親切倩千此取清趨倉蒼蔡雌造操翠村麤醋。

從：自疾字慈秦情齊前錢賤殘昨在存材木寂牆賊族全泉徂粗就絕從。

心：息消思修脩宣司小悉斯星仙削辛枲桑相胥聳昔蘇速孫素四散叟巽先私賜絲雖詢亘。

邪：似詳徐松辭詞夕席祠涎續邪旋。

（二）正齒音二等

照二：側齋鄒事臻壯阻宰。

穿二：測察叉初滄篡楚襯。

牀二牀三禪：時石食它射甚神是氏視善辰市船實士韶殊常涉朮樹上示禪成助俟岑牀乍愁鉏仕蟬。

審二：色疎疏山數率師所瑟史。

（三）正齒音三等

照三：之只酌勺正隻眞止戰周章振支職旨掌諸煮遮氈準專朱燭拙主。

穿三：昌醜稱瞋齒處叱川啜赤充唱尺出。

審三：式申傷水書手賒羶詩世失矢庶升施收尸飾識叔輸設。

（四）半齒音

日：而忍閏耳柔乳然仁人熱爾日輭汝儒如若。

五、唇　音

（一）重唇音

幫：補伯巴逋不本北貝邦八博晡杯跛布奔邊扁。

　　彼鄙筆碑羆彬冰碧兵邠逼悲。（本行是屬於重紐 B 類的反切上字。）

　　辟卑賓必畢屛比幷。（本行是屬於重紐 A 類的反切上字。）

滂：片普溥浦拍坏潘剖坡滂鋪噴破判。

　　披。（本行是屬於重紐 B 類的反切上字。）

　　匹僻篇翩譬飄。（本行是屬於重紐 A 類的反切上字。）

並：步部盤陪盆白彭薄蒲傍旁萍並朋。

　　別辨備平被疲貧弼皮。（本行是屬於重紐 B 類的反切上字。）

　　頻便婢脾鼻毗避。（本行是屬於重紐 A 類的反切上字。）

明：莫脈迷梅謀母門蒙滿毛木謨模磨夢沒摩墨眠米悶尨忙。

　　免美晃密閩眉明。（本行是屬於重紐 B 類的反切上字。）

　　民名沔滅彌面弭。（本行是屬於重紐 A 類的反切上字。）

（二）輕唇音

非敷：甫分翻頒脯拂弗芳府方付敷飛孚夫福祕。

奉：符扶凡伐服復焚房防斧父浮附。

微：勿聞文武無舞亡尾。

附錄三　朱翱反切下字表

一、通　攝

1. 東冬韻：紅空東中聰洪工公農冬宗蒙通忠馮風充童弓終融窮戎蚣

   董韻：動總蠓

   送宋韻：貢夢弄棟洞控諷宋綜統

   屋沃韻：六菊木祝逐曲育郁復伏卜速谷屋祿獨竹叔肉目宿酷哭毒僕沃

2. 鍾韻：封峯恭顒容雍邕龍鍾逢松蓯

   腫韻：恐重隴踊甬勇壟奉寵悚宂擁蓁悚

   用韻：重從用俸共縱

   燭韻：燭粟旭玉蜀局錄束足欲續

二、江　攝

1. 江韻：江降邦雙尨

   講韻：項蚌講

   絳韻：降巷絳

   覺韻：角朔岳嶽學捉卓撲渥握璞

三、止　攝

1. 支指之微韻（開口）：之台卑其持甾而遲伊離欺疑眉离奇肌機祈悲茲私思

司資茨咨尼淄移枝夷脂支斯知皮希飢幾機宜觜跐彌

2. 支脂微韻（合口）：歸韋雖逶追推惟葵唯佳誰爲規隨垂鬐吹危非飛肥龜

紙旨止尾韻（開口）：止史耳己起以此豈里子矣迤爾俾弭侈婢旨指几鄙洧美

比匕雉氏是紙彼綺倚妓哆似已紀紫

紙旨尾韻（合口）：委箠累毀鬼卉水癸誄尾斐虺

寘至志未韻（開口）：利嗜气備棄致吏稚廁至肆媚二庇器示冀四次恣義翅智

避罿豉賜刺寘意芰寄記既字寺笥伺侍志餌

寘至未韻（合口）：位遂誶翠醉季類貴未味胃尉愧懢瑞

四、遇　攝

1. 魚韻：居疎渠沮余徐虛魚除如諸廬於

語韻：呂女語舉暑許巨汝與序處注佇所阻

御韻：御慮據絮遽去恕庶著箸助詛趣

2. 虞韻：于須雛訏吁區俱殳無孚夫輸虞扶迂朱殊蔞珠紆

麌韻：武父羽雨禹甫撫主柱庾取矩乳齟

遇韻：遇豫預孺務富赴仆裕戍聚煦芋具駐娶趣泃住喻

3. 模韻：孤沽乎胡模都烏呼吾吳徒逋

姥韻：古覩五伍杵午魯土戶普補

暮韻：故渡度兔妒路怖庫步汙布怒忤互素祚

五、蟹　攝

1. 齊韻：兮奚攜雞齊圭嗁奎迷西霓倪泥低緊

薺韻：米洗啓禰體禮

霽韻：計桂詣戾惠閉繄弟第替細契帝

2. 祭韻：滯袂祭例曳制世稅歲芮衛

3. 泰韻：最外會兌檜役柰蔡大帶賴蓋艾

4. 佳皆韻：皆諧齋埋淮乖排揩佳柴厓崔膎釵媧蛙牌

蟹駭韻：買戒解楷駭蟹

卦怪夬韻：賣戒介差瘥械壞拜敗怪夬隘快

5. 灰韻：堆雷梅魁枚隈杯摧灰崔推恢瓌回催迴

賄韻：浼每賄貝猥罪磈漼餒

隊韻：配佩退內妹隊塊悔對

6. 哈韻：來開才猜孩垓該臺咍

　　海韻：亥海乃不待殆在

　　代韻：代愛再載耐栾戴

7. 廢韻：喙乂廢吠穢

六、臻　攝

1. 眞諄臻欣韻：倫輪陳辰巡囷眞民神親均寅遵鄰人因巾貧邠賓申匀斤欣忻殷詵臻莘

　　軫準隱韻：引矧閔軫忍準尹允謹牝隕隱泯

　　震稕焮韻：刃殯仞吝儐遴近震振信進晉愼胤印鎭僅襯徇

　　質術櫛迄韻：必畢聿栗吉日質七匹逸悉疾一詰室黜弼密帥疕述出橘律筆乙櫛瑟訖迄

2. 文韻：云分群文勳君

　　吻韻：粉蘊惲吻忿

　　問韻：問郡運順訓靳醖閏峻

　　物韻：勿弗拂沸屈欻沕

3. 魂韻：昆論屯孫渾魂門盆昏敦坤存奔

　　混韻：本損袞忖

　　慁韻：寸頓巽困悶溷鈍

　　沒韻：兀忽突咄勃卒骨沒搰訥猝

4. 痕韻：痕恩根

　　很韻：很懇

　　恨韻：恨艮

七、山　攝

1. 元韻：喧袁軒元言翻

　　阮韻：遠宛阮反晚

　　願韻開口：憲獻健建

　　願韻合口：怨券勸願萬飯販

　　月韻開口：謁歇

月韻合口：月發伐越厥蹶

2. 寒桓韻：安丸桓寒官干看丹寬歡端餐闌蘭團酸攢巒刓湍

旱緩韻：旱緩浣瀚但坦滿罕侃斷伴晼纂算管短款暖椀卵

翰換韻：玩汗翰灌貫岸旰幹換悍象亂半粲贊炭散漢旦判喚澳煥漫腕

曷末韻：末斡捾撥捋掇撮奪括活遏渴割刺葛喝獺桥蝎

3. 刪韻：關還刪班攀彎

潸韻：綰版

諫韻：患慢慣訕晏諫澗雁

鎋黠韻：八拔察戛軋札滑豽劼鎋

4. 山韻：閑艱閒山

產韻：限產盞簡眼

襇韻：莧幻袒辦

5. 先仙韻：延乾虔連牷全縣焉篇然仙遷千前玄佋箋先田烟咽涓員川專旋沿鉛宣年堅賢妍蓮緣眠蟬

銑獼韻：件剸輦銑典腆善遣蹇卷褊頓雋兗衍展顯珍泫撚輾選篆倦勉畎犬峴緬免

霰線韻：硯賤見甸電片徧薦便眷箭轉戰羡彥線茜縣倩賣面釧變戀扇掾絹練現

屑薛韻：列舌哲薛屑雪切說鐵截擷頡刮穴決缺劣設孑挈節血迭噎結輟別拙滅悅熱絕

八、效 攝

1. 蕭韻：挑彫遼聊蕭簫幺堯梟凋僚

篠韻：了杳鳥皎曉皛

嘯韻：弔糶叫料掉

2. 宵韻：昭招祅焦喬妖遙超搖朝銚姚潮消囂宵嬌

小韻：沼兆紹夭眇少矯小杪表

笑韻：妙肖召醮照要

3. 肴韻：交肴包茅梢巢拋抄嘲咬

巧韻：卯爪狡巧飽拗

效韻：教豹效孝罩

4. 豪韻：高豪桃刀曹毛袍牢勞叨

　　皓韻：抱皓浩老保討好草考道早

　　號韻：號耗報操到奧告誥

九、果　攝

1. 歌戈韻：何佗俄歌哥和禾科羅阿頗戈挼多他陀訛靴

　　哿果韻：果火朵禍埵顆墮跛可我坐娜妥

　　箇過韻：臥播貨過破左佐賀箇

十、假　攝

1. 麻韻：加遮巴奢嗟梛車瓜華牙茶

　　馬韻：雅且賈假下夏也者寫把寡瓦鮺

　　禡韻：夜舍跨卸化霸乍罵亞稼駕咤訝迓

十一、宕攝

1. 陽唐韻：良張商量陽香羊長章祥將昌方匡光肓荒皇王霜莊翔康箱常忘芒泱央
　　　　　強當湯郎卬茫藏

　　養蕩韻：向敞障仗丈爽罔掌賞想仰往兩繈養像象獎莽晃沆黨廣

　　漾宕韻：唱尚上快誑況妄訪狀誑旺放曠盎亢餉亮浪宕朗

　　藥鐸韻：各鐸莫薄鄂落作託洛郭霍廓惡博泊略躍腳藥雀謔若削灼勺卻約虐釀
　　　　　芍縛懹絡

十二、梗　攝

1. 庚二耕韻：行耕庚羹更橫生亨享彭萌宏鶯鸚鏗

　　梗二耿韻：冷猛杏耿

　　映二諍韻：更諍迸

　　陌一麥韻：白百伯迮陌索格戹革隔客責額獲冊麥

2. 庚三韻：平卿迎明兵英京

　　梗三韻：永省丙皿

　　映三韻：命慶病柄競竟敬

3. 清青韻：丁冥甹寧零靈廷亭泓爭聽桱名營傾并征咸呈情貞清嬰經青形星

　　靜迥韻：屏穎郢領請井頃迥挺頲鼎頂茗靜逞

勁徑韻：性姓令聘併徑正寧定

昔錫韻：的逖激擊歷璧錫尺赤亦夕易昔益狄溺覓摘宅赫寂石射隻僻辟壁役

十三、曾　攝

1. 蒸韻：陵凌澄丞承興膺冰仍稱

   證韻：證𧅜孕應

   職韻：力職直陟碧式副息逆戟戈翼即測色億憶抑或北國仄側昃食隻逼

2. 登韻：增稜能登滕崩弘朋

   等韻：等肯

   嶝韻：𡛷贈懵鄧

   德韻：忒得德則勒黑墨特剋

十四、流　攝

1. 尤韻：柔尤句邱丘秋牛求仇浮酬矛收鉤溝侯由酋流留輈舟周揉抽脩羞

   有韻：酒酉臼九久柳紂首友有肘丑缶負紐帚受

   宥韻：救岫究又狩舊宥狖秀溜就僦

2. 侯韻：頭婁兜

   厚韻：吼斗厚某偶垢走口

   候韻：透詬豆奏遘漚鬬漏候湊

3. 幽韻：虯幽彪

   黝韻：糾黝

   幼韻：幼謬

十五、深　攝

1. 侵韻：林尋侵欽吟音任禽心沈箴斟今金琴參

   寢韻：甚朕賃荏袵錦沈

   沁韻：任沁蔭禁浸賃鴆

   緝韻：揖習十入集執溼邑戢泣汲急及立吸

十六、咸　攝

1. 覃談韻：南諵甘堪覃談貪含三藍籃擔

   感敢韻：感撼坎糝喵慘敢茨澹暫淡㽋

　　　勘闞韻：闞濫暗闇淦勘紺
　　　合盍韻：合沓鰌臘閣雜盍蹋榼帀荅
2. 鹽添韻：廉添兼鹽閻嫌占炎苦潛淹猒
　　　琰忝儼韻：檢冉儉儼貶染琰斂漸奄閃點忝
　　　豔㮇韻：念店驗窆墊
　　　葉帖韻：帖燁箑挾曄俠輒懾捷聶接涉攝摺儑葉厭
3. 咸銜嚴凡韻：咸嗛銜籛彡監嚴巖颿凡芟喦醃緘
　　　豏檻范韻：減黯斬湛檻犯范黰
　　　陷鑑梵韻：劍欠蘸梵㜎
　　　洽狎業乏韻：甲呷業劫怯脅洽夾掐乏法狹

參考書目

一、專書部分

（一）國學之部

1. 《南唐書・馬令・墨海金壺》（第十三冊），大通書局，民國 10 年博古齋刊本影印，清張海鵬纂輯。

2. 《直齋書錄解題》，宋陳振孫，上海商務印書館，民國 28 年。

3. 《困學紀聞》，王應麟撰，清翁元圻注，台北商務印書館，民國 45 年。

4. 《南唐書》，陸游，陸放翁全集（下冊），台北世界書局，民國 50 年 1 月初版。

5. 《玉海》，王應麟，台北華文書局（影印本），民國 53 年。

6. 《讀書敏求記校証》，清錢曾撰，章鈺校証，台北廣文書局，民國 56 年 8 月初版。

7. 《中國人名大辭典》，臧勵龢等編，台北商務印書館，民國 71 年 9 月增補臺三版。

8. 《合印四庫全書總目提要及四庫未收書目禁燬書目》，王雲五主持，台北商務印書館，民國 74 年 5 月增訂三版。

9. 《中文大辭典》，中國文化大學出版，民國 74 年 5 月七版。

10. 《書史會要》，明陶宗儀，王雲五主編，四庫全珍本十集，台北商務印書館。

11. 《辭海》，語言文字分冊。

（二）文字之部

1. 《說文解字詁林》，丁福保，台北商務印書館，民國 59 年臺三版。

2. 《說文解字繫傳》，叢書集成本（影印小學彙涵本附苗夔校勘記），四部叢刊本，四部備要本，台北商務影印四庫全書本。

（三）漢語研究之部

1. 《現代吳語的研究》，趙元任，北京清華學校研究院印行，民國 17 年 6 月。

2. 《唐五代西北方音》，羅常培，史語所單刊甲種之十二，民國 22 年，上海。

3. 《中國語文研究》，周法高師，台北中華文化出版事業委員會，民國 45 年 2 月再版。

4. 《漢語方音字滙》，北京大學中國語言文學系語言學教研室編，北京文字改革出版社，民國 51 年 9 月第一次印刷。

5. 《漢語方言詞滙》，北大中國語言文學系語言教研室編，文字改革出版社，民國 53 年 5 月第一次印刷。

6. 《中國語與中國文》，高本漢著，張世祿譯，台北文史哲出版社，民國 66 年 12 月臺一版。

7. 《羅常培先生語言學論文選集》，羅常培，台北九思出版社，民國 67 年 3 月 20 日臺一版。

8. 《中國語之性質及其歷史》，高本漢著，杜其容譯，台北中華叢書編審委員會，民國 67 年 12 月三版。

9. 《論中國語言學》，周法高師，香港中文大學，民國 69 年初版。

10. 《高明小學論叢》，高明，黎明文化事業公司，民國 69 年。

11. 《語言學論叢》，林語堂，台北民文出版社，民國 70 年 2 月臺二版。

12. 《中國語言學論文集》，周法高師，台北聯經出版公司，民國 70 年 8 月第二次印行。

13. 《董同龢先生語言論文選集》，丁邦新編，台北食貨出版社，民國 70 年 9 月一版。

14. 《中國語文論叢》，周法高師，台北正中書局，民國 70 年 10 月臺三版。

15. 《龍蟲並雕齋文集》（三冊），王力，北京中華書局，民國 71 年第二次印刷。

16. 《漢語方言概要》，袁家驊等著，北京文字改革出版社，民國 72 年 6 月第二版第二次印刷。

17. 《語文基礎知識六十講》，北京出版社，民國 73 年 1 月第三次印刷。

18. 《羅常培紀念論文集》，周定一等四人主編，北京商務印書館，民國 73 年 3 月第一次印刷。

19. 《張世祿語言學論文集》，張世祿，上海學林出版社，民國 73 年 10 月第一次印刷。

20. 《中國語言學名詞滙編》，溫知新、楊福綿合編，台北學生書局，民國 74 年元月初版。

21. 《Papers in Chinese LinguistiCs and Epigraphy》，周法高師，香港中文大學，民國 75 年初版。

（四）韻書及韻書研究之部

1. 《說文解字篆韻譜》，徐鍇，叢書集成本，上海商務印書館，民國 25 年 6 月初版。

2. 《十韻彙編》，劉復等，台北學生書局，民國 52 年 10 月初版。

3. 《唐寫全本王仁昫刊謬補缺切韻校箋》，龍宇統，香港中文大學，民國 57 年 9 月初版。

4. 《瀛涯敦煌韻輯》，姜亮夫，台北鼎文書局，民國 61 年 9 月初版。

5. 《切韻音系》，李榮，台北鼎文書局，民國 62 年 10 月初版。

6. 《瀛涯敦煌韻輯新編‧別錄》，潘重規，台北文史哲出版社，民國 63 年 6 月臺初版。

7. 《切韻諸本反切總覽》，上田正，民國 64 年。

8. 《切韻考》，陳澧，台北學生書局，民國 66 年 2 月四版。

9. 《宋本廣韻》，宋陳彭年等重修，林尹校訂，台北黎明文化事業公司，民國 69 年 9 月四版。

10. 《互註校正宋本廣韻》，余迺永校著，台北聯貫出版社，民國 69 年 10 月修訂再版。

11. 《切韻研究》，邵榮芬，北京中國社會科學出版社，民國 71 年 3 月第一版。

12. 《漢字古今音彙》，周法高師，香港中文大學出版社，民國 71 年 11 月第三次印刷。

13. 《集韻》，丁度等，台北學海出版社，民國 75 年 11 月初版。

（五）韻圖及等韻研究之部

1. 《等韻五種》，台北藝文印書館，民國 70 年 3 月二版。

2. 《等韻述要》，陳新雄，台北藝文印書館，民國 70 年三版。

3. 《韻鏡校証》，李新魁，北京中華書局，民國 71 年 4 月。

4. 《韻鏡校注》，龍宇純，台北藝文印書館，民國 71 年 10 月七版。

5. 《等韻源流》，趙蔭棠，台北文史哲出版社，民國 74 年 7 月再版。

6. 《韻鏡研究》，孔仲溫，台北學生書局，民國 76 年 10 初版。

7. 《音注韻鏡校本》，藤堂明保、小林博共著，土耳社刊，昭和四十六年三月十五日發行。

（六）聲韻學通論及研究之部

1. 《玄應反切字表》，周法高師，香港崇基書店，民國 57 年 12 月出版。

2. 《漢語音韻學論集》，陸志韋，香港崇文書店，民國 60 年 5 月。

3. 《聲韻學表解》，劉賾，台北啓聖圖書公司，民國 61 年 10 月再版。

4. 《中國聲韻學》，潘重規、陳紹棠著，台北東大圖書有限公司，民國 67 年 8 月初版。

5. 《Phonology of ancient Chinese》，橋本萬太郎，民國 68 年，東京亞非語言及文化研究所。

6. 《漢語音韻學導論》，羅常培，台北里仁書局，民國 69 年 9 月 30 日。

7. 《漢語音韻學》，王力，北京中華書局，民國 70 年 6 月第三次印刷。

8. 《音韻學初步》，王力，台北大中出版，民國 70 年。

9. 《音韻存稿》，李榮，北京商務印書館，民國 71 年 4 月第一次印刷。

10. 《中國音韻學研究》，高本漢著，趙元任、李方桂譯，台北商務印書館，民國 71 年 6 月臺五版。

11. 《中國聲韻學大綱》，謝雲飛，台北蘭台書局，民國 72 年 8 月三版。

12. 《漢語音韻學》（原名《中國語音史》），董同龢，台北文史哲出版社，民國 72 年 9 月七版。

13. 《中國音韻學論文集》，周法高師，香港中文大學出版社，民國 73 年 1 月出版。

14. 《漢語音韻》，王力，中華書局香港分局，民國 73 年 3 月重印。

15. 《中國聲韻學通論》，林尹著、林炯陽注釋，台北黎明文化事業公司，民國 74 年 10 月四版。

16. 《聲韻學中的觀念和方法》，何大安，台北大安出版社，民國 76 年 12 月初版。

17. 《中國聲韻學大綱》，高本漢著、張洪年譯，台北中華叢書編審委員會。

18. 《慧琳一切經音義反切考》，黃淬伯，史語所專刊之六。

（七）語史之部

1. 《中國音韻學史》，張世祿，台北商務印書館，民國 71 年 10 月臺六版。

2. 《中國語言學史》，王力，香港中國圖書刊行社，民國 72 年 5 月第一版。

3. 《漢語語音史》，王力，北京中國社會科學出版社，民國 74 年 5 月第一次印刷。

4. 《漢語音韻史論文集》，張琨著、張賢豹譯，台北聯經公司，民國 76 年 8 月初版。

5. 《漢語史稿》，王力，香港波文書局。

二、論文部分

1. 〈小徐本說文反切之音系〉，嚴學宭，民國 32 年，中山大學《師範學院季刊》一卷 2 期頁 1 至 80。

2. 〈朱翱反切考〉，張世祿，民國 33 年，《說文月刊》第四卷頁 117 至 171。

3. 《說文繫傳反切的研究》，梅廣，台灣大學碩士論文，民國 52 年。

4. 〈二等韻牙喉音反切上字分析〉，杜其容，國立台灣大學《文史哲學報》，第 24 期，民國 64 年 10 月。

5. 《聲韻學名詞彙釋》，蔡宗祈，東海大學碩士論文，民國 68 年 4 月。

6. 《廣韻「重紐」問題之檢討》，林英津，東海大學碩士論文，民國 68 年 4 月。

7. 〈漢語音韻講義〉，丁聲樹撰文、李榮製表，《方言》，民國 70 年，4 期。

8. 〈漢越語和「切韻」唇音字，潘悟雲、朱曉農，中華文史論叢增刊《語言文字研究專輯》上冊，民國 71 年。

9. 〈「切韻」重紐三四等字的朝鮮讀音〉，聶鴻音，《民族語文》，民國 73 年 3 期。

10. 〈讀切韻研究〉，周法高師，大陸雜誌社，民國 73 年 8 月 15 日。

11. 〈玄應反切再論〉，周法高師，大陸雜誌社，民國 73 年 11 月 15 日。

12. 〈南京方言歷史演變初探〉，鮑明煒，《語文研究集刊》第一輯，江蘇語言學會主編，江蘇教育出版社，民國 74 年 3 月。